SYMPHONIE GRABUGE

DU MÊME AUTEUR

Romans

A BULLETINS ROUGES, Gallimard, 1973.
BILLY-ZE-KICK, Gallimard, 1974, Mazarine, 1980, Folio, 1985.
MISTER LOVE, Denoël, 1977.
TYPHON GAZOLINE, Jean Goujon, 1978.
BLOODY-MARY, Mazarine, 1979, Livre de Poche, 1982 (prix Fictions 1979 et prix Mystère de la critique).
GROOM, Mazarine, 1980, Gallimard, 1981.
CANICULE, Mazarine, 1982, Livre de Poche, 1983.
LA VIE RIPOLIN, Mazarine, 1986, Livre de Poche, 1987 (Grand Prix du roman de la Société des gens de lettres, 1986).
UN GRAND PAS VERS LE BON DIEU, Grasset, 1989 (prix Goncourt 1989).

En collaboration avec Dan Franck :

LA DAME DE BERLIN (les aventures de Boro, reporter-photographe, tome 1), Fayard/Balland, 1987, Presses Pocket, 1989.
LE TEMPS DES CERISES (les aventures de Boro, reporter-photographe, tome 2), Fayard, 1989, Presses Pocket, 1992.

Nouvelles

PATCHWORK, Mazarine, 1983 (prix des Deux-Magots, 1983).
BABY-BOOM, Mazarine, 1985 (prix Goncourt de la nouvelle 1986), Livre de Poche, 1987.
DIX-HUIT TENTATIVES POUR DEVENIR UN SAINT, Payot, 1989.
COURAGE, CHACUN, L'Atelier Julliard, 1992, Presses Pocket, 1993.

Albums

BLOODY-MARY, dessins de Jean Teulé, Glénat, 1983 (prix de la Critique à Angoulême).
CRIME-CLUB, photographies de Gérard Rondeau, La Manufacture, 1985.
LE CIRQUE, photographies de Gérard Rondeau, Reflet, 1990.
TARDI EN BANLIEUE, fusains et acryliques de Jacques Tardi, Casterman, 1990.
TERRES DE GIRONDE, collectif, Éditions Vivisques, 1991.

JEAN VAUTRIN

SYMPHONIE GRABUGE

roman

BERNARD GRASSET

PARIS

IL A ÉTÉ TIRÉ DE CET OUVRAGE
VINGT-SIX EXEMPLAIRES
SUR VÉLIN CHIFFON DE LANA
DONT SEIZE EXEMPLAIRES DE VENTE
NUMÉROTÉS 1 À 16
ET DIX HORS COMMERCE
NUMÉROTÉS H.C. I À H.C. X
CONSTITUANT L'ÉDITION ORIGINALE

Aux circonstances, pour qu'elles s'atténuent.
A l'angoisse, parce qu'elle monte.
A la violence, parce qu'elle s'installe.
A l'hystérie, parce qu'elle est collective.
A l'apocalypse, parce qu'elle sera parmi nous.

A ma mère qui n'y est pour rien.

Avant d'aborder ce livre, qu'il me soit aussi permis de saluer Alain Pujol, Roger Boussinot, Jean-Didier Vincent, mes compagnons de l'Académie de Haute-Gascogne, les habitants du canton de Villandraut, et de rendre grâces à Guy Suire, grand conservateur du parler bordeluche.

MERCI d'être venus au concert. Vous êtes un beau parterre.

Merci de vos regards étonnés. Tout Paris réuni pour déchiqueter mon livre. Quelle belle soirée! Pardon du peu! j'en jouis d'avance! Le ciel nettoie son bleu. J'épouse le soleil!

Le plus chouette, c'est que j'ai monté les bassonades et rugissements de l'orchestre en folle gaudriole. Goûteux banquet! Au dépuratif, tous! J'ai décidé de bouger un peu.

Pourtant, la moisson des pensées d'une vie mouvementée, la traversée d'un siècle en pleine décadence vous mettent généralement nokaoute. Mais pas moi. A part mon cœur cassé, je me sens aussi frais qu'une tiote anguille dans le fond de sa mère. Le roman se fossilise un peu trop ces temps-ci, je trouve. Alors, je ne sais pas bien ce qui m'a pris dernièrement, mais au lieu de rester dans un monde à la gomme de parapluies oubliés, j'ai décidé de partir en voyage. A la façon d'un explorateur, avec un bateau sur la tête.

Emeutier à mes heures, j'ai composé une symphonie en ut-grabuge, pour ainsi dire majeur. Une polyphonie sur tréteaux en fonte astiquée pour grands cuivres à vent, fanfare, percussions, pipe à bec, peigne fin et trois feuilles de gommé papier Job. Ça joue mieux qu'un phono, ça n'a pas de date de péremption et ça fait de la buée devant les yeux quand c'est triste.

Ecrire, solfier mes livres, urgence absolue, c'est bon sur bon. C'est comme si je continuais à me chercher une famille. Toujours, je bute dans le noir. Alors, plus fort que moi, je joue avec des improvisations méchantes. Des chansons à répondre. Duos, trios. Des glinglins d'enclume. Très vive cadence. Tourbillons. Accents. Scolies. Je tiens à mon projet fervent. Je brûle. Je suis expansif de nature. D'attaque, et voilà.

Comment expliquer? Souvent, les gens me déchirent l'âme. Leur idée de la sagesse m'échappe. Il me semble qu'ils ne respirent pas en harmonie avec leur fourmillement ni rien. Ils dérapent à la camelote. Ils détraquent et cafouillent. Ils sont tellement incompatibles avec l'électricité du siècle.

Pourtant, requinque inouïe, le temps pèse si plume lorsque l'on sait le jauger! J'ai toujours une envie folle de raconter comment l'homme renaît à l'espoir. Là est mon cap! Je me sens si vivace! Les jours tournent autour du soleil. Un sourire me stimule. Si je me sens bien dans une place, j'ai un mal fou à repartir.

Symphonie-grabuge!

Ecorchement, dépiautement, éjection des viscères. Je ne crois pas à la pommade. Je vais vous jouer ça tout en couacs. Au plus près du cœur, comme j'ai dit, et des poumons. Là où les artères rejoignent. Tant pire! Vous grincerez où qu'il faut. Que les codas aient de la jambe. Que les bécarres sucresalent. Que les silences soient longs en nez. Apnée folle en doubles croches. Déblaterie en rap-story. Fol looping sous ciel de cirque. Ça va trancher indiscutable sur le tran-tran habituel. Pensez! Une allegria hosannahlle avec dégustation de vins de pays, orgues et lâcher de pédales en plein firmament, ça n'incline pas à la tisane! Je suis sûr content qu'on n'ait jamais trouvé rien qui vaille sur la lune!

Merci d'être venus nombreux au concert. Vous êtes du gratin, j'en suis fier assez.

Qui a toussé au dernier rang?

Je vous sens un peu fiévreux. Ça tourne assez hectique, cette histoire de gala! Je vous rappelle que vous êtes invités dans un but humanitaire. Aucune caméra n'est braquée sur vous. Pas l'espoir du moindre gros plan. Vous n'avez donc aucune raison de gloser ou d'agir comme un soir de première. Tout est compris de travers! Aux chiottes les diapasons, les salves, les apparats! Cessez de vous bonjourer, vilains chancreux du monde-assis, intouchables notables de régime, tas de queues-de-pie et de renards! Et peste soit des invitations! Tout cet unisson du pavé parisien! Margoulins, coquetaileurs de mode et d'industrie. La Société esturgeon à bouche ventrale! Y a qu'à voir leur mine! La façon complimenteuse et voyoucrate qu'ils se connaissent tous par leurs petits noms! Edwige, Sophie, Jack, Hélène, toute la boutique. Le sucre, la politique, le frusquin. La littérature. Les incontournables. La télé, le Cac 40. Partout, ça désaïgne, ça baisemagne. C'est très enchevêtré.

Une salle bien faite.

La sonnerie appelle les retardataires. Un œil regarde derrière le rideau. L'avant-scène éblouit. On va bientôt lever, comme on dit. Motion continuelle. Epaules de femmes. Poitrines desrobées jusqu'aux tétons. Sourires acryliques. Cravates à ramages. Demandez le programme! Un concert, je m'y attendais, dès le début, c'est la plaie avec les dévotions des mélomanes. Ils piapiatent sous les lustres et quand la salle s'éteint, ils dormassent dans leurs gants blancs.

Symphonie-grabuge. La mer est descendue. Le siècle 20 est à nu. Je jouerai la partition entre un bathyscaphe ensablé et un caisson d'isolation sensorielle éclaté.

Je serai gai. Gai, métallique et ultime.

L'énorme brutissement du siècle me cogne dans le ventre. Tablas. Le gueulement des suppliciés me cogne dans le ventre. Congas. La musique des peuples qu'on veut supprimer me cogne dans le ventre. Tam-tam Africa. Chaleur à col ouvert. Fragilité de la couche d'ozone. Derrière mon verre de vin de soif, je perçois un bien faible soleil! C'est la fin du monde libre et du Picon-grenadine. Je suis un enfant porté par le siècle. J'ai eu du mal à retordre. Je monte au concert sur un air de snatch guitar. Yves Simon m'accompagne au pays merveilleux de Juliette. Lénine n'est plus qu'une effigie en profil perdu. Mike Jackson renvoie par vidéoposte l'hologramme de lui-même. La civilisation galopante tourne à la biscornuterie. Nous avançons au-devant d'un ciel en jardin de feu. Partout ce n'est que lèvres souillées de sang, derniers baisers des morts. Cependant, regardez la neige, ce soir. Il y a encore un peu de blanc mental. Au bout d'une sacrée vie pleine d'entrain, je remonte la travée sous les applaudissements de la salle. Cent musiciens se dressent dans la fosse. Je monte au pupitre. J'enfile mon suspensoir musical et je lève la baguette. *Achtung musikgesellschaft!* La mort impartiale mettra bon ordre à nos lâchetés.

Un, deux, trois, je donne le beat!

Adagio molto. Allegro con brio.

Qui n'a jamais écouté Berlioz en dégrafant madame?

1

A LA prime du 28 octobre de l'an de grâce de ce foutu siècle où les hommes avaient presque tout inventé et continuaient à fertiliser aux quatre coins de la planète l'humus des violences, Arthur Charles-Marie Bouillon de Pompéjac, seigneur de Montallier, baron de Monstatruc, apparut à la fenêtre haute de sa gentilhommière au fond des bois et, la main calée en visière, inspecta la ruralité.

Il lunait encore sur la cour. Un astre à pleines joues. La nuit finissante était blanche comme un vol de cygnes. Un froid vif déchirait l'haleine.

Malbruti d'insomnie, la boyauderie à l'envers pour cause et abus de bécasses marinées, le baron brisé tireliera quelques vocalises.

Pendant un instant, il sembla qu'il jouait son reste. L'œil était cave et pleureur. Le nez piqué. Notre homme était ictérique. Il n'avait ni pensée, ni force, ni rien. Noyé dans ses sucs et ferments, après rot et chyle, il resta longtemps planté au mitan du carrelage.

Sur la tête, il portait un chapeau de dame et ses fleurs, sur l'échine une chemise déchirée. Cet accoutrement de pilou frusquinait plutôt moche par-dessus son chorte de nuit. Des supports-chaussettes violets, des bas jambardés de boue cramponnaient ses mollets.

Les paupières closes, humant la campagne, il commença à lourer doucettement des vagissements de berger des Landes. Quelques instants plus tard, retourné sauvage, il se prit à hurlurer si fort que, trois étages dessous lui, l'archange Gabriel perdit son aile droite en sa niche de saint polychrome.

A une portée d'encens seulement, le bon frère Godon qui s'apprêtait à passer la porte ogivale de la chapelle se signe-decroisa par trois fois. Frileusement encourtiné dans son étole, l'églisier du Bon Dieu écouta les brames du châtelain et conclut à une de ces indigestions dont le maître des lieux était si coutumier.

Là-haut, dans sa tour, le baron tirait toujours sur le corgnolon. Il basse-taillait, il bahulait le loup à s'en faire crever le diaphragme. Mi cornemuse, mi harmonicor, tandis qu'il bourdonnait ces sons, qu'il hymnait une sorte de bucoliasme en plus amer, le sang lui revint au visage.

Avec une roulisante allure d'haltérophile, il acheva de se ressourcer en expirant, en inspirant. Le flux sanguin à ses oreilles empourpra les pavillons et les lobes. Lors, la fringale revenant au galop, notre avale-tout-cru petonna jusqu'à un bocal de cornichons. L'ayant déversé à la rigolade dans son avaloire — vinaigre et poivre aussi — il se sentit revigoré tout de bon.

Le torse bombu, la barbe salope, Monstatruc était plus squalide, plus puyant sur son corps, qu'un dessous de bouc. Dans l'élan de sa vitalité recouvrée, il vibrouta un vent énorme dont l'effet de souffle tonitrua sous ses linges et le secoua de son endormissement.

Il urina à lurelure devant lui dans l'obscur, écouta retomber la cataracte dans les douves du castèts et, quittant le labyrinthe de ses désirs nacrés, se pencha au-dehors.

A l'aplomb de la muraille, il entrevit d'abord la silhouette du chien Omnibus, un blaveux de Gascogne qui claquepattait sur la luisure du gel et berniflait le pissat de son maître en approuvant du fouet. Plus loin, perçant la noirdure qui fondait doucement, le baron s'arrœilla par-delà les murs de son fortin moyenâgé.

Outre deux chênes à glands plantés par ses ancêtres, il ne trouva qu'or et ramages, gloirure d'automne sur les feuilles, ensanglantement de fougères que dorait à mesure le soleil venant.

Cette atmosphère étrange et lucinogène suscita en lui un état de délire émerveillé.

— Quelle vastitude! murmura-t-il en contemplant la forêt de Montallier.

» Quelle vastitude!... Qu'au beau milieu de cela, nous sommes bien! répéta-t-il en s'enforestant de plus belle.

Il louquait la haute lande.

Biturin sous le bitos de sa défunte, ses poumons s'emplissaient de l'air des dernières étoiles. Son phallus dressé allait à la rencontre de Dieu. Le lierre lui disait qu'il était un arbre.

Doucement, à mesure, il paonnait.

Il ventrouillait.

Il comptait les jours de bonheur qui étaient passés sur ses épaules sans qu'il eût jamais mépris de lui-même. Vingt et un mille six cent quatre-vingt-dix-neuf soleils exactement, depuis qu'il était entré par le siège et césarienne dans la Maison du Temps.

2

Au soleil levant du 29 octobre de l'an de grâce de cette biscornuterie de siècle où les hommes voyageaient dans les étoiles mais continuaient à poser leurs mains sur des fers rougis parce qu'on ne peut comprendre le feu qu'après s'y être brûlé, Arthur Charles-Marie, baron de Monstatruc, apparut derrière l'écorce d'un haut cèdre qui bornait le parc de sa gentilhommière au fond des bois. La tête coiffée d'une casquette de contrôleur des Tégévés, il inspecta la nomdedieuse nature. L'astre du jour foudroyait l'ombre. Les yeux du baron brillaient à la vue du têtuement de la forêt myrophore qui s'étendait à ses pieds. Il humait les effluves de mille cèpes charneux. Il sondait le détour des chemins enténébrés à demi, la hune des pins encalminés, leurs voûtes alignées — nefs effrayantes comme cathédrales englouties. Il souriait au mystère grouillant de cette futaie si proche qui se cachait et se refusait en même temps. Il se réjouissait avec elle, comme deux qui ont un secret, de l'odeur de punaise du sol et de la corruption lente et heureuse des souches en pourriture.

— Nous sommes là, bien d'aplomb, mes chers arbres, mes écorces, mes racines, murmura-t-il. Au beau milieu d'un monde moderne qui s'enruine, se désabuse et va vers patatras.

Méditant plus que jamais sur la nécessité d'un axe d'éternité afin de faire accorder le croire et le vivre, le baron pitroqua distraitement sa bistouquette au travers de son vêtement. Son bâton à lansquine devint roide et jolia sous la chemise de nuit à coqueluchon.

— Allez coucher, Charles le chauve! Cessez de me turbuler!

Ainsi s'adressa le baron à son vit.

Il ajouta pour faire bonne mesure :

— Tu t'en crois trop, coquette, tu me gouvernes! Pour un rien, tu turrides comme un beffroi en plus chaud!

Nous l'avons fait savoir : le baron était veuf. La solitude est un drôle d'équipage. Le baron se parlait souvent de personne à personne. Même, se tutoyant, il lui arrivait de se prodiguer des conseils. Par ces temps de literie japonaise, de cruauté du désir et d'extrême bord du précipice, il faisait d'ailleurs grand cas de ses propres avis.

C'était, c'était, estimait-il, ce qui lui restait de mieux à entendre.

Pub!

Le pays où la vie est moins chère! Plaisir de déguster! Achetez des poêles antiadhésives à chaleur douce. Turbinez du potimarron! En 4 variétés de ballottins retrouvez ce goût de cacao corsé qui fait de vous un aventurier. Sauvez les baleines bleues! Portez des lentilles jetables. Plantez des rosiers-lianes et taillez des croupières aux cactus.

FICTION (suite) : Le lendemain était presque la fin du mois.

Le baron de Monstatruc paya son électricité par RIB, parcourut le journal de sa région d'Aquitaine, y décrypta le malheur des Croates assiégés à Vukovar, l'affaire des fausses factures et que la mode était stretch. Sautant les rubriques sportives, les médaillés du travail, le banquet du troisième âge et les avis d'obsèques, il fit son miel de quelques phrases qu'il frôla sans s'arrêter.

Il était écrit en substance que la peinture moderne est destructrice, qu'on pouvait se rendre en Tunisie pour 1 880 francs et que le président de la République proposait l'armistice aux paysans retournés depuis peu à la jacquerie la plus extrême. Le baron lut également que le carbone 14 n'était plus ce qu'il était, qu'on découvrait des Carolingiens sous les rails et que nos prix allaient nous donner des ailes.

Il passa devant son armoire à glace, s'y découvrit hirsute et salopeux et sut que rien n'est jamais comme on dit que c'est. En guise de consolation, il s'adressa un regard endurant. Il demanda au Seigneur de lui donner la force et le courage de contempler son cœur et son corps sans dégoût. Armé de nouvelle façon, il ressentit un relâchement de tout son être et la sensation biblique d'une grande légèreté.

Comme il effleurait machinalement sa bistouquette en croquant dans une salade de gésiers, un soleil intérieur fit bouillir sa colonne et son jus. Il érecta si fort qu'il sentit battre son sang. Sa bandaison était lourde comme une caisse qu'on charge sur un cargo. Il ferma les yeux, porta ses mains derrière son dos pour soulager ses reins et s'absenta pendant une longue minute heureuse.

Puis, sans dégoder pour autant, il s'empantalonna, se glissa dans des grolles, se munit au passage d'un pulovère et sortit de la chambre haute.

Après une dizaine de pas, le couloir s'acutait brusquement et déclivait jusqu'à une volée de marches.

Tandis que le baron colimaçonnait vers le chemin de ronde, une cloche égrena la première des heures canoniales.

A ce son grelet, Arthur de Monstatruc devina que son chapelain pendu à une corde sautellait dans ses sandales, montait et descendait jusqu'à la balustrade de la chapelle et poursuivait son combat pour supprimer le péché originel.

Toujours bandant, pensif et grave — à son insu pour ainsi dire —, le baron, selon son habitude, trotticota en forme de chiffre huit des aller et retour sur les remparts de son châtiau. Chaque matin, il remarchait de la sorte sur ses propres pas. Il cherchait à discerner l'or de l'ordure et le précieux du néfaste. Ainsi, pensait-il, le doute, né du contrôle, ne mène-t-il pas à la négation, à l'impuissance, mais à la recherche : à la quête.

Ce matin-là, les mains nouées derrière le dos, il supputait que la vie est offerte à l'homme comme le jouet à l'enfant.

— Bran tout de même! s'exclama soudain le baron. La vie, à mon âge, je ne sais même pas m'en servir! Un jour, je vais mourir! Dieu sait si ça fait mal. Et comme un chiqueux de pissoir, je serai passé à côté de l'essentiel!

Chassant de son esprit le lointain souvenir de Pégase, son premier cheval à bascule, pour se consacrer à l'écoulement irréversible des minutes, Arthur s'inquiéta de savoir quelle heure donc il était. Renseigné par l'oignon « au laboureur » de son défunt grand-père, il s'apprêtait à escracher des insultes à l'encontre de Brancouillu, son gadasson à tout faire, lorsque le coquin frimoussa son physique larbinisé au détour d'une échauguette.

Le pendard avait les yeux biais, la margoule ficelle. Il

était comme à l'ordinaire porteur d'un pichet de petit vin de Madiran.

— Voilà votre piveton de soif, messire.

La guibolle mal assurée, le drolle festonnait sa route en prenant le zigzag des créneaux à la corde.

— Où étais-tu quand je t'appelle? interrogea Monstatruc qui ne voulait pas avoir l'air d'attendre.

— Nulle part, votre roi. Je montais l'escadrin de la cave.

— Je suis sceptique, dit le baron en s'apprêtant à décerner une flanche dessus la tête ébouriffée de son valet. Tu as mis ta culotte à l'envers.

L'autre, voyant venir la grêle, rentra le col dedans ses épaules.

— J'étais avec mademoiselle Aventine, reconnut le badoc. Elle a encore le feu à sa paille.

— Hihl de pute! J'ai bien envie de te piler les os!

— Vous seriez fort injuste. J'y suis pour du beurre! Avec les hommes, votre fille s'y entend assez à piquer un départ.

Les gros poings du baron se fermèrent.

— Ja! grogna-t-il en gascon. Que s'est-il passé? Dépêche-toi de cracher le morceau ou je te hache en bourtouillade!

— Elle m'a montré sa lolotière.

— Nibé, garçon! Je devine la suite! C'est une cinglette! Elle t'en a mis plein les mains!

— Elle a de fières miches, mademoiselle Aventine! Difficile de passer à côté.

— Bon, tu la tâtes. Et après?

— Après, messire? Elle s'est mise en sauvage...

— Toute nude?

— Comme une poire fondante.

— Gouère, drolle! gasconna le baron dans le texte, moi, pour ta concupiscence, je vais te mettre en sauce!

Brancouillu dansa un pas de côté pour esquiver un coup de patin.

— Je n'ai rien fait sur elle, je le jure! Nous étions à la cave. Douze petits degrés. Pas question d'attraper un rhume.

— Je suis sceptique, réitéra le baron. Le scepticisme, dit-on, est le grand début des aveux.

Il boxa donc Brancouillu deux fois sur le même œil et, feintant au visage, savata les tibias.

— Hi han! J'ai mal! Le cœur me vient dans la bouche!

— Fion! Croix! Déconnant! Malagaufre! Capoun! attrape, que je te satane comme il faut!

— Hi han, ouille! je suis pilé! A me finir! Vite! Le plus vite possible! Que je ne souffre plus!

— Combien de fois?

— Trois.

— Je suis sceptique.

Le baron recommença à groller l'abdomen de l'amant de sa fille.

— Stop! J'avale ma chiffe! C'est du trop! Je rends mes clés!

— Alors parle, clancul!

— Sept fois par-devant, messire Arthur. Et après, mademoiselle Aventine a voulu retourner sa carte.

— Tu lui as ferraillé le dardillon à l'envers?

— Vous le dites excellemment.

Le baron s'arrêta net de frapper. Le monde lui parut soudain vide.

— Tu vois, Brancouillu, murmura-t-il comme si rien d'anormal n'était arrivé entre eux, je pensais cette nuit à certains gentils souvenirs de mon existence et ce que tu m'apprends sur ma fille fait penser à ma femme.

Il releva le drôle qui était allé s'étaler à dame, le réconforta d'une claque derrière l'omoplate et dessina sur son blair un sourire engageant comme un bel arc-en-ciel traversant :

— Dis-m'en plus, supplia l'aimable baron. Aventine a-t-elle aussi bon ventre qu'on le prétend?

— Certainement. Et beaucoup d'ardeur aussi.

— Croupionne-t-elle gaillardement?

— Ouida! Elle ferait faire digestion à n'importe qui!

— Bon. Mais faut-il la charger à grande foison ou préfère-t-elle bistoquer par petites gambades?

— Moussu, j'ai un peu d'expérience. Votre descendance est un piment enragé. Elle ne trouvera jamais un mari qui fera son affaire.

— Et pourquoi ça, mauvais gueux?

— A moins qu'il ait double carillon de rechange, le paou-vret aura vite les couilles en gibecières.

— Malreconnaissant! Si je comprends bien, mademoi-selle Fille t'a fabriqué le paradis sans trêve ni repos et toi, tu récrimines!

— J'aimerais vous y voir! Toujours elle redouble! S'enfounce, garce! Elle se ferait chauffer le tison jusqu'à l'écorchement

— Il fallait te sauver.

— Comment?... Chaque fois que je séchais, votre gouyate voulait s'en tartiner encore. Je ne voyais jamais le poteau d'arrivée!

— Et voilà! le portrait craché de sa maman! Pour re-trouver son contentement, secouait-elle le *petit homme*?

— Ça, moussu Arthur! Elle me rafistolait à la main, comme vous dites souvent. C'était du dur à respirer.

Une ombre obscurcit le regard du baron.

— Sont-ce là bien tous les malheurs que tu m'as fait endurer, Brancouillu?

— C'est tout pour aujourd'hui, noste maître.

Un badigeon de regret empesa la hure de Monstatruc.

— Paubrete! Quel dommage! Je suis si malheureux ce matin, si marfandit jusqu'au tréfonds de l'âme, que j'eusse eu meilleur temps en trouvant une nouvelle raison de te riffauder le cuir jusqu'au sang!

— Si cela est utile à votre mieux-être, moussu Arthur, accomplissez votre châtiment! soupira Brancouillu en pro-tégeant son triste cul. Flanquez-moi le reste de votre avoine, car je me suis aussi cinglé le blair, avec votre pauillac...

Le baron lui bahla quatre pourtats sur le pif, une tatouille sur les lèvres, une poque en plein gaster et deux vire-tapes sur les écoutoirs.

— Je n'ai pas volé ma trempe, renifla Brancouillu. Mor-niflez-moi bien que je ne recommence plus!

— Je suis sceptique, avoua le baron.

Et ce fut tout pour ce jour-là.

ACTUA-TILT

Union soviétique (1922-† 1991). La Russie annexe le Kremlin. Mikhaïl Gorbatchev, tsar sans couronne. L'Allemagne mène le bal. 108 tonnes de foie gras saisies dans l'Indre. 21 usines de la General Motors ferment leurs portes aux Etats-Unis. Chemins de Fer, suppression de 4 800 emplois. Renault licencie 3 746 personnes. La Bourse a un nouvel accès de faiblesse.

Les prix d'un Noël de légende!
– 30 % sur toutes les peluches.
Un mort au carrefour.

LIBRE SERVICE LIBRE SERVICE LIBRE SERVICE LIBRE SER

P OUR avoir le droit de pousser un caddie dans une grande surface, il faudrait savoir dire non au oui. Pour mieux vivre, il faudrait apprendre à sourire dans du béton. Si la connerie était de l'essence sans plomb, pourrait-on vraiment se passer des Arabes?

Pub!

Finale beauté, mesdames? Buvez du sérum antitemps et ralliez Pékin à bicyclette.
Un plaisir pour lui faire plaisir? Boucles d'oreilles Ba-by-lone!
Chaque minute est un peu de lumière qui vient des étoiles.
Buvez l'eau de la vie à la source des volcans!

ACTUA-TILT (suite)

Bon. Et maintenant, quoi d'autre? En Russie, les femmes découvrent qu'elles veulent tout avoir : l'amour, la liberté et même la peau douce. Alma-Alta : surtout des questions. Slovénie, les combats reprennent. Violence aveugle à Belfast. La fièvre de Noël. Hécatombe sur les routes de la région. Jouets pour les petits : des « puces » dans la hotte. Beauté : Miss Gironde a dix-huit ans.

RÉCAPITULATION : Pas de changement quand on prie. Pluie. Intempéries. Fibrociment. Vivons au-dessus de nos moyens, voulez-vous? Tous les jours une promenade hygiénique. Protoxydes d'azote. Réflexes palpébraux. Collapsus de ventilation. Et s'efforcer d'être bons pour les petits oiseaux pendant les grands froids.

INTIME CONVICTION : Ce soir, dans ma maison d'Uzeste, le crépuscule qui s'installe a la complicité du silence. J'allume ma lampe et je regarde par la croisée entrouverte. Le jour fait faillite à l'horizon. Renvoyé par des miroirs infinis, il renverse sa cruche rouge sur les cendres des années lentes. Doucement, le soleil agonise dans une trouée de pins. L'herbe du pré me conduit jusqu'à des fenêtres amies. Je ferme les yeux. Un avion déchire les nuages. Comme un linge qui sèche, j'ai gardé le souvenir des voyages en plein ciel. Me reste-t-il encore beaucoup de temps à cuire dans ce monde?

Nous sommes sans défense!

Ce soir, dans ma maison d'Uzeste, j'ai pris des notes pour ce livre qui commence. Voici, voilà le fameux monologue qui se cherche. Je lève les yeux.

Le soleil fait baler la lambada à deux jeunes catalpas dans la cour. Il joue d'un accordéon rouge et va passer sa nuit à l'hôtel de l'hémisphère Sud. J'espère qu'il a sa brosse à dents.

Le travail des créateurs! Quelle bizarre alchimie! Quel orgueil sous la maigre cueillette!

Et dites-moi donc — insomnies, migraines —, minutieux comme ceux qui vont ramasser la brindille en une sombre futaie, quelle somme d'espérance nous pousse à nous essouffler pour aller au-devant de la foire aux illusions? Ce serait trop de misères à vous raconter.

Enfant, cela situe, je rêvais déjà d'entrouvrir le coffre-fort de l'imagination afin de m'y faufiler. Je voulais être explorateur. Filer derrière des gens à la vie exemplaire. Approcher de la flamme qui transfigure. Attraper des ailes. Décoller au firmament. Hisser carcasse sur les tréteaux.

Du lointain de l'horizon survenaient des fantômes. Très tôt, je les ai peints de couleurs vives. Je ne cherche pas la gloire. Pas les fanfares du ciel! Pas la célébrité des génies, mais une juste reconnaissance de mon parcours sur les plages de sable fin. Laisser une empreinte. Exister ! Pouvoir être retrouvé plus tard dans les vieux papiers du monde. Oh, pas d'orgueil dans tout cela ! Plutôt une instinctive fascination pour la création. Je jure que je me suis toujours tenu loin de l'esprit. C'est l'affectivité qui me tient. Mille causes. Mille démangeaisons ! Atrocement douloureuse, elle me gratte. Elle me boutonne. Elle m'allergise. Elle me tachycarde. Elle me procure la sensation d'une sainte brûlure. Elle me sèche les lèvres. Elle me ramène dans le sillon qui est mien. Une pelletée de nuages. Tout nimbus, dans mon cas.

La fiction, le rêve, l'indignation des personnages de papier sont de mon domaine. C'est là que je charrue. Laboure et raboure. Vais à tout soc. Brouilleur de pistes aussi. Persuadé que rien n'est plus vide que l'œuvre de celui qui s'embarbouille dans un monde de vérité. Car rien n'est moins intelligent, n'est-ce pas, que ce qui pèse un réalisme besogneux ?

Ou dites-moi si un bon vin se trahit à la première bouche ? Dites-moi si le bleu de Van Gogh occupe le grand ciel de vos vacances ? Si des temps archisecs en amour, dirigés par l'omniscience, permettront jamais de mesurer le cœur ?

3

A VANT de vous entraîner du côté de Montallier, de retrouver notre baron au fond de son pays du temps de vivre, de partager le délire émerveillé de son castèts au cœur des bois, d'agiter les congas de la bonne humeur, j'aimerais pouvoir vous annoncer quelque heureuse prophétie. Affirmer que la paix vaincra. Que chacun sur cette planète a de quoi manger et peut continuer à faire les gestes de la vie.

Hélas, d'après ce que j'ai glané ce matin à l'écoute des oracles de la radio, il règne sur nos esprits une sensation de malaise inexplicable.

Ceux de derrière le micro, des gens qui, d'ordinaire, à voix timbrées, expliquent par la proximité du chaos l'échappée cruelle de nos jours de révolte, disaient à l'antenne que rien ne sert de se cacher sous les jupes du Seigneur, ni d'attendre je ne sais quel miracle. Ils disaient aussi qu'on a volé la confiance. Que le sang est contaminé. Que la mort est invitée jusque dans l'haleine de ceux qui nous aiment. J'ai pensé à la foule. A la nonchalance de l'agitation extrême.

Ils prêchaient, les *spiquaires*, psalmodiaient, ils ressassaient entre deux pubs des phrases, aussitôt éparpillées par les ondes dans les cervelles engourdies de centaines de milliers de types penchés sur des lavabos ou le derrière emboîté sur des gogues.

C'était l'heure rituelle de l'after-shave, du dentifrice, de la raie sur le côté. A cet instant symbolique, Dieu, justement, aurait-il retourné un gobelet improvisé sur les immeubles des hommes pour y faire un prélèvement qu'il aurait fait les yeux ronds. Les riches, les pauvres, les Maliens, mais aussi le PDG, l'Arabe, le sentimental, le lycéen, le sidaïque, le camionneur, l'artiste, avaient le fluor entre les dents. Ils avaient d'autres chiens à fouetter que le grand thème social de la décadence. Ils s'en dessinaient le coquillard de l'ère du déclin! Ils pensaient plutôt à leurs caries, à leurs fermentations intimes. Un peu à l'abbé Pierre, au commandant Cousteau ou à Coluche. A l'approche des fêtes, ils n'auraient pas aimé leur faire de la peine. Et aux zimpôts aussi ils pensaient, passe que mon vieux, la vignette était en vente. Avec ce truc-là, les bagnoles à air-bag et à permis à points, c'est fou ce qu'en haut ils nous tiennent.

Dare et dare, à moins le quart, les pékins s'élanceraient dans des directions. Tous courant. Colonnes aux yeux rouges, fourmis de métros, peuple de secrétaires, chapelets de gares de banlieues. Ils moutonneraient parmi les boîtes de conserve, les distributeurs de Coca-Cola, les tessons de vaisselle et les pneus hors d'usage.

Dans les villes, dans les cités achélèmes, à pas pressés, la biscornuterie du siècle continuerait. Casqués, chapeautés, un tulle gras sur le front, des hommes, des femmes, entreraient dans des bars, des hostos, des bureaux. A la brasserie, au bord du zinc, même crincrinnerie que d'habitude. Petit bruit de l'œuf dur. Percos. Tiédeur cuivrée. C'est chaque jour la même mélopée. Des visages pâles se regardent. Un type roux caresse les cheveux d'une jeune beur. Un alcoolo à tête de cuir cherche le cheval gagnant dans la troisième. Des nègres chuchotent sur la banquette. Une lycéenne de seize ans rejette la fumée de sa cigarette par la bouche. Les croissants ont un goût d'huile. Il y a de la condensation sur les vitres. Par des rues identiques, les travailleurs s'égaillent.

Les chômeurs restent entre eux.

PLAN RAPPROCHÉ : Il est neuf heures du mat'. Chômdu, c'est gris foncé. Le chant des oiseaux se tait. Sous l'abat-jour éteint, l'angoisse monte comme une eau lente. Glotin Edmond, à L'Haÿ-les-Roses, 36, rue des Petites-Sonnettes, ouvre un sac en papier. Il incline le sac, fait tomber dans le creux de sa main deux trois choses rayées qui ressemblent à des crevettes et qui sont du surimi japonais. Il se les fourre dans la bouche. Canapé skaï à quarante ans. VRP sur la touche. La Renault sur des cales, au garage. 13/8 de tension. Peau grasse et points noirs dans la glace. Joues bleues de la barbe d'hier. Tricot de corps. Pavillon en pierre meulière. Chien-loup à collier étrangleur. Petites annonces. La gamine de douze ans de la concubine — Sabine —, elle a la scarlatine. Elle a des yeux au-dessus de son âge. L'intérieur des cuisses en marbre rose. Une culotte en coton blanc, son petit doigt fourré partout partout, le fou rire pour un rien. Putain, monsieur le Juge, elle agaçait tous les matins. Et encore! si c'était pas sa salive entre les dents! Mais principalement, c'était son ventre. Son petit Vénus, chauve comme un œuf. Un jour je lui ai dit, laisse-toi faire. Je ne veux surtout pas te faire de mal, Sabine. Elle regardait ailleurs. Les filles qu'on recueille, monsieur le Juge! Elles donnent des chaleurs. On les élève comme sa propre progéniture, et c'est de la graine de tournesol. Je revois Sabine toute petite, toute mignonne, dans mes bras. Je lui donnais de gros baisers dans le cou. Je lui ai offert un collier de perles parce que je trouvais ça bien. CD, cédés, elle connaissait que ça. Des disques, elle voulait acheter des disques. Elle marchait qu'au laser. Elle écoutait Madonna, Mathilda May, elle regardait ailleurs. Elle a fini par tirer ses cheveux vers l'arrière. Elle a commencé à embellir. Pendant des heures interminables, elle fixait le soleil. Après, elles ont quinze ans. Elles vous toisent. Elles vous ignorent. Elles vous repoussent. Chômeur de longue durée, elles ne vous connaissent plus. Tenez, c'est aujourd'hui le dernier jour de l'automne. Germaine, ma concubine, et moi, nous finissons notre pack de bibine avant d'aller passer au tribunal. *Tütteberg, la cannette de bière qui a du ventre.* Vénus, c'est du passé! A quarante-deux piges, Germaine a pardonné. On est beurrés et tabagiques. Allez Germaine, encore une mousse! Filasse et variqueuse, elle dit pas non. Elle tire sur ses socquettes. Elle a que son crêpe de Chine à se mettre sur le dos. Je regarde par la fenêtre. La vitre est lisse et fragile. Un taxi jaune aux vitres opaques lèche l'haleine d'une plaque d'égout. Deux élégantes se croisent sans se voir. Une personne de petite taille glisse sur une crotte de chien et éclate de rire. L'horloge du palais de justice s'allume.

A l'audience, Germaine admet que nous sommes des poivrots sans estime. Le juge pour enfants dit qu'on frise les trois millions de chômeurs. Il dit qu'il votera à droite la prochaine fois. Plutôt deux voix qu'une, il dit.

Il a placé Sabine dans un foyer à Montreuil.

4

A LA PARPAGNE, ce matin-là, en culotte de pyjama bleu pâle, Arthur Charles-Marie Bouillon de Monstatruc s'était levé de son baldaquin avec l'œil bien frais.

Le visage débosselé des incertitudes et excès de la veille, il avait ouvert — premier geste — les quotidiens où étaient exposés en titres et manchettes grasses les noms d'une demi-douzaine de notables de la haute finance, ceux aussi de quelques grands commis de l'Etat et de quatre saute-ruisseau de ministère qui paieraient de leur liberté un nouveau scandale de la course au profit. Plus loin, sous une photo de Premier Secrétaire un peu floue, pantouflait derechef le grincement routinier des affaires crapuleuses de la politique.

L'époque est bien malade, il pensait Arthur en se grattant la barbe. Il pensait sans penser. Il pensait façon de dire. Il se grattait aussi sous les aisselles. A force de regarder le vide, la télé, elle déteint. A ce compte-là, tout le monde pense de nos jours.

A la vue de tant de boues, tout de même, Arthur, il poussa trois soupirs, péta sur le côté, puis, cherchant à voir plus distinctement les choses telles qu'elles se présentaient pour de bon, redouta qu'elles ne fussent cachées sous des paillettes partisanes. Lors, pour plus d'objectivité, il se reporta à sa gazette localière.

Fion! Ce qu'il y lut, édition 21 B, à la Une, foutit le bonhomme à zéro.

— Merdecon! s'effondra-t-il. Quelle volière! Les feuillistes d'ici confirment l'infini bafouillage! Voilà juste les échos mouillés d'un peu de radicalisme, mais sinon c'est du pareil! On est dans la connerie! Aucune différence!

En effet, visitant plus à fond le journal, notre homme lut pêle-mêle qu'il fallait éliminer la jungle des privilèges, épurer les Partis, dire adieu à la combine, avoir l'esprit Yamaha et que la Chine n'avait plus le temps d'attendre.

La Chine? Le pays où il est dit par Lin Yutang que le philosophe rêve avec un œil ouvert, parfois s'éveille du songe de la vie puis se rendort? Plus le temps? Monstatruc en esternua dans sa manche.

— Ne nous proposera-t-on rien, hormis la vitesse? s'interrogea-t-il. Faut-il accélérer le pas des peuples à l'heure même où l'huître de Vendée-Atlantique revendique son identité ?

Emberlucoqué n'empêche par ces écrans de fumée qui minaient les esprits de ses contemporains et persuadé que la vitesse des transports et l'usage des potages en sachet ne nous rendraient pas pour autant propriétaires du temps, Arthur Charles-Marie égrena un chapelet d'anathèmes uropéens et se traîna jusqu'à son cabinet Jacob et Delafon où il exonéra son intestin.

Chasse tirée, un quart d'heure plus tard, dans un bouillonnement d'eau chaude, il s'adonisait au fond de sa baignoire.

Propre, désinfecté, scarlatineux à force de gant de crin, il resurgit d'entre les sels régénérants avec la grâce d'un éléphant de mer. Il prit son élan pour s'arracher à la gangue de craderie extirpée de ses pores et prit pied sur le sec du tapis de bain. Enfin, non sans avoir talqué ses aisselles, ses plantes et entre-orteils, aussi coupé le surplus de ses poils d'oreilles, astiqué les conduits, débouriffé la tignasse, il campina jusqu'au linge de corps qu'il avait préparé sur un banc. Avec lenteur, cérémonie extrême, il commença à s'harnacher de bretelles et enfila des chaussures qui n'étaient point faites pour lui.

En équilibre instable, les bras écartés sur les côtés, il voleta pendant un long moment, battant de toute son envergure afin de restaurer son aplomb. Après une période de récupération, il garda l'air heureux à l'exception d'une moue tantinet chigneuse qui resta gravée sur le devant de sa bouche : le contrefort des chaussures lui martyrisait les chairs.

— Je vaincrai ! murmura-t-il en fermant les yeux, parce que j'ai un projet féroce et que je suis de la confrérie de ceux qui sont vivants...

Il fit le vide dans sa cervelle et lutta un moment contre l'envahissement du rien. Il frotta son corps chaud comme un fourneau et finit de se vêtir dans la pénombre.

Ensuite, mal assuré sur les fémurs déboîtés de ses hanches, claudiquant pour cause de godasses à hauteur astronomique, il se balança des muscles fessiers jusqu'au palier de sa chambre, empoigna la main courante et dévala l'escalier de sa tourelle à meneaux avec un bruit de cheval. Comme il avait déchevillé à mi-parcours, il ôta la chaussure restante, chercha la seconde à tâtons et, ses souliers tenus par la bride, poursuivit son chemin.

Escloppé par l'attirail qu'il avait passé sur ses larges épaules mais gai comme du bon tabac dans une tabatière, le maître du logis traversa une cour intérieure et vit fondre sur lui l'ombre du grand chien courant Omnibus qui flibustait autour des communs.

Certain que le taïaut intrigué par son accoutrement le berniflerait trop familièrement en ses intimes parties, il flatta l'animal par la truffe en lui octroyant une mie de pain enduite de graisse d'oie. Pendant que le blaveux s'empiffrait de l'aubaine, le baron referma sur lui une barrière, enjoignit au cagnas de garder le bercail et sans se retourner davantage prit par une sente obscure qui menait au bord de l'eau.

Trottin faisant, Arthur bourdonnait une chansonnette. Les pieds nus dans le sable du chemin, il s'éreintait de bonne humeur vers un moutonnement de saules au feuillage blessé de jaune par la saison d'automne. Adressant un sourire à la vie campagnarde, les yeux du baron se perdaient sur le parcours de la luxuriante nature arrivée à son terme. Il aimait son odeur, percevait déjà les parfums mûrs du bord de la rivière, imaginait son eau noire étalée dans le resserrement de la gorge calcaire et s'avançait les mains enfoncées dans ses fouillouses, chatouillant au travers du tissu l'étui tendu de ses bourses testiculaires.

Tiens! A force d'enjambées, de mécaniques et frottis inconscients, voilà qu'il était repris par la cruauté du désir.

— Allez coucher, coquette!

Ainsi dit le baron à son vit. Vieil humain donnant un sens à sa journée et bercé par son rêve agité qui lui fouettait le sang, il s'en voulait de devenir godillant.

— Cesse de me turlurer!

Il poursuivit sa route en déparlant de la sorte et, arrivé à l'endroit près du moulin où il avait choisi de se poster, il s'arrêta pour saluer le jour naissant. L'horizon enflammé lui faisait la promesse d'une journée filée d'or.

INTIME CONVICTION : Dans ce train de la vie dont on ne sait d'où il est parti et où il va, dont on ignore la vitesse et par où il passera, je prescris souvent qu'il faut savoir descendre entre deux gares. Profiter de la halte. Au besoin la créer. Tirer le signal d'alarme. Ignorer le serre-freins qui rouspète. La société qui s'énerve. Et farce, celui qui se hâte dans la chaleur des villes, il sera rattrapé !

Puisque les temps sont là où nous ne pouvons plus respirer que par tuyaux et par filtres, nous aimer par ricochets, nous défendre par les crocs des chiens ou le maléfice de l'argent, je ne mise plus sur les rabâcheries d'un fameux avenir. Tout au présent, je gobe.

Comme j'ai reçu un coup d'entre deux âges et de mauvaise santé sur la tête, permettez, je me suis escampé. J'ai pris la traverse, coupant par les manches au plus court. J'ai laissé derrière moi la plaine de Beauce où l'air couche en coup de vent avec le froment. Où les autoroutes, les hydrocarbures et le cannibalisme caravanier stimulent les mauvaises pensées. Je me suis mis à couvert. Découvrant la splendeur aquitaine, je suis entré hardiment sous le manteau de sagesse des arbres. Je me suis placé sous la protection d'une longue patience.

Ici, à Uzeste, je me laisse effrayer par les grands bois comme par la voûte de la collégiale du pays que j'ai choisi. Terre d'Uzeste, je suis. Terre d'Uzeste, je marche. Ecris. Vais. J'ai la voix nette. Une canne au poignet.

Forêt. Forêt des Landes. On verra, l'expédient est fameux. Voici le plus haut, le plus absolu des refuges. Et tout d'abord la mesure. Ici, sur le sable gris, avec le vent des cimes qui récite la mer, me voici rapporté à mon échelle de faiblesse et de force. Mes souliers d'homme écrivent un modeste alphabet à deux lettres sur les sentiers et derrière moi, la pluie doucement l'efface.

Je marche. A mon insu se livre un combat sans bonté et sans méchanceté. Sous la feuille, à l'affût, dans les fougères, un monde à ramages, à mandibules, à griffes, à serres veille, rapace et forficule. Le plus fort a été créé pour triompher du plus faible.

Ainsi va l'anneau de la chaîne.

Terre d'Uzeste, je suis. Terre d'Uzeste, je marche. Ecris. Vais. J'ai la voix nette. Une canne au poignet.

Je marche. Homme! Voici un arbre qu'il ne faut pas couper. Un chemin qu'il ne faut pas clore. Il faut les visiter. Je marche. Je marche l'éternité de chaque seconde. Le silence n'est pas le vide. Je guette sans angoisse, je me tends sans effort. Dos contre un arbre, je ne juge pas. Un arbre, ça ne se juge pas. Ça s'apprend.

Pour que la forêt vienne à vous, pour qu'elle soit vôtre, pour qu'elle vous entoure et que vous y plongiez, pour qu'elle vous livre ses instincts méfiants, le secret de ses foisonnements multiples, devenez silencieux.

Le silence, c'est devenir soi-même de la musique. Une qualité de musique nécessaire à soi-même.

Terre d'Uzeste, je suis. Terre d'Uzeste, je marche. Ecris. Vais. J'ai la voix nette. Une canne au poignet.

Je marche. Tempo. Rives intérieures. Je pense à des livres. Mots jetés, mots perdus. Pauvres mots. Le mouvement lent, le sable qui s'égrène sont mes risques.

D'aucuns, des grincheux sur le pas de la mort, vous souffleront à l'oreille : « Autrefois, il y a seulement dix ans, nous étions autrement heureux. Maintenant, c'est fini.» C'est vrai, les gens se sont quittés des yeux. C'est vrai, ils rationnent l'esprit et le cœur. Mais je récrimine à propos de l'attitude à adopter vis-à-vis d'eux. Jamais ne démissionne.

A Uzeste, je dis, je répète : aujourd'hui nous étions très heureux. Le soleil est venu me chauffer. Je me suis senti bien compas sur mon ombre. Quelqu'un est venu apporter des fleurs. Un autre a donné son pâté. Et le dernier, en passant, a simplement salué. J'ai tout pris. Je gobe, vous dis-je. Ah mais, surtout, dites-moi ce qui est important, si ce n'est d'accepter?

Terre d'Uzeste, je suis. Terre d'Uzeste, je marche. Ecris. Vais. J'ai la voix nette. Une canne au poignet. Faut-il préférer la tour Eiffel à un petit vin de Graves ? Là-dessus, tout de suite, je tranche ! Je cramponne à mon verre ! Et si, plus tôt que prévu, Dieu me fait son signe, j'irai tranquille à l'entrée du bourg, dessous le petit cimetière. Nenni le Père-Lachaise. Pas mal je m'en fous de la lampe à braser les grands hommes. J'irai flapir au jardin des endormis. Depuis l'oreiller de la terre froide, j'écouterai jouer les tambours, les accordéons de Lubat. Au son du fifre à six trous, j'écouterai passer la ripataoulère d'Uzeste Musical. Mon épouse écoutera avec moi. Nous avons toujours tout fait ensemble : *nous étions très heureux.*

FICTION (suite) : Ah ! les tambours gascouns ! Les pifraïres !

Le concert, justement ! La symphonie ! C'est que j'ai mes cornues sur le feu, moi ! Bec Bunsen à tout va ! Sur la paillasse, ça chauffe, bouille, déterge et change de couleur dans les éprouvettes.

Le baron de Monstatruc est auprès du moulin. Je n'ai rien oublié. Il attend le soleil.

Mes musiciens m'interrogent des lèvres. Mademoiselle Spire est à la harpe, monsieur Twinkelton à la flûte. A la trompette, monsieur Javadère — Phidias de son prénom. Les visages sont attentifs. Je libère le vent d'un coup de baguette. Babylas Korodine s'enroule à l'hélicon. Les cuivres torréfient le souffle de petites notes métalliques qui caressent les cerveaux, les têtes, les oreilles du public. Je vous réveille un peu. Pas d'asthénie digestive ! La symphonie se joue avec la saison. Les nuages et les ombres. Pas question de lever sur la salle un coupant soleil de juin. C'est la gloire de l'automne, je ne l'oublie pas. Et maintenant, cher orchestre, un tenu de l'âme ! Un épanouissement. Un ruissellement d'or. Donnez la harpe, mademoiselle Spire ! Une conjugaison. Un pâle et radieux sourire harmonique propre à déchirer la nue... Voilà l'affaire !

L'astre solaire est levé.

Monsieur de Monstatruc l'acclame en ces termes :
— Fais ton travail, grosse lampe! Watte! Fais nous entrer dans la maison de l'énorme avenir! Et maintenant, *andante ma non troppo*, je retourne aux instruments de solitude. Une flûte, s'il vous plaît, monsieur Twinkelton! Nous entrons à rebours dans les plis de l'imparfait...

L ES PAUMES offertes à la pourpre lumière, notre Gascon souriait. Il souriait à rien. Il beyait. Il bienheurait. Se solaçait aux premières paillettes du resplendin qui éclaire tout.
Bénasse au coin du bosc, il attendait que le temps lui devienne une richesse. Alors qu'il s'emballait doucement dans son extase, des vapeurs roulantes s'embrouillonnèrent dans les fourrés, ajoutant à l'effet de fantasmagorie. Elles faisaient salamandre et coton. Anguinaient une forme sinueuse qui accompagnait la rivière Ciron au long de son parcours nonchalant et attiédissaient sur ses rives la bourbe de l'humus.
Le baron humait. Il respirait. Il acceptait.
— Un arbre, ça s'accepte, bullifia-t-il avec enthousiasme en s'approchant d'un très vieux chêne.
Il l'embrassa.
Devant l'éternité de chaque seconde, son ventre s'était relâché. Ses yeux avaient gagné les confins du vague. Il se tenait debout, les bras cerclés autour du fût, le souffle imprégné d'une fraîche humidité. Il était prêt à recevoir le moindre bruit comme une réponse heureuse à son manque total de question.
Il était si loin parti qu'il n'entendit point venir son fidèle serviteur. Ce dernier, un panier à raisin sur le bras, le venait ravitailler en pinard du matin.
Respectueux de l'hébétude de son sire, Brancouillu posa son baillot. Il s'assit sur la mousse. Les bajoles pendantes comme un dindon, il attendit à son tour.
Le baron récitait en son esprit encombré d'images de phasmes, de mantes et de psoques, le cycle de la forêt où la

mort est simple parce qu'elle est pleine de vies qui s'en viendront. Il suffisait de patienter gentiment. A midi, le soleil se tiendrait au plus haut de l'escabeau. Tarières, dards, ailettes, cuillerons et mandibules s'emploieraient à nettoyer l'urgence de toute une existence.

— Que dis-tu Brancouillu?

— Je ne dis rien mon maître. Je vous laisse filer vers le ciel.

Le baron, ce matin-là, était coiffé d'un bibi en paille d'Italie à voilette. Il avait enfilé une jupe à mille plis qui corollait sur ses mollets. Ses épaules athlétiques étaient enveloppées d'un grand manteau de vigogne. Le manteau longeait son corps comme une chute d'eau jusqu'à des escarpins vernis qui étincelaient aussi bien que du charbon. A son bras était passé un sac à main de dame.

— Tu vois? J'apprends à marcher, dit-il en s'élançant sans se retourner.

Il fit trois pas sur son élan.

— J'apprends à marcher sur des flèches, comme ma chère Elisabeth!

Il chancela, se rétablit, bomba le torse et, incertain sur ses trottignolles à pointes, dit :

— C'est drôle, mais ça m'est égal que les gens rient. Un homme de ma trempe n'a pas peur des ragots.

De ses hanches, il dessina deux trois tordions instables, s'envrilla dans une liane de viorme et chut lourdement sur ses frottes.

— Quelle désolation! dit le baron en essuyant son rimmel. Je n'y arriverai jamais.

— C'est une route déboussolée, échota Brancouillu. Votre femme ne vous en demandait pas tant.

— Cette nuit, j'ai rêvé qu'elle m'embrassait sur la bouche. Dans mon rêve encore, figure-toi, je lui fouillais le sexe.

Plus tard, suivi à distance par son gadasson à tout faire, le baron qui avançait devant soi en se tordant les chevilles vit une buse fondre sur un caneton de l'étang.

— Tu vois, Elisabeth-Marthe, s'écria-t-il en s'adressant à

sa défunte épousée qui ne quittait pas ses pensées, pour les gens, pour les bestioles, pareil! Même loi!... Que le plus fort tue le plus faible!

Il ajouta pour faire bon compte avec le souvenir dernier qu'il avait emporté de sa femme :

— Ecoute-moi bien, carne rentrée! Eglisière de sacristie! Si l'amour est une forge, à cinquante-neuf ans, en indiscutable logique, j'ai encore de quoi souffler la braise!

Ce discours lui donnait soudain l'air égaré. Il leva la tête vers la cime des arbres. Il écouta passer la réponse du vent sur la pinède et haussa les épaules.

— Aujourd'hui, mordious, Elisabeth-Marthe! Tu n'y comprends rien! Malhur et fatalitat! J'ai la glande!

Voilà ce qu'il clama à l'attention de l'ectoplasme de sa femme, une personne si morte, si invisible, si jalouse — malgré son paradis gagné entre les Saints —, qu'elle avait soudoyé un ange de dernier rang et trouvé grâce à lui la combine pour parler à son époux sur les ailes du courant d'air.

La voix du baron tremblait. Il dégrafa sa jupe, la parachuta sur le sol. Prit le ciel à témoin.

— Diou biban! s'emporta-t-il en gascon. *Qu'arouéts hèyt à ma place?*

Le vent gémit aussitôt. C'était une brise d'ouest. Une brise mouillante.

— Ah, ça! Ne recommence pas à pleuvoir sur le pays, Elisabeth! C'est une affaire entendue : tu me manques chaque jour du calendrier! mais... souffre que je refasse ma vie!

Il écouta encore le zef se lamenter dans la futaie et cette fois rugit avec une pointe d'agacement :

— Sacrémille tonnant! tu m'emmerdes! Si tu deviens chieuse, je me dépouille de toi et je cours au boxon!

Monstatruc balança au plus loin les escarpins vernis et se mit à courir sur ses bas en longeant la remontée d'un semis de pins.

Derrière lui, Brancouillu s'allongeguibollait dans le labour et ramassait les frusques.

— Moussu! Moussu Arthur, revenez! Qu'allez-vous faire devant vous, à garder le cul nu?
— Jouer au trou-madame! Abreuver le roussin au boxon!
— Hôtel de l'Eléphant? Monsieur est devenu fou! Vous allez tromper Madame?
— Je veux faire grands ciseaux avec la Jeanne Couerbe!
— Boudiou! C'est une tour!
— Alors je prendrai la rouquine.
— Alberte? Elle a le fond tout blanc.
— Des années que je veux tâter son château d'eau!
— Voilà de l'imaginatif! reconnut le valet en s'arrêtant sur place.
Il se sentait mat et foutu comme un albatros moisi.
— Ma foi, si mon maître baise au bordeau, moi, j'ai la pépie, soupira-t-il. Vite un coup sur la langue! Je vais lampioner au médoc.
Rasséréné par cette façon tournante d'envisager la vie, le loustic assécha la bouteille séance tenante et regarda au loin.
Il vit le baron aborder une friche et s'y enfoncer hardiment. En même temps, deux têtes apparurent au milieu des folles herbes. Elles appartenaient à deux hommes jeunes, en redingotes noires, qui accomplissaient un travail minutieux.

5

ESTOMAQUÉ par la présence de ces faces de carême et la simultanéité de leur direction de regards, le baron de Monstatruc porta sa main à plat sur son chapeau en paille d'Italie afin d'en assurer l'équilibre. Les autres, c'était du visible, cherchaient à percer le mystère de son sexe véritable en lorgnant au travers des graminées. Le baron souleva sa voilette et lut sur leurs visages attentifs un vrai fond de crapulerie.

— Que faites-vous sur mes terres? leur demanda-t-il d'une voix bien martelée.

— Il vise et moi, je pointe, répondit le plus mince des deux maigres.

Afin de se mieux faire comprendre, l'homme brandit au-dessus de sa tête un piquet bariolé de repères blancs et vermillon. Il en détenait toute une botte qu'il portait à l'épaule, derrière lui, dans un carquois. Il refrénait mal un tic des paupières, ouvrait et refermait les gousses de ses yeux à une cadence inquiétante dès lors qu'il postillonnait pour discourir.

Son compère, en jaquette anachronique, tendit le cou ainsi qu'un échassier et entra mieux dans la lumière. Il avait gardé une longue et flexible main en appui sur la cuvette à rotule d'une lunette de haute précision posée sur un trépied.

— Je suis monsieur Hourtoule, déclara-t-il à voix de fausset. Et voici monsieur Tamisé.

— Voui. Nous sommes arpenteurs, précisa le susnommé. Nous arpentons.

Il semblait de loin le plus canaille des deux escogriffes mais c'était leur seule différence visible. Autrement, même type de vêture, mêmes traits de visage. Identique transparence rosâtre des paupières. Ils avaient en commun de grandes bouches pâles, des pommettes marquées et des yeux sombres comme la nuit, enfoncés sous des sourcils proéminents.

— Que cherchez-vous chez moi, messieurs?

— L'alignement, dirent-ils d'une même voix.

— Je suis prêt à rire de tous vos troufignolages, rétorqua le baron, mais il vous faut déguerpir.

— Le plus susceptible de déguerpir n'est pas forcément celui qu'on croit, égrena monsieur Tamisé en fixant son piquet.

— Mon associé a raison, opina gravement monsieur Hourtoule. Vous êtes sur le tracé.

— Nous constituons l'avant-garde d'un vaste projet vous concernant, surenchérit Tamisé.

— Je ne distingue toujours pas la couleur de votre saloperie, s'emporta le baron, mais vous commencez à me
fendre l'arche! Je vais de ce pas quérir mon fusil et vous
grossaler les jambons!

— Nous molester n'avancerait à rien, prévint le sieur
Hourtoule.

De la hauteur de son buste, il bascula dans l'épaisseur
des herbes et réapparut, porteur d'une sacoche.

— Voyez vous-même, s'écria-t-il en y puisant une liasse
de plans tirés sur papier dans les bleus, le train à très
grande vitesse coupera par vos terres. C'est écrit, c'est
gravé! Signé la Préfecture!

— Voui, voui. Et ne vous plaignez pas trop! opina
Tamisé. Votre bastion est épargné. Il en est de plus mal
lotis que vous!

— Bastion! Une demeure qui a vu Henri IV jouer à la
brouette avec la Reine Margot!

— Le tégévé Bordeaux-Toulouse n'a pas de ces états
d'âme, monsieur. Il effectuera huit fois par jour une pointe
à 320 sous vos fenêtres!

— Souffle de Dieu! jura le baron. Si vous respectez
l'horaire et la géographie de ce programme, je vous prédis
800 morts sur la ligne! Je prendrai le maquis! Je tordrai les
rails à la dynamite! J'élèverai un rideau de feu sous les
roues du monstre essènecéef!

Nullement intimidé par ces menaces, monsieur Tamisé
fit un effet d'ivoire avec sa bouche.

— Ça vaut dix! s'exclama-t-il en prenant son compère à
témoin. Monsieur nous promet des fumées et terrorismes
alors que nous l'avons fait bénéficier de nos largesses!

— En effet! Belle récompense! larmoya l'autre en se
payant une bosse de rire.

Et se tournant vers le baron :

— Quand je pense que nous avons insensiblement inflé-
chi la courbe du rail depuis Saint-Léger-de-Balsan afin
d'épargner à votre vétuste demeure les désagréments d'une
éventration médiane, je trouve que vous nous remerciez
bien mal de nos services!

— Quoi? Vous eussiez fait passer *Servair* et ses surgelés par ma salle à manger de l'an mil?

— Parfaitement! *En principe*, rien ne doit faire obstacle ou retarder la vitesse de nos convois!

— Sachez que nous avons déjà fait sauter des églises pour moins que ça, s'énerva Hourtoule. Des monuments!... Des classés.

Monstatruc en resta bleu.

— C'est du rut, ce que vous m'apprenez là, mes petits messieurs!

— C'est moderne.

— C'est conforme.

— C'est le progrès!

— C'est comme ça! Rien ne résiste à nos arpentages... sauf à nous graisser la main avec une petite enveloppe.

— Un pot-de-vin?

— Un accommodement avec le ciel.

— Voui, voui. On peut toujours se sauver par le cul de la bourse.

— A la réflexion, pour votre incivisme, vous méritez une avoine! hoqua le descendant des Montallier en s'étouffant dans sa salive.

Oublieux de l'état de nudité et de déguisement en lequel il se trouvait, le baron s'était mis à courir en cercles désordonnés sur ses bas. Il aurait aimé briser une clôture pour y arracher un piquet d'acacia dont il aurait fait une hallebarde ou un pal. Il s'avéra qu'on était en rase campagne et que les étrangers n'avaient pas à redouter sa charge ou ses supplices.

Les deux arpenteurs se découvrirent avec ensemble.

— Qui se fâche a tort, dit l'un.

— Qui se caille les sangs casse sa pipe, gloussa l'autre.

Une mouche passa entre les hommes. C'était un diptère sans force qui profitait du dernier soleil. Le baron se sentait gourd en son jus. Du revers de la main, il s'essuya le front.

— Vous n'abattrez jamais mes arbres! balbutia-t-il. Ce serait trop laid. Je mettrai plutôt la Préfecture en ciel de feu!

— Acte de pyromanie! Vous vous mettrez hors la loi...
— Voui. Les Compagnies Républicaines vous marcheront sur les mains avec leurs rangèrzes.
— Les flics vous patraqueront l'occiput.
— J'intenterai un procès!
— Vous le perdrez.
— Je lèverai un comité de défense!
— Vous n'allumerez qu'un feu de salpêtre...
— Mon collègue a raison... Crachez plutôt au bassinet. C'est une pratique avitine.
— Montrez-vous généreux... Nous reculerons encore de huit cents mètres...
— Encore? Vous avez dit encore?
— Voui. Parce que nous avons déjà reculé une fois, fit savoir celui qui s'appelait Tamisé.
— Une fois chacun, précisa monsieur Hourtoule en adoptant un port modeste.
— Soit seize cents mètres en l'espace d'une petite heure..., chiffra l'autre en sortant son calepin.
Le baron incrédule se gratta l'œil.
— Ah?... Serait-ce le maire qui vous a fait porter pétition?
— Que non! s'épanouirent les arpenteurs en souriant comme des peignes. C'était hier, sous un beau soleil. Ce fut du terrain vite regagné...
— J'y suis! C'est le président des chasseurs qui est intervenu en personne!... Il vous aura fait modifier votre tracé à la pointe du fusil!
— Nenni, vous répétai-je, cher monsieur. Nous avons reculé pour le plaisir du Plaisir.
Cette fois, Arthur était abasourdi.
— Quel prodige peut arrêter un train? s'interrogea-t-il.
— Une simple personne d'appas et de chair, souffla Tamisé.
— Une belle jeune fille haut-le-pied, confirma Hourtoule.
— Elle se dit de votre lignage.
— Elle est venue à nous de son plein gré. Le genre effarouchée par aucune procédure de sexe!

— Gloutonne même.

— Redemandeuse, je dirais, quand la coquille la démange!

— Je ne vous pose plus de questions, abdiqua le baron en reconnaissant Aventine. Chut, messieurs! Je sais où le soulier me blesse!

PLAN RAPPROCHÉ : Comme l'atteste la sagesse populaire : « A beau con, le vit monte!» Aventine était logée sur le devant. Elle avait toujours attiré les hommes. Veillant au grain, dès l'âge de quatorze ans, son père l'avait installée dans la sagesse de la pilule contraceptive. N'importe si le fantôme catholique de la défunte Elisabeth, née du Pech de Richemont, souffla longtemps la tramontane sur les cèdres du parc, le baron Arthur avait tenu bon. Il connaissait trop la manière dont l'étoupe du cul s'enflamme pour risquer sur sa fille un incendie de broussaille. Il n'était besoin que de regarder la mignonne pour voir, comprendre et croire à ses dons. Même au rebond de sa prime enfance, la gosselette avait des épaules en poux-de-soie, des seins faits pour la tentation, un ventre édredonné pour accueillir le dardillon des hommes et une arche de bassin cintrée assez pour laisser passer un bel enfant par le siège.

Au sortir de l'été, une furieuse envie de cueillir les fruits de son jardin l'avait prise. Elle voulait un bébé, un bébé même si ce n'était pas de mode. Négligeant l'avis des médecins qui mettaient en garde que souventes fois les filles imprudentes subissent les méfaits de dérèglements hormonaux consécutifs à l'arrêt brutal de la pilule, elle avait remisé sa pharmacie des anges au fond d'un tiroir. Elle s'était lancée bravement sur le fourreau des hommes.

Voilà en quelles circonstances recula l'autoroute.

Hélas, de la vigne au vin, il y a bien des piquettes! Dans les conditions de brette amoureuse où se trouvait mademoiselle Aventine, les accoucheurs ont souvent vu se former des colonies de nouveau-nés sous le même chapiteau. Ces nourrissons, agrégés par les ardeurs confluentes de multipartenaires, sont paraît-il bien capables de naître par paires, voire par bottes de trois.

Pub!

Mesdames! Mesdames!
Laissez le plaisir vous conduire. Adoptez la nouvelle
microfibre latex! Une finesse impensable! Un confort aérien.
Un complice intime.
Préservatifs FREEDOM ligne S, colorés par De Luxe!
Ligne S! La fibre du talent!

FICTION (suite) : La situation en était arrivée à un point où, le découragement succédant aux chaleurs de foie, le baron restait flanelle sous son chapeau de paille d'Italie. Il se tenait coi devant les deux lustucrus en tenue de mariage. Eux, les flandrins, avaient du vice dans la toupie. Ils riaient derrière l'éventail de leurs doigts, se partageaient l'art de faire fin comme des merles. Le baron sentait qu'il avait perdu la face. Il était froid comme glace. Il avait pris sa tête entre ses mains.

Brancouillu, qui s'était avancé jusqu'au-devant de la scène pour assister à la déconfiture de son maître en cuvant son médoc, fronça son nez boutonné.

Du picot de l'index, le vilain rinceur de gobelets s'ingénia à capter l'attention du baron. Alerté par ses manigances, ce dernier se retourna et broussailla aussitôt du sourcil. Rivée à la lunette, la pupille dilatée de ce monsieur Hourtoule, son regard noir comme la nuit, était posée sur son verger de ventre et inventoriait sa place d'armes avec un soin d'entomologiste. Lors, monsieur de Monstatruc croisa ses mains devant sa boutique trente fois surdimensionnée par l'optique zoomeuse de l'instrument de visée, et, sans donner le pet pour une affaire aussi chatouilleuse que celle-ci, déversa sur les adeptes du fer-routage le trop-plein de sa colère.

— Navets plats! Culs cendreux! Forniqueurs! Cette fois, vous avez allumé mon pétrole! écuma-t-il en fondant sur les redingotes noires.

De la paume, de la tranche de ses patoches massives, du levier de ses larges pieds, il commença à distribuer plapats et clapats.

— Obliger un ingrat, c'est perdre le bienfait! postillonna Tamisé en esquivant un soufflet qui, s'il l'avait atteint, lui eût fait voltiger la tête jusqu'à Captieux.

— Carreleurs de sabots! Diguns! Malchoix de vos parents! Attrapez ces oignons sur le cap! Ça! Tenez! Bing! Zon, zon!

— Ouïe! Vous me cassez le nez!

— Aïe! Vous me déchaussez la mâchoire!

— Je vais vous mettre tous deux la gueule en pantoufle, oui! Allez dire à votre chemin de fer que je n'en veux pas!

Après une grande venue de coups en tous genres, Hourtoule, un mouchoir ensanglanté devant le blair, s'était replié derrière une souche. A force d'avoir vu passer des anges violets, ses paupières jouaient à la croix de Malte devant ses yeux affolés. Dans l'attente de nouvelles férocités, il prit à témoin son acolyte embusqué derrière un stère de bois de chauffe.

Essoufflé par sa propre violence, Arthur de Monstatruc s'était arrêté de les accompagner de ses revire-marion et autres giroflées. Le valet Brancouillu lui-même s'était caché sous la feuille, gageant fort qu'il risquait d'attirer sur lui une partie de la sauce.

Toute fureur retombée, le baron resta donc seul au milieu du champ de bataille. Lâché pour ainsi dire dans l'espace et pas plus important que s'il était redevenu un menu pollen en suspension dans les airs, il poussa un grognement désenchanté. Il cacha ses mains agitées derrière son dos et, conscient que le temps du ridicule n'aurait plus de fin dès lors qu'il resterait nu et maquillé en femelle devant ces manganes de la ville, finit par abandonner la partie.

— Diou biban, inspirez-moi! bredouilla-t-il en tournant des talons. Que faut-il faire pour arracher les hommes à la ladrerie de l'argent et du progrès?

— Comme nous vous plaignons, monsieur, de vous insurger contre une période indispensable, s'apitoyèrent en chœur les deux fameux arpenteurs.

Tandis que celui qui les avait mis en déroute s'éloignait, marchant d'un corps prudent afin de ne pas s'enroncer les mollets dans la friche, ils sortirent de la corne du bois où ils avaient trouvé refuge. Ils baissèrent les paupières en soupirant et reprirent le cours de leurs travaux optiques avec une extrême minutie.

Pub!

Mesdames!
On ne vit que mille fois!
Vous n'êtes pas une machine.
L'inconscient a son parfum...

BRÛLEZ FREUD ET RÊVEZ LIBRE!

FICTION (fin) : Sur le chemin du retour, Arthur fixait devant lui ses yeux pleins d'inexprimables pensées. Bouffre! De quelle étoffe ces gens étaient-ils faits? A quel veau d'or étaient-ils soumis? Qui les avait commis pour jalonner ainsi son domaine? Quel officier de bureau? Quel pluricon du timbre en caoutchouc? Quel voyoucrate de la planification électronique?

Après recours à la logique déductive, le baron en vint à un grand sérieux d'amertume. Il décréta d'une voix haute et découragée :

— La vie est une chèvre bien difficile à traire.

— C'est qu'on n'en finit pas de faire des expériences, le consola Brancouillu qui était remonté à hauteur de son maître et essayait de se maintenir dans sa foulée.

— Je n'en suis pas si sûr, maugréa le baron. Parfois, les apprentissages de l'âme méritent qu'on ne leur garde que valeur d'illusion. Il n'y a rien à conserver.

— Tout de même, tout de même... Aujourd'hui, notre maître, raisonna le valet, si j'ajoute ma vie à la vôtre, j'ai sûrement appris à ouvrir et à fermer de nouveaux tiroirs.

— Je suis sceptique, dit le baron en hâtant ses pas vers le bordel.

Et ce fut tout pour ce jour-là.

6

ACTUA-TILT

Ah, le bon temps! La fière époque! Le babilleux amalgame! De plus en plus d'érémistes encombrent les trottoirs. La poupée Barbie tout en cheveux (avec peigne et gel coiffant) pèse un million de dollars. Les quinquas du mitterrandisme sont sur le pied de guerre. Monaco bat Auxerre 4 à 0. Le loto remet en jeu sa cagnotte. Et le reste, qui ne vaut pas un coup de cidre, peut attendre à lundi. Aujourd'hui, c'est dimanche, chez les ouasins, on lave la ouature.

LIBRE SERVICE LIBRE SERVICE LIBRE SERVICE LIBRE SERVICE

A TTENTION, un peu de nouveau! Il paraît que l'homme des cavernes riait avec ses fesses. Seulement plus tard, on a inventé le zygomatique. La vie d'instinct doit précéder la vie de raison, disait Léon Blum. Shakespeare, lui, prétendait que nous sommes faits de la même étoffe que nos rêves. Justement, la France a vendu des Mirage 2000-5 à Taiwan. Ça va taper dur à Taipe. But, business is business. L'Amérique n'est pas de la petite épicerie. Elle a la tête pleine d'histoires d'Arkansas et de prêches puritains. Elle a voté Bill Clinton. A Wall Street, l'indice Dow Jones des valeurs vedettes a clôturé en hausse.

Pub!

Vieux maris!
Concubins en fin de désir!
Retraités!
L'entrain de la vie n'est plus là?
Votre compagne ne sourit plus?
Moins cher qu'un lifting,

ACHETEZ-LUI DES ROSES!

INTIME CONVICTION : Ce soir, dans ma maison d'Uzeste, j'étais si seul. Alors j'ai fait à mon idée. Ce soir, hips, excusez du hoquet, j'ai dévissé ma tête. C'est bizarre, une tête retirée et posée devant soi sur un meuble. En même temps, comme c'est reposant, plus de poids sur les épaules! J'ai siroté mon verre, hips. Je me suis penché en avant et j'ai découvert que ma cervelle, ce misérable petit tas de secrets entre l'ignorance d'avant la conception et l'oubli d'après la mort, était ouverte comme une vieille valise à soufflet. Je n'avais qu'à me baisser pour y puiser les défis pleins de confiance d'une précieuse période qui aurait bien pu s'appeler les fabuleux débuts de ma jeunesse.

Je me revoyais en culottes de golf, hips, lorsque j'étais cinglé de cinéma et que je n'arrivais pas à m'endormir sans avoir pris un dernier verre avec ce sacré Bob Mitchum.

Comme au bon vieux temps des ciné-clubs, j'ai embrassé la poule de Humphrey Bogart sur la bouche. C'est un truc qui menaçait de se reproduire depuis longtemps. Lauren Bacall est tout à fait restée mon type de femme.

Ma tête n'avait pas bougé de l'endroit où je l'avais posée, sur la table ronde 1930, près de la tabatière de Leonard Woolf.

Fascinant! Pour une raison restée mystérieuse, vous ne pouvez pas deviner la joie ou la peine sur un visage qui vous appartient et que vous avez séparé du reste de son anatomie. Il affiche une expression immuable. Il a son compte de rides. Ses cheveux sont blancs. Il fait l'âge qu'on lui donne. Et il vous fixe du fond d'une caverne de glace.

Dans l'âtre, le feu avalait ses langues, salivait, serpentait et vieillottait le long de la bûche de chêne. Après une longue bouteille de malartic-lagravière, bue à petite gorge, il régnait dans la pièce une sorte de douceur indifférente. Ma chatte de gouttière, Madame Arthur, et moi-même, nous allions doucement vers les braises.

Depuis la table ronde, comme j'ai dit, mes propres yeux me fixaient. J'ai enlacé à nouveau Bacall et je l'ai persuadée que le goût du tabac fumé par Bogey était un motif de

répulsion qu'elle ne rencontrerait pas au contact de mes
lèvres. La star a fermé les yeux et nous avons remis ça pour
un long baiser. Lorsqu'elle a quitté la pièce pour se repou-
drer, je me suis retrouvé au sein d'une agitation qui
condamnait l'inutile et poussait à s'enfermer dans le cercle
des solitudes heureuses. Autour des cendres de la veillée, le silence aussi compte.
Le passé et le présent se superposent. Le sommeil éveillé
ouvrait les portes du vertige. Au fond de la bouteille, voilà
clairement qu'apparaissaient l'ensemble des moments
vécus. Ça ne me sauvera pas des temps qui viennent, mais j'ai
pas mal bourlingué. J'ai gardé dans l'iris le bleu des
voyages en plein ciel. J'ai été esclave des pluies du fleuve
Kouilou. Sur son cours entrecoupé de rapides, j'ai été
piqué, niqué — hips — par les mouches tsé-tsé. J'ai avalé le
vent de sable du Sahara. J'ai écouté le bruissement des
vers, l'éclatement des troncs, le grignotement des rongeurs.
J'ai frissonné sous le passage rapide des phasmes de la forêt
d'équateur cavalant sur ma peau. J'ai parcouru la jungle de
Mysore à dos d'éléphante. J'ai senti le poids d'un python
sur mes épaules. J'ai failli périr dans un accident d'aviation
au-dessus de la forêt d'Orénoque. Et puisqu'il faut donner à
la mémoire l'air de la sagesse, m'abandonnant à la proximité de la mort, j'ai ouvert maintes fois les bras à une paix
que je ne connais toujours pas.
Nous entrons à rebours dans le pays des souvenirs.
Ici commencent les murmures qui font suite aux fureurs.
Comme une goutte après l'autre, les visages succèdent aux
visages. Ils ornent, ils compliquent les cryptes d'un long
couloir où chantonne la nostalgie. Que sont mes tant belles
amies devenues? Pour qu'un cœur batte, il y a de si nombreux bateaux à surveiller. Tellement de routes à prendre.
Tellement de trains à manquer. Le magasin de la vie est
énorme. Nous avons pris le temps d'allumer tellement de
lampes. De mettre tellement d'habits neufs. De pousser tant
de verrous. Plus de cent lits se dressent derrière nous.
Combien de draps sales pour une seule montagne blanche?
Les regrets eux-mêmes ont leur fade saveur de moisi.

Le feu charbonne dans l'obscurité qui s'installe. Dehors, le monde s'enrage. Ma chatte, Madame Arthur, sort de la pièce en ondulant des reins.

Autour de mes pieds, ça grouille de froid. C'est comme ça que je serai cette nuit entière.

Tout au bout de l'autoroute, après la montagne de la Sainte-Baume et après encore des virages, Victoire, mon épouse aux yeux clairs, est allée retrouver Ben.

Ben pour Benjamin. Benny l'autiste. Le Prince dormant. Notre oiseau. Notre éternel oisillon. Celui envers qui, depuis vingt et un ans, nous devons continuer à prodiguer de harassants efforts. Celui qui, à des altitudes, survole la nuit des tumultueux océans. Qui rampe sous terre et se cache très loin en des galeries non conformes. Celui qui n'ose pas rencontrer le regard d'autrui. Ni recevoir, ni donner. Qui enferme parfois au fond de ses yeux gris des lueurs de violence, des énergies consternantes, tempérées par des exercices de pitié. Qui a de maigres possessions et qui n'a jamais dit merci.

Ni j'ai mal. Ni j'ai faim. Ni je t'aime.

Ce soir, j'imagine Victoire soulevant la lumière sur son passage. Répétant des gestes à l'amplitude dérisoire pour accéder avec une lenteur extrême au donjon où l'attend Benjamin. Voyage dans l'éther. Elle entre au pays transparent des grands tournoiements. Elle serre notre fils dans ses bras. Il se dégage parce qu'il n'aime pas non plus qu'on l'enferme dans un cercle de chaleur de peau.

Par la fenêtre je regarde la nuit coudre l'étoffe des arbres. Le corps transi d'une chaleur frigorifiée, j'attendrai dans notre maison d'ici que Victoire revienne au terme d'une longue et lointaine semaine.

Au cœur de la forêt rapide, l'espoir aussi n'est qu'une question de temps.

LUNDI : Absente, Victoire! Partie vers le pays des colères Zautres, des poissons-singes et de la haine de soi-même. Partie vers l'imbroglio des brins de laine et des enfants aux bras tendus au-dessus du vide. Partie vers l'endroit sec et

poudreux constamment inondé par les aboiements des chacals, l'endroit de jungle où se répètent à l'infini des milliers
de hachures en motifs Rorschach, le labyrinthe de verre
incassable où détalent dans tous les sens des hordes de
poules blanches décapitées qui font hurler notre fils.
Et pleurer ma femme.

MARDI : Le feu s'est éteint sous la cendre. Les heures
s'épuisent. Ma barbe a poussé. La télé est sur les mires.
Le téléphone sonne.

La voix tremblée et mélodieuse de Victoire dit que Benjamin relève beaucoup ses chaussettes. Sans cesse, il va
contrôler si ses chaussures sont à leur place. Il le fait
comme un truc de première nécessité. Il revient là-dessus
autant de fois qu'il faut. Parce que le moindre détail est
important.

Toc, il est inquiet au fond de ses yeux gris. Exigeant. Que
maman ne s'éloigne pas. Avant arrière, il branlehoche sa
pauvre tête. Ça recommence, c'est plein de poules. Ou de
Dieu sait quoi. Une saloperie d'idée fixe.

J'entends le souffle oppressé de Victoire s'engouffrer dans
le micro du combiné. J'entends distinctement le bruit de
quelque chose qui tombe. Elle dit je raccroche, t'en fais pas,
travaille.

Une troublante angoisse commence à remonter le long de
mon cervelet. Elle s'arrête sous forme d'une bulle d'air
coincée à hauteur de la scissure de Rolando. La migraine
me canarde à l'obusier. Voilà le point du jour.

Je pense à Benjamin. Quelque chose qui ressemble à un
fantôme s'empare de la vie et j'ai peur.

Je les entends venir...

MERCREDI : Impasse. Fatras. Désordre. Chaos.

Comme hier, j'attends le téléphone. Comme hier, je
redoute la venue imminente de Papy Morelli et de sa Section Haine de l'Espoir.

Il faudra bien que je finisse par parler de ce sacré salaud
à feutre mou qui habite le fond de notre douleur depuis
plus de quinze ans.

Ce soir encore, je ferme les yeux pour ne pas entendre les talons surélevés de ses mocassins italiens battre la semelle au premier étage, sur mon carreau de Gironde. A minuit, le terrible maffioso s'arrête de marcher. Il vient de poser son beretta sur le marbre de la commode.

JEUDI : Papy Morelli a dit qu'il resterait jusqu'au retour de Victoire. Il ne prévient jamais quand il descend chez nous. Il sait qu'il a table mise pour lui et ses hommes. Ses porte-flingues. Toute sa clique de Cleveland. La Section Haine de l'Espoir. Ce soir, comme hier, ils sont tous là, avec leurs grands imperméables.

Et nous mangerons surgelé.

VENDREDI : Sur la table ronde, ma tête dévissée refroidit de la veille. Mes yeux s'exorbitent. Sauve qui peut ! Je me précipite pour refermer la valise à soufflet de mes souvenirs intacts. Trop tard ! Papy Morelli me coince la main dans la fermeture.

— Ta femme est extraordinaire ! dit-il en allumant un cigare bagué à son nom. C'est une sainte et, en plus, elle a un beau cul !

Il se tourne vers son lieutenant, Joseph Bonanno, dit les Bananes. Le proxo fait tourner sa chevalière sur son majeur et sourit tout en jonquaille. Il va pour répéter un beau cul. Le téléphone sonne.

Victoire dit que là-bas, dans le Var, les copains sont formidables et l'aident beaucoup à tenir le coup. Tout le monde est à quatre pattes et se donne un mal de chien pour chercher la cachette où est planquée la clé qui ouvre la tête d'un adolescent tel que Ben.

Cet après-midi, il a souri en regardant les montagnes du Bessillon.

SAMEDI : Petit matin dans la grisaille. Pâleur, les yeux caves. Je range les restes, les reliefs de repas laissés par Papy Morelli et sa clique d'assassins de l'Espoir. Champagne dans les chaussures. Havanes plantés dans le foie gras. Les vrais salauds s'en sont donné !

Vaisselle. Graisse froide. Reliefs de confit. Téléphone. Victoire dit que Benjamin se frappe encore le crâne. Qu'à force, il a un lac de sang sous la tempe. Elle raccroche parce que, excuse-moi chéri, il faut que j'y aille. Voici que l'encre noire s'insinue en moi par les oreilles, le nez, l'anus, le sexe, les pores de la peau. Papy Morelli débarque, retour d'expédition. Il arrive par le parc avec sa vieille caisse américaine. Buick Elektra des années 50. La portière claque au fond de mon tympan. Un jappement bref. Des ordres. Ses hommes se déploient sous les arbres. Ils sont tous là, Jimmy Belette et ses proxénètes. Jo Bonanno et la bande de Cleveland. James Licavoli et Peter Salerno allument des yeux fous comme au bon vieux temps de la vie Ripolin. Ils tiennent leur main droite enfouie dans la poche de leur trench.

Papy Morelli marche déjà sur le gravier de l'allée. Il entre chez moi comme chez lui. En vieil habitué, il sait où se trouve la lumière.

Cinq jours sans desserrer les dents. Cuite garantie. Infini bafouillage.

Z'amis, ce soir, j'habite une bouteille.

CARNETS POLAROÏDS : Autant que je sache, la vie est faite d'histoires obscures. Même si l'arrivée de Benjamin est un événement majeur dans l'histoire de cette famille, aucun d'entre nous, ni Victoire, mon épouse, ni votre serviteur, ne serait capable de se souvenir de ce risible picotement glacé qui aurait dû nous signaler l'instant délicieux du danger. Je ne me souviens donc pas du jour où nous avons été plus malheureux que la veille.

Parfois, l'air devient de l'électricité. Ou un trou béant vous mène jusqu'au fond du jardin. Vous êtes devant un poirier et vous avez envie de vous pendre. Après tout, dans notre cas, personne n'aurait su prévoir que nous puiserions une partie de nos forces dans la colère aveugle contre l'injustice qui nous frappait. Personne n'aurait pu présager que, pendant vingt et un ans, au jour où j'écris, Victoire, une femme douce à la volonté flamboyante, aurait été capable de marcher quotidiennement sur les eaux du lac.

Que je vous ramone l'histoire ! Au début, je me rappelle seulement avoir partagé avec elle une sensation de malaise inexplicable parce que le bébé tardait à marcher, également à parler. Mais point de serpents sous les mèches d'or de ses cheveux d'ange ! Aucun signe spécifique pour nous avertir qu'il ne regarderait pas le temps avec amour et voracité. Ses premiers gazouillis, vous connaissez l'impudence des parents, annonçaient pour plus tard l'envolée des discours de Malraux. Les rigolades se succédaient. Nous étions jeunes et invulnérables. Benny avait l'étoffe d'un artiste. Non, il serait Einstein. Ou Démosthène puisqu'il roulait les mots en pâtes mortes. Redondait les ondes et les syllabes. Renvoyait l'écho déformé de musiques liquides que nous nous acharnions à comprendre.

C'est le temps qui a tout gâché. Le babil n'arrivait pas à mûrir. L'oiseau petit à petit se taisait dans la haie. La bouche était cousue par un fil. L'exaltation, le vertige émerveillé dilataient la prunelle du gosselet. Dès qu'il fut en mesure de se hisser sur ses jambes, c'est-à-dire assez tard, il donna l'impression de se tenir à l'extrême bord du précipice.

Et après, Ben était suspendu. Il se balançait dans le vide pendant des jours fripés. Son silence tourneur entrouvrait les murs. Ses yeux étaient partis.

Ses yeux, Victoire. Ses yeux, le fouet de la vie.

Et tout était repeint en vert cruel.

INTIME CONVICTION : Au détour Ripolin, vous me rattendez ? J'en étais sûr !

Le clapot des couleurs anciennes n'est jamais fini, toujours les tambours reboument. Il reparle de lui ? Première personne. Couplets recouvrance. Les lèvres arides. La fièvre aux mains. Roman soliste. Personne ne lui demande de se déculotter l'âme ! Et puis ça ne se fait plus.

Et qu'est-ce qui doit se faire, mes bons ?

Est-ce que je vous demande comment vous avez la jambe ? Vous ne dites rien ? Vous m'observez ? Montrez les yeux, tas d'embusqués ! Bandes d'assassins ! Pisse-froid des villes! Corniflots à ragots. Serre-fesses à certitude. Je ne rigole pas. Messieurs croquemorts de la boutique! Zélés vicaires du prêt-sur-page, faiseurs de pluie sur trois colonnes. Les mains à plat! Faites pas du sucre. Bouches en cul-de-poule, genre dédaigneux. Vous me croyez rose, juste un peu rond. Je réponds gourance! C'est mal me mettre! Je pète au vent! Je rue à part. Donne des coups de pied. La blancheur du bon droit littéraire, c'est stérile. Toujours réduire l'envolée à un couplet riquiqui. Jouer la décanille avec la bouche en mouillette. Y a pas de bravoure dans les exonérés! Vous me chaubouillez avec les enculés! Je ne cherche pas à distribuer ma soupe. Je parle du monde. Je ne pense qu'aux autres! Je me taillade aux poignets.

Bientôt soixante gueuses au fond des poches, forcé flapi, je débagage. Mon pas de fonte se fait plus lourd. Un peu voûté, j'irai au but. Vingt ans au mieux, le sol est proche. Pas s'aplatir, rester féroce. J'irai de la gueule, c'est ma nature. Je ferai mes phrases. Mes ricochets. Pousserai mes cris dans mon langage. Je vais mon pas. Je chante mes notes. Fa sol si la, je ne vous dois rien.

Si je suis hagard? Vous pensez bien! Toutes ces nuits blanches. Ce noir ghetto. Je ne sors pas de mes ruines! J'attaque au mot! A la voix blanche! Phrases à mitrailles. Taratata!... Toujours mouvement. Bonheur, méfiance. Colère véloce. Ni détiédi, ni désâmé. Ni jours pâlis. Ma vie présente est cet instant plein comme un œuf.

Bien sûr, les jours sont guenilles. Chacun a sa tête pleine de babouineries qui affolent la pensée. Si on va par là, pas seulement le monde change. Aussi la couleur de nos lunettes. Entre cœur et déraison, j'avance au verbe, à la croyance. Colère des yeux! Je ne suis sûr de rien. Grabuge à tous les étages.

DIMANCHE : J'allume l'ordinateur pour la première fois de la semaine. J'active le Baron de Monstatruc sur Word 4. *Fichier. Edition. Format. Caractères. Outils. Ecran.* Coiffé d'un borsalino Qualitá Victoria, un cigare éteint

coincé entre ses doigts boudinés, Arthur Charles-Marie apparaît à la tour de son châtiau et se frotte les yeux.
— Que me veux-ce, Môssieu l'Auteur?
— Partons pour de nouvelles aventures, veux-tu?
— Aventures? Je n'y tiens pas.
— Vite! Habille-toi. La nature sent bon le cèpe... On annonce un vol de palombes... Viens!
— Nenni, l'Auteur! Je ne suis pas corvéable à merci.
— Grouille-toi, te dis-je! Il y va de ma peau!
Le baron crache son cigare. Il fait la grimace.
— Hier, je suis allé au bordel avec Papy Morelli et ses amis. Ce matin, je dors!
— Si tu viens sur la page, je te ferai rencontrer une femme qui a la bouche pleine d'eau frémissante...
— Ma foi, j'ai les bourses vides. Je n'ai besoin de rien.
Il sort un miroir. Examine en reflet son teint ictérique. Tire la langue. Offre un profil camus. Saburre à tout va. Expectore. Expuite. Spume.
— Sorry! hoque le goinfre pâmé dans sa salive écumeuse, je suis incapable de gambader sous ta plume, ce matin... Demande à Godon! Adresse-toi au moine! Il est serviable et gras à lard!
Je tape *Quitter* sur le Mac. Je jure de me venger du baron. Je sors par la fenêtre pour échapper à Papy Morelli et à sa bande de gâchettes fines. Je saute dans ma voiture. Je fais hurler les pneus. Je pousse les rapports. Je roule le plus vite possible. Pointillés blancs, blancs, blancs. Mes nerfs et mes muscles posés sur le volant s'étirent le long de l'autoroute. Au bout du ruban, Barcelone 285 kilomètres, quand je n'ai plus d'essence, il fait nuit. Le paysage ne vaut pas la peine d'être décrit. Sur l'aire de la station-service, il n'y a rien qui vaille la peine d'être décrit non plus. Au bar, il n'y a rien qui mérite le détour, à part une serveuse habillée d'une robe parme et d'un joli petit tablier bleu. Je pense que ça l'ennuie de faire ce qu'elle fait. Elle dit au revoir, bonjour. Qu'est-ce que je vous sers? Elle rêve en regardant la brume jaune bousculée par le front de taureau des camions roulant vers l'Espagne. Elle dit au revoir sans bouger.

C'est une fille, Angela, qui a l'air d'une fille qui aurait l'air chouette sans ses vêtements.

ACTUA-TILT

Cacophonie plein pot! La France n'a pas la pêche. Tout le monde va dans le mur. L'époque, elle pique. Chanson-titre des journaux. A nos lecteurs, assez d'huile solaire! Sauvez, sauvez les phoques! Sauvez la Nation! Sauvez les Ethiopiques! Sauvez Salman Rushdie! Qu'on garde ses palombes à la France! Les chasseurs se rebardent de cartouchières. Grande cause, assez! Le monde rural agonise à l'engrais, aux phosphates, aux quotas. Les ouvriers débauchent. Les automobiles puent! La politique pue! Tout grince au bruit. Faut-il fermer les yeux et se soumettre à un destin statistiqué? Ni victime, ni bourreau, jusqu'où ira l'indifférence? Le tyrannosaure finira-t-il otage du FBI? Est-il encore possible de faire quelque chose pour les Bosniaques? Y aura-t-il la guerre en 1993? Partout, le jus ruisselle. Ce matin, j'ai trouvé trois ou quatre points d'interrogation dans mon ersatz de café.

ET LUNDI, VICTOIRE REVIENT :
— Bonjour, Charlie Floche. T'as l'air crevette!

J'essaie de paraître en vie.

Elle dit que là-bas, in extremis, le calme a été restauré. Elle explique que les sept cents kilomètres en voiture ne l'ont pas tellement fatiguée. Elle me sourit comme si j'avais quarante de fièvre. Elle remarque que dès qu'elle a le dos tourné, je laisse déborder le lait, est-ce que tu as nourri la chatte, la plaque du gaz ressemble à une crème brûlée. Son regard ne me quitte pas.

Elle monte à l'étage. Elle défait sa valise. Elle se redresse. Elle se retourne. Elle tend ses mains et je les embrasse. Nous voici rejetés l'un contre l'autre. Nos yeux innocemment se donnent rendez-vous dans un coin de la chambre. Voici que bouillonnent à la surface indécise de nos peaux une couche de rêves en clair-obscur. Elle parle d'une manière saine d'envisager l'existence au jour le jour. Elle parle de ce désir aveugle de triompher de la mort. Elle tend les lèvres. Elle ferme les paupières comme les actrices sur les écrans de la Metro Goldwyn Mayer. En superposition par De Luxe, la poule d'Humphrey Bogart quête un baiser brûlant sur fond de ciel blafard. Tout est bleu autour des amants. Alors nous nous aimons. Doucement, nous allons à cajole. L'échelle est remontée. Un temps de galop, merci chérie. L'espoir s'engouffre. La nef folle reprend sa titubante course dans l'espace de nos vies hurlantes. De retour au bureau je me palpe. Le poumon va. La mesure bat. Je n'ai pas perdu le fil. A nous deux, cacochyme planète!...

7

LE MERCREDI suivant, qui était lendemain de foire à Bazats, Arthur de Monstatruc se réveilla comme un qui a mangé la veille une livre de foie gras salé, deux oiseaux bleus en salmis, un grand rôt de cuisse de chevreuil assorti de bolets à l'ail, une tourte moyenne et un demi-litre de ce chocolat chaud Valrhona dont il raffolait sur un lit de glace à la vanille.

Pour venir à bout de la sensation de lourdeur qui lui enlugubrait l'esprit, il entreprit de lourer ses follingueries de berger folkeux et commença à vociter des accents de bourdon dessus la rousse campagne.

Frère Godon s'apprêtait justement à messoyer. Son visage glabre absorbé par l'ombre de ses mains jointes, les reins grassouillets comme le suif d'un mouton de haute laine, il pateravait devant l'autel de Marie-toujours-vierge lorsque éclata ce grand tohu-bohu de béguétements bientôt suivis de clabaudages excessifs et de hurlements syncopés.

Le sang glacé, malgré l'habitude de tels excès, le moine imagina la scène telle que Brancouillu la lui avait maintes fois rapportée : le rythme, la cadence et l'audace du corps — le baron pogné à ses génitoires se livrant à un exercice de klaxonnerie si rustique que sa tyrolienne ressemblait à la clameur d'une caresse de dernier abandon.

Depuis les douves du châtiau, pour faire chorus et accompagnement à son maître, le chien Omnibus, tubant sa voix d'hallali, modula en sa gueule des transports d'aboillis et quelques jappements de chasse à courre. Au même instant, sous le roulement d'une nouvelle série de pas furieux, l'aumônier entendit trépiter la porcelaine au fond des dessertes. Les lustres tintelèrent aussi, entrechoquant leur pendaille de verre. Les plafonds de l'antique demeure ébranlés par la trafalguerie de l'invisible mammouth crachaient sciure et poussière sur son passage d'hélicon à pattes. Toutes grâces cessantes, Godon boucla sa bavarde à prières d'un signe de croix. Il génuflexa vibure un plongeon de déroute, passa fissa devant la statue de la Très Sainte Vierge et prit congé sur un amen et caetera du genre des plus bâclés. Traqueur sous sa robe, il fit courette entre les chaises et s'engouffra sous la voûte d'une absidiole.

Il resta prudemment dans son jus, tapi dans la sacristie. Après un grand quart d'heure, le barnum d'escalopes arpentant les étages cessa brusquement. En même temps que ces tressautements, les clabauderies, graillements et piaulis en tous genres s'éteignirent. Frère Godon parut sur le seuil de la sacristie. Il leva un regard pieusard et craigneux vers les angelots occupés à trompetter la gloire du Seigneur dans les cintres. Il passa sa main sur sa nuque et se trouva le cou froid.

Une grande démonie de femmes musicottait le bas-ventre de l'infortuné capucin. Il se sentait tendre et fragile sur le haut de son corps, lourd et sanguin dans ses goussets et son bâton, dévoré par le feu diabliculand qui met en rut, donne plaisir et volupté à ceux qui placent par-dessus l'œuvre de Dieu celle de chair, ses raffinements de peau et sa jouissance de verge.

— Mngnan! soupira-t-il dans un claquement de mâchoires. Mngnan gniaf! Sigmundson le Destroy cherche encore à me soulever la jupe!

C'est ainsi qu'il appelait son démon familier.

Sigmundson le Destroy était un Nordalbingien à barbe

rouge venu de Trondentotheim dans la nuit des temps. Le
vilain pillard nichait à même Godon. Il se retirait ordinairement dans une grotte et s'engrupait, comme morpion
qui gratte, dans l'obscure touffeur de sa chevelure
pubienne. Les jours de baignoire, en se penchant sur sa rate,
l'homme de Dieu voyait percer ses yeux verts. Deux fois par
mois, le Destroy, juchassis sur sa Harley-Davidson cloutée,
boutait le feu aux basses herbes. Cette caléfaction descendait par broussailles, communiquait la braise aux génitoires du moine, dilatait ses vases spermatiques. Le Wroomer, soufflant un vent chaud sous les ténébreuses forêts de
son froc, splendissait sa quiquette et ses bissacs pour les
transformer en un équipage de gras chevaux fumants.

Là-dessus, permettez à l'auteur qu'il interrompe le cours
du récit, passe la tête à l'entremonde et s'adresse au lecteur.
Godon est aux abois. Le voilà menacé des tridents, tran-
choirs et gazinières de l'enfer. Sans qu'il y puisse miracle ni
rien, il est possédé par une insupportable envie de sexe et
de garouage animal. C'est du peu pour qu'à l'exemple de
monsieur de Montallier il se vermoule au péché de luxure.
Le diable est là, dedans la chair de son fruit qui turgesce et
fait le pont de pierre sous sa robe.

Les circonstances l'exigent et pourquoi se gêner? dans ce
cas de persécution extrême, souffrez que je me foute en bas
pour aider le moine. Après tout — symphonie-grabuge — je
suis le réciteur de l'histoire. Et n'arrêtez pas la mouche au
vol! D'une façon ou de celle-ci, il fallait bien que j'inter-
vienne.

C'est comme je vous dis que c'est, et simple avec ça. Ce
livre que vous tenez entre les mains sera sans doute une
drôle de mélopée. Mais c'est du gage! Il n'y a pas plus
sérieux! Je veux trouver la fleur! Une grande fignolerie
gigogne super-triomphale est en train! Pour ça, je me sens
de sacrés poumons! Et quoi de plus normal? C'est trop
beau! Un monde où l'on entre par les différents côtés du
vase. Tel! Je palpite! Ça me donne du vrai malaise, le rêve
et la réalité. Soucis bien menaçants! Tous les jours, je me

gratte! Aborde les plus passionnants mystères du vaste univers. C'est que. Les péripéties. Les guerres. Les rues. Les endroits si populeux. Gros trafic! Oxyde de carbone. Trente-six fusillés de la route. Carambolage extrême. Trois cents morts dans le brouillard. Ah mais! L'époque vaut de sacrés échos! Coiffés destins! Illisibles horoscopes! Les astres bafouillent. Nous sommes sur un gros tas d'ordures. Votre petite vie compte pour du peu! La mienne itou. Infime partie de misère humaine! Broutille. Mais puanteur quand même. Marécage chaud. Méthane, ensemble. Gaz incolore, CH_4. Flamme pâlotte. Civilisation inflammable. Explosion plein la bombe. Wraoum! A la fin, nous serons tous déchiquetés en gouttes de sang! Vaporisés au-dessus d'un monde dominé par la galette! Défigurés! Tonnerre parfait. Le machiniste s'affaire déjà dans les cintres. La tôle tonne! La salle de concert résonne. Parfaite acoustique! Je donne le rythme! Qu'on chante le refrain tous en chœur! Le rauque! Le brutal! L'époque qui s'écosse! Hurrah! Eraillez-vous! J'ai la tête qui soûle! La déraison est à tous! N'est-elle pas, sans queue ni tête, une parade de salmigondis faite pour gens dont les babines moussent à l'espace publicitaire, dont le culot se transforme en blé, dont la cacophonie fait illusion?

Pub!

Vivez l'exploit!...
Partez au Cap et assistez à l'arrivée du Dakar!
Vous avez plus de 35 ans?
Vous valez plus de 20 000 F par mois?
Vous possédez une voiture?
Devenez Chef de Produit OPÉRATIONNEL!

ACTUA-TILT

Bourriquerie! Folle rigolade! Tout est à vendre! L'humanitaire comme spectacle. CNN débarque à Mogadiscio. Les photographes en première ligne. Charité tapage. Monsieur K en fait-il trop? Informatique : la fin des illusions. Faut-il mourir pour Baidoa? Rengager dans la coloniale? Etats-Unis : « Nous avons été trop

naïfs.» 25 000 femmes bosniaques violées « scientifiquement »
par les Serbes. Expressionnisme allemand : le retour des cocottes
berlinoises. Strasbourg : deux cimetières juifs profanés. Et toujours, l'Europe compte les étoiles, les Américains font la circula-
tion.

LIBRE SERVICE LIBRE SERVICE LIBRE SERVICE LIBRE SERVICE

C ESSEZ d'être des bébés! Grandissez! Sur cette planète
hostile gorgée de nitrates où fument les décharges, il a
beaucoup plu cette année. Ce matin, des milliers d'étourneaux se sont posés sur les trembles au bord du ruisseau.
Tous les signes! Leurs cris, leur nuage annonçaient la
cruauté.

INTIME CONVICTION : Vous avez l'air perplexe?
Je vois que je n'arrive pas à recueillir votre sentiment.
Quoi encore? Vous vous dites, il est perdu. Il bouffe la
carcasse et suce les cuissots. Il veut la crête et le foie. Parle
de choses et d'autres. Digresse au bassinet. S'enfile sur les
actualités. Combine avec le sport complet. Passe par les
boxons. Comme ça, s'excite, fait moulin de tout grain! Mais
son histoire? Qu'est-ce donc? Il n'y a rien encore de bien
tangible. Un homme qui fait la femme. Un curé qui flambe
au derche. La fille? une goton! Ah, il me décourage! Tout
de suite qu'on retrouve notre chemin! Il a lâché son roman.
Le gratin, l'assistance, commence à mugir. Le premier rang
convulse. Bouquets de robes à paillettes. Chtrasse et
grandes quenottes. Flaque de pipi sous la préfète. Sautil-
lants bijoux. Les critiques caracolent au-dessus des têtes. Ils
poussent des hoquets! Des petits cris de joie. Vautours en
chœur. Piaaa, piaaa! Pâmoison au balcon. Des seins pal-
pitent à pleins rebonds. On évacue un sponsor. Le Ministre
de la Culture dingue dans les murs. Il pirouette. Reste en
l'air. Zénithe au quatrième hop. C'est fait! Il alouette sous
les fresques peintes par Chagall. Je me ressaisis. Vite un
petit signe à madame Van Brouten, ma pianiste.
    Un si beau délié, elle s'élance. Ses mains courent sur le
clavier.
    Une polonaise! Oui, s'il vous plaît!... Oui! madame Van
Brouten! Ouiouiouiiiii! Du po-lo-nais!

Mazurquez-moi ça bien, madame Van Brouten! C'est du travail de magie! C'est mieux que bien! C'est espiègle sur du putride! Belle leçon d'essor! Oui! Ouiiiii, vous aussi, mademoiselle Spire! Faites donner la harpe éolienne! Du vent sur l'odeur! Philomène, elle s'appelle, mademoiselle Spire. Elle a de grands yeux noirs qui riboulent sous des paupières mortes. Elle reste haletante. Elle se suspend à ma baguette. Un souffle! Elle s'envole! Suspendue après un fil. Je la baiserais bien, mademoiselle Spire. Et maintenant, habilement soutenue par le caquet des hautbois, votre petite flûte à bec, mister Twinkelton! M'at-on pas rapporté que par peur du tracassin, ces temps-ci, vous aviez tout repeint en rose? Chez vous. A la main. Les meubles. Les tableaux. Du laqué rose, partout. Même sur votre chien Chippendale, un griffon pur Tory. Tandis que votre femme, qui m'a jasé cela, en effet? De qui le tiens-je? Une fois décapée Boisaneuf japonais, elle serait partie en claquant la porte sur vingt ans de ménage? La volupté était rare entre vous, m'aviez-vous confié une fois. Ainsi va le mystère des amours physiques. Elles sont souvent le reniement de la bonne éducation. Je crache dans la gorge de vos ennemis, mister Twinkelton! Vous possédez un très joli si dans le bémol.

Gambade! Voilà!... Léger! Un petit coup de langue! On reste dans la hauteur! Trois, quatre!... C'est un bonheur ce que vous fîtes là!

Plus fort que mes coquins bruits de hautbois, je relance le tambour à claquettes. Hisse l'orchestre! Ça, c'est sûr, si je n'ai pas le charme au bout de la baguette, je suis fardé, moi! Je suis cuit! Minute! Z'amis, vous ne manquerez de rien! La porte du jardin est ouverte. Godon taillera ses roses. J'ai de grandes jambes. Nous allons retourner à la pastourelle! J'y tiens. Je veux vous faire payer par tous les bouts, la façon que je m'y suis pris. C'est qu'un livre, c'est aussi de la vie d'écrivain tout autour. C'est de la pissette et du voyage. C'est du bois à rentrer.

Cette nuit, tenez. Le froid s'est mis à Uzeste où j'habite.

Bon. Quel froid! J'en ai pris une grelotte. C'est comme à l'heure où j'écris. Là! Sous ma fenêtre de bureau, un rouge-gorge fait le gros ventre. Il n'est pas douillet, mais lui et moi, nous ne tenons plus le gel, c'est tout. Voilà de la brindille. A la même heure, les Grands de ce monde, les gaffeurs poids lourds de nos destinées sont réunis à Maastricht. L'Europe pour bientôt, ils présagent, ils tâtonnent. C'est à sortir du chapeau. En même temps, Dubrovnik expire sous les bombes. Le siège de Sarajevo est commencé. Le sida est dans nos veines. Les dentistes donnent la mort par davier.

Faut-il continuer à éplucher le monde? Vaut-il pas mieux retourner dans la page?

On peut toujours y aller voir.

FICTION (suite) : Vous vous souvenez, j'espère?

Godon, le moine, effrayé de la boursoufle et malportance de son bragmart, craint qu'il ne s'enflamme davantage. Il se voit déjà transformé en un paillard cornu tirant sur le verrat.

— Gngnan! Humm!

Il court jusqu'à la porte de la chapelle.

Aux vaches! Toujours courageux! Notre Père qui êtes! Bataille sournoise! Na! Merde! Poil par poil, son envie le taraude. Partout, il voit des femmes. Cuisses larges. Le cul flûtant comme des orgues. Il râle sous le faix de sa chaleur d'organe. Bouillotte sous sa bure.

— Grand Mystère! aie pitié de ton serviteur!

Combattant la tentation avec grande fureur, il s'échine à claquer le portail de chêne aux cornes du diable. Vivement à l'arc-boute! Mngnan, curé! Hisse! Et pousse l'huis, et magne! Vinaigre-toi l'oigne, moine! Le moigne se bat contre Lucifer et ses légions! Partout ça sent le soufre.

Mngnaf, mngnaf, mngnaf! Il ferme la bobinette, clète la serrure de la chapelle, pousse en leurs logements loquets, crampons et verterelles et, le dos collé à l'huis, les tempes battues par le sang artériel, écoute en pleurant sur son bréviaire la férocité et crierie de ses moindres faiblesses.

L'océan des plaintes et des tentations bat, écume et gronde en son dos. Il se bouche les oreilles. Il ferme les yeux car la crainte ronge son âme et la faim est en son corps.

— Seigneur! Je tire la langue!

Dessous le tablier de ses paupières, il voit des jambons et des becs, des langues de feu, bouches de sang, mille larronnes aux seins de lait, gobins et ribaudes accouplés à califourche, vapeurs cannibales, chaude saumure de sexe, dangers incongneux, ressent une violence de ciseaux dans le pulpeux de ses chairs, tâte la furie des vipères, le braiement des ânes à sabots fourchus, palpe des songes de ventres mouillés, des culs en dés à coudre, en petits guichets, en roses des vents où piquent, forent, vrillonnent des virolets tournants en l'état et grosseur stupéfiante de vis de pressoir — mngnan! partout s'épand un bourrut humain à mi-chemin de vendange et d'égout, comme si le gouffre d'un insondable avaloire cosmique aspirait le remous de vaisselle des hommes — mousse, jus, fèques — et l'entraînait, le sanibroyait, le dissolvait, régénérait le grumeau de sanies et d'ordure pour le transformer en grand monjoie de repos et de pureté.

Que dire plus? Comment brûler les chambres de l'enfer? On ne reçoit pas la sagesse. Il faut la découvrir soi-même.

Frère Godon est simple. Il prie. Il remonte. Il s'éclaire. Il pense à ses roses. Au jardin qu'il jardine et que lui a confié le baron.

Peu à peu, à force de prières, la lave décumante commence à dégager les contours d'une île nouvelle. Avec la décrue des humeurs et mouscailles corrompues s'escampe le doute de son cœur. Haut la terre! Taille la vie! Tout verdure! De nouvelles rumeurs, des projets de rire parforcent ses tympans. Lentement, il se dépouille de haine, de brûlures et de crainte et reprend sa forme naïve.

Ses yeux bleus de porcelaine se posent sur l'ombre qui cherche un envahissement de limon à ses pieds.

Il sourit. Il sent monter, comme une rosée, la paresse.

Peut-être est-ce le mot FLANER qui le gêne?

8

CAMÉRA-BOOK : Hier, j'ai roulé jusqu'au pays des graves. Ce sont là vins qui me conviennent. J'ai longuement parlé avec monsieur Boireau. Félix est un homme dans le grand cours de son âge. Il a le teint pâle, un vrai bonheur d'expression. Il a enfermé derrière son regard myope — lunettes renforcées par des loupes — la mémoire de son terroir. Il parle des sarments de la vigne comme d'autres de leurs artères. C'est dans ses propres cuves que son sang de force s'écoule. Il remonte jusqu'à 1929 pour vous dire la peine que son père avait prise pour ramener la vigne à la vie. Le passé n'est que le miroir dans lequel le présent se regarde. Soudain, il prend l'air important. Il parle du livre de la nature. Il dit que le gel peut transformer le parfum d'un cépage en une âcre piquette.

Année 1992, les verdures de la nature ont été tellement en avance, serait-ce mauvais présage ?

RÉCAPITULATION : Le petit chat est bien mort ! Au bord de l'abîme, on danse ! Le grand exode des peuples a commencé. Sieg Heil ! Silence, on extermine ! On viole ! On lynche ! Dehors les étrangers ! Dehors les Juifs ! Les Tsiganes ! Les Turcs ! Les Viets ! Les Bosniaques ! A nos portes ! L'obscur vaseux devient naturel. Avec leurs battes de base-ball, les hordes nazies foncent dans les rues de Rostock. C'est la curée, le *Krawalle!* On « purifie » le Kosovo. La Somalie, jusqu'à la dernière de ses chèvres, se désagrège dans les sables kenyans. 34 500 hachoirs moulinex ont changé de mains cette année. On a envoyé des frelons dans l'espace. On vient de licencier 2 600 personnes dans l'aéronautique. Votre eau est trouble, elle a un goût sournois de lessiveuse ?

J'espère pour vous que vous ne le regretterez pas.

ACTUA-TILT

Ici, la paysannerie française n'en finit pas d'agoniser. Elle jette ses pommes, elle jette ses porcs. Elle brandit ses fourches. Les gardes

mobiles chargent en hurlant. Faut-il aussi mourir pour la Beauce?
La terre désespère de se mettre en jachère. A cinq heures d'avion,
le désert gagne. Au nord de Mogadiscio, à genoux au bord d'une
piste, une femme noire avec des seins en gant de toilette pleure
pour une poignée de grains de riz.
Si Jésus passait trois quatre jours en enfer, peut-être bien qu'il ne
croirait plus en Dieu.

LIBRE SERVICE LIBRE SERVICE LIBRE SERVICE LIBRE SERVICE

A PPRENDRE à boxer avec la mort? Hippocrate est fatigué.
Les nuits fauves n'arrivent plus à détacher la sexualité
de la fêlure de l'âme. Il faut que les jeunes gens sachent que
les simples histoires d'amour sont prises dans la glace. Cinq
préservatifs datant du XIXᵉ siècle ont été adjugés chez
Christie's pour des sommes variant entre 400 et 3 300 livres
sterling. Tout est à vendre.

INTIME CONVICTION : Ce soir, depuis ma maison
d'Uzeste, monte au plus profond du sable gris la chanson
morte des sentiers abandonnés.
Je déchire trois feuilles à brouillon. Inspiration morte.
Plus de jus au moteur. La vacuité s'installe.
— La forêt landaise se cache et se refuse, dit Arthur de
Monstatruc, dans le bureau entrant.
Il pavane comme un paon dans ses plumes. Habillé en
mousquetaire, il retire ses gants. Une rapière de belle taille
lui bat les guimblets embottés de cuir fauve.
De quel trou sort-il? De quelle fissure de logiciel? Hum,
humm. Pèle grahus, il va et vient sous mon nez. Majestise.
— Quel jour sommes-nous? suppute la créature de
papier. Je me suis perdu dans tes dates.
La nasic ouverte sur les odeurs, il feuillette mon manus-
crit.
— Où me trouvé-je? s'inquiète-t-il. En quelle page? En
quelle année? Toujours la réalité s'enroule autour de la
fiction! Je suis tournis. Je m'y perds. Je valse. Tra lala, tra
lalère...
Le jaboteux baron fredonne. Lalalonne. De ses ongles de
crasse, il pêlemêle un grand désordre de feuilles imprimées.

Les jette en l'air. Se penche sur moi. Me tapote la face. Entre pouce et spatules, me pince la joue sans prévenir. Ses yeux ont des étoiles. Ses mains des gants de fer. Il me quitte avec une marque au visage. Il feint de ne point m'enjamber avec plus d'égards que si j'étais né madrépore. Plastronne.
— Quelle saison, bigre? Ai-je faim?... N'aurais-je point soif un peu? Holà! Quelqu'un! Un glandu! Que je me gorgeonne. Sapristi!
Il risque un entrechat. Il freluche. Babillages de music-hall. Mille grâces! De la danse et des gestes, il volte. Se pose. En passant derrière une lampe, le vilain emmouscailleur tout soudain devient pensif. Il mouille son doigt, tourne les pages du grand atlas des dégustations. Il thèse à mi-voix sur les ébénistes du vin. S'interroge sur la construction des très grands fûts tronconiques.
— Au château, à Montallier, la cave doit être pleine de douelles énormes? il s'enquiert.
Nos regards se croisent sans se voir.
Il gasconne et lâche un pet. Il en prend à son aise. Ouvre mes tiroirs. Essaie une gomme sur mon plus proche feuillet. Se perche sur le bras du fauteuil.
Lui prouver qu'il n'existe pas. Rabattre son caquet. River son clou. Prouver qu'il n'avance pas sans moi.
Je baisse la tête, travaille. Pianote à l'ordinateur. Il sent l'obscur de ma colère. Il se fait à peine plus envahissant qu'un cousin de province. Modeste et convivial. Le voilà qui change à vue d'œil. Bon blair. Gentil. Doux comme une flûte. Flasque.
— Him, hamm, humm, il s'éclaircit, il se rencarde. Depuis le début, je n'arrête pas de boire du vignelet de Madiran. Ma cave regorge de médoc, pourtant?
Je ne réponds pas.
Il se risque.
— Je préférerais glogloter des vins de Pauillac plutôt que de la piquette.
Sept fois, il toussote, vomite, haleine et mouche.
Il emboucane la pièce. Je lève la tête, le dévisage tandis qu'il se laisse tomber dans un de mes fauteuils Mallet-Stevens.

— Qu'est-ce qu'il y a encore? Que me veux-tu?

Il sort son oignon « au laboureur ». Minutieux comme un tondeur d'œufs, il diagnostique à la minute près :

— C'est disse-vhouit heures! Le jour va s'éteindre!

— Et alors? Tu vois bien que je travaille!

Ses doigts goutteux claquent. Fredons, roulades et rémolades. Il vocalise.

— Tais-toi, bruyante brute!

S'offusque. Se vexe, l'enflure.

— C'est toi qui m'as fabriqué, l'auteur! J'ai le nez huileux. Je pète. Je ribouldingue. Au fait! — Il dresse sa taille.

— Est-ce que j'ai des rhumagos? C'est que mon castèts féodal doit être humide!

Il gode au vent. Attentif sous son fouillis de cheveux emmêlimélotés. Bien appuyé sur ses cuisses puissantes. Il tripote le pommeau de sa brette. Il fait bon ventre. Récite des morceaux de sa vie.

— Je crognote comme un mulet. Bon. J'aime ma fille. C'est une gigasse. Soit! Je bats mon valet. Bravo! Mais je veux de l'idéal. Tcha! Je ne veux pas toujours tirer le terrestre vers la lie. Sacré! Donne-moi du mou. Que je me fasse la raie au milieu. Que je parte explorer le vilain monde. Que je montre ma force. Que je me remarie pour de bon.

Je joue l'indifférence.

— Qu'est-ce que tu fais, l'artiste?

— J'écris tes pensées.

Exprès, je le fais éternuer sur l'écran. *Police Palatino bold. Caractères corps 14.*

— May de Diu! Esternudat! J'attrape un rhume de travers! il s'inquiète.

J'annule. *Edition, couper.*

— Tu as échappé au coryza. Un mot de travers et je te donne une fièvre de cheval.

Il s'esbigne.

Je tape ça qu'il se détourne et petonne jusqu'à la fenêtre. Il le fait. *Enregistrer.* Il pose son front contre la vitre. Rigole sous cape. Désopile sa rate. Inspire. Respire. Se calme.

— Ouère! jaillit-il de la voix, je te le donne en cent! Tu sais ce que je reluque par la fenêtre?

— Oui. Ta fille, avec les arpenteurs.

Il feint de s'étonner :

— Où va-t-elle à cette heure tardive, avec ses tétons relevés en bosse?

— Dans la grange, tiens! Faire la cricon criquette sous les yeux d'un hibou.

Le ventre de Monstatruc lui rit à l'improviste. Il pose ses mains sur ses rognons :

— Aventine est putain comme chausson! Elle baise trop dans ton livre!

— Si tu m'ennuies, elle fera pire.

— C'est comme mon chapelain, tu n'y vas pas un peu fort d'en faire un va-de-la-lance?

— Godon sera dru. C'est un mât sous la bure. Un amoureux des onze mille vierges.

Le tourloutonnant baron s'offusque :

— Je ne le voyais pas comme cela..., dit-il en cabrant sa devanture avantageuse. Plutôt qu'un âne débâté, j'attendais un bon piffre. Un moine rose avec un gros tabourin, comme sur les étiquettes de camembert...

— Ce n'est pas ainsi que se passeront les choses. Le moine fréquentera le beau sexe à Bazats. Une bourgeoise sera l'étoupe. Du diable viendra le souffle. Un mot encore, et Godon va défroquer!

— Bon, se vexe le baron. Mais n'oublie pas que le valet lui aussi fait des parties de traversin. De sorte que si tu nous fais tous monter sur la bête, c'est toi qui passera pour un obsédé du sexe. Un ragassous, comme nous disons, nous.

— Brancouillu est un homme moins simplet qu'il n'y paraît. Tu as bien le temps de t'en apercevoir, baron.

— Quand sera-ce?

— Tu veux toujours tout savoir d'avance.

— Ne suis-je pas le personnage principal?

— J'ai bien envie de te reléguer au rang de simple figurant!

Cette fois, il se dérobe. Débaudruche. Se raplatit. Passe

par le chas de mon aiguille. Me destine un sourire plein
d'obséquience et d'attachement à ma personne. Il retourne
à la fenêtre. Vite, il essaie pour me séduire de retrouver son
sens inné de la nature. Il a l'œil au fond du parc.
Je tape ça qu'il pense. Je tape :

*Le soir est tombé. Les grands bois de haute lande
deviennent cathédrale. La mer est végétale. C'est l'heure
des pipistrelles. Point.* Enregistrer.

Dans *Menu Pomme*, je clique. Je clique *Calepin*. J'ajoute
en note pour me souvenir :

*Dans la paille de la grange, Aventine riboule des yeux à
la fricassée. Hourtoule, son amant, fringotte sur son entre-
cuisse et relance sa peau. Il lui patine doucement les seins
et l'emmène à la friandise suprême. Aventine s'égosille
lorsqu'elle prend son plaisir dans ce monde renversé. Sa
voix biphide réclame du bis. Elle lance une voluptueuse
coucoule qui traverse les douves, les mâchicoulis. Encore
huit cents mètres de gagnés sur le tégévé, coche Tamisé qui
espère prendre son tour dans les brancards de la gourgan-
dine et bénéficier d'un retour de caresses. Ce en quoi il ne
se goure pas, le gommeux. Hourtoule est amoureux, il
s'apprête à demander Aventine de Pompéjac en mariage,
c'est vrai. Mais Tamisé gardera ses parts d'un bonheur à
trois. Voyez le rebondissement. Je tiens ma revanche sur le
baron qui m'a lâché en plein cafard.*

A la ligne. Je note encore :

*Dans l'ombre de la grange, le baron de Monstatruc
remâche sa rancune. Il croit qu'il a été fait chocolat par
l'auteur. Il est persuadé qu'en raison de sa force de ventre
et de son caractère dessiné lui seul en cette histoire aurait
dû avoir le droit de faire compter les solives à ces dames.*

— Je suis éplafourdi par ce que tu écris! Sincèrement
déçu par le mauvais pli que tu donnes à nos rapports!
déchante le fumasse mousquetaire qui a lu par-dessus mon
épaule.

Pour preuve de son ressentiment, il produit un bruit de mascaret avec sa bouche et tournebouge la coquille de sa rapière. Il s'emporte et chacaille :

— Tu n'y a rien compris, l'auteur! Tu veux faire de moi un poireau sauvage, une simple baragane, un madure, un vulgaire gros-bras sans cervelle, alors que c'est le vert-galant qui en cet instant te parle!

Je tape :

Je suis le vert-galant, dira Arthur en certaines circonstances futures. Point. Enregistrer. Quitter. *Le baron de Monstatruc fond au noir. Il rentre dans son dossier Symphonie-Grabuge en agitant les bras, en me montrant le poing. Repart contre son gré au creux du disque dur.* Vous pouvez maintenant éteindre votre Mac. *Je relirai demain.*

Je rouvre les paupières.

Avoir les bras et les jambes écartés, cet abandon du corps quand vagabonde l'esprit, ne me dérange pas beaucoup dans la pénombre. Par contre, je dirais que le volume de pensées contenu dans ma tête m'effraie depuis le premier jour. Je ne me fie guère à ces idées fixes qui toujours veulent traverser l'air de leur chute. Par le chagrin qui ronge et par le feu qui dévore, pourquoi ai-je si souvent redouté l'inutilité de mon passage sur cette terre?

Je suis allé trop loin pour ne pas tout avouer. Il est bien peu de journées, je crois, qui aient été entreprises sans que je fusse guidé par l'instinct d'un aboutissement inatteignable. Flèches perdues, il est arrivé. Mille fois, je confesse. Mais tordieu! Qu'il se nomme celui qui n'a jamais sacrifié les battements de son cœur à de la monnaie de singe!

Chaque jour, je me lève. Je cherche la lumière dans le regard des miens. Je n'aimerai pas lire la pitié dans les yeux de mes proches.

Comment expliquer? En maintes circonstances qui rendaient toute espérance morte, nous avons eu, ma compagne et moi-même, l'impression de poursuivre une marche harassante. De mener contre nous-mêmes, contre nos incapacités à mieux faire, une lutte aveugle.

De chaque déception, nous renaissions, sourire contre sourire, une façon de nous redire notre foi, notre persévérance.

Et souvent, son si beau corps de femme et ses yeux de vérité opéraient si bien sur moi que la houle me prenait à l'improviste et que je la montais dans notre chambre. Grand totem des très hautes heures de chamade rendez-moi un cœur pur, Victoire, aux confins de l'amour, devenait un long vase entrouvert.

9

FICTION : Mademoiselle Aventine méritait la richesse de ses vingt-cinq ans.

Elle possédait une qualité de peau tendre et pêche, une belle écarture de ses dents, un cou assez gracile malgré sa solide embranchure d'épaules et une voix bien timbrée pour le rire.

Au volant de sa petite cacugne Renault à moteur explosion, elle allait souvent jusqu'au bourg voisin qui s'appelait Bazats afin d'y faire ses courses.

Elle se garait sur l'admirable place qui fait écrin au beau portail de la cathédrale, autrefois sauvé de la destruction par le prélat du temps, Arnaud de Pontac. Elle s'extirpait de la bouzinette, décoiffée à la diable, la croupe derrière soi, laissant voltiger comme de belles promesses le plumail de ses châles appointés de franges multicolores. Elle s'engouffrait sous les arcades ombreuses peuplées de commerces.

Toujours, Aventine de Monstatruc se déplaçait en coup de vent. Elle parcourait son chemin sur de très hauts talons-tiges, pillant au passage les regards des badauds attirés par la fauverie de son déhanchement gourgandin. Avec ça, une bonne odeur de brune bien lavée, rien à voir avec la schlinguerie pas croyable de son fazère le baron. Elle, Aventine, caillette bien roulée, habillée à la mode tout plein dans des robes un peu courtes et pleines à craquer, garçaillait en tortillant, ce qui fait qu'on voyait pas mal haut le dodu de ses cuisses et aussi qu'elle avait du beau linge. L'habitude voulait qu'elle emportât dans son sillage une constellation d'au moins quatorze soupirants. Les pauvres admirateurs défendaient leur orgueil du mieux qu'ils pouvaient. Ils affectaient de vaquer à leurs affaires d'urgence, butinaient aux vitres des boutiques, mais toujours se rencontraient à ses basques sur les mêmes hasards d'itinéraire.

Dévorés par l'envie de la touche à la fesse, émoustillés par la force de trinqueballe de la demoiselle, par les appas de ses miches, ces dragueurs de sable et de barrière espéraient rincer ses verres, licher sa nappe, flatter ses doigts. Dans le cas le meilleur, tirer d'elle un récompense sur lieu.

Aventine, d'un simple pipaillement de ses lèvres, juste comme ça, sans avoir l'air d'y toucher, dans le courant d'air des arcades, *viens ce soir à dix heures*, donnait de temps à autre un rendez-vous dans son velours de plaisir, comme on prête un peu d'or. Aussitôt, transfusé par la joie, le distingué chounard du jour s'envolait. Quittant le vol désappointé des autres coquecigrues, il regagnait la sphère du soleil, courait acheter des fleurs.

Toujours c'était ainsi. Sitôt qu'Aventine de Monstatruc regardait les hommes par en dessous, c'était qu'elle avait besoin d'eux. Que l'appétit de son corps lui conseillait d'emplir sa besace de victuailles. C'était, comment dire, une peur des glandes qui s'installait en elle. Elle avait la trouille de manquer.

Envisageait-elle un galant, ses durs tétins le lui faisaient savoir en premier. Ils pointaient à l'escarmouche, se dressaient sous le tissu de la robe. Et c'était un signe. Le second était que ses cuisses cessaient d'être fraîches. Le troisième était une bouche sèche assortie d'un bouillissement sur ses joues. Sa véhémence d'intention la faisait fondre sur sa proie. Point d'âge, point de moralité et point de sens. Elle ne respectait que le sexe.

Par exemple, elle entrait chez le boucher, l'un de ses adulateurs.

L'homme aux sabots dans la sciure la voyait-il se glisser dans sa boutique et courber sa charmante frimousse avant de traverser l'averse du rideau de perles qu'il lissait déjà son fusil et se fendait d'un large sourire. Sanglé dans son tablier en triangle, il bombait le torse, faisait jouer les muscles rosés de ses avant-bras, prenait la mine avantageuse. A l'inverse, madame Dantresangle, la bouchère, perdait aussitôt ses pétales. Elle devenait revêche derrière sa caisse. Elle faisait bouffer sa permanente, s'encourtinait frileusement dans son châle et, les yeux dans le vague pour ne pas avoir à affronter les battements de cils de sa rivale, rentrait dans les zones inexplicables.

— Est-ce que c'est le papa qui veut se rembourrer le ventre? interrogeait monsieur Dantresangle.

Il sortait de ses chambres froides des munitions de gueule.

— Une pièce de résistance? Une accolade de lapereaux? Un cuissot de chevreuil pour monsieur le baron?

Il était prêt à tout. Triperie, salaisons, marinades. Lorsqu'il rognait la viande, il lançait des yeux farouches. C'était un bel homme sanguin qui irriguait aux graves.

— Et pour mademoiselle Aventine, qu'est-ce que ce sera? il demandait pour finir. Des chopes d'agneau? Un petit taillon dans la culotte?

Dans ses allusions, le regard filtrant de lumière, il pratiquait toujours le rase-mottes de la verve déchue.

Madame Dantresangle piquait un fard.

Cette honnête commerçante avait toutes les bonnes raisons d'avoir le sang retourné et des rougeurs de cou. Son époux fréquentait le château. Il connaissait assez monsieur de Monstatruc pour que ce dernier l'ait invité maintes fois à venir passer un moment de chasse dans ses palombières. De là à s'éclipser quelques heures pendant la nuit pour rejoindre Aventine, il n'y avait qu'un pas. Ces dames de la cathédrale l'avaient franchi depuis longtemps sur les insinuations d'une grande hallebarde de sacristie, madame Jeanne de Pourfuissac, Présidente du Cercle de Lecture. Cette fine lettrée, au visage tragique de bois flotté, recevait chaque mardi en son Hôtel de la Taillade un petit cénacle d'initiés au sein duquel le frère Godon, auréolé de sapience et de latin, faisait la pluie et les belles heures. Tour à tour confesseur ou initiateur des philosophes, le moine-cultivateur, pour ne pas perdre l'occasion d'un repas et la compagnie de ces dames, n'avait point démenti la rumeur.

Mais revenons à la boucherie.

Depuis quinze jours déjà, Dantresangle l'avait bien remarqué, en retour de ses plaisanteries éculées, le tueur de bœufs ne recevait plus les échos de guilleterie de la pistelle. Aventine ne fumait pas davantage qu'une soupe réchauffée. Elle ouvrait son cabas et pinçait de la bouche au moindre coup d'œil marécageux. L'entrain de la grivoiserie n'était plus dans les habitudes de la jeune châtelaine. Elle avait des rêveries. Des absences. Plus de gnac. Elle faisait la mine. Pour la boustife, itou. Le boucher aurait pu lui refiler toute sa ganure en place de bonne et belle viande. De la barbaque elle s'en fichait. Même le bouquet de persil qui va avec, elle s'en battait comme de l'os, mademoiselle de Monstatruc.

— Je vous ai gardé une belle entrecôte... Vous m'en direz des nouvelles!

— J'en veux pas, Alphonse. J'ai pas très faim.

— Pas besoin d'avoir faim! Un derrière de penon?... Hein? Ça se suce tout seul! Pas vrai, madame Dantresangle? La viande du Bazadais, ça leur fait de belles cuisses à nos familles françaises!

L'homme au tablier blanc levait sa ganivette sur l'échine d'une moitié de bœuf écorché par Soutine.

Mais Aventine restait au bout de sa corde. Elle faisait signe que pas la peine d'insister. Elle demandait son petit compte et l'instant d'après il n'y avait plus que son odeur de savon qui flottait sur les billots.

— Vous êtes pas malade au moinsse? se risqua ce matin-là le boucher en repoussant son tranchoir d'un air désolé.

— Non, Dantresangle. Je me demande plutôt si je ne suis pas amoureuse, soupira la fille du baron.

Elle se glissa sous les perles sans dire au revoir ni rien. Dehors, il faisait un pâle soleil.

Hourtoule et Tamisé! Elle n'avait plus que ces deux-là dans la tête! Enfin, elle était consommée tout entière! Tandis qu'un sourire heureux redessinait ses lèvres gonflées par l'amour, Aventine marchait en direction de sa cacugne Renault. Les globes de ses seins gouvernaient sa robe. Dans les moments d'accalmie de son corps, ils reposaient, doux comme des coussins d'ange.

Elle rêvait à un mariage double.

COULEUR SÉPIA : On dit que rien n'est plus libre qu'une fumée. Qu'elle a tout l'espace. A quoi je réponds que personne n'est moins libre que l'enfant amoureux. Pour ma part, très tôt emprisonné dans les filets de la tendresse, j'ai inventé l'amour dès les bancs de l'école maternelle.

Elle s'appelait Maryse. Son père était photographe sur film Vérichrome et appareil Voïgtlander, objectifs Zeiss. Elle avait le front bombé des timbres-poste. Un teint d'une pâleur opaline.

Pendant la matinée entière, pleins et déliés, je vivais devant le tableau noir le calme plat de l'angoisse. Elle épelait à mes côtés.

Et puis sonnait la cloche. C'était la récréation. Nous nous élancions. Trois marches à sauter. Je me sentais une faim de loup. Nous parlions fort. Nous poussions des cris de volière. La terre grise de la cour de l'école devenait un grand espace inexploré.

Mon Dieu! Que sont les marronniers de Vermenton devenus? Nous n'aurons plus jamais les genoux couronnés, Maryse. Je ne te poursuivrai plus en galochant derrière toi.

Rêves de toupies, je me souviens pourtant de tes rires. De tes robettes chevauchant l'intérieur de robustes cuisses blanches. De la vulnérabilité de ta course hésitante. Las, dis! Que sont nos marronniers devenus? Tout au fond de la cour, contre le fût de l'un d'eux, je te rattrapais. Mes bras! Je te serrais! Quelle prison! Quel délice! Appel des mouettes, enveloppements de bourrasque, j'avais le corps ballotté par les vagues d'un orchestre.

Je revois cette image déteinte. Il n'y avait pas de calculs dans notre manière de se faire deux bonheurs. Mon visage s'avançait au-devant de ta tempe. Le mystère de l'aventure nous poussait l'un vers l'autre. Je haussais ma frimousse. Hardi voleur, je rôdais sous tes frisettes, flairais l'entrelacs d'un fin réseau veineux. Pulsation et pulsation, je guettais ce départ et cette arrivée de vie enfermée sous tes cheveux. Nous ne savions rien. Seulement emplis d'innocence. Comme j'avais faim! J'avançais la bouche avec gourmandise et je mordais dans tes cheveux.

T'en souvient-il? Nous avions six ans, tu le voulais ainsi. Te souviens-tu du cadeau que tu me faisais de tes nattes tressées à l'eau de mélisse? De ce feu dévorant qui me mangeait les joues, de cette forêt urgente où se croisaient nos souffles? Quelle musique alors! Quel vertige! J'ai conservé le souvenir de la panne de mon cœur arrêté. Tu avais les yeux noirs. Tu avais en toi un paisible goût de sucre. Nous restions immobiles. C'était donc cela le bonheur?

Que sont donc bien les marronniers de Vermenton devenus? Avant nous, sans doute, rien, aucun amour de nattes, n'avait jamais existé.

Mieux qu'un atlas, plus savante que le Petit Larousse, plus belle que l'année quand elle n'a plus qu'un quart d'heure à offrir, tu me souriais l'accord des espaces du dedans. Et puis, soudain revêche, tu me repoussais comme un cogne-fétu. Tu ordonnais : « Assez! Tu n'as plus faim! »

Aussitôt, nous nous défaisions. J'allais, me détachant de toi, retrouver mon état naturel. Echanger quelques coups de poing avec des garçons moins forts que moi.

Un peu plus tard, sur notre banc d'écoliers revenus, nous plongions ensemble vers la conquête abécédaire. Encre violette. Plumes Sergent Major. La lune s'élevait au-dessus du fleuve quadrillé. Elle tremblait dans le reflet de nos pensées.

J'avais six ans et j'écrivais : « a, a, a, a, a. »

A, comme amour, déjà.

CAMÉRA-BOOK : Ici, terre de Gironde. Terre d'accueil. J'observe la ligne des pins, silhouettes burinées de patience. Magnifique! Du côté de la collégiale, le pointu clocher, la tour serrée à son flanc, cherche à prolonger, maître et bouclier, la présence de Dieu. La pierre est grise. La voûte robuste attend les suppliants qui viendront crier merci et refuge. Les hautes ogives enferment des cavernes. Dans un tracé bleu, fièvre et pillage du réel qui s'effrite, un éclair traverse les nuages croulants et libère une explosion de lumière dans la salle assombrie où je me tiens. Encore vingt secondes, ma montre.

Dessous le cimetière d'ici, à Uzeste, sans cesse cette pensée revient, j'aimerais que la mort m'assourdisse. Du fond d'une tombe, la main dans celle de ma femme, je veux bien regarder les montagnes des Pyrénées à l'envers.

Passé le seuil éternel, j'aurai les rétines extralucides. Au son des tambours de Lubat, j'écouterai flancher la terre.

Ce soir, à Uzeste, tout mon vœu, la nuit qui s'étale claironne le meilleur bonheur possible humain. A la façade des maisonnettes du bourg, la lumière électrique poste une armée de sentinelles aux guérites des fenestrons. Un chien aboie derrière la corne du bois enchevêtré. Insensiblement, nous entrons dans un vaste monde parfaitement immobile.

Dans chaque habitation, dans les fermes lointaines, c'est l'étape du jour. La proximité du repos. Eclatées par le travail, les mains des hommes sommeillent sur la table. Elles sont posées sur le dos. Elles attendent sur la toile cirée. Dans la cheminée, le feu fait exploser le fil d'une bûche. Une étincelle charbonne sur le carrelage.

La vie devient furtive, ourlée par le tamis des rideaux. Les persiennes ferment leurs planches sur des personnes heureuses.

J'imagine la table autour de laquelle la famille se forme. La maîtresse de maison comme un chef de chœur.

Elle a posé la soupière fumante sur le dessous-de-plat.

Elle partagera le confit.

Les hommes commenceront à manger sans l'attendre. Depuis des milliers d'années, les yeux noirs des femmes

sont très beaux. Elles servent. Elles régentent. Elles tra-
ment par le dessous. Les maris ont des voix de stentors. Ils
sont faits pour le discours et la chasse. Elles chuchotent en
chapeaux de paille. L'une chez l'autre, elles se glissent.
Elles sont la mémoire des après-midi sans souffle. Elles
tiennent les cordons de la bourse. L'homme a plutôt vocation de champion de village. Il veut la force et l'adresse
pour lui. Il cherche sur les stades la joute qu'offre la
conquête du ballon ovale. Dans les palombières, loin de
l'ordre domestique, il respire l'air des étoiles. Son regard
libre s'échappe, va à la rencontre de lumières souvent
éteintes depuis plusieurs siècles. Il filoute la truite dans ses
trous de ruisseau. Attend la carpe au bord de l'étang.
S'envase. Piège et traque. Les femmes, elles aussi, se font
patience. Elles gavent les canards, conduisent la voiture.
Garantes de l'éducation des enfants, elles enrobent les
bourrasques ou les coups de gueule en mitonnant une nourriture abondante et superbe. Accordée d'un vin de Graves
ou mariée à la liqueur d'un sauternes topaze, voilà le piège
tendu. Elles s'y entendent, les rouées commères, pour réser-
ver au retour des mâles de fameux chausse-trappes. Des
fêtes qui leur donnent des accès de bruyante sagesse. Soudain, géants brisés par la rouerie de la chair confite, ils sont
beaux ces coquins du Sud-Ouest quand leurs yeux s'allument et qu'ils se font conteurs. La langue gourmande. Le
nez vif. Forts sous leurs barbes et leurs cheveux à boucles
noires.

Et puis, fatale, vient la nuit. Sommeil de vie, rêve de
matière, je vais vous dire le secret du bonheur : celui qui
perd ses sens parle toujours sur l'oreiller.

Encore un peu de temps qui va, ma montre.

Le cerclage du soleil s'aplatit sous la masse d'un forgeron
invisible. A la remise, l'astre rougeoyant! J'aime cette
heure étincelante et frileuse où les souvenirs crevassent.

Qui dira jamais assez ce que la nuit, derrière chaque
mur, enferme? Comment ne pas admettre l'éternel
recommencement de la persécution humaine? L'aventure
des familles s'enferme dans la vapeur du jour épuisé. Mal-

heur sans doute à ceux qui promènent avec eux la boîte vide de leurs erreurs. De leurs égarements. Encore une minute entière, ma montre. Le soleil se couche et disparaît. Pour le vagabond qui tramine, le chemin s'emplit de haine. De méfiance. Les fusils sont chargés. C'est l'heure incertaine. Jusqu'aux rives du fleuve Garonne s'inscrivent les bornes du songe. Je referme ma fenêtre. Avec le sombre opaque, comme un hasard forcé, l'œil du guetteur s'arrête à la porte des autres. Voyez! C'est dit! C'est fait! Je monte au gouffre! Je me précipite le cœur baissé! Je rempile dans l'intrépide! Dans le rebuté. Dans le bât qui blesse. Encore un coup, je vais tout montrer. Le gros, le petit. Le loin, le près. Les derrières et les gambilles. La partance et les paquebots. La guerre, mes germes, ma branlicoterie, mes femmes et mes cavernes.

C'est décidé, inévitable! Je suis de la marine. Gaffeur de houle, genre rameur d'océan, je trempe ma plume dans le sang de ma bête. Je puise en moi, souquez chaloupe. Trois mois de vivres, je suce aux tripes. Encore une fois, sors des ténèbres! Fornique la mort, prends son conseil.

D'un coup, à rebours des terres grises, s'effacent les rives par où nous tenons. Dessus l'océan, c'est là qu'est le corbillon qui fait appétit. Ma vie tempête. Je me sens un peu égaré. Les yeux défaillent de doute. Je suis sauvage. Les nerfs tordus. C'est comme ça que j'avance. Volté à vif. Toujours saccade. Claquote aux dents. Je me mords la langue. Flageole. Divague. Vous n'avez jamais rencontré quelqu'un d'aussi sérieux.

Tenez, j'ai le visage mouillé comme un linge. Je ne sais pas quelle follerie m'empoigne. Il fait trop noir, soudain. On ne se reconnaît plus.

CARNETS POLAROÏDS : Vous vous souvenez de votre jeunesse? Des mirlitons de vos huit ans? Au sortir des jupes du Seigneur, tout oisillon dans les duvets, on a toujours des baisers à revendre.

En ce temps-là, j'aimais la terre entière... Même madame Ballet, l'institutrice, qui avait pourtant une drôle de bouille au lit depuis qu'elle avait paumé son oreille droite sur les ponts de La Charité-sur-Loire... Une histoire que je vous remémore pour qu'on se comprenne... Madame Ballet et moi, c'était l'exode, on s'était laissé rattraper par les balles. Les stukas de la Luftwaffe qu'avaient piqué incendiaires sur la foule seringuaient les fuyards en plein exode... Leur rif à répétition traçait derrière nous... Wzzimm wzzimm! Courez vite les enfants des écoles!... tu parles! Il y avait catastrophe à l'œil nu. Pas besoin de nous répéter qu'il fallait rendre la copie!

On détale... on culbute ceux qui n'avancent pas. Les pépés, les mamies. On renverse. On se fout la gueule dans les lessiveuses... Wzzimm wzzimm! partout ça arrosait. Des petites bouillies rouges gribouillaient le parapet. On cavale au coude à coude. Hardi sur les jarrets, on pousse. On s'ouvre un chemin. Mes copains, Teu-Teu Gally, Noiraud-front-bombé avec son corbeau Démosthène, Poitou-la-Masturbe, Suretelle-les-Etiquettes, tout le cours élémentaire de Vermenton qui glapissait d'horreur. On se serait cru à tue-cochon. Comme une marée, on déferle. On dépasse des vélos couchés la roue en l'air. On déblaye le passage. On pousse une pointe de vitesse... retombe sur un goulet d'étranglement. Une Citroën Rosalie qui était tombée en rade. Toute la famille réfugiée sur le toit comme sur un paquebot de la White Star Line réputé insubmersible. Tradition des pires minutes du *Titanic*, il fallait voir comme c'était... Gîte au naufrage. Sauve qui nage! Envoyez les chaloupes! Tirez des bords! Pire que cette fameuse nuit du 14 au 15 avril 1912! Millions de fois pire!

La foule aveugle déborde sur les flancs, pousse sans savoir ce qu'elle pousse. Les plus éloignés suppliant qu'on avance, les gens pris dans la bousculade sont plus pressés qu'un jus de pomme. Ils commencent à se faire du cidre. De la mousse. S'énervent au portillon. Insultent les bourgeois réfugiés sur le toit de leur carrosse.

Quelqu'un gueule :

— Merde! Y z'ont qu'à abandonner leur bouzine! Qu'on la foute à l'eau du haut du pont, leur ferraille! Ici, là-bas, ça raisonne, ça conseille, ça invective. On envisage de se traiter de mauvais Français. Un groupe d'artilleurs est pris à partie... qu'est-ce qu'ils font là les grivetons à débander au lieu de défendre la patrie qui godille? Le sergent en charge du détachement s'avance. Plaisante pas sous sa moustache. Il a fait la Quatorze. Il braque son lebel sur les hurleurs :

— Cédez la place, tas d'embusqués! Vous entravez le déploiement de mes hommes!

Un grand corniflot en prince de Galles, avec la gueule de l'acteur Jean Tissier, un chapeau sur la gomina et des gants beurre malgré la chaleur qui fond, gigue un pas en avant et s'éraille dans l'aigu :

— Bande de foireux! Vous piétinez nos enfants pour vous foutre plus vite à l'abri!

— Reculez monsieur! ou je donne l'ordre de tirer!

— Dites-nous plutôt ce que vous avez fait de vos canons, tas de cambouis!

Le militaire jette malgré lui un coup d'œil à ses mains dégueulasses. Il s'énerve. Se ravance. Hausse du col.

— On n'a plus de munitions! On se replie sur des positions préparées à l'avance!

Pensez! Ça crie au foin! Ça fait de l'accordéon dans les rangs des civils. Une armée, soi-disant, elle était la meilleure d'Europe! Ah! il doit se marrer l'Adolf, à voir détaler ce concours de carapate et molletières! Tous les Françozes qui montrent leur cul! Tournent casaque au moindre feu. Perdent leurs arêtes et leurs bidons. Jettent leurs casques, cartouchières et gamelles aux orties!

— C'est pas encore demain qu'on ira pendre notre linge sur la ligne Siegfried, maronne un boulanger parti de chez lui en tablier. Il se tourne vers ses concitoyens et remonte ses manches.

— Bon, il fait dans la malice, j'prends le commandement! Tous la main d'ssus, on va virer la Citron dans la Loire!

C'en est là quand ça récidive. Noiraud, qui gaffait les nuages, indique le ciel d'où fondent les stukas pour nous fabriquer un nouveau destin...

— Les Frisés! il clame. Les rev'là de partout! Y r'mettent la gomme sur leurs machines! C'est magique! Hardi l'escampe! On s'araigne dans tous les sens. Ce sacré pont qu'en finit pas. Devant moi, ça torgnole. Deux pékins qui se foutent une trempe sur le blair. Une femme pleure. Son corsage est fichu. Elle a un sein qui nénesse. Fuir plus loin. Y a un gus qui enjambe le garde-fou en roulant des billes de loto. Hop! il disparaît dans le vide... absorbé... sucé... je relance mes galoches en bois. Une bonne dame jette son poste de TSF pour courir plus à son aise. Bzzimmm, elle fait trois mètres comme un champion. Se fait river son clou par un coup de marteau... défoncer par un autre... un troisième... plusieurs... Une secousse de Saint-Guy qui lui ouvre la poitrine. Elle danse à la rafale. Derviche sous son chapeau à cerises. Pas le temps d'en piper davantage. Je vois des flammèches, de la fumée, des incendies. Vibure! tout brode en arabesques! Plus vite! allez! Carnage! On rentre dans le noir de suie. Une ambulance crame, explose. On est jetés. On se rattrape. Pas de sens commun. Dans la nue, une série d'illuminations. Un obèse en gilet est lacéré au passage. Son fendard n'a plus qu'une jambe. Il est brûlé, roussi. Il tombe. Se relève plus fort que dix tempêtes. Ebréché jusqu'aux gencives, il crie vive la France. Madame Ballet, l'énorme instite, à côté de moi tricote. Ses grosses miches battent la branle comme des musettes. Passent d'un bord sur l'autre. La mafflue étouffe sous l'effort. S'échine. Pousse des petits cris personnels. Encore une tournée, v'là les zavions!... C'satané pont qu'en finira jamais...

Les moustiques du ciel reprenaient de la hauteur. Cohorte. Noria. Faisaient chandelle au zénith. La nique au soleil. Cabriolaient à la face. Acrobates, revenaient. Tombaient comme pierres. Hurlaient sinistres en piquant sur nous autres. Bzzimm bzzimm! Battaient mitraille au passage. Toussaient. Aboyaient. Quintaient. Les balles 11,43 fouettaient des notes sur les ustensiles, les casseroles. Prenaient du mou en labourant les hommes. Mordaient le gras des chevaux. Les faisaient tomber à genoux, milieu des ridelles. Tout le bazar du chargement qui s'emboîtait sur le charretier. L'écrasait sous le mobilier Henri II. Le raplatissait sous l'armoire. Je revois des pointillés. Un carillon Vedette qu'égrenait ses trois coups. Un matelas éventré qui recrachait son or par le crin. Un poulet qui restait dans sa cage émiettée. Bzzimm, bzzimm!... On renjambait. On sautait. On fonçait à l'abattoir. Au coupe-jarret. A la boucherie. Bon Dieu, où qu'était la sortie? Et puis d'un coup, secouée par une mornifle, madame Ballet titube... dingue à trois mètres... tombe le cul sur la pierre. Sans prévenir, elle se gonfle. S'affaisse. Prend du poids sur les hanches et se met à chougner sur place.

La maousse abandonne. Elle porte lentement la main à sa joue, remonte, tâtonne, explore. Regarde autour d'elle avec l'air étonné d'une fillette. Veut pas y croire pour le moment. Se fait rattraper par son sang qui gicle à retardement. Comprend qu'elle a plus rien pour esgourder. Plus de zoneille, plus de pavillon. Plus d'écoutoir. Juste un trou de caverne qui va chercher le tympan au fond de sa tête. Profond. Tout noir. Embourbé de résiné qui flaque et rigole...

— Y faut y aller, m'dame! Y faut repartir!

C'est Teu-Teu qu'a dit ça. Mon poteau. Mon écorce. Ah! quand je pense qu'il y a quinze jours à peine on bombardait encore des casemates pleines d'escargots de Bourgogne avec nos petits bouts de chambre à air incendiaires! Maintenant c'est nous qu'on est dessous les ramponneaux des aéroplanes!

— Faut vous l'ver le gros, m'dame! Faut pas qu'on reste là.

On la grute. On la tire. On la hale. La v'là sur ses pattes. Elle tient! Elle nous regarde. Elle nous a jamais regardés comme ça, les enfants des Ecoles...

Même Teu-Teu recule devant l'intensité de la prunelle. Il fait un signe... comprend.

— Allez, les gars! Faut dénicher la zozore à la mère Ballet! Merdieu! Ce qu'on a pu le rechercher son foutu cartilage! Impossible à retrouver au milieu de toutes les tatanes qui nous montaient sur le dos... Mais polope! Arrêtons l'évocation pour le moment. Revenons à ma peau si pêche, s'il vous plaît. A mon ours « Brun ». A mes barboteuses. Aux jours heureux où je n'avais pas encore vu le sang couler. Où je jouais à rien, sauf à la guerre. Soldats de plomb de la Quatorze. Zouaves et spahis pendant l'hiver. Au premier soleil, je ne circulais plus qu'en cheval arabe. Veillais sur des douars imaginaires. Portais képi et sabretache. Casque de liège et saharienne. Ou bien, officier des Affaires Indigènes, je faisais l'Anglais au fond du jardin de Vermenton. Du Bengale au Bosphore, je présentais les armes avec un fusil Reine à air comprimé et j'attaquais les Turcs avec un bateau Jep. Genre de croiseur torpilleur chargé par l'Amirauté d'aller rouvrir les Dardanelles au bout d'une baignoire en fer galvanisé. C'était tel! Joli minot, j'étais entièrement un petit gars de mon temps. Je me préparais au crépuscule. A la cruauté. Aux envahisseurs.

Réclames!

Ricqlès! *la menthe forte qui réconforte!*
Pilules Orientales! *Développement, fermeté,
reconstitution, embellissement des seins.*
Vos cheveux en reflets? *Brillantine liquide* Marcel!
(par le créateur de la célèbre ondulation.)

CARNETS POLAROÏDS (suite) : Chez les Floche, on lisait *l'Illustration*. Papier glacé. Un mélange de gaines Scandale, d'apéritif Byrrh, de semaine comique par Cami, de vacances à Gstaad, à Blankenberge, à Paris-Plage, de concours d'élégance automobile et d'articles de fond. Visite sur la ligne Maginot. Défiez-vous de la cinquième colonne! Ou alors les territoires d'AOF. Taratata! la grandeur de la France! L'Expo universelle. La 402 à boîte cautale. Passez

une journée à Sidi Bel Abbès avec nos goums! C'était
encore l'époque des hommes bleus, des fantasias et des
rezzia. Dessinée à la sanguine, l'ombre du grand Lyautey
planait sur le désert. Ah mais! J'avais deux tontons qui
étaient colonels! Et pas des serre-fesses! Des casoars, des
vainqueurs de la guerre du Rif. J'étais un enfant contaminé
par la gloire! L'oncle Hubert, l'oncle Lucien, je vous
raconterai les prouesses. J'échappais pas... J'avais des rêves
de jungle! Pourtant j'étais si pur! Tant comme il faut!
Gracieux, tiens, c'est le mot que je cherchais... Un sourire
archangélique sous un nez fripon. Appendice en douceur.
Ni camard ni camus. Ni rond ni pointu, ni corbin ni trompette. Le genre d'enseigne un peu rebiquée mais sans afféte-
rie. Rien à voir avec mon blair actuel qui est ruine et
malchance. Touret de nez dans les palettes rougeoyantes.
Résultat désobligeant d'une double fracture ouverte et d'un
abus du bouteillon. Vous marrez pas, vous m'obligerez!
Autour du cap dévié par la cloison, j'ai hérité d'une ruche à
vif. Armée par la couperose, piquée au jus de raisin, au
petit canon des jours de fête et porte-fanal les jours de
liesse. Bon, mais c'est seulement l'extérieur de la guérite.
Me sautez pas sur la truffe! Commencez pas la morale!
Etre un peu abîmé sur le dessus, tout le monde y a droit, il
me semble. Est-ce que c'est si dégradant, la peinture qui
s'écaille? C'est pour ainsi dire le grand chalumeau de la
nature. D'ailleurs, je n'ai jamais prétendu faire ma route
dans la catégorie éthérée. Orange juice ou Saint-Sulpice. Et
puis dites, chaque branche a ses touffes. Il y a eu les
péripéties... Les tropiques, les moussons, l'Amérique. La
nuit des sept lunes. La tête en bruit. La chasse à l'espère.
Et pour finir, la grande valdingue.
Cet enfant-fleur avec Victoire qui nous est tombé des
cintres. Folie-grabuge. Cris jours et nuits. Barlu général.
Alerte aux psys. Remise en question, comme ils disent. Des
avatars. Ah ça, les zavatars! On aura l'occasion. J'en
reparle, plus fort que moi. Pas que je me cherche des
excuses, mais tout de même... Victoire, ma doucette, moi...
on n'a pas traversé que du plat, chez les Floche! J'en

connais même qui se seraient perdus de vue pour moins que ça!

Réclame!

Ecoliers!
L'on va rentrer, l'on rentre!
En mère de famille avisée, votre maman va vous doter de
chaussures solides...
WOOD-MILNE,
le talon qui évite les mauvais rhumes!

CARNETS POLAROÏDS (suite) : Pour vous en revenir à mes premières sandalettes, paraît que j'étais choucard, question minois. Des boucles blondes. Un air Pierrot. De grands yeux bleus. J'avais la joliesse pour réussir.

Eugénie, ma maman qui croyait à mon physique de radio, m'avait enrôlé dans un concours de margoulettes. Deuxième prix de beauté Nestlé à dix-huit couches! Chais pas si vous réalisez bien l'événement! Ça vous pose un bébé, un résultat pareil. Sans compter les débouchés! Les retombées commerciales! J'avais posé nu avec une cage à serins. Cliché sans retouche, tirage sépia. Oncle Sebble, photographe à Toul, avait été chargé par ma mère de sculpter la lumière. S'en était bigrement bien sorti, l'artiste des noces et banquets! Au grand concours suisse, on avait gagné la timbale! Un Daum! Une coupe artistique, avec des papillons rares incrustés dans l'épaisseur du verre. J'avais même eu ma tronchinette exposée dans les magazines. Mince si c'était pas un début exemplaire!

A la maison, tout le monde applaudissait. Enfant désiré, j'étais prodige à chaque instant. Mon père faisait médecin en Meurthe-et-Moselle. Docteur Floche, médecine générale, diathermie, rayons ultraviolets, gravé sur une plaque en émail. Pour la consultation, sonnez et entrez. Souvent, je pipais un regard dans la salle d'attente. Premier coup d'œil, je distinguais un panaris, un goitre ou la vraie mort inscrite sur un visage blême avec son nez de carnaval. Le docteur Floche accouchait les ventres. Traquait les arythmies à la trompe du stéthoscope. Battait campagne au volant de sa 201 Peugeot. Cultivait l'art de la prescription, du diagnostic, de la prophylaxie et de l'hygiène. Eugénie cousait près des fenêtres. Elle guettait le retour de son jeune mari. Il avait toujours faim, l'esculape. Le dimanche, il faisait l'ascension du Honeck. Il filait en kayak sur la Moselle. Il chantait des airs d'opéra en faisant des poids et haltères. Chez lui, il était Dieu. Parfois, le soir, j'étais épouvanté. De l'autre côté du mur à fleurs, le mystère commençait. Après des débuts tout en gouzi-gouzi. Deux trois fous rires. Une roulade. Le lit de mes vieux devenait fou comme un cheval emballé. Les yeux écarquillés, je sondais l'obscurité. Interrogeais les souffles. Les chuchotements. Troublé par un fou rire que rien n'avait annoncé, je cherchais à m'orienter. Souvent, dans mon premier sommeil, je perdais de vue la géographie des lieux. J'avais une âcre lourdeur sur la langue. Une poigne m'enserrait la nuque. En quel liquide glauque me trouvais-je? Je déglutissais. A côté, le sommier, bête de somme, gémissait à nouveau des quatre fers. S'emportait d'un galop rageur. S'arrêtait court et haletant. Reprenait son étrange canter, ponctué par des râles. Soudain, tout était dangereux. Je me payais une traquette incroyable. Brimbale! Feu de peloton! Exécution sommaire! Pas de doute, Eugénie, ma maman, suppliait son bourreau! «Tu m'fais mal!» elle criait. Ou bien tout le contraire : « Encore!... » Elle suppliait, elle redemandait. Du fond de mon cauchemar, je criais halte au battoir, au maillet, au cognoir, à la pilonne. Là-bas, ça empirait. Je voyais s'ouvrir des abîmes... des profondeurs... des mers chaudes... Ah ah! Au secours! Boucan! Ramdam! Déjauge! Au fond du plumard Lévitan, une onde amère recouvrait un criblage d'archipels. Eugénie se brisait. Et au travers des cris inconnus que poussait ma mère, j'essayais de discerner la part de douleur de celle plus barbare qui la transformait en esclave avide d'acclamer la torture qu'on lui infligeait.

— Oui! Oh ouiiii!...

Et après un soupir gonflé de turpitudes :

— Mon Dieu ! Ah ! C'est donc fait !...

Un aveu rauque, à bout de vie et d'énergie, qui jaillissait invariablement de sa bouche reconnaissante. Refermait le temps. Me plongeait dans une angoisse inexplicable. Et plus mystérieuse encore, la présence silencieuse de celui qui avait mené la danse... Floche, le meneur de rut. Mon père méconnaissable. L'étranger. Le presque rival.

Je dormais généralement mal, ces soirs-là. Trop de choses s'accomplissaient, se tramaient sans moi. Fièvre et glace, je retournais à la ronfle. Je marchais sur des crapauds. Je traversais des cavernes. Je côtoyais des précipices.

Attaché au doigt par une très longue ficelle qui me reliait au sommet d'une montagne, je mourais seul en me jetant dans le vide.

ACTUALITÉS GAUMONT 1938

Nuit de « cristal », nuit d'horreur, pour les Juifs en Allemagne. La tension monte dans les Sudètes. Amitié franco-yougoslave : des officiers de réserve français défilent dans les rues de Belgrade. Mobilisation partielle de l'armée tchécoslovaque. Palestine : une bombe explose à Haïfa. Les Brigades internationales quittent l'Espagne.

INTIME CONVICTION : Dix-huit ans après sa mort, le cadavre de Franco bouge toujours.

10

FICTION : A l'aube naissante d'un ciel d'écume, deux ailes de bruits effrayants s'élevèrent sur le passage de Charles-Marie de Monstatruc et son cœur sauta dans sa bouche.

Après cette quinte au cœur, n'importe quel gringalet se serait débiné tant la surprise avait été forte, mais le baron, loin de montrer le cul comme ces superstitieux qui présagent une affreusité chaque fois qu'ils croisent le vol d'un rapace de lune, resta bien d'aplomb sur ses guindots et salua le grand-duc.

— Bonjour, oiseau! As-tu bien acoursé les mulots?

Le seigneur du lieu se sentait de morfondante humeur. Tandis qu'il trissait son chemin et jouait des pattes hors des limites de sa propriété, le hibou s'orienta lourdement par le couloir sombre des arbres et regagna la grange où depuis longtemps il poutrait. C'était un hibou blasé, habitué à voir la fille du châtiau battre des genoux sous les assauts des galants dans la paille. Une pelote de poils prise dans le gosier, l'oiseau de nuit régurgita donc deux souriceaux et, éteignant la lumière de ses yeux, se réfugia dans l'immobile.

Toujours filant son nœud, le baron de Monstatruc était parvenu à l'orée de son fief et venait de se risquer sous la futaie.

Au même instant, mademoiselle Aventine, les yeux vissés à la binoculette des jumelles de marine de son défunt grand-oncle, l'amiral Bouillon de Pompéjac, coulé trois fois en mer de Chine, grossissait dix fois depuis la tour d'angle du castèts la course de son père.

— Visez voir un peu, Hourtoule et Tamisé, mes chéris, elle disait sans se retourner à ses amants qu'elle avait désormais installés dans sa couche, Papa s'esbigne! Il a le vent derrière lui, la peau du cul qui se décolle!

— C'est qu'il aura mal digéré notre demande en mariage et que la perspective de devoir te doter lui aura foutu l'érézipelle! répliquèrent les arpenteurs.

Ils ricanaient dans la plume, bien espatarrés dessous la chaleur de la couette commune.

Fini de tirer l'élastique! se gaussaient les deux arrivistes. Nous ne géométrerons plus la plaine! Nous empalmerons les hectares de la donzelle, viabiliserons comme il faut les lopins et lotirons le terrain!

Déguisés en fiancés providentiels d'une gigasse de famille impossible à caser, ils se voyaient déjà, les pâlichots, habitant un hôtel particulier du cours Xavier-Arnozan, lieu symbolique, estimaient-ils, de leur prédestination sociale et de leur réussite. Simple devanture nuancerais-je, et que nul ne l'ignore : les Chartrons sont à Bordeaux ce que les Champs-Elysées eussent mérité de rester pour Paris — à savoir un lieu rassurant de balcons en façades d'où les commerçants ont toujours tiré vanité de pouvoir arborer leur bonne mine dans les affaires.

Mais va! Tandis que ses futurs maris rêvaient à d'obscurs croquignolages d'argent et affûtaient leurs plans de machiavels au petit pied, Aventine était en panne sur la terrasse.

Elle caressait son ventre où bullait avec lenteur la promesse d'un enfant. La fesse ronde dans une nuisette à mi-cuisses, les seins giboyeux au bord d'un décolleté qui tapait dans l'œil, la fille du châtelain se posait bien des questions au sujet du popa de son futur rejeton.

Avec son mode de vie à la diable, la grougne n'était sûre de rien. Elle ne voyait pas en vertu de quel hasard de calendrier le grand livre génétique aurait dû s'ouvrir à la page d'Hourtoule ou de Tamisé plutôt qu'à celle de Brancouillu ou du boucher Dantresangle. C'est qu'en une seule lunaison le ventre de la mounique avait eu ses déraisons, le corps ses galipettes. Mademoiselle Aventine laissa venir un sourire sur ses babiques et aurait campé là, à bader devant le paysage, si elle n'avait pas repensé à la colère que lui déverserait son père lorsqu'il serait placé devant le fait accompli.

Elle engloutit à nouveau son œil dans la lunette d'approche.

Où pouvait diantre le baron se rendre de si bonne heure? Vers quelle affaire chatouilleuse s'escampait-il, Arthur, n'ayant rien de mieux ou de plus difficile à accomplir qu'à l'accoutumée, c'est-à-dire à peu près rien? La mariole enfant tirait la langue, se déboîtait le col pour y voir plus loin.

Las, hors de vue le fugitif!

Monstatruc courait déjà comme un loup gris sur la piste en sable laiteux qui conduit par les méandres des Doucs jusqu'à la lisière de la paroisse de Cazalis. Précédé par son cagne Omnibus, il tenait en sa main une mallette de cuir bouilli et se hâtait vers le profond de la sylve.

Le grand blaveux de Gascogne traçait devant son maître une brèche de museau. *Ladet*, à droite, *lago*, à gauche, le chien bicolore tricotait des pattes dans la hagne des vasières, cap sur le jour qui perçait l'horizon. Soudain, la truffe mise au vent, le chien démarra. Son infaillible nez gascon déchiffrait la passée des herbes. Il poussa un jappement bref et accéléra son allure. Arthur leva la tête au-dessus des buissons. Il se mit à courir dans la même direction que le taïaut. Il savait pertinemment que rien — ni rebattre un ordre ni faire un lâcher de jurons — n'arrêterait Omnibus dès lors qu'il pistait. Rouge comme un souffleur de boudins, le baron cavalait sans conviction derrière son toutou. Et déjà, c'était fait pour le grand bleu de Gascogne : la trace d'un lièvre lui mettait l'odorat à sec. Loin derrière lui, la main posée sur un point de côté, Monstatruc trouvait que ses jambes lui entraient dans le corps. Comme il rase-mottait une borne de pierre, il y effectua un atterrissage forcé de son postérieur et resta en carafe.

A deux cents mètres et des arbres, au-delà d'un semis de jeunes pins, il sembla que la voie ouverte par le lièvre tournait court. De cul et de pointe, Omnibus fourgonnait les fourrés comme un valet du diable. Le fouet battant en doubles croches, le cador se charpentait le bourrichon en traquant le capuce avec un zèle énorme. Alors qu'on aurait pu croire que la trace et les odeurs de sa proie étaient perdues pour lui, le dingo farda son aboiement d'un hurlement de meute et, en bonne logique de jappe, repartit sur la voie du gibier. Arthur moucha entre ses doigts pour se prouver qu'il n'en avait mise. Il escalada le haut de la borne, mit la main en visière et, dressé sur le perchoir, ausculta la distance afin de voir s'il apercevait son chien.

Le clébard toussait gras, s'éraillant dans le lointain du bois.

— Ray! grommela le baron avec un geste fataliste, si le cagnas pourfouine, moi, je m'en pourfoutre!

Il sauta au bas de son hausse-mioche au milieu des fougères, retrouva le moelleux de la sente ensablée et s'éloigna d'un pas pressé. Au bout de quelques enjambées, préoccupé comme celui qui se jette à la tête de quelque nouveau destin, il chaussa des ailes nouvelles à ses bottes — marque A L'Aigle — et, tirant son trajet au plus court, traversa une friche de landiers.

Rendu en un point de clairière, au lieu dit Peyredieu qu'il connaissait bien pour lui appartenir comme sa poche ainsi que la métairie et les deux cents hectares attenants, monsieur de Montallier contourna d'un trot raide la silhouette d'un chêne, plongea dans les ajours d'un haut taillis et se trouva à couvert de sa palombière.

11

D ANS le poste de guet principal, il avait fait mettre un lit, poser une cuisinière. Aussi aménager un coffre pour le linge et une armoire pour les vivres.

Certain de cette façon qu'à tout moment il serait prêt à parer une éventuelle crampe au pylore, notre Arthur venait en douce pendant l'automne danser devant le buffet de sa tanière. Il aimait, cet homme de grande vie, perdre la carte, aller au plus profond des sentiers abandonnés, creuser le fond des bois jusqu'à la solitude. Mais c'est bien sûr en partageant la ripaille et en dépiautant des salmis entre honnêtes gens que le baron préférait voir revivre les casemates et forteresses de brande de sa ligne Maginot du fond des bois.

Nargue de vous! Chacun prend son biais comme il l'entend. Depuis des siècles, le plat pays des tchanques est en odeur d'affût, de traque, de vénerie et de piégeage. Dès lors pourquoi ne pas s'acoquiner à trente chasseurs au moins, des droullas à larges gueules, pour joindre ses bribes ensemble, déchirer la cartouche et chasser la palombe à son aise?

Ainsi sonnait la tradition.

A chaque retombée d'octobre, dès que la pluie filait un mauvais coton sur les Landes, les hommes d'icite, les plus valides parmi les plus goulafres d'aventures, de nature et de vin, se retrouvaient sous la pignada. Plus question d'entreprendre! De louer les services d'un artisan, de vouloir rentrer du bois de chauffe! Tout s'arrêtait! La mort aussi! Même les vieillards refusaient de pousser le boum du cygne! Quel malvenant serait allé aux immortelles en cette époque? Il eût été seul en son cimetière! Canule et apostat celui qui aurait avalé sa langue en période de chasse! Jamais paloumayre n'escracha son âme à la Saint-Luc!

Trogneux, bardés de fusils, harnachés de camouflages savants, les coquins à rudes balles, pour tromper l'attente du rendez-vous avec l'oiseau bleu dans le ciel, attrapaient sous les pins un joli coup de fourchette. A tout moment, les gaillards aux longs pifs remuaient les dents. Ils déchargeaient leur colère ou l'oisiveté du jour sur un foie gras, sur un jambon de pays.

A force d'être en gaffe, les yeux dans les nuages à gueyter les vols, les nemrods battaient la bouteille. Si rien ne venait dans le cours de la matinée, ils étranglaient la douleur du bredouille en s'asphyxiant de confit. En avant la gode chère! On s'abreuvait le mors au loupiac, au sauternes. Hardi! on s'en poussait dans le cornet! A ce jeu de faire trembler le lard au charnier et de mener bombance, Arthur, on s'en doute, n'était ni meilleur ni plus mauvais que tous ces visages rissolés de haute lande qui préféraient faire une gnaque de géants plutôt qu'un repas de cigogne.

Dit-on pas que le vin de cerf fait pleurer? Que le vin de Lyon rend furieux. Le vin de pie, bavard. Le vin de porc, vomir. Mais des vins de Graves, personne ne peut médire. Le sieur de Monstatruc possédait quelques pièces de vigne du côté de Budos, aussi quelques arpents carrés en remontant vers Portets et, tout en cherchant Dieu à tâtons sous la feuille, le baron et ses compagnons déliaient les brunettes et suçaient les verres jusqu'à la tombée du lustre. Après, on ronflait en bonne entente et tout le monde s'aimait bien car rien n'est plus vrai que ce qu'on chuchote encore aujourd'hui dans les quartiers : tous les va-de-la-bouche du canton de Villandraut venaient branler la mâchoire chez monsieur le baron.

Pubzz!

Devenez manager culturel! Les pellicules résistent? Pensez à ceux qui sont déjà chauves. Et cessez d'écrire la vie au sèche-cheveux! L'abus du zapping est dangereux. Si vous avez perdu votre femme sur une chaîne privée, investissez sur les mires. Ou alors, mangez des menus allégés, vous aurez les mots de la faim.

ACTUA-TILT

Noël en savane pour les légionnaires. Bethléem, le cœur n'y est plus. Gironde : le père Fouettard se crashe en hélico. Urgences : une nuit ordinaire. Réveillon tragique : la dinde flambe... chez monsieur Noël. Nuit d'ivresse : foie gras contre tourtière, deux blessés graves. Après les quinquas, les quadras du mitterrandisme sont sur le pied de guerre. Avec lycra, jamais serré à la taille. Hormones de croissance : 18 enfants sont morts. Pétanque, une excellente saison.

FICTION (suite) : Pour le moment, Monstatruc était bel et bien seul au fond du bosc. Une ombre de méfiance lui donnait l'œil marécageux. Trois fois, il se retourna sur ses talons.

Après s'être assuré qu'il n'avait pas été suivi, il pénétra en se courbant dans la pièce commune de la palombière et marcha jusqu'à un éclat de glace qui permettait de se jauger en pied. Il ôta ses bottes de koutchouc, son pantalon de cavalerie et, s'étant pelé comme un oignon de ses épaisseurs, débarrassé de son souvète, il observa son corps nu qui faisait un effet d'ivoire dans le contre-jour du soleil levant.

Despoilé de la sorte, il se tenait planté droit comme de bouture et montrait toute sa boutique. Dieu sait si le baron était bien emmanché et convenablement fourni de la tige aux bagages, mais ce matin-là, tremblant le grelot dans l'aigre saison, il n'était guère d'humeur à lever son onzième doigt, comme l'on dit. Son dardillon n'était que fiasco de muscle flasque et riquiqui quiquette d'enfantelet.

— Bonjour, Elisabeth-Marthe, murmura le colosse en usant d'une voix de mystère. Voici les nouvelles. Notre fille va se marier. Elle prendra deux maris. Deux hommes, deux services, c'est l'usage qu'elle réclame. Son équilibre est à ce prix. Je vais dire amen.

En parlant aussi bas qu'à l'église, il avait exhumé d'un tiroir le portrait de sa défunte femme et l'avait déposé en grande pompe sur une étagère en face de lui. Il s'adressait à cette personne au regard impérieux avec autant de fougue que si elle se fût trouvée en personne et en chair devant lui, dans la pièce :

— Tu vois, Elisabeth, disait-il en roulant des prunelles et en fixant le renfoncement ombreux au-dessus de la glace, moi, j'ai tenu ma promesse! Je me suis rasé les poils et la toison. Même le tablier du sapeur manque à mes broussailles. Et pourvu que je ne gode pas, je suis presque femme pour l'amour de toi!

D'un geste brusque, il exhiba son devant sans plus de cresson au-dessus de la fontaine. Comme il avait par mégarde effleuré son membre, la couleur lui monta aux oreilles et il entra en bandaison. Il sembla hésiter devant la conduite à prendre, interrogea le grain photographique en approchant son visage au plus près, guigna pendant quelques secondes un encouragement de la part de l'image de sa conjointe. Lui envoya dans la glace un mimi de la pincette.

— Dis-moi quelque chose, Elisabeth-Marthe..., suppliat-il. Encourage-moi dans l'épreuve...

Il attendait en frissonnant, crampu derrière le dos à cause du vent coulis qui lui cerclait l'échine. Il attendait. Rien ne venait du côté du grand portrait avec effet de flou. Rien. Autant souffler le bugle au fond de la cambrousse!

Il attendait, se rebiffait aussi :

— Elisabeth! Bête carne!... Pipe un œil, merde! Daube,

mordious! Passe par l'étamine! Fais au moins un signe si tu m'entends au bout de ton long couloir de froid... Mais ne me laisse plus tout seul!...
Il attendait en versant une larme de silence.
Elle, on s'en doute, à peu près aussi ouverte à la vie qu'un coffre sans serrure, patientait la poussière des siècles au fond de son cadre.
Le regard du baron se durcit. Il fronça le sourcil, remua les babines comme un singe qui cherche des poux et dit au cliché sans retouche :
— Je vais faire marier notre fille devant Dieu avec cet Hourtoule. Cérémonie à la chapelle du châtiau. Qu'en dis-tu? Le moine Godon y pourvoira. Tu pourras assister à l'office à condition de ne pas te faire remarquer. Et le Tamisé passera devant le maire. Deux maris, deux mariages. C'est ce que j'ai pu inventer de plus propre.
Le baron ausculta la photographie. Comme il venait d'y trouver une réprobation supplémentaire, il se récria :
— Ça, ma poule... personne ne dira le contraire! Même avant de faire tes petits paquets... tu n'étais pas drôlette... le genre chèvre sans souffle... D'une pudibonderie! Et punaise à l'église!
Le reproche avait l'air justifié. Derrière le sous-verre, Elisabeth, née du Pech de Richemont, faisait l'effet d'une bringue sèche avec une figure d'accident. Elle avait un nez droit, des yeux culottés de bistre et un nœud de cou bien sévère. Un capet à voilette vissé sur la tête finissait son portrait.
— Ma pauvre grande haquenée! renchérit Monstatruc en se mordant les pouces, ma pauvre rosse! Rien ne te reboisera plus un corps neuf à l'heure qu'il est... Je vois mal ton avenir!
L'esprit renversé par son incapacité à ranimer le bon vieux temps où la baronne lui pinçait encore la médaille, Monstatruc se sentait mortifié de toujours faire les demandes et les réponses. Soudain, il sentit monter en lui l'agressivité, la rancœur. Il décocha une hargne d'arpion dans la glace qui s'inclina dans un grincement et lui donna des airs contre-plongés.

— Chienne-chaude, Elisabeth-Marthe! s'emporta le baron. Biche! Pignoleuse! Chique amère! Te souviens-tu seulement, dans les débuts du mariage, quand tu laissais aller le chat au fromage? Sans cesse tu plaidais pour faire la chosette! Tu tabourais des fesses comme une naufragée! Tu me portais en croupe! Ah! dis! Quelles traversées!

Tout soudain, Monstatruc eut la cervelle démontée. Il commença à bahuler comme il en avait pris l'habitude les jours de papillons au compteur. Toqué de la touffe aux talons, il entreprit de giguer une danse d'aveugle qui a perdu son bâton. Le cerveau mal timbré, il élucubrait des borborygmes. S'entre-taillait les mâchoires à la beugle. A l'égosille. Complet syphon, il criait au vinaigre, déraisonnait en marchant, en sautillant, déparlait ab hoc et ab hac et s'érailla si bien qu'à la fin du souk il en eut le huc.

— Eh bé, Dion! Il faut laver la tête de l'âne! finit-il par dire en portant la main à son estomac qui le brûlait.

Il avala un sachet de bicarbonate et, ensoufré par une excitation subite, fit plongeon sur la valoche en cuir bouillu qu'il avait amenée avec lui.

— Merdecon! menaça-t-il la rombière dans son cadre, tu vas voir, petite! Bientôt moi aussi je serai fendu comme une fille!

Il tenait entre ses gros doigts un tube Rouge Accent de chez Melchidior et entreprit de repeindre sa bouche comme celle d'une lorette de barrière.

Maintenant, il brandissait des faux cils et se donnait un regard plein de douceur :

— Regarde Elisabeth, je te fais apparaître!

Ce n'était pas fini! Sa solitude de chair donnait le branle à toute cette affaire. Il congestionnait dans son jus. N'épargnait aucune peine. Faisait des mines. Se lamentait de temps à autre sur son mauvais sort de veuf.

— Du moins aurais-je tout essayé pour être fidèle à ta mémoire! Est-ce de ma faute si je suis un homme de bonne pâte et relanceur de femmes? Puisque j'ai les reins si forts, accepte que je sois l'homme et la femme! Accepte, Elisabeth, que je te promène en ville, à la nuit tombée! Ce soir, je t'emmènerai à Bazats. Tu prendras l'air, un peu. Je mettrai ta voilette. Ta guimpe autour du cou. Nous serons une. Je t'emmènerai écouter la messe à la cathédrale. Nous prierons pour ton repos. Nous deux une seule personne! Dans le sombre des arcades, les gens te salueront. Personne n'y verra mèche. Accepte! sinon, je ne réponds de rien! Ma chasteté me coûte! Tiens... Tu sais comme je suis ferré! Depuis que tu n'es plus là, la santé n'est pas la santé! Je fais du feu violet! Je turgesce à la moindre pucelle! J'inonde sans cesse le grand rêve. J'ai des draps géographes et une envie folle d'aller chercher la rose des vents dans le lit d'une jeunesse!

Chicotant de petits cris de souris, le baron écrasa le gras-double de son torse. Il fit saillir ses pectoraux comme des poupasses de nourrice sur lieu.

— Louque, ma chère épouse! gueula-t-il. Louque! C'est gondolant, tu ne trouves pas? Grâce à mes roubignolles, c'est ton lait qui sera bien caché!

12

LE SOIR MÊME, rasant les murs tout au long des arcades, les gensses de Bazats qui n'avaient pas encore allumé leur télé, qui tiraient leurs rideaux, virent passer une grande ombre avec un chapeau sur la tête.

Madame de Pourfuissac du Cercle de Lecture n'aurait pas aimé voir ce qu'elle croyait bien avoir vu passer. Un homme à jarretelles promenant son cafard avec des seins de femme devant lui. Ça n'était pas bien le moment de balader une chose comme celle-là sur des talons aiguilles. Du côté de l'ancien évêché, la ronde des siècles passés en prenait un vieux coup derrière les lézardes. C'était plutôt l'heure des nouvelles.

A moins cinq de huit heures, la télé est plus importante que l'ombre. La télé, pour madame Dantresangle aussi, c'était son second cerveau. Elle mènerait la bouchère aux étoiles.

Il était vingt heures dessous les cloches de la cathédrale. On n'entendait plus les enfants. Tous les gensses de Bazats avaient sauté dans le vide. Sans un cri.

Sacrée soirée, on était morts.

ZAPPING DE MADAME DANTRESANGLE : Sur les écrans, no fun at all. San Francisco. Poisonned city. Mortelle sapience. Tarmacadam. Seringues dans les buissons. Un square pourri. Plus rien n'y pousse. Décourageant, le sable. Dans le salon, le boucher, la bouchère. Confort Ikéa. Fleurs artificielles. Fauteuils en sapin scandinave. Photo-repro du Mont-Saint-Michel. Il est dans l'ombre. Elle a le front ouvert par une hache de lumière. Elle soupire. Elle saute un battement de cœur. Elle se retourne avec sa main en visière. Regard à l'autre. A quoi tu penses, Alphonse ? A rien. J'te jure à rien.

Ils sont sur la 2. Chanson du cœur. Un lac glacial. Pleurs étouffés. Un éclat froid luit dans les yeux.

Horions et matraquades sur la 3. Hurlemort dans la foule. Comme des cochons à l'abattoir. Ouxé que tu vas, Alphonse ? T'es jamais là quand il faut.

Zapping 1, la mode est stretch. Zapping 2, j'accouche au meurtre. Sur la 3, maîtrise de soi. Bourreaux en tabliers de sang. Quatre, crème multi-réparatrice. Cinq, journaux sabbats. Portraits d'actrices. Différentes choses. Un cri d'amour. Une fusée siffle. Fichiers violés à la banque du sperme. Premier baiser. Des paupières rouges. Cent papillons. Une soûlerie aigre.

Zéro heure trente, le spectateur est sur les mires.

Madame Dantresangle se met gauchement debout. Elle a l'air calme, mais c'est faux quand elle fait filer sa fermeture Eclair le long de sa hanche. Elle ôte son slip.

Mules en satin, motifs coordonnés. Coton débardeur.

Elle s'engage dans le couloir. Alphonse, où t'es ? C'est comme quand j'étais petite, ce que j'ai vu m'excite. Toutes ces histoires malsaines qui me font éclater de rire. Elle marche à tâtons dans l'obscurité, les yeux fermés. C'était bien ce feuilleton et tout, elle dit en suivant le papier peint comme une aveugle. Surtout le moment dans la chambre avec le petit blond — Chet, quand il parle avec l'héroïne, Sallie, visage contre visage pour lui annoncer sur fond bleu qu'il l'aime. Et son sourire à elle aussi, c'est chouette. Sallie se moque de l'empressement du garçon, même si son sourire reste doux. Parce qu'elle avait tout deviné depuis le générique. Et moi aussi, monsieur Dantresangle. J'adore surtout la manière dont elle lui dit qu'il ne devrait pas rougir comme une fille. Et franchement, elle a tort d'avaler tous ces tubes de Gardénal à la fin du film. Je ne comprends pas qu'on se suicide.

Sur le point de pénétrer dans la chambre, madame Dantresangle se fige sur place. Elle croise ses mains devant son ventre pour retirer sa chemisette. Sa tête ébouriffée réapparaît dans l'ouverture. Le bout de ses seins est tout petit et contraste avec la plénitude de ses hanches. Elle passe sa langue sur ses lèvres. Sur le seuil de la porte, elle se tient immobile. Elle caresse doucement ses avant-bras. Ses tempes, ses aisselles sont tropicales. Elle cherche à deviner le contour des choses dans un cercle de miroir. Pourquoi ces pleurs étouffés?

Elle entre sans bruit. L'endroit est inondé à la tête du lit par la lumière d'une lampe de chevet. Le reste de la pièce est plongé dans le noir. Soudain, le poids de son corps la terrasse.

— A qui tu téléphones, Alphonse? Pourquoi ces pleurs étouffés?

— Aventine se marie, répond le boucher.

Il a les yeux cernés de rouge. Les deux époux laissent passer deux milliards d'années sans se reparler. Entre eux, sur une terre aride, pousse une friche où les bouquets de hautes herbes le disputent aux buissons d'épines. Ils sont livides. Ils n'ont pas l'air très heureux.

Madame Dantresangle passe sa main dans sa lourde crinière de bison. L'épaule baignée par un lac de watts roses, elle glisse sa peau sous les draps. Elle attend.

— J'éteins la lumière.
Elle attend.
Ses yeux lancent des éclairs de foudre bleue. Sa main souterraine chemine en direction du pénis de son mari. Il tressaille.
— Froid? C'est seulement ma main, précise-t-elle.
Elle attend.
Elle pense à un hachoir effilé.

13

ACTUA-TILT

Tout guignole à vue d'œil! Nouveau défi de Saddam Hussein. Les soldats de l'ONU nagent dans la saumure. On vient d'assassiner le vice-Premier ministre bosniaque. 2 000 oiseaux nagent dans le brut. Prince Charles se rend aux Shetland. Les phoques s'asphyxient au mazout. On bombarde aux dispersants. Les vents soufflent à cent vingt à l'heure. Mogadiscio, opération nettoyage. Les viols et la purification ethnique se poursuivent à deux heures de Paris. En Afrique, coûteuse excursion, le Paris-Dakar trimbale des ombres de mort bien grotesques. Il y a du rire sans doute à traverser des paysages admirables sans les voir. Et si l'aventure c'est rouler dans la poussière de l'autre, faut-il pas être inquiet de voir la connerie marcher à l'essence?

GRABUGE ONE : Ah non, pas *ouane!* Pas ouane! La salle scande au charron. Les invités protestent à l'unisson. Contez-nous grabuge un, l'auteur! Comptez pas ouane, tou, sri!
Le concert sous les lustres ne supporte pas l'impérialisme de la langue angliche. La salle trépigne. Tollé! Haro! Qu'on s'exprime en français! En français! Rendez-nous nos mots, à la fin! Outrage aux mœurs! Foin du sabir de Shakespeare! Contamination! Virus! Rockmania! Les poings se tendent au premier rang. Tous pourfendeurs du franglais vif! Ah mais! Que l'auteur de ce torchon en rabatte! Vite et bien, la France à Malherbe! Une juste cadence! Camelote,

les Ricains! Mickey à la tinette! Rendez-nous nos poètes!
Notre petit Liré! La douceur angevine! Du Bellay, que ça
saute! Marot, Ronsard, cette pointure!
   On applaudit. C'est fait!
   Cent zélateurs de la pureté de la langue se dressent sur
les strapontins. *Les épinglettes!* ils scandent. *Les bala-
deurs!...* Et puis, des images positives! ils réclament. Du
bonheur! ils rouspètent, ils exigent. Charles Trenet! LE
POETE! LE POETE!
   Je n'en reviens pas. Ça m'avait échappé. Je m'émerveille!... Un tel civisme en pleine laideur du temps! Mais
alors... Infini bafouillage, non? Parce qu'enfin le tramway,
le whisky, le bifteck, le football restent en carafe dans cette
histoire d'affolement vaniteux. C'est que je ne vois pas la
sortie... A moins qu'il ne faille tâter l'épreuve jusqu'au
bout? Ecrire : le faute-balle? Danser le foxtrotte? Boire du
ouisqui. Il faut avoir des nerfs en zinc à ce compte-là.
   Pas raisonner, surtout! Le public continue à s'emballer à
l'instigation de quelques vieux marbres d'Institut.
Jusqu'aux balcons, on allergise! Quel tambour! Quelle fanfare! Ça tourne carrément au couac, aux cris d'oiseaux,
cette histoire de symphonie. On y laissera des plumes.
   Je fais donner les haruspices. J'interroge les signes de
notre ciel de cirque où le néant fait looping.
   Mon Dieu! L'avenir, quelle altitude!

   PULSAR MACHINE : La tour Eiffel est à l'envers.
Roman-rap et tout qui bouge. Contreboom et alcootest.
Rage sèche sur corde à linge. Les slips Eminence égouttent
à côté des tenues léopard!
   Toutes ces saintes-colères, ces fulminates de coups de
sang, ces déboulinades de comptes à régler. Folie-trouille,
époque-tam-tam. Même la zizique a perdu les pédales.
   La breaky-dance, à mi-chemin du madison et de la danse
des canards, fait fureur cette année outre-Atlantique. Entre
bonzaïs et halogènes, la soul entre dans un sommet de
transparence. Toutes les banlieues cherchent leur tube.
Rêve disco-rap-achélème au stade terminal. Guitares sidé-

rurgiques. Tout le monde descend. Les voitures flambent ! Elles embrasent la nuit dans la cité des 4 000.

Intenses et vénéneux, ceux qui tablent sur la précarité du monde actuel se dopent au spleen gaillard et cherchent un nouveau style. Canalisé et purifié, le hardcore mixte londonien fait comme un éboulement de riffs et se casse la gueule à la bourse du hit. Un branleur de Washington prend le risque de l'esprit jazzy.

Whisky sec. Jeu bluesy. Un nirvana cascade le sang de sa guitare.

Tiraillée entre la cold wave et le raga-shuffly des années N. Y., une fille de Gorée enflamme son ethno-techno-woodoo-libido. Le long des barres aveugles, à Marignane ou à Grenoble, à Pontoise ou à Saint-Denis, elle feule en module de Frèque une agression sonique, satanique et mentale, enregistrée entre ramadan et vendredi saint. Seins percés, chanteuse rasée. Sa voix, la fille de Gorée, en froide fusion, touche aux limites du parfait.

PLAN RAPPROCHÉ : Cohue, trafic, héro, murs graffs, Fatima baise Bouboule.

Dans les cités de béton, la nuit a tagué. Les plâtras sont tatoués de haine. Au pied des immeubles cloisonnés, F4 en briquettes montées sur papier-plume, les ingrats, les retombés, les abandonnés du quartier Robespierre, rien que des raclures façon skins, jouent à Starsky sur un scénar du Front national. C'est l'heure des yeux sauvages. Ils font la chasse aux jus de réglisse, aux petits youpins et aux zarabes. Sauf Mustafa. Il est trop fort. Il coupe les couilles. C'est un zarab' respecté.

A trois blocs de là, batterie débranchée, un dealer tombé dans un piège à con tendu par des mômes pousse sa caisse Béème turbo aux quatre pneus dégonflés. Les pattes en cambouis, il essaye de rallier un taxiphone. Chemin suant, son mental le quitte. Les mobs butinent autour de son naufrage. Ils sont quatorze à astiquer l'accélérateur de leur meule pour lui mettre les miches à zéro. Zé a huit ans. Ahmed, treize. Ils ont besoin d'argent de poche pour s'acheter des flingues Police Python à grenaille. Wauquemane aux oreilles, ils rythment un sombre fado du Cap-Vert en attendant de récupérer la lamedu de cézigue, le dilère.

ZOOM ARRIÈRE : Dans les caves de la grande tour de Sarcelles, le love raï dans ses plaintes aux larmes blanches rivalise avec le beat de 50 frappeurs sunnites balisant sur leurs drums un terrain propice à la plénitude. A Joinville, à Champs-sur-Marne, pop et métal, un skud de bruit et fureur naze colle au plafond la philosophie valorisante du trash-guinguette. A Notting Hill, à Point Depot, au Zuiderpark, le socca, le heavy, le punk redisent en leurs évangiles distincts la messe des nuits de pleine lune. En Belgique, à Potsdam, à Moscou, un nouveau groupe à l'oreille « hip » convertit tout un public à l'intégrisme fascistoïde et effectue un décrochage monétaire. Difficilement balisables, ces fomenteurs, inspirés par l'interpénétration de la bâtardise et du néo-pessimisme nostalgique des années Munich, taillent la route sur leurs platform-shoes. Ils martèlent, chemin faisant, l'opéra fiévreux d'une musique écolo-environnementale pour monde sous-développé. Le texte rebelle fait la différence. Ein, zwei, drei, vier! Le Mur de la honte est un souvenir cathodique! Ecolos zusammen! A l'heure de l'euro-beat schismatique, le binaire allemand du néonazisme rock prend de dangereuses couleurs vert-de-gris. Bleu de Prusse! Vert cruel! Chiens de l'enfer. Chaleur d'airain! Les murs se déforment.

Nous entrons à reculons dans une toile de Munch.

GRABUGE TWO : Qui pourra jamais — fût-ce par vidéo-voyance — prévoir la croisière de l'humanité? D'ailleurs, à force de couper la fumée en quatre, le machinerie s'emballe. Futur bloqué. Le carrousel est fou. Les cygnes, les cochons roses, les locos, les ouagines à moteur explosent. La faute en est au train d'enfer. Tant miettes! Des haies de réverbères s'allument. A tous les carrefours, le populo récrimine. L'époque qui déblate nous a habitués assez. Nous piqueniquons sans cesse sur un cratère. L'air des frontières est étrangement transparent. Tout communique. La barbarie grabuge à notre barbe. *Mia, miaou!* De nombreux obus sifflent. Les combats redoublent en Croatie. Parmi les femmes musulmanes ayant subi des viols collectifs de la part des Serbes, il en est qui suppriment les enfants nés de leurs bourreaux. Les sanglots tapissent les gorges. Les sévices reprennent. Le ciel guimauve. Dieu lui-même est en excès de vitesse. Un ange motocycliste retire six points au Saint-Esprit pour franchissement de la ligne blanche. C'est une vie surmultipliée. Seigneur, enlevez-nous la peur du noir!

ACTUA-VRAC

Un journaliste établit une liaison onirique par satellite. Avant, arrière. Touché par la balle mortelle d'un sniper, un caporal bosniaque vide ses tripes sur le trottoir. La neige sur les ruines de Sarajevo est d'une tristesse supplémentaire. A Bazats, dans son Hôtel de la rue Taillade, cette maigremiche de madame de Pourfuissac relit *Génitrix* de François Mauriac. Madame Dantresangle rêve devant son hachoir. Elle s'exerce à trancher des morceaux de viande morte. Un foireux revendeur d'électroménager, Boulazac Gaston, il s'appelle, déverse à la sauvette un lot de vieilles machines à laver, de gazinières, de batteries cadmium-nickel, dans une clairière de chênes appartenant au baron de Monstatruc. Avant, arrière. Avant, arrière. A Barjols (Var), Benjamin Floche, jeune homme autistique, se balance, victime de stéréotypes. Il a vingt et un ans. Il a l'impression que son corps s'allonge. Il crie. Il crie. Au Togo, on fusille. On fouille. On rouste l'indigène. Le pif en bourgeon, Brancouillu vient d'adhérer à la CGT. Personnage de papier, il fixe à ses pieds les éclats brisés de la réalité dans un éternel présent.

INTIME CONVICTION : Chacun calcule le temps à sa porte.

Je suis à l'âge où déjà la passée des jours me ride. La panse se gonfle d'importance et interdit d'accorder de nouveaux pianos. Enfouis, les projets aventureux, la rage au ventre et les endroits non conformes. C'est fait. La machine ne marche plus guère qu'au système nerveux. La nuque prend de l'épais. Une poigne invisible appuie sur mes épaules. Le corps qui s'élançait au-dehors devient la caricature de lui-même.

Quelle défaite de n'avoir qu'un seul rôle à jouer!

La haine du vieillissement s'est allumée en moi. Insidieusement, les forces sont comme une eau qui se répand. De même qu'il est impossible de dormir seul, chaque être s'efforce d'amarrer sa barque au-delà des portes de l'écluse. De remonter encore un peu en amont. De trouver enfin une borne verdie par la sagesse de ceux qui l'ont plantée puis polie par l'usage du temps.

Longtemps, je n'ai su où aller. Uzeste a été ma rive et mon chenal. Mon soleil et ma pluie. La douceur d'un pays est plus précieuse que le sang.

Pourtant, ce soir, ma tête sur la table a l'air anxieuse et vaguement rêveuse.

Ce soir, j'ai envie de plonger mon regard dans ces lointains obscurs comme des oubliettes où rôdent des formes mouvantes, des ombres capables de danser toute une existence devant les yeux.

L'année passée, au coin du village, j'ai revu une poignée de ces vieillards qui marchent à grand-peine et bravent l'humidité de l'automne pour aller écouter la plainte du clairon qui rameute les morts.

Le 11 novembre, la France est toujours fille du souvenir. Tôt, encore frimousset en culottes de golf, j'ai entendu au pied des monuments élevés à nos héroïques disparus nombre de discours aux accents chevrotants qui annonçaient dans l'aigre vent de la plaine de Meuse la fin d'un monde englouti. Enfant des Ecoles, je n'ai jamais pu, l'avouerai-je, retenir mes fous rires inconvenants alors que dans ces circonstances au rituel obligatoire on nous réunissait, trempés sous les pèlerines, face aux sapeurs à molletières, aux caporaux du chemin des Dames, aux grands gazés de la Quatorze.

Plus tard, adolescent décidé pour faire l'apprentissage de son duvet à rompre des lances, je me souviens de vacances en Lorraine, pays d'où je viens. A Laxou, proche de Nancy, j'y étais l'hôte du frère de ma mère, de ce fameux oncle Hubert, et mon impertinence s'exerça contre lui, à rebours de toute prudence.

Il convient de dire que l'oncle Schneider était de ces hommes dont la trempe est l'acier. Il était colonel et avait commandé la place de Metz. Jeune saint-cyrien en gants blancs, il avait chargé sous le plumet du casoar. Réputé invulnérable, il avait fait campagne en Syrie, gagné des batailles à la France, héroïquement défendu à Verdun chaque pouce des tranchées qu'on lui avait confiées. En 40, un revolver au poing, il s'était rendu bon dernier sur la ligne Maginot. Il était mauvais joueur. Il n'aimait pas perdre les guerres. Prisonnier, il s'évada donc à trois reprises d'un Oflag situé en Poméranie et, bien qu'il pratiquât plusieurs langues, refusa jusqu'à son dernier souffle d'admettre qu'il parlait l'allemand.

Un tel degré de patriotisme, on imagine, n'allait pas sans intransigeance. L'oncle Hubert ne décolérait pas. Ses célèbres coups de gueule aboyaient pour lui. Condisciple de Charles de Gaulle, il ne lui passa plus jamais rien dès lors que ce dernier entra en politique. C'était en tous points un soldat de bonne foi, sans frise-à-l'âme, sans concessions, et sa raideur de mœurs lui valut à juste titre d'entrer dans la légende familiale.

Modestement, je contribuai comme il suit à le hisser sur le devant de la scène : c'était un jour d'orage, autant qu'il m'en souvienne, un jour qui devait se situer dans les premières années de sa retraite. L'homme de terrain vivait mal son inaction, voilà pour les excuses, pour le reste on jugera sans méchanceté. L'oncle Schneider était un excellent homme. Je ne lui en voudrais d'ailleurs en aucune manière si l'on ne m'avait affublé à ma naissance du poids et cortège de son prénom pour l'accoler au mien.

Ce jour-là, après *Comment allez-vous mon oncle* et *pose ton paquetage, soldat*, j'étais entré dans son bureau. Au hasard des vitrines et des murs, j'admirai un moment les armes marocaines, le sabre de spahi et plusieurs trophées arrachés à l'ennemi quand, saisi par une inspiration subite, je me tournai vers lui. Je me sentais mille forces. J'avais quinze ans. Le plaisir ou l'épate, à cet âge, on a tout pour soi.

— Mon oncle, dis-je, je n'aime pas la guerre.

— Ah ? se méfia-t-il aussitôt. Et, massif, il se tassa dans son fauteuil de bufle.

— Oui, m'obstinai-je. Et je suis communiste.

— Communiste ? répéta-t-il en retournant le mot sous toutes ses coutures. Puis, s'empourprant soudain, il ouvrit un tiroir. Le bras tendu vers sa droite, impressionnant sur son socle de muscles, l'oncle sembla lutter un long moment contre lui-même.

— Communiste, insistai-je, monté sur mes ergots de mensonge.

Et bien que je n'eusse été ni cela ni autre chose, je le regardai dru, jusqu'à m'en faire mal aux cils.

— Petit con ! rugit-il à l'improviste. Et démasquant le revolver d'ordonnance qu'il tenait dans sa main tremblante, il répéta : « Petit con ! » et déchargea son arme à barillet en la tournant vers le plafond.

La balle y dessina un œil rond. Un cristal de Daum vibra longuement sur un meuble. Le fou rire des monuments aux morts me submergea aussitôt. L'effet d'une pâleur extrême s'installa sur le visage du colonel.

Pendant quelques instants proches de l'éternité, il sembla qu'il pouvait mourir sans prévenir, mais résistant à l'hypothèse d'une rupture d'anévrisme, sans crier gare, il choisit de refroidir. Mécaniquement, il rangea son arme, essuya le plâtre sur son épaule et répéta : « Petit con ! » en indiquant la direction de la porte.

Je la franchis sans espoir de retour.

14

PULSAR MACHINE : Mon Dieu ! En me brossant les dents ce matin, quel cafard !

Absentons-nous ensemble. Je propose la fuite devant le réel. Un voyage bidon par Hollywood, *wouaille note ?*

Chez Hernando Courtright, au bord de la piscine du Beverly Wilshire Hotel, je bois du lait en compagnie de Richard Widmark comme s'il était encore parmi nous. J'embrasse Bacall quatorze fois sur la bouche et je mange les mangues envoyées sous cellophane avec les compliments du manager. Qu'est-ce que je vous disais? L'air ne nous porte plus. Je me sens poreux. Je veux dire réceptif. Tout saccade. Claquote aux dents. J'y perds mon regard de perspicuité. President Bush says qu'il va bombarder Bagdad. Dans la fosse d'orchestre, les violons se sont tus. Nous ne sommes plus maîtres de nos rêves! Au premier rang, monsieur Twinkelton, notre flûtiste, verse des larmes incroyablement chaudes sur sa partition. Tremblante dans son décolleté, madame Castagnéra Benamour Delafize-Gloumeau, notre cantatrice un peu blèche, demande si elle doit donner le mi.

Comme les événements n'ont jamais de début, jamais de fin, la destinée n'en finit pas de s'accomplir. Etcétera et non des moindres, celle du baron de Monstatruc s'accélère. La semaine passée, cher Arthur est entré dans un magasin de prêt-à-porter. Il en est ressorti vêtu d'un classic-blazère size XL à boutons d'argent. Style 407, article 711, color 544. Code barres : 4 006097 555375. Made in Hong-Kong. Pas d'anglais! scande le parterre. *Speak French, please!* Le lendemain, monsieur de Montallier a marié sa fille à deux reprises. Les gendres et leur dame sont allés habiter Bordeaux. Est-ce que je donne le mi? insiste madame Castagnéra Benamour Delafize-Gloumeau. Elle déglutit. Elle tire dangereusement sur son collier de chtrasse. Est-ce que les Uropéens doivent faire la guerre aux Serbes? interroge le Quai d'Orsay. Je vais bombarder Bagdad, prévient President Bush. Je vais donner la fessée à Saddam Hussein, il persifle. Au nom du peuple américain, je suis d'accord avec mon futur prédécesseur, communique Bill Clinton. Il joue un dernier air de saxophone et entre à la Maison-Blanche sur un tempo en blues-grabuge. Hillary, son épouse, est bombardée copilote de la plus puissante nation du monde. A Uzeste, Victoire s'échine sur une lessive de blanc.

Hier, j'ai oublié d'éteindre l'électricité dans mon bureau. Elle a brûlé toute la nuit. J'ai dormi avec un serpent dans la tête. Autour du visage de Benjamin surimpressionné de poules blanches décapitées, une turbulence de points incandescents qui s'ordonnaient et se désagrégeaient tumultueusement en un blason douteux. A l'aube, en avant-garde de cette ordure de Papy Morelli et de sa Section Haine de l'Espoir, il m'a semblé voir passer derrière une haie cette croûte de Peter Salerno avec son beretta nickelé.

Le baron de Monstatruc a bradé l'essentiel de ses terres. En se dépouillant de la sorte, en faisant de sa fille une personne richement dotée, il a voulu obéir à une ascèse. Il a fait la fortune de ses gendres. Hourtoule et Tamisé ont ouvert un cabinet de promoteurs immobiliers. Ils s'apprêtent à retourner la lande. Ils parlent de bâtir un complexe hôtelier. Ils étudient le tracé de la future autoroute et supputent que si cette voie fréquentée perfore ou même tangeante les terres de Montallier, leur fortune sera richement faite.

Godon délaisse son jardin. Le moine sacrifie ses roses à l'obsession de ses désirs nacrés. On dit qu'il fréquente assidûment le salon de Jeanne de Pourfuissac.

Au fond de son castèts, Arthur de Pompéjac, seigneur de Montallier, se sent plus seul qu'un ténia. La chanson du cœur l'affaiblit chaque jour davantage. Il est homme, il est femme.

Selon qu'il représente Elisabeth-Marthe, son épouse, ou qu'il se fait le serviteur exacerbé de ses puces, le baron fréquente tour à tour la grand-messe à la cathédrale Saint-Jean-Baptiste de Bazats ou l'Hôtel de l'Eléphant — bordel notoire de la porte Gisquet. Son tourment l'assaisonne. Il alterne pénitences et retraites. Deux fois par semaine, Godon l'entraîne à confesse. Arthur branlicote du chef. Il lit les journaux. Fulmine contre le vieux monde combustible. Avec quarante fusées Tomahawk tirées du fauteuil de commandement d'un porte-avions, President Bush encendre l'Irak. Quinze morts dans la population civile.

— Sac et sang! s'insurge le baron.

— Toujours le bon peuple qui trinque, acquiesce Brancouillu. Les tyrans sont partout.

— Oùxa? demande Arthur.

Ces temps derniers, pour un rien, il déjante. Il klaxonne du cœur.

— Penchez-vous un peu, messire! Boxon à tous les étages! renseigne le gadasson à tout faire. On tire sur les gens de la rue, on les coffre, on les étrangle! Maréchal Mobutu. Général Gnassingbé Eyadéma. Ça saigne au Togo. A Kinshasa. En Angola. Et page trois du canard d'aujourd'hui, visez voir un peu l'Arménie si elle a pas froid cet hiver! Misère et grelottine! A Erevan, le riche est celui qui possède un manteau!

— Ventrepet! soupire monsieur de Monstatruc. Comment est-ce possible?

Tant de violence, tant de barbarie lui donnent une bouffée d'air chaud sur le visage.

Brancouillu lui tend son cruchon de vin de requinque, un guinguet de Portets, frais sorti de la cave.

— Plutôt que de vous gâter le teint, moussu, beuvez votre picheton, conseille le valet. L'hystérie assassine trop ces temps-ci pour que vous y puissiez mettre un holà.

— Chaque jour, mes yeux s'allument. Je péris aux supplices, confesse monsieur de Monstatruc après trois lichettes de petit vin de Graves. J'archange aux gros nuages du monde. Je péris dans les supplices des enfants maltraités. Je rugis aux dormichonneries d'indifférence.

— Les gratoles, ça ne va pas suffire pour refaire le monde, dit Brancouillu avec fermeté.

— Le boulot de l'âme est épuisant, reconnaît le baron, et nous nageons dans le bougat. Comment t'y prendrais-tu, toi, drouley, pour refaire une binette de propreté à ce vaste monde?

— Moussu, c'est clair assez : plutôt que de brantoler la girafe, je ferai la révolution des idées, se permet le coquin.

— Là-dessus, je suis sceptique, dit le baron.

Est-ce que je pousse le mi? désespère madame Castagnéra Benamour Delafize-Gloumeau. La cantatrice est tellement inquiète. Elle déglutit. Elle pète le fermoir de son collier. La verroterie patachtrasse dans les allées. En l'espace d'un mois, d'autres salopards du genre Gaston Boulazac, revendeur d'électroménager, ont pris l'habitude de déverser leurs ordures sur les terres de Montallier. Une ripopée de décharges sauvages surgit en pleine nature. Fols cratères, atolls de braises attisées à la moindre flèche de vent. Autour des métairies, fumées de soufre. Remugles d'œufs avariés. Explosions sourdes. Hydrocarbures. La nappe phréatique est compromise en direction du Ciron. Une noria de camions laboure les garennes.

A la croisée de trois chemins de sable, au lieu dit Peygros, le baron de Monstatruc s'espante du désastre de la flore et de la faune. *Lou béret tout dé trabès*, le béret posé de travers, il se gratte le cuir. La révolte germe en lui. Il gnique-gnaque entre ses dents quelques sourds jurons. Reprenant son élan, il trifurque à vive allure et s'enfonce dans la lande.

— Entroufifardés de mes deux! Si je les laisse faire, ils vont me tourner mon herbe en soude et lessif!

Plus il remonte les fumerolles à contre-vent, plus il se hâte vers la puanteur. Bientôt, le teint engroseillé par l'effort et la hargne, il se met en trot de caracole. Il saute une craste où s'écoule une eau croupie, emplie de cadavres gonflés de grenouilles. De l'autre côté du fossé, il atterrit sur les genoux, pique du ventre dans la cendre incandescente, se roussit les poils de la barbe, crame aux sourcils et ressort du lit d'ordures, le nez empuffé de carbouille. Là, criblé d'escarbilles qui dribblent sa chemise, il se reguiche sur ses guisots et s'abandonne au blasphème.

— Mille dieux! Dans ce monde de clapotement de bulles, de grignotement de rongeurs, de prolifération de mouettes mutantes, je refuse de vivre! s'escane-t-il dans un flot de postillons. Rendez-moi mon châtiau, la nature myrochouette et la terre de mes pères!

Cette fois, c'en est trop! La tour dépasse les nuages! A peine a-t-il lancé sa rémolade de dégoût à l'encontre de la civilisature moderne que le baron, hautement fumasse et penaillé dans sa vêture, court s'enfermer chez lui. Il se neye dans l'eau d'un bain afin d'y refroidir.

Le baron trempe. Il boit toutes sortes de vin de Graves. S'attarde sur un château-carbonnieux qui mérite bien qu'on recherche sa compagnie. Il est picoléreux et ivrognal. Le chien Omnibus veille sur lui. Bon. Les jours s'émiettent.

Pour chacun d'entre nous, dans cette famille Floche, le temps passe aussi n'importe comment. Le froid de janvier s'accentue sur la lande girondine. La verdure se retient. Jusqu'au Médoc, les viviers, les esteys, les jalles ourlées de mattes herbeuses glaçonnent. Sur l'appui des fenêtres, derrière les rideaux, au fond des bouches, tout gingivre et s'exaspère. La campagne, les géraniums, les gencives et les gens.

Et le passé s'engouffre.

COULEUR SÉPIA : En 1937, le docteur Floche porte des chapeaux Fléchet à bords courts et rabattus. Du côté de Vermenton, il roule en 301. Dès le matin, il fredonne *la Truite* de Schubert en allant faire ses visites. Il possède une belle tessiture de baryton noble et regrette de ne pas avoir embrassé la carrière lyrique. Chaliapine, Georges Thill sont ses dieux lares. Parfois, pour mieux trouver sa voix, il se gargarise avec un jaune d'œuf mêlé de chocolat Nestlé.

Réclame !

Egovox ! *l'appareil qui enregistre la parole, le chant, les émissions de TSF !*

RÉCAPITULATION : En 1937, Radio Paris dit :
Dubo-Dubon-Dubonnet !
et
Cafés Gilbert ! *Les meilleurs de Paris !*
En 1938 :
Claverie ! *La ceinture-maillot du Docteur Clarans.*
En 1939, la 202 Peugeot est née. Le Vatican donne fumée blanche à Pie XII. Madrid est aux mains de Franco. L'Italie envahit l'Albanie. Albert Lebrun rempile à l'Elysée. Marcel Cerdan devient champion d'Europe. Le IIIe Reich envahit la Pologne. Mobilisation générale en France et en Angleterre. C'est la Guerre !

Là-dessus, Sigmund Freud casse sa pipe. Panique! Désordre! C'est le grave et le péril pour les adorateurs du subconscient! Cher grand pâtissier viennois! Qui désormais interprétera nos rêves?

PULSAR MACHINE : Dans tous les pays du vaste monde civilisé, des centaines de milliers de grands prêtres du surmoi lèvent la main. Les psys s'enrôlent dans les quartiers riches. Ils affichent l'idée modeste d'approcher le mal judéo-chrétien. Les stocks de divans disparaissent. Les libidos boursouflent. Le sexe devient le marigot des heures mortes. Nous sommes tous des enfants engloutis. Nous avons un tel sens du péché. Grand Totem nous écoute dans sa barbe. La culpabilité fait florès.

Mais le baron de Monstatruc reste dans son bain. Il macère dans le sirop de sa colère et ne refroidit pas pour autant. Bien qu'il marine depuis quelques hebdomades dans son jus de puces et de soies rasées, personne ne se risque à approcher la baignoire du vieux sanglier. C'est tout juste si son chien Omnibus ose encore lui lécher le portrait.

De temps à autre, monsieur de Montallier strépite et stentore :

— Mort aux vaches! Vive l'écologie!

Brancouillu reste à l'office. A l'occasion d'une gniaque d'alose à la burdigalaise, il se tape de petits coups bien sentis de château-pape-clément. L'écologie! C'est à astape un truc pareil! On n'a jamais entendu crapauder une hurluberluterie pareille dans la région.

ACTUA-TILT

Licenciements sous contrôle. Toujours plus d'érémistes. Hoover, Grundig, en Angleterre. Je solde, tu marchandes, il liquide. Le poids des affaires discrédite les politiques. Après les quinquas, les quadras du mitterrandisme rempilent. Plus contraignante sera la foi en un avenir plausible. Et les élections législatives approchent.

Pub!

Messieurs! Des appréhensions, à l'extrême bord du précipice? Transformez vos orgasmes en chants de marins bretons.

Mesdames! Sous des cheveux d'ange, un serpent dans la tête?
Adoptez le préservatif féminin Faridon de chez Montretout.

GRABUGE THREE : Savez-vous qu'au musée d'histoire
naturelle de Vienne, une certaine Cornelia Hesse-Honegger
expose de terrifiantes aquarelles ? Une punaise darde son
unique antenne vers la patte atrophiée d'une de ses sœurs
d'espèce. D'autres insectes aux yeux globuleux arborent un
ventre bombé ou une carapace molle. On observe de semblables mutants aux alentours de Tchernobyl. Auprès
d'autres centrales, en Grande-Bretagne, aux Etats-Unis et
en Suisse des malformations similaires sont constatées.

RÉCAPITULATION : Dans mon ersatz de café du matin,
j'ai trouvé six points d'interrogation. Quelle raison d'espérer nous reste-t-il ?
Côté bouffe, ma chatte, Madame Arthur, à force de lire les
journaux, refuse désormais de manger du poisson. Quand
elle se sent seule dans la maison, elle préfère que je laisse
une ampoule de 100 watts allumée. Parfois, elle me fixe
droit dans les yeux. Brrr, elle a l'air de dire qu'on s'est
trompés d'époque.

15

LES PINS de haute lande baissent les bras. Le froid de
février referme la terre. Les corbeaux piochent les sillons durcis. La vigne attend son tour de revivre. Elle est la
promesse rabougrie de l'été qui viendra. N'importe si la
sève prend le petit escalier, on dit que c'est toujours le vin
de l'année prochaine qui *est* le meilleur.
Je viens d'apprendre par la radio que deux soldats français des forces de l'ONU ont été tués dans la Krajina.
Monstatruc choisit cet instant pour sortir entièrement
dépoilé de son bain et entrer sur la page blanche. L'effet de

surprise est total. Je n'ai pas entendu venir le mirliflore. Je biffe la dernière phrase pour entraver sa marche. J'écris à la diable : Croatie, tenaille mortelle pour les soldats de l'ONU. Peine perdue! Il esquive le trait de plume. Il ressort par l'imprimante. Il est habillé en cycliste.

Nez en l'air, un boyau autour des hanches, il m'inspecte :

— Wouatt niouzes? nasarde-t-il avec agressivité.

Il jauge mes travaux. Repousse du pied les feuillets qui s'entassent autour de ma chaise. Contourne les piles de journaux jetés à même le sol.

— Vous pouvez vivre dans ce *fagnas*? il interroge.

Il arbore ce jour-là une paire de knickerbockers, des mitaines de cuir fauve ajourées aux phalanges, une casquette à la visière renversée sur la nuque et des lunettes de routard.

Il dit que le bout du monde est encore trop loin pour qu'il puisse s'octroyer un seul instant de bonheur en restant les bras croisés. Il brandit devant moi une pompe à vélo.

— Bartali, Fausto Coppi, Bahamontès, les géants du Tour, ça vous dit quelque chose?

— Encore assez.

— Et Apo Lazaridès, demande-t-il d'un air rogue, l'*Archange des cimes?*

— Antoine Blondin m'en a parlé maintes fois. Devant une petite côte.

— Blondin? Quicécedrolle?...

Il froisse sa hure d'une grimace dubitative.

— C'était un grimpeur?

— Plutôt un descendeur. Un spécialiste de la langue française.

— Ah!... Je suis sceptique.

Le gravos me tourne le dos. L'ai-je assez dit? Nous nous battons froid. Nous nous voussoyons même avec infiniment de distance depuis les mariages de sa fille.

Il s'éclaircit la voix, rebombe le torse, présente son profil et claironne qu'il veut partir sur les départementales.

— Je veux grimper les cols, môssieu Floche! Dérouler les manivelles! Accomplir un grand destin écologiste!

— Je vous croyais du côté des chasseurs !

— J'ai mis du vert dans mon vin. Je ne suis pas le seul. Vous avez vu les sondages ?

— Mvoui. Mais de là à s'élancer en vélo...

— Je prends la tête d'un mouvement de protestataires. J'éructe sur le Tégévé ! Je nauséabonde aux décharges. Je veux aller au Somport !

— Vous n'avez pas de machine.

— Je rafistolerai ma bicyclette Alcyon. Debout sur les cale-pieds ! Je monterai en danseuse !

— Vous n'avez pas d'entraînement.

— Le Tourmalet ou bien le déshonneur ! il fanfaronne.

— Vous serez court en souffle.

— Dans le bidon du coureur, il faudra penser aux glucides !

Il réfléchit. L'éclat de ses yeux périclite et se ternit insensiblement. Il franchit un pas en direction de la fenêtre. Il bouge dans un voile de lumière irréelle et murmure :

— Si je ne vis pas ma vie, qui la vivra à ma place ?

Il consulte la nue qui s'obscurcit au-dessus de la collégiale d'Uzeste. Après une courte absence, il ajoute :

— Je veux me croiser ! Je suis un mystique de la défense de la Nature et du péché originel.

— Reprenez-vous, baron ! C'est de l'extravagant !

— C'est tout réfléchi ! Je veux désormais éviter de faire tourner le disque de mes souvenirs. Je veux me fondre avec les autres.

— Ça ! Si vous mettez le nez dehors, vous serez pris dans le filet des hommes !

— M'est égal ! Je veux voir leurs turpitudes. Partager la grande sarabande.

Il devient tourbillonnaire et rumine.

— Je veux rencontrer des voix tonitruantes.

— Je vous aurai mis en garde, faites ce que vous voulez.

— Souffle de Dieu ! je veux y aller voir !

Nous nous taisons comme si nous restions tous deux à la lisière d'un projet maousse.

Pendant un moment, je caresse l'idée de jeter le personnage du baron à la corbeille de l'ordinateur. Le regard d'Arthur de Monstatruc croise le mien. En un clin d'œil, il devine mes noirs desseins. Une mauvaise peur se lit sur son visage.

— Attendons le printemps pour sortir, proposé-je au baron. La bicyclette a plus de sens à la clémente saison.

— Aux premiers bourgeons, je m'escarpe! Je n'attendrai pas un carat de plus, prévient monsieur de Montallier. Ma santé morale chancelle. J'ai besoin de pureté!

Un ange passe, un couteau entre les dents. Je m'absente.

— A quoi penses-tu, Charlie? Tu as l'air tout chose...

Je sursaute.

Victoire s'avance dans le bureau avec ses yeux clairs, sa sacrée dose de courage.

Taper *Quitter*. Le baron réintègre le disque dur avec ses envies de bicyclette et sa peur de mourir. *Faut-il enregistrer les modifications à Symph Grab ?* Non, *annuler. Vous pouvez maintenant éteindre votre Mac.* Je quitte.

Victoire me tend le calendrier des postes. De la pointe du crayon, elle désigne une portion non négligeable du mois de mars colorée en jaune.

— Respire par le ventre, cher hypocondriaque, Benjamin sera bientôt en vacances. Il va falloir tenir le coup.

Un orage d'une violence extrême éclate dans la pièce. La lumière s'éteint. La Buick de Papy Morelli passe devant nos fenêtres et éclaire les frondaisons du parc avant de disparaître sous une pluie battante. Victoire m'a pris la main. Elle la pose contre sa propre joue. L'embrasse doucement. Un volet bat et se referme. Dans la pénombre, nous ne sommes qu'une seule personne. Ma main s'échappe. Elle dérive le long de son visage, de son cou, de la ligne de ses épaules.

— J'essaierai d'être à la hauteur.

Mes doigts arrivent à la lisière de ses seins. J'envisage au bout de l'autoroute l'échappée cruelle de mes jours de révolte. Victoire sourit. Au fond de ses yeux, je lis un éclair bleu quand j'effleure ses globes au travers de son corsage. La foudre tombe entre nous et s'ébouriffe en une boule de lumière.

A Bazats, d'un maître coup de hachoir effilé, madame Dantresangle, bouchère, 51, rue Pallas, vient d'émasculer son époux qu'elle jugeait trop volage.

SYMPHONIE

SYMPHONIE

SYMPHONIE

SYMPHONIE

SYMPHONIE

SYMPHONIE-GRABUGE

(Deuxième mouvement)

Merci tous d'être venus au concert! Cinquiou, vous êtes un beau parterre.

Ce soir, c'est la consécration! ça fera flèche. Trust des cerveaux! Il y a du blanc sous mèche. Vous êtes tous là. Vous êtes venus. Les bléchards. Les impitoyables du siècle. Les gringuenauds au très précieux caca. Les spécialistes du grand oral. Un ex-Président qui vieillotte à vue d'œil. Un plénipotentiaire sans portefeuille. Un marchand de sécurité. Un bel Européen. Une voyante extralucide. Un grand rameur. Trois petits Verts de taille moyenne.

Cinquiou, avec amour et voracité. Vos prophéties m'intéressent.

Allez! Encore! Plus! Au fond! Tout au fond! Qu'avec délectation s'installe le délicieux déchaînement de la colère aveugle! Qu'on fasse donner les grandes machines à voix! Saxos cannibales, sections rythmiques, proses-rap, tempos tourmentés, *ultimate* soirée.

Vite, que je reprenne les commandes de l'orchestre. Dans la fosse, j'entends les musiciens accorder leurs violons. Tendre leurs cordes. Boussole sur les ténèbres! Allez! Au compas! A l'estime! Navigation toute! Le gala continue. La mer lame. Miam miam! Ça creuse partout. Ça braise à l'atome. L'aventure de l'homme gagne à être lue à la clarté du lumignon d'un pupitre à musique.

Je lève la baguette. On n'a pas fini de rire. J'en larme! Quelqu'un racle sa gorge du côté des exonérés? Quelqu'un veut encore s'exprimer? Quoi? Parlez plus fort, monsieur! Je rue aux grincheux. Aux refoulés! Qu'ils crèvent au choléra mental! Et comprenez le vice, je cherche devant vous la force et le courage d'accorder mon cœur et le martyre de notre espèce.

Merci d'être venus au concert. Vous êtes un beau parterre. Dieu vous maintienne, mes bons! Encore un petit effort. Vous avez toute ma sympathie. Sucrées demoiselles, très vieux barbons à cornes, bi-mammouths d'Institut verdis à l'antistrophe, armoisés au contrepet, au trait d'esprit, au petit quatrain. Vieille fournaise éteinte! Le théâtre s'est encore empli pendant que nous désaccordions la musique. Raclements d'orphéon. Cymbales et petites baguettes. Peutt, peutt et trois boum boum. Rires de gorges au fond des loges. Femmes jarretelles. Niou lobbies. Recyclage black. Camp de la défonce. Tristesse canari. Claquements de mâchoires. Dames d'influence. Falsettes sexy. Gros pondeurs de silences compassés.

Ce soir, nous refuserons du monde. Le ciel au-dessus de nos têtes ne tient que par les clous des étoiles.

Ein, zwei, drei!

Musique! Petit boucan de triangle. L'auditoire est attentif. Donnez-nous enfin le mi, madame Castagnéra Benamour Delafize-Gloumeau! De toutes les besaces de vos grosses poitrines, chère vieille diva! Honk! honk! Trompez le mi!

Miez nous ça!
Mi! Mi!
Vite, vite, la gorge chaude!

Andante cantabile con moto!

De petits souvenirs trop personnels vont-ils pas trop déparer mon récit?

16

CARNETS POLAROÏDS : Donc il a été mon mentor. Mon guide. Mon conseiller. Un maître à penser, à regarder, à aimer. Il était Roberto Rossellini, père du néo-réalisme. Le dernier des humanistes. Un poseur de voies sur le futur. Un cinéaste à l'unicité troublante. De lui, je veux parler. Sans doute parce que faire revivre par des mots ceux qui nous ont modelés est encore maintenir la chanson du cœur.

C'était décembre en Inde. Décembre en 56.

François Truffaut m'avait écrit pour m'annoncer la venue du Messie. Adieu saris, adieu madras! Wilson College, good bye farewell! Je désertai mon poste de lecteur à l'université de Bombay et, faussant compagnie à l'honnête Diderot, engageai mes pas derrière ceux de mon nouveau pasteur.

Roberto était un homme en marche. Un haleur de brebis.

Quinze jours après son arrivée, nous parcourions l'Inde de Bodh-Gaya à Nalanda, de Hirakud à Shantiniketan en compagnie du pandit Nehru. A chaque étonnement, je voyais la lumière. J'avais vingt-trois ans, une folle envie de paître.

Mon maître avait le don aveuglant de savoir enfermer la vie et le cinéma dans le même creuset. Il filmait comme on parle, aussi comme on se tait. Mieux, comme on réfléchit à voix haute. Si vous étiez son assistant comme je le fus, vous mangiez à sa table, du même appétit de connaissance, et ne trouviez le repos qu'à l'heure de sa fatigue. Il ne dormait guère plus de cinq heures. Ne dit-on pas qu'on a des ailes seulement la nuit?

En deux trois occasions, il arriva qu'au matin je frappai à sa porte. Un long silence s'ensuivait, emporté finalement par l'accent d'une voix de souffrance. « Entre, Jean! » Et quand je l'avais fait, je distinguais dans l'incertitude du clair-obscur de sa chambre la théâtralité de sa silhouette, tassée au fond d'une grotte d'oreillers. Les brouillards de son entêtante eau de toilette rampaient au pied des rideaux. Profondément enduveté, il bougeait à peine. Une bouillotte de caoutchouc emplie de glaçons couronnait sa tête d'une forme molle. Une compresse de Synthol calfeutrait son front migraineux. Des explications confuses me parvenaient. Kyrielle. Elles étaient formulées pour un tiers en français de bonne qualité (quoiqu'il roulât sur les « r »), pour un tiers en italien volubile, le reste étant surfilé de justifications mensongères confectionnées à la hâte dans un peu d'anglais de dictionnaire. Et c'était deuil, ces matins-là. Nous étions bel et bien en panne. Roberto est le seul créateur de cinéma qui ait jamais eu le courage de mépriser le système au point d'annuler le tournage. *Parce qu'il n'avait pas l'inspiration.* Comment vous le tourner autrement ? Parce que, soudainement frappé de terrestre pesanteur, il se sentait incapable de hisser son discours filmé à la hauteur de ses ambitions secrètes.

C'était tel ! Vers dix-huit heures, Roberto se levait. A la gigue même de ses prunelles, vous pouviez deviner une intense activité cérébrale. Il marchait sur l'eau de la création.

Tenez, brusquement, il vous prenait à témoin. *Patri* en sanskrit voulait dire père. Etait-on si loin de *pater* en latin ? Non, n'est-ce pas ? A l'idée de ce cousinage brahmanique et méditerranéen, il triturait pensivement une mèche située à l'arrière de sa tête. Il vous dévisageait. Ses yeux s'irisaient de certitude. Le passé n'était décidément qu'un miroir dans lequel le présent se regardait de biais. Et sa fichue théorie qui faisait des Indiens des *drapés* au même titre que les Romains ses ancêtres, quel mufle d'ignorance eût osé la contester ? Ah mais ! Il se tournait vers le metteur en scène David Lean venu fort à propos nous rendre visite et fixait rêveusement le blazer bleu de l'élégant gentleman. Hein ? Parce qu'enfin... du sari ou du *dhoti* à la toge, ou si vous préférez de la Via Antiqua aux ghats de Bénarès, il n'y avait qu'un pas à franchir. Qui se serait moqué ? Fût-ce seulement dans son dos ? Personne, bien sûr. A part ces cuistres d'Anglais! Bon... Et quelques Scandinaves. Ah! Et aussi cette race puritaine d'Américains aseptisés qui fabriquait par parenthèse des *cousus* de la plus belle eau.

Roberto défiait ses ennemis par la pensée. Il tordait sa mèche. Il lissait ses cheveux plaqués à « l'embusqué ».

La vérité est que nous vivions des temps mêlés. Sonali, la belle Bengali, venait d'apparaître dans sa vie de séducteur. Les journaux à scandale annonçaient à grand renfort de manchettes qu'Ingrid et les jumelles retournaient de l'autre côté de la mare atlantique. Roberto était fâché avec l'Amérique aussi. Une nouvelle jouvence traversait son corps. Au Taj Mahal Hotel, vers une heure du matin, il rejoignait son bel amour exotique en passant par le chemin des gouttières.

Le lendemain tournait à la confusion des rieurs. De nouvelles idées avaient surgi. Un cap diamétralement opposé se dessinait. Vite! Il fallait une équipe. Une caméra légère! (Nous travaillions déjà en format 16 mm, ce qui était rare pour l'époque, utilisions les premiers zooms.) Avant une heure, nous serions sur la route. Nous allions tourner un film en langue hindi, en kannada, en oriya, en bengali, en tamul. Nous allions pourfendre les castes, la corruption, les injustices qui pesaient sur le devenir des femmes.

La réalité s'avéra sensiblement différente des aspirations initiales. L'Inde est pays d'inertie, je veux dire de patience. Après plusieurs mois de préparation, le 18 février 1957, nous prîmes la route. Cobras, pythons, éléphants sauvages, pistes défoncées, nous allions affronter le pire par pur oubli des contingences matérielles. « Nous » étions tellement amoureux! Entendez, Roberto l'était. Il le fut avec emportement. Pour l'amour de la belle « Dulcinée from Ganga », nous errâmes, Quichotte au pays des sadhus, entre Indus et Brahmapoutre. La chaleur pouvait bien s'élever à 42°, nous pouvions bien être à 80 kilomètres du premier téléphone, rien n'arrêtait la quête du chevalier. Le monde et le rêve ne faisaient plus qu'un. Il poussait sa passion du cinéma devant lui. Du Cachemire à Trivandrum. Et d'est en ouest, si vous allez par là. 20 000 kilomètres nous attendaient.

Rossellini exultait. Il nous faisait les témoins privilégiés de l'envol de sa pensée. Toujours semait la parole. A nous de la recueillir. De devenir l'apôtre moderne de celui qui épelait son scénario sur le terrain, construisait l'évangile de son film en allant au rendez-vous de ses interlocuteurs (des acteurs non professionnels) et le dispensait à ses collaborateurs sans que rien fût jamais écrit, hormis quelques bribes de dialogues surgies hâtivement de ses poches. Point de script. Seulement une accumulation de versets en perpétuel état d'édification. Le caméraman Aldo Tonti, ancien soldat du pape, devenait le dépositaire récalcitrant de cette écriture spontanée d'où la rature était exclue. Le fond comptait autrement que la forme. Les régisseurs y perdaient leurs cheveux, dans l'incapacité qu'ils étaient de fournir les accessoires que le metteur en scène demandait à l'improviste sur le terrain. Brusquement, il fallait trouver un singe, un porte-plume, un montreur de marionnettes d'ombres, un tigre dressé ou une petite fille de cinq ans. Roberto bougeait. Cherchait sa voie.

Parfois, atteint par le chagrin de la séparation, la tension, la fatigue, le grand tragédien posait sa lyre et me confiait l'urne de ses propres cendres. Au bord de la piste, après une salve de rebonds, il arrêtait le break Ford en plein soleil. Il s'extirpait de derrière le volant. La poussière rouge retombait autour de nous.

Il inspectait le ciel :

— Le monde est en rage contre moi, se lamentait-il au bord du sentier de poussière, mais je veux mourir de ma main! C'est exactement comme les baleines, lorsqu'en groupe elles se lancent contre le rivage d'une île et se tuent. Dis-moi quelle force aveugle les pousse à s'échouer? quelle fatigue attirante? Je sens en moi si fort cette baleine.

Il l'appelait de ses vœux.

Il poursuivait en lui sa perpétuelle lutte entre le bon et le mauvais. En même temps, il voulait s'approcher au plus près des êtres qu'il était venu filmer, usant de chaque parcelle d'inattendu pour mieux confronter sa fulgurance d'inventeur à son audace d'ethnologue des âmes. Il s'avançait à tâtons, avec une foi endurante, des remords constants, insatiable chercheur de sa propre croyance, vivant simultanément et contradictoirement à la croisée des chemins du modernisme et de la tradition, au point de rencontre de sa violence intérieure et de l'apaisement biblique. Au tournant brûlant de la Foi catholique et de l'inconstance, homme exposé, sans cesse affrontant le diable pour mieux approcher Dieu, sans cesse s'obligeant à côtoyer les abîmes pour mieux assurer l'équilibre précaire d'un amour sans limite, des millions d'hommes, de femmes et d'enfants à chérir, cent mille étapes vers le sommet harassant de l'exigence d'où il puiserait sa force et son inspiration, son économie et son gigantisme.

Roberto, tour à tour tyran et victime de lui-même. Roberto, incurable observateur de civilisation et moraliste ès fables. Roberto, seul forgeron de son espèce, ayant la capacité artisanale de tremper la réalité quotidienne des gestes jusqu'à l'absolue vérité, de bâtir autour d'une situation d'apparence banale la trame exemplaire d'une parabole, de transcender un infime signal d'existence en une essence capitale.

Donc était Rossellini : plus vite que ce qui va le plus vite : la vie.

FICTION : A la nouvelle lune de février, le temps devint nébuleux et obscur. Un froid de gueux bâillonna les gens de haute lande. Un grésil têtu amidonnait les arbres, tendait une nappe de givre à la surface des prés, remisait les animaux au fond des étables. Les portes des métairies restaient fermées, les fenestrons barrés par les contrevents de bois plein. Au signe des corbeaux qui piochaient bas pour ouvrir la vêture de la terre, les vieux prédirent de contrarieuses maladies et les cheminées crachaient une fumée rampante et peureuse. Au-delà de l'airial, en direction des Pyrénées, le grand horizon aux paupières lourdes de nuages installait sur le lointain des maisons un chagrin doux et lent où l'on distinguait mal les heures.

Empierré dans ses tours, le château de Montallier se taisait, rongé par les mousses insalubres, tapi sous un lourd manteau gelé, épais et mort. Au fond des bois, sa façade grisâtre semblait grillagée d'arbres tristes et de branches entremêlées et seul, à la nuit tombée, le hibou blasé qui nichait dans la grange osait tracer son chemin sous la voûte épaisse, au prix d'une averse de plumes. Ni valet, ni moine, ni goton, personne ne mettait plus le nez dehors. La cloche de la chapelle ne sonnait plus matines ou bien les vêpres. Dans les fermes avoisinantes courait le bruit, comme une mèche lente, que monsieur le baron était mal en point, qu'il avait la gonfle, le ventre devant, que le catarrhe lui descendait du cerveau, que ses bourses souffraient d'inanition et que, puisque Mercure était rétrograde dans la Balance, il finirait par céder aux injonctions de ses gendres et consentirait à faire couper la futaie.

Or, à la prime du 5 mars, un rayon de soleil apparut sur la piste de Pompéjac à Bazats et déchira la nue. La route de castine blanche qui menait au castèts se trouva noyée dans ce grand flot de barbe de lumière et de cheveux d'argent, la forêt commença à sourire, le rayon se partageait, coulait sous les arbres, dans les pins, comme une eau transparente et vivante, emplie de cheveux d'ange, traversée de lumières douteuses ou encavernée de racines énormes et grimaçantes, mais toujours resurgissait, onde festoyante, elle s'échappait du rêve gris de l'hiver et s'approchait de la fenêtre du baron, profonde, froide et claire.

Dans la chambre voisine du cabinet de toilette, le chien Omnibus, aplati comme crêpe en Téfal, la tête entre les pattes, les yeux tournés vers le plafond, poussait de petits cris craintifs en surveillant l'immobilité de son maître englouti dans l'eau de son bain. Comme il se dressait sur ses pattes pour aller lécher le front du baron et lui prodiguer réconfort, le cagne découvrit le halo de lumière qui envahissait les chevrons. Lors, cédant sans négocier aux sommations du beau temps, le grand blaveux de Gascogne, las d'être confiné sur son territoire, fit sa révérence au mouchoir de ciel bleu et réprima un bâillement. Ensuite, le chien inclina la tête comme celui qui entend un bruit familier avant les autres. Il opéra un furieux secouement de

ses puces noires et commença à remuer la queue en entendant monter par l'escadrin à vis le pas du valet Brancouillu.

Porteur d'un plateau de victuailles, celui-ci s'encadra
bientôt dans la porte basse. Il avait les douilles un peu
longues, la mine morveuse, le pas chancelant et ne pouvait
réprimer ses frissons éperdus.

— Ça, messire Arthur! je vous apporte un frillis de
magrets, un peu de sang caillé dans sa boudinandière, la
purée qui se mâche avec, et votre vin de marche...

Monstatruc ouvrit l'œil. Il avait le teint d'une huître en
juillet, la lèvre circonflexe, même ses pectoraux en poupasses s'étaient dégonflés à force de jeûne.

— Bast, retire-toi, Brancouillu, je n'ai plus goût à la vie...

Le gadasson frisa une grimace de compréhension et agita
sa paume sous le haut nez du baron.

— Et encore! Plaignez-vous pas, notre maître! bêla-t-il.
Toujours à tremper dans la flotte, au moins, vous êtes
propre! Tandis que moi...

Joignant la démonstration à la parole, de ses ongles
demi-deuil, le drouley organisa une gratte dans les rangs de
sa tignasse où bestiolaient des parasites. Après cette ratis-
sure du cuir chevelu, il fixa son patron avec au fond des
prunelles une lueur de ressentiment et fit brusque plongeon
de sa tête en avant :

— Visez-moi ces lentes et vermine, messire! Avec cet
escorsonère d'ôteur, je n'ai même pas droit à la plus élémentaire hygiène!

— Ah, bah! Je t'en fiche! rétorqua le baron. Moi, c'est
exactement le contraire! Je me plaisais assez dans mon
suif, figure-toi... J'eusse préféré garder ma garnison à poux!
Au lieu de cela, jour après jour, l'eau du bain me détrempe.
Insidieusement, sans doute, elle m'assassine!

— Hi, hi, hi! chevrota Brancouillu, l'abbé Godon dit que
c'est bien la première fois que vous glissez les deux pieds
dans le même sabot!

— Cornelieu! de quoi se mêle le ratichon?

— Il dit que vous êtes moins salopeux sur votre corps

qu'au début du livre, mais qu'à trop vous prélasser dans votre baignoire, vous finirez par manquer de toc.

— Le foireux capucin! Lui qui ne traverse la cour que pour s'entougner avec mon confit! Que connaît-il exactement de la course du monde?

— Plus que vous ne croyez!

— Peuh! Pas d'expérience sexuelle! Rien! Toujours à vivre dans les jupes du Seigneur!

— Chaussez vos lunettes, messire! Votre chapelain est champion du rigue-rague des fins d'après-midi!

— Que me chantes-tu là?

— Ce que chacun fredonne.

— Dégoise un peu mieux ou je te bastogne!

Le valet s'approcha de son maître et lui glissa sa confidence à l'obare :

— Pendant que vous mariniez votre grand mois de février dans l'eau froide, moussu Arthur, avec seulement des flatulences passagères, l'Oteur n'est pas resté inactif... Il s'est essayé à écrire comment le moine foustrouille les hautes dames de Bazats...

— Ces pibales de bénitier? Ces mouniques au sang froid? Ces morceaux d'antilopes froissées? Ces bourgeoises aux fignes tristes? Je ne te crois pas!

— Si fait! C'est arrivé comme je dis! Monsieur Floche a déjà noirci une dizaine de pages sur le sujet. Tenez!... Il a confié à madame Victoire, son épouse, qu'il les tenait sous le coude et n'hésiterait pas à les ressortir du dossier si vous refusiez de vous plier de bonne grâce aux aventures qu'il vous destine...

— Ah Seigneur! tara bara bredi breda gravement monsieur de Monstatruc. C'est donc ça! L'auteur changerait le cap de son livre?

— Oui, moussu. Il vous foutrait tout nu à la corbeille.

— Ja! Le cœur me bondit! s'effraya le baron.

Ses traits s'altérèrent. Sa haute silhouette s'affaissa.

— Si j'osais abuser du crachoir, l'interrompit Brancouillu désireux de faire valoir ses choux, contre augmentation de mes gages et promesse formelle de ne plus me rosser, je vous ferais volontiers lecture de ceci, qui tient en quelques pages...

Le coquin avait préparé son affaire. Il tira un hérisson de papier de sa fouillouze.

— Médaille de papier volant! rugit le baron à la vue d'une vingtaine de feuillets manuscrits. Ce brouillon n'est que trèfle à cul! Je n'y crois pas!

— Reconnaissez l'écriture, moussu Arthur!

Monstatruc se pencha. Il en bâillait au bleu.

— C'est du Charlie Floche! reconnut-il.

— Té! J'ai tout photocopié!

Coupé aux cuisses, le baron envoya voltiger au loin son tricorne de l'amiral et porta la main aux sueurs de son front. D'un seul effort démesuré, il se leva de son eau d'infamie, enjamba la baignoire et dans une mouillure de pas traversa sa chambre pour gagner la terrasse.

La démarche appuyée, il pattifolla jusqu'à un espace entre deux créneaux du chemin de ronde et, brisé par l'émotion et la contrariété, s'y logea le fondement sur un coin de muret.

— Lis! ordonna-t-il en claquant des dents, et ne m'épargne rien!

Le valet Brancouillu s'éclaircit la voix d'une bibade de guinglet, fit taper sa langue sur la voûte de son palais et annonça :

GRABUGE NUMÉRO QUATRE : *Le visage rond, le nez pointu, l'haleine faite d'oigne et d'oignons, le moine Godon dissimulait son divin savoir dessous l'apparence d'un corps lourd et ridicule en son maintien.*

Il beuvait autant que chacun, loqueux en ses vêtements de laine ou de bure. Il était pauvre de fortune et attaché au baron par la reconnaissance du museau et du ventre. Lorsqu'il le fallait, il savait avec fatalisme que le corps est fait pour sa perte. Il s'arrachait à la contemplation, à la dévotion, à la macération, et petonnait jusqu'aux cuisines afin d'y faire une consommation de victuailles et de vie corporelle. D'autres fois, sans faire mal à autrui qui ne l'aurait pas compris, il s'habillait en civil et bicyclait en direction de Bazats.

— Con-pantoufle d'Auteur! gémit monsieur de Monsta-truc. Quand j'entends cela, le pancréas me monte à la bouche!

Il cracha un filet de fiel.

— Je poursuis, monsieur le baron. Car ce que je lis ensuite était fait pour s'appliquer à vous et ce que l'auteur écrit à propos du curé vous irait comme un gant...

Une fois longée la maison de l'Astronome avec sa lune et ses étoiles, Godon abandonnait sa bécane du sexe féminin au coin de la rue Taillade. Il longeait la cathédrale en coupant par la place des Quatre-Cantons, tirait par la porte Gisquet et courotait ensuite, usant des traverses, venelles et androines, pour se glisser par les cours intérieures jusqu'à l'alcôve de deux ou trois lits toujours entrouverts qu'il connaissait bien dans la cité.

Godon n'était point pour autant de cette race de moines hypocrites qui vont bottinant les pécheurs et regardent leurs ouailles par le pertuis du capuchon pour sonder leurs pensées...

— Tu parles! éructa le baron. Faux cul! Ce capucin est d'un lubrique!

... Il connaissait parfaitement ceux qui trompaient leurs dames ou chassaient la palombe en faisant autre chose que bon ventre, roter, vessir, toussir et tchacher. Il leur rendait la monnaie de leur pièce en tâtant leurs épouses. En les patinant de ses mains rondes et roublardes.

Souvent, les commères avaient bon goût et chair fraîche. Certaines, emplies d'expériences traverses, étaient beaucoup plus luxurieuses que ne l'auraient laissé supposer un port modeste, une vêture sans éclat. D'autres avaient la mine franchement tournée à la friandise et rôtissaient le balai dès que le moine les faisait tomber à la renverse. Chiennes chaudes ou femmes banales, il les aidait en paroles et en actes. Leur montrait comment le Bon Dieu nous a faits. Et leur faisait chosette à satiété.

Après, sur l'oreiller, les dames aux yeux battus déparlaient volontiers. Elles laissaient échapper des paroles intimes.

Godon aurait eu beau temps de profiter de ces confidences.
C'était une jaspine autrement plus étourdie que celle qui se
pratiquait au confessionnal. Mais le bon moine n'abusait pas
de son pouvoir. La morale rabâchière n'était point de son fait.
Nenni le cancan, la délation, la zizanie. Il prêtait plutôt un
coup de main aux époux en goguette en se donnant, comme
j'ai dit, bonne réputation de bonté, de serviabilité, de bien
vivre et de franc compagnonnage.

— Floche a osé écrire pareilles contre-vérités!

— Ouida. Il sait que si ces lignes vous tombent sous les
yeux, il vous mettra à genoux.

— Entroufifardé de lui! On s'entendait si bien! se déses-
péra soudain le baron. Au début, tout allait comme il faut
entre nous. On baignait dans la divine nature! Les chênes,
les chenilles, les forficules, les champignons! J'y ai cru!
C'était franc plaisir de se lever le matin. On se hartait
d'entrecôtes saignantes! On prenait de solides nanes au vin
de Graves! Et voilà qu'au beau milieu du gué, en cinq
phrases sur sa machine à traiter le verbe, il me retire la
santé! Me chibre les nerfs! Me verse au bord de l'ictère! Me
déchausse les dents! Me relâche le stomaque à la ptôse!
Voilà qu'il fait de moi un aigri avant l'âge! Ah mais! C'est
que, même parmi les gens de lyre, il y a trop de peigne-
culs! Quand je pense au pouvoir qu'ont ces gens-là! Un
type qui m'avait promis des aventures aussi gaies que les
îles, le soleil et la mer!

— Ce qu'il prête aujourd'hui au moine peut sans doute
vous être rendu demain, insinua Brancouillu... *Pourvu que*
vous me payiez l'arriéré de mes gages...

Les yeux du baron soudain s'étrécirent. La couleur se
retira de son visage. Or, c'est bien connu dans pareil cas de
suspicion, tel menace qui a une incroyable frousse. Croyant
déceler une odeur de conspiration autour des reliefs de son
magot, monsieur de Monstatruc, qui prétendait friser la
dèche, s'écria en ses propres mots :

— Là! figure d'accident! Je t'ai pris!... Tu es de connivence avec ce nouveau Floche!

— Comment pouvez-vous dire cela, moussu Arthur? Je

suis attaché à votre personne et tenu par le lien mystérieux des personnages! Vous et moi sommes indémaillables!

— Pourquoi le serions-nous, mordious?

— Té! A cause du monde où nous sommes nés! Parce que c'est du roman! Parce que je suis votre Jacques et que Jacques est un serviteur!... parce qu'éternellement nous autres gens de torchon et de service avons compétence de cocher, d'homme de corvée ou de messager de l'amour... parce que c'est Figaro ou bien Mati... Sancho ou Passepartout! Parce que, raconte la fatalité des livres et du théâtre, parce que — là où va le maître, le valet doit aller...

— Tu crois que c'est suffisant?

— Pardine!... *pourvu que vous me payiez l'arriéré de mes gages...*

Et ce fut tout pour ce jour-là.

ACTUA-VRAC

Salut alligators! Vous allez encore vous régaler avec les vieilles viandes! La pourriture du monde se cultive au tiède. Dans le living des pavillons construits à crédit, la nuit creuse son lit autour des écrans de télé. Au XIXe siècle, l'huile de baleine servait à éclairer les hommes, maintenant c'est la statue de la Liberté qui éclaire le monde. Everywouère, Pax Americana. Au journal de vingt heures, les familles repeintes par CNN font ripaille d'images aveuglantes. Un corps dessiné sur le trottoir. Un pont habillé par Christo. Un Noir battu à mort par des flics. Le marcheur famélique d'Alberto Giacometti. La pluie repeinte en plomb. Une bonne action merdeuse. Des poissons pollués, ventre en l'air. Une Yougo qui dit j'ai faim dans le métro. Le Gange qui charrie des cadavres. Un plein sac d'yeux énucléés en provenance de Croatie qui se déverse sur le tapis roulant de l'arrivée-bagages ce matin à Roissy.

Au castèts de Montallier, tout en haut de sa tour, le baron marine en son bain de désolation. Accablé par la solitude et l'abandon de ses proches, délaissé par l'auteur, monsieur de Monstatruc essaye de ne pas perdre de vue le cadran. Il se gratte la nuque avec vivacité. Il repense à ces mois heureux où il ripaillait à la saison du gibier et ne s'en déguisait pas. A la façon gourmande qu'il se fondait avec le pays. Il ressasse comme il était bien joyeux en ces temps. Buvait le ventre contre terre, la gorge large pour le rire. Parlait latin au dessert. Détestait les pisse-vinaigre, le fiel de corbeau et ceux qui ne partagent pas.

Il penche son blase sur les ondes saumâtres. Il cherche son *petit* dans la vieille mousse. Il reloque. Il finit par trouver le pénis en son creux de cuisse, ratatiné, ridé de peau, juste vairon crevé, poisson borgne surnageant entre deux eaux. Quelle déconvenue! Navré par la taille de ce qu'il voit et qui rend si mal compte des hautes féeries du passé, doucement, le baron fêle ses notes et demande :
— Zigburnes, la zigonia?
Mais la zigonia ne zigburne pas. Et c'est couac, le piston est dans sa gousse. L'instrument ne rend aucun son, aucune musique.

CARNETS POLAROÏDS : Aucun son, aucune musique. Aucun souffle d'esprit.

Ne vous est-il jamais arrivé, mes chers amis, de regarder avec désespoir du côté de la manche à vent? Je me revois à peu près ce jour dont je veux parler, jeune réalisateur de cinéma. Une demi-douzaine de courts métrages dans la giberne... décidé par tous les moyens à faire du *Dimanche de la vie* mon premier long métrage, mon premier chef-d'œuvre!... je me dépêchais, direction le bar du Pont-Royal... la terre me portait mal... d'émotion, j'avais le cœur en écharpe. A Saint-Germain, des piétons aux fronts intelligents rôdaient devant le Flore, sur la rive d'en face, Monsieur Caze faisait arroser son trottoir. C'est comme je dis qu'était le monde... Pas de barrière entre nous! Pas de fla-fla! Je courus jusqu'à Bac. Et puis d'un coup, c'était fait!... une volée de marches, un instant de vide et je serrais la main de Raymond Queneau. Olivier Hussenot qui avait arrangé la rencontre me présentait. Moi, le derrière incertain, je cherchais à m'asseoir entre eux... je me poussais du bassin sur le moelleux de la moleskine... « Hum hum », je toussais pour m'éclaircir.

Il fallait trouver un début. C'est vertigineux, les débuts. J'avais posé une main sur le cendrier par contenance. J'y allai d'une phrase imbécile : « Bonjour, monsieur, je suis tellement heureux de vous rencontrer... » Genre crétinerie notoire qui n'appelle pas la lumière. Et d'ailleurs, je me souviens... aussitôt affligé par la banalité de mes propos nullement en rapport avec des circonstances si éprouvantes pour les nerfs, vlam! je m'affale sur mon cuir... tué par ma bêtise. Mat entre les yeux. Grillé vif. Moi! Moi, je vous jure, qui avais préparé des mots!... kyrielle!... poli des arguments, vous imaginez! Fourbi des rapprochements, une envolée. Me voilà soudain incapable, mais physiquement incapable, de pérorer... d'ouvrir la glotte... clapet fermé. Je rougis, forcément. Je m'empêtre. Plus mauvais qu'une rosière, impropre à vendre mon affaire. Cloué. Bâté. Muet. Serré des poings. Fumant sur mes gonds. Nul.

Le silence était là, planeur autour de nous. Rien n'arrivait dans ce bar qui méritât qu'on en parle. Un loufiat, bon. Un plateau de chips glissé sur la table. Les zapéros... no more. Vous voyez l'économie... Je levai timidement les yeux. Pourtant, Dieu était à ma droite. Beige à rayures. En costume de ville. En godasses ordinaires. On s'est dévisagés... on se plaisait sans rien dégoiser. C'était inscrit dans nos sourires immobiles... éternels, pour ainsi dire. Les yeux de Queneau jouaient au bilboquet, adroits derrière les reflets de ses lunettes... Il était comme Valentin Bru... il avait la maîtrise des horloges et jamais peur du vide. Il attendait que je me lâche à nouveau, voilà tout... Il attendait avec bienveillance. Mais ma bêtise m'allongeait. Zigburnait pas, la zigonia. Je n'en finissais pas. Lui non plus. Seulement, ça lui était égal... poliment égal. Il s'en contrebattait. Il souriait en ayant l'air de dire : « Allez-y, mon bon. Faites le boulot. Penchez-vous sur moi. La vie est à l'intérieur. »

Pour une obscure raison, à propos de ces foutus mots que je ne trouvais pas sur place, je finis par lui bredouiller qu'enfant, tout comme Valentin Bru dans *le Dimanche de la vie*, je m'abîmais volontiers dans la lecture du gros Larousse.

Il sourit un peu plus.

Il reconnut volontiers : « Au chapitre des lectures précoces, le dictionnaire en sept volumes m'a moi aussi accaparé. »

Je sentis immédiatement que cette connivence de hasard nous avait rapprochés quelque peu. Que ça changeait tout, une péripétie pareille. Le loufiat a glissé sur ses vernis pour renouveler la coupelle... à chacun ses chips... on a croqué nos potétoses les yeux dans les yeux... jusqu'à se foutre des orgelets... jusqu'à se faire saigner les paupières. Mais ces saloperies de mots n'arrivaient toujours pas.

Tout de même, deux ou trois sourires plus loin, après un déconcertant détour par la volatile carrière d'Edouard Waldteufel, musicien à la cour de Napoléon III, il me posa à l'improviste je ne sais plus quelle colle à propos du Sapeur Camember de Christophe

— Camember sans T, précisa-t-il.

— Oui, fis-je. Et d'un coup, la nuée s'éclaircit.

Retrouvant l'art de l'esquive, et plus savant sur le terrain des Fenouillard que sur le sujet compilatoire du second Empire, je l'entraînai soudain au Havre, d'où s'embarqua, comme chacun sait, la fameuse famille au parapluie rouge... et d'où lui-même était originaire.

— L'équipée des Fenouillard me fait penser au voyage de noces de Valentin Bru, lui fis-je observer... Après tout, Bruges-la-Morte ou l'Amérique... leur méconnaissance des gares et de la géographie est assez confondante!

Il ne fit pas de commentaire, tant il avait la manière de ne pas trancher. Je lui rappelai alors sournoisement qu'il était normand en citant de mémoire ces quatre bouts rimés que nous récitions tous à propos de sa biographie :

> *Je naquis au Havre un vingt et un février*
> *En mil neuf cent et trois*
> *Ma mère était mercière et mon père mercier*
> *Ils trépignaient de joie.*

Sensible à ma traîtrise, il ne déguisa plus son sourire et en cet instant précis m'admit jeune frère de lait. Si, si! c'est tel!... Ses sourcils, comme libérés, s'ébouriffèrent de poils sortis de la broussaille... leurs antennes pointaient vers l'amitié, plutôt méphistophéliques...

— Il n'est rien sur la terre dont l'homme ne puisse parler, décida-t-il brusquement. Si nous causions de VOTRE film?

Et joignant le geste à l'intention de me tirer du marasme,

il sortit d'une enveloppe grise une photo représentant un biffin à chéchia, jouant finement du balai dans une cour de caserne.

— Voilà un peu à quoi ressemble Valentin Bru, dit-il presque timidement.

En approchant le cliché de la lumière, j'identifiai mieux le griveton... c'était Raymond Queneau lui-même!... Habillé en zouave, il balayait les abords.

Comme Valentin Bru, il tuait le temps.

PULSAR MACHINE : L'autre jour, dans la salle des pas perdus de la gare de Bordeaux, j'ai croisé un petit homme très soigneusement habillé dans un costume trois-pièces. Son expression ingénieuse au travers de lunettes rondes m'a rappelé celle de Jan Skala, joaillier juif installé 1 west 47th street, N.Y. 10036, dans sa boutique à l'ombre des buildings de Manhattan. J'ai pensé à la montre la plus belle et la plus chère du monde et j'ai prononcé son nom, synonyme de perfection : Pateck-Philipp.

Une minute a sauté à la grande horloge éclairée.

C'était un matin où les chiens sont heureux dans les gares. Ils partent en voyage avec leur personne attitrée et urinent des messages d'amour dans le ténébreux des passages souterrains.

Non loin du repère C, peint en jaune sur le quai, une demi-feuille de papier journal jonchait le macadam. Quatorze oies sauvages étaient mortes en abordant Mexico par l'est. Le ciel était voilé de nuages opaques. Quelqu'un, dans un encadré, se souvenait de l'époque où les bêtes parlaient. Nous aussi. Une jeune fille noire de quinze ans avait été agressée à Avignon en rentrant du collège. Ses agresseurs lui avaient rasé les cheveux sous la menace des rasoirs.

Petit monde bancal! Ce curieux matin dont je parle, au pied du tableau des départs, soudain, une branle invisible s'était mise en route.

D'abord, cet éberlué trois étoiles à moustaches et drapeau rouge est passé en courant. Ensuite une voix réverbérée a crachouillé longuement des borborygmes verticaux dans les haut-parleurs. Pour cause et turlupinade de caténaire, le TGV était en retard. Nous avions une heure à tuer. Les voyageurs cherchaient de la pitié dans le regard des autres. Une femme en cheveux a traversé la foule à côté de moi. Les lèvres sanglantes, elle disait au type qui portait sa valise que souvent les rôdeurs ont des yeux d'amoureux. Des trous noirs faisaient chanter les couleurs sous la verrière. Des pigeons unijambistes traversaient les voies. Un Noir armé d'un long balai poussait un tas de poussière devant lui. En remontant les groupes, en sinuant entre les valises, j'ai marché jusqu'à l'extrémité du trottoir. Chemin faisant, des gens parlaient d'un figuier à Paris. Une mignonne avec des traits d'ivoire répétait en attendant je ne sais quel miracle : *Vitagermine*, *Vitagermine*, le médicament contre le coup de pompe. J'ai contourné un rugbyman avec une tête de carlin anglais qui parlait de la femme d'un autre. Il disait à son vis-à-vis je vous parle de la femme d'un autre. Soi-disant, elle s'était tirée avec un wallaby de passage. Au bout du quai, j'ai longuement regardé l'enchevêtrement des rails. J'ai fixé la lumière entre les wagons en attente d'un départ. Leur ombre les suivait comme un chien. Et je suis tombé en rêve.

En baissant les yeux, j'ai trouvé le carnet.

Il était en cuir noir, avec un stylomine glissé dans le fermoir.

En date du 14 janvier, une écriture élégante et féminine avait noté :

— *Belle, belle, belle. Belle simple. Stay porcelaine.* On peach lighting, *deux touches d'ombre, tes yeux rétro-classiques.*

Le 20 du même mois, on lisait comme un ordre du jour :

— *Lèvres fraîches et brillantes. Teint céramique, bracelet de cuivre.*

Et plus loin, en bas de la page :

— *Gallimard chemise blanche sur tous mes rayonnages.*
— Eric est séro-positif infecté.

Le 1er février, le stylo avait posé une question en triples croches :

— *??? Eric... Chute chute et rechute. Il n'est sans doute* plus question d'espérer.

Le 3 février, l'encre verte s'était posée trois fois sur le mercredi. Elle prônait :

— *Un engagement moraliste.*
— *Un peu de bitume bohème.*
— *Et ce vieux fond de douleur sitôt que le cœur s'en mêle.*

En mars, une écriture différente était apparue le lundi 22. Egalement féminine, elle avait haché le papier d'une scarification violette et hâtive, presque agressive :

— *Sais-tu ce que veut Eric ?*

La propriétaire du carnet avait répondu :

— *Il sait ce qu'il veut ? Pouah ! Quelle horreur !*
— *Il veut que je porte un collier de chien en résine. Une perruque à plumes, de la poudre aérienne.*
— *Quitte-le.*
— *Pour qui ?*

En bas de la page, les deux crayons avaient mêlé leurs secrètes pensées contradictoires et dessiné un labyrinthe de salive verte et mauve.

En avril, rien.

Le 3 mai :

— *Côté face, le 7 porte bonheur. Côté pile, Sollers-surprise et des régimes draconiens.*
— *Ecrire un roman au stylomine Duo fold Parker.*
— *Réduire en cendres grand-mère dans un vase par Hans Coper.*
— *Se farder de deux ombres solo.*
— *Etaler « Kakiol » et « jaune sable »* le lendemain de l'enterrement d'Eric. Souligné.

Enfin, le 8 mai, date où nous étions, dernière page verdie par l'écriture :

— *Acheter des roses de jardin pour la tombe d'Eric.*

— *Dire à toutes mes amies que j'ai un morceau de maillot de bain qui ne sert à rien et partir en vacances n'importe où.*

— *Eviter Sandra qui attend un bébé sidaïque et parle de l'air marin. Ses paupières battent. Elle est cinglée de maridope. Elle a des trous dans les cuisses. Ne pas pleurer avec elle. C'est trop. Elles veulent toutes s'abandonner.*

Tout en bas du feuillet, avant de se perdre au bout du quai, de sauter dans un train, la propriétaire des confidences avait écrit distinctement sa destination effrayante :

— *Pétaouchnock.*

J'ai porté le carnet au commissariat de la gare. A la tête du fonctionnaire, j'ai su qu'après mon départ il le foutrait au panier.

INTIME CONVICTION : Il est des jours de lassitude d'esprit. Il est des moments de besoin de fraîcheur et de simplicité.

Comment pourrions-nous être indifférents, alors que, vent arrière sur le passé, nous gigotons sur une mer à malices? Que nous baleinons à tout va sur des tempêtes d'imposture? Que, plus que jamais, se dessine d'un côté le clan des festoyeurs, des margoulins, des délateurs, des planqués, de l'autre, le peuple des dérouillés, des martyrs, des grands éberlués de l'idéal?

Fastidieuse mascarade! Les couards, les pleutres ne se dévoileront jamais. Les matamores monopoliseront la parole. Montaigne disait à juste titre : « Les plus belles vies sont celles qui se rangent au domaine commun et humain avec ordre mais sans miracle et sans s'éloigner de la nature. »

Tenez, en disant cela, je repense au *Dimanche de la vie*. A « la naïve gaieté, à la joie spontanée » selon saint Queneau. A cette façon de vivre presque oubliée qui n'avait rien à voir avec notre ubiquité perverse. Destin tout différent. Univers protégé. C'était autre chose que nos ratés, zigzags, arythmies. Les braves gens ne rencontraient rien de violent qui vînt les troubler!... Territoire limité, il est vrai : une petite ville de garnison en province, un quartier excentrique de la capitale... Distractions limitées : bistrot, ciné... lectures limitées : *Marie-Claire, le Petit Parisien, l'Auto*... Nourritures limitées : ragoût, gras-double, blanquette de veau, pas de trucs chichis... Côté boissons, pas de mauvaises surprises : Pernod pour Arthur, blanc gommé, Vichy fraise. Au centre de cet univers... Julia Ségovie et Valentin Bru... une mercière, un encadreur... Nous entrons dans un monde de petits boutiquiers. A Paris, on siffle encore dans la rue. On voit passer des communiantes... Pas de rêves de vison! Pas de coups de soleil à Antigua! Pas de jeux d'orgues dans la brousse! Les personnages du *Dimanche* habitent un quartier qui se réduit à quarante mètres de rue : l'épicier, la fleuriste, l'horloger, le marchand de couleurs. Et comme point final, le Café des Amis... C'est là qu'on se retrouve une fois les rideaux baissés pour commenter la guerre d'Espagne, la catastrophe du dirigeable *Hindenburg* ou l'expo de 1937.

Ainsi va la nostalgie du passé, laquelle est souvent un vivant reproche. Oh! pas que je cherche à vous entraîner en de vieilles catacombes! A vous faire vibrer pour une France archi-vieillarde. A prôner le retour d'un petit monde immobile qui, avec le recul, ressemble déjà aux peintures naïves, aux images pieuses ou aux timbres du Maréchal. Mais foutre des opinions qui tranchent! Plus personne ne regardera les fortifs au travers de l'objectif de Doisneau. Parfois, je me dis que cette tendresse-là est partie. Adieu biffins grimpant la Mouffe. Adieu tapins rue Saint-Merri. Les bras ouverts se referment. Les gens crépitent dans la rue sans se voir. Et les mâchoires des machines nous broient dans la solitude des mœurs.

C'est à redécouvrir, mes bons, les nouveaux brins de peuple que nous croisons! Mômes des cités, pas froids les yeux. Gerces à la dèche, nuits souterraines. Clones, gigolettes, rebuts, transfuges, paumés du chapiteau d'amour, au cherche-midi du p'tit bonheur, qui sont-ils ces blêmes otages achélèmes ? Chacun son tour, chacun son heure, mille beurettes jolies fraises, négros exportés-Boeing, funkies défoncés-junkies, prolos mouise-et-cambouis, ont le ciel de Paname pour seul baldaquin. Chez eux, quel enragement à survivre ! Mille causes ! Ce serait trop long à raconter !

Ils ont résisté. Ils ont traversé. Ils ont en commun d'avoir su fabriquer leurs antitoxines. Ils regardent chaque jour par la fenêtre. Ils se répètent obstinément qu'il y aura toujours un type super ou une fille élancée pour faire une heure de lit avec eux. Ils marchent à l'espoir. Au dernier machin encore chaud. Au tube. Au refrain. A la manife. A la fête. A la Bastoche.

A ce train-là, j'aime la terre entière. J'ai peur, je ris, je rouspète avec elle. C'est l'homme qui m'intéresse. Sa noblesse souillée. Sa vérité violée. Sa dignité détruite. Et aussi ses chemins douloureux. La contradiction de ses pas. Son devenir incertain. Ses fantasmes, sa fornication, qui le soumettent au troupeau. Ses gestes qui trahissent ce qu'il enferme dans son cœur.

C'est ça... je suis de la planète Terre. Je l'écoute. Et c'est bougrement mieux que l'ancien ventre de ma mère.

PLAN RAPPROCHÉ : C'est quoi au juste, les dimanches à Goussainville ? à Gonesse ?

Puits. Nains. Bœufs. Jardinets, pièges à feu. Chaque pavillon son clébard.

Survêtements. Elastiques. Savates à la traîne. Cette envie d'aimer qui déchire la poitrine.

Astiquer la voiture. Shine.

Colette Villamblard est derrière sa vitre. Dehors, il pleut.

Il pleut, il fait tourmente.

120 mensualités pour payer la salle à manger. Forsythias. Quelques bulbes. Véranda. Abutilon. Antoine disait-on s'abonnera au journal quand on aura fini de payer la maison.

Colette, depuis trois ans, sa poitrine s'est étalée sous son corsage.

Elle dit, Colette. Elle dit c'est comme le ventre, c'est comme le reste. C'est comme les yeux, c'est comme le rire. Un sein, si ça ne sert plus, c'est comme une sacoche vide sur un facteur.

Colette, elle porte des jeans un peu larges. Elle écoute passer les trains. Elle pense qu'en banlieue la solitude est un drôle d'équipage.

Femme plaquée au bout d'une sacrée vie consentante, elle regarde souvent par la fenêtre. Antoine est parti après quelques mots tendres et haletants. Elle regarde souvent l'extrémité de la rue.

Colette, elle est secrétaire-facturière. 3 SICAV. Un plan d'Epargne-logement. Elle pose son front brûlant contre la vitre.

Dans la rue, averse diagonale. Pluie, mouillure, intempéries. La France a peur dans sa meulière. Rien n'avance. Bientôt les élections.

Grilles. Fibrociment. Cheminées, une forêt. Des haies de réverbères. Ces fils, ces câbles, ces nœuds, ces branchements, l'EDF, ils auraient quand même pu les enterrer! On est dans la connerie. Les gens espèrent toujours. On n'en sort pas!

20 theures. L'air froid de la nuit tombante tire son linceul sur les trottoirs vacants. Les carrefours ont les yeux blancs. Un chien aboie pour calmer son maître. Les réverbères s'allument sur une silhouette marchant sans hâte.

Je ne verrai plus personne avant demain, elle pense, Colette. Mon Dieu! C'est l'heure des mondes éteints. Des façades clétées. Du temps immobile. C'est le rite des nouvelles à la télé.

Tiens, devant chez les Darouille, *sonnez fort avant d'entrer*, Colette, elle a cru voir bouger une ombre. Même, elle s'est pas trompée. A preuve, Rambo aboie. *Attention, chien méchant*.

Colette essuie la buée sur la vitre. Ses yeux cherchent à percer l'obscurité. Ça rince serpillière. Pluie, flotte, rhum. Elle boit à la santé de ses amours d'une époque révolue.

Elle sirote le Jamaïque.

Elle écoute passer un train. Elle écarquille les mirettes. Elle en croit pas ses globes. Elle s'adresse à Antoine. A Antoine-la-galuche, à son inusable souvenir ectoplasmique. Çui-là, alors! Quel artiste ineffaçable! Colette, elle a beau boire du Négrita en guise de passiflore et certains soirs s'illusionner sur Paul Nioumane à la télé, depuis qu'il s'est tiré son moche tubard petit mari, elle l'a toujours dans un coin de la tronche.

Colette, elle dit, elle chuchote, tu vois ce que je vois? Un zombie! Hibernatus two! Le décongelé-bodygraph de la Plaine-Saint-Denis! Déconne pas, se marre le souvenir d'Antoine dans une quinte de jus de tabac, ça fait lurette qu'on trouve plus de tyrannosaures sous les rails. Ça! faut bien dire, admet Colette en entrouvrant la fenêtre sur le ciel noir, au coin des gazomètres, le carbone 14 a pris un sacré coup de vieux!

Elle finit son planteur et fait claquer sa langue. Cette fois, c'est pas du rêve! Je meurs si c'est du rêve! Colette voit l'homme de la nuit se détacher du réverbère. Il existe et se matérialise dans le cône de lumière fluo, puis disparaît. Il a les yeux sauvages. Il va passer devant chez elle.

Putain de journée sous les gouttières. Danrémont Marcel attend je ne sais quel miracle. La tête dans les épaules, son costume est à tordre. Il a les poings dans les poches. Une rengaine lui scie la tête. Une paire de chaussures qui prend l'eau n'améliore pas l'état d'esprit suicidaire de celui qui se laisse aller à la dérive.

Au 6 *bis*, rue Pablo-Picasso, la porte d'un pavillon s'ouvre. Un spot s'allume au-dessus de la porte d'entrée, éclaire le perron. Une silhouette de femme se détache à contre-jour de l'ambiance jaune et douillette qui irise le couloir.

Marcel s'immobilise. Il salue la dame. Le jus de chapeau ruisselle dans ses oreilles.

Ils n'ont pas besoin de se parler. Elle fait un pas dans sa direction. Il pousse la grille. Il longe le petit trottoir de ciment. Il s'avance jusqu'en bas des trois marches où elle se tient. Il fixe les trous noirs où sont ses yeux. Colette Villambard sourit sans cesse. Ses dents, une tache d'ivoire dans la pénombre.

— Entrez, elle lui dit. Nous sommes tous des enfants morts.

Il hésite. Il égoutte son feutre. Le carrelage est d'une blancheur éclatante.

— Ma pauvre dame, j'vais tout vous cochonner.

— Je vais vous donner du sec. Mon mari a laissé ses laines dans la penderie.

— Vous êtes veuve?

— En quelque sorte, elle dit. Entrez.

Il entre. Il retire ses godasses.

Que celui qui n'a jamais eu de chaussettes mouillées collées à ses semelles fasse le premier pas vers la contradiction.

Il la dévisage.

Elle est une femme à tête de poupée avec des cheveux montés sur implants. Une poupée pas si jeune, assez haute sur ses jambes, avec un front bombé, de longs cils collés et bleus comme des papillons. Des joues condamnées à sourire.

Il retire sa veste. Il retire sa chemise. Il passe sa drôle de bouille au travers de l'encolure de son maillot de corps trempé. Il est maigre et velu.

Il fixe l'orée de ses cheveux rares.

— C'est depuis, ma chimio, elle murmure. Elle porte machinalement la main à sa tempe. Je suis guérie de toute façon, mais le médecin m'a conseillé les implants. Il a dit que ça serait bon pour le mental.

— C'est important, le mental, il reconnaît Marcel.

Marcel Danrémond, sans domicile fixe.

Il glisse ses pieds nus dans les charentaises d'Antoine.

— C'est du 42.

— C'est ma pointure au petit poil.

Elle le couve du regard en souriant sans cesse.

— Vous avez dû beaucoup souffrir, elle lui dit. Je vois ça à la couleur de votre peau.

— Encore pas mal assez, il opine. J'ai les chacals au cul. Six mois que je boxe contre la poisse.

Quand elle revient de la chambre à coucher où elle a trifouillé dans l'armoire, elle est douce comme un molleton.

— Je connais ça, allez... Le monde déraille. La pluie est d'une tristesse supplémentaire si l'on a du mal à envisager la journée.

Elle lui passe un pulovère. Elle dit qu'il est tout neuf, jamais porté. Elle l'a tricoté à toutasard.

Il l'enfile. Quand il ressort la tête du jacquard, il fait crisser sa barbe. Tellement ondoie en lui une bienheureuse sensation de chaleur, qu'un frisson lui traverse l'échine.

— Il vous va bien. Même les manches... j'avais un peu peur qu'il soit trop juste...

— Voyez, j'étais fait pour.

Ils se regardent en même temps. Doucement, l'espoir refleurit dans les cimetières.

— Voulez-vous partager mes restes? elle demande, Colette, en sortant la mayonnaise à l'ancienne du frigidaire marque Brandt.

Il répond pas.

— C'est du poulet froid, mais je peux vous le faire réchauffer.

Il répond toujours pas.

— Ne faites pas de manières, elle insiste en faisant claquer ses mules de satin. Dehors, ça redouble...

Il la fait languir. Il la fixe avec des yeux qui brillent de la fièvre du désir de mordre.

— Alors?

— Ma foi, j'dis pas non. J'veux bien tâter l'épreuve!

Sous prétexte d'aller chercher l'argenterie, Colette, elle passe devant la glace du portemanteau du couloir. Embellisseur extrême, elle en profite pour sortir son crayon contour. Elle se redessine une bouche mystérieuse et en revenant avec ses Guy Degrenne et ses couteaux de Langres, elle lui décoche un foutu sourire acrylique.

Marcel, il a ses yeux sauvages qui riboulent.

— Sûr que vous allez finir par me faire vaincre ma timidité! il grimace dans sa barbe.

— Asseyez-vous en face de moi, elle lui répond. On va

retirer les couverts en inox. On va allumer les bougies. Il ne faut rien faire à moitié.

Marcel, il s'avise que le couvert était mis pour deux avant qu'il n'arrive.

— Vous attendiez quelqu'un, peut-être?

— Personne.

— Alors tout nous conduit vers des jours affectueux, il profère.

Il s'assied. Il déplie sa serviette.

Un train vient de passer sur le pont métallique.

— Après le poulet, on dansera, elle dit. Ce soir j'ai le monde à fleur de peau.

17

CARNETS POLAROÏDS : Il a débarqué pour ses vacances. Il a souri, Benjamin.

Il a tendu sa joue pour que je l'embrasse. L'éducatrice l'avait aidé à se raser de près. Victoire a ouvert son bagage et en a sorti le linge sale. Elle a lancé une lessive. Elle a épluché des oignons. Il a éclaté trois fois du rire qui fait mal. Un jacassement de fièvre. Il a aidé à mettre la table. Il a rangé son sac. Il a mangé comme un gouffre. Nous avons marché six kilomètres. Victoire, moi et lui.

LUNDI : Nous avons marché six kilomètres. Comme hier. Comme demain.

C'était une route droite jusqu'à l'infini. Une route où l'on n'a plus d'yeux. Où l'on perd le sens et le besoin de la vue. Une route et nous trois dessus.

Il a une façon voûtée de marcher devant nous.

MARDI : Ben, Benjamin. Fiston de personne. Rebelle aux antipodes. Cric de sa propre peur. Il se lève, tendu comme un ressort. Les chaussures sont-elles à leur place? Les chaussures sont-elles à leur place? A la moindre saute de vent, une gifle sur le visage. La tête qui vole et vient. Cinq et deux font sept. Cinq et deux font sept. Il se gifle le visage. Déjà vingt et un ans qu'il divague derrière la glace. Chrono-sphinx de sa maladie. Si près, si loin de nous. Juché à des hauteurs funambules. Piétant parmi les troupeaux de poules blanches décapitées. Et lui, avant arrière, avant arrière, stéréotype, sa tête qui vient, sa tête qui vole. Un pâle sourire un jour. Le lendemain les yeux troués. Prêt à nous toucher. A nous entrevoir. Sortie dans l'espace. Nous avons marché six kilomètres.

Mercredi : Un pâle sourire, ce matin. Demain, les yeux vidés. On se touche du bout des doigts. On s'est entrevus. Brûlure et renoncement. Trop loin! Trop difficile! Sa tête qui vient, qui vole. Ben qui gonfle de fureur et martèle les tables et les murs. Ben! Ben versus Sigmund, à petits cercles. Ben qui continue à apprendre à nouer les lacets de ses chaussures. Ben qu'on continue à éduquer contre l'avis des mauvais schlingueurs de mondes enfouis. Lacan, vieux totem! Tu parles! Demandez à Victoire. A Marie-Claude, son éducatrice! La petite boucle du lacet. La petite boucle du lacet. Cinq et deux font sept. Cinq et deux font sept. Pour qu'un jour vienne la grande boucle. Un jour vienne le nœud. Sept et trois font dix. Sept et trois font dix. Un peu d'indépendance. Aujourd'hui, grande victoire! Ben sait mettre et attacher ses chaussures. Ça lui a pris trois ans. Ben aime tellement marcher devant lui sans les poules.
    Il a une drôle de façon voûtée de marcher devant nous. Il sait qu'il nous guide par un fil.
    Nous avons marché six kilomètres.

Jeudi, vendredi, tous les jours de la semaine : Nous avons marché six kilomètres.
    Chacun dans cette famille cherche le noyau de son propre fruit.
    Et vous voudriez que j'attache de l'importance au temps?

Soudain, mardi dernier : Vitrifaction. Escarbilles

concentriques. Lignes et points conjugués. Disjoncte à la masse. Ben ne comprend plus en quel habitacle il se trouve. Il ne mesure plus qu'il y a la hauteur d'un building de dix étages à franchir avant de sauter de l'autre côté du précipice. Les lignes et les points mouvants se conjuguent autour d'un ailleurs à la densité aveuglante. Il pousse le cri de la mouette. Le cri de la peur. Il frappe. Il veut faire mal. Il frappe lui-même. Il frappe Benjamin. Cinq et deux font sept. Cinq et deux font sept. Il est proche de la force absolue. Rien ne peut le retenir. Aucune adjuration de ses parents. Aucune ressource de raison. Juste la tête qui vole et vient. Les yeux fixes. Le cou tendu en avant. Cinq et deux font sept. Qui vole, vient! Qui s'allonge, qui s'envole, vient! Il passe sa main déployée au travers de la vitre. Le verre explose. Un jaillissement rouge sourd à son poignet. Veine coupée. Tendons. Jusqu'en un au-delà d'une densité aveuglante, la violence continue. Les bras sont sans limites. Les doigts n'ont pas de bouts. La force aveugle est sans contenu. Ben retourne la table. Il casse les assiettes. Pulvérise les verres. Renverse les chaises. Se barbouille de son sang.

Sept et trois font dix. Sept et trois font dix. Il hurle jusqu'aux miettes.

Et vous exigeriez de moi que je mette les événements dans l'ordre?

INTIME CONVICTION : Pour ce qui est de souffrir, Bouddha l'a dit en son temps, on n'en prend jamais l'habitude.

Par les jours qui courent, j'ai tôt compris pour ma part que l'esprit des hommes blancs en vigoureuse santé risque de devenir une place boursière soumise à l'embouteillage de pas mal d'idées fausses.

Même si souvent d'excellentes personnes se mettent à quatre pattes et tâtonnent pour chercher les clés qui ouvrent le cœur et l'espoir des autistes, nombreux sont les hommes d'affaires qui marchent d'un pas pressé sur le trottoir. Une fois en gris, cravate Kenzo, on ne s'arrête plus guère. D'ailleurs, on ne vit pas méchamment. Simplement, on ne s'arrête plus. On ne bouquine pas non plus. On ne cinoche pas davantage. On regarde le ciel exclusivement au travers de la caméra des vacances. On kinescope pour l'hiver. La mémoire s'efface. Transistors! on emmène ses puces avec soi. Obscène signe de notre époque, nous sommes dos aux arbres et pourtant les businessmen marchent vers le soleil saoudien jusqu'à se brûler la cornée. Ils ont un attaché-case et des S barrés plein les yeux.

Oui, décidément, dans notre société de profit, il y a sous cape une inertie, une dose d'égoïsme, de va-je-me-débrouille, qui est faite pour être vaincue. Et puisque nous parlons des handicapés, rien n'est moins généreux, rien n'est moins naturel, que de décider unilatéralement du sort de ceux qui, tributaires du carcan de leurs chairs meurtries, vivent l'esprit accaparé par des angoisses insoutenables, en sont réduits à de contraignantes impuissances, sont jetés dès la jeunesse dans le silence ou voués pour toujours aux ténèbres. C'est dit! Une véritable forêt d'hiver se dresse, qui guette le voyageur amoindri par sa mutilation de corps ou d'esprit.

Qui chantera assez l'amitié que je ressens pour ceux qui, acculés à certains abandons, pliés sous le faix du tablier de plomb d'une maladie, amoindris dans leur mobilité, luttent pied à pied contre la petite pointe de cuivre des douleurs? Il fait froid à trop réfléchir autour des encriers. Je voudrais trouver du premier coup cette simple et forte phrase sans fioriture et sans mirliton qui témoigne de la solidarité de l'écrivain pour ceux qui ont un droit inaliénable à déchiffrer la parole, à découvrir la plénitude du son, à entrevoir la vérité des couleurs.

Un livre, un film, une peinture, l'éternité de chaque seconde de musique sont des nourritures qu'il est grand temps de partager comme un jour il faudra bien, sous peine d'être submergés, partager le pain avec ceux du Sud qui se révolteront en allumant partout des incendies volontaires.

J'attrape un cafard noir. Nous ne pouvons rester des ventres. C'est exactement un problème d'égalité. Moi qui croyais que l'affaire était réglée depuis longtemps! Entre l'odieux et le ridicule, les Droits de l'Homme bafoués marchent vers des mirages. La mousse a poussé. Deux cents ans que nous vivons sur notre révolution !

Le droit au pain. Le droit à la solidarité. Le droit à la culture. C'est tout simplement le poids de l'Homme, il me semble, de ne pas renoncer au clair de lune.

Les avez-vous pas regardés, ces adolescents cloués sur des fauteuils dont les yeux gris plutôt acier laissent passer en reflets des énergies exaltantes ? Au plus profond des sentiers abandonnés, ils ont faim des réponses qui enrichissent.

Dès lors, comment vous expliquer assez que nous portons tous un bel enfant enfermé dans la poitrine ?

RÉCAPITULATION : Un homme, pour toutes raisons et excuses, ça peut être boiteux, borgne, escrampé, fol, croche, goutteux, même paralysé dans les membres ou, pire, aveugle de nuit, mais jamais ce n'est tout à fait vaincu. Au moment le plus désespéré, quelque humeur renaîtra au creux de ses mains, sous sa peau, au bout de ses poils qui repoussent, en ses bourses et parties et le jettera à nouveau sur la gourmandise de la vie.

Une scintille de bourgeon, un atchoum de pollen, une bestiole pas bien grosse, un frémissement de paupière, un murmure doux et gracieux de plaisir ouvrira les portes de bronze où toutes choses semblent à jamais fermées pour l'esprit, la liberté ou la chair. C'est la force. Elle est notre bannière de fortune. Elle nous fait escorte.

Comprenez-vous le chant des arbres ? Tenez, un merle pipeaute dans l'ombreux d'un massif. Je tirbouchonne aux cheveux. Je décroche le téléphone pour ne parler à personne. Je me lève et quitte le bureau. Je vais dans le jardin. Je fais passer l'oiseau avant le gagne-pain.

Haut la tête !

Si longtemps dans le verger, au bord de l'Agneth, je regarde passer l'eau du ruisseau sans bouger, est-ce que les étourneaux finiront par se poser sur mon épaule ?

18

D'ALLER cabrioler dans les airs — il y a un frémissement si pur au fond du jardin, ce matin, pas de fièvre surtout! — toute ma belle affaire rebondit d'un coup.

Tenez! Souffrez que je vous embarque! Sans rabâchages ni poyésie d'opérette, la pureté de la rosée sur le chemin des herbes me ramène à Roberto Rossellini. Ecoutez ça, je vous prie, la manière qu'il avait de raconter des histoires vraies qui étaient aussi des paraboles si troublantes qu'elles prenaient les couleurs du mensonge.

Ainsi racontait Roberto, dans les années 56, que c'est seulement le conformisme qui émousse nos sens. Qu'il suffit d'aller au plus simple pour se hausser les yeux. Ainsi racontait Roberto, qu'un jour, pour fuir un monde purement mécanique où le jeu n'existait plus, il avait planté le trépied de sa caméra dans un monastère de Toscane afin d'y tourner *les Onze Fioretti de saint François d'Assise*.

Les prises de vues allaient bon train. Les moines franciscains, convaincus par le cinéaste de devenir sous sa houlette les propres agissants de leur foi, avaient consenti de se mêler pour la circonstance et plus de vérité à des acteurs de profession.

Se souvient-on pas de l'affreux tyran qui dans le film saisit un petit moine par le collet du froc et le soulève à bout de bras comme s'il était poussière d'hirondelle? Cet homuncule en robe de bure, planté avec l'aide du temps au carrefour muet d'un doux et humble commencement et d'une fin non conforme, incarne à mes yeux l'idée même de la simplicité franciscaine. Il est son résumé, son symbole et je n'ai jamais su ce qui dans la bouche de Roberto était la part de la fiction et celle du réalisme.

Ceci nous ramène à un jardin de roses. A une allée de graviers, à la margelle d'un vieux puits, gardé par les hautes piques d'un escadron de cyprès. A ce moinillon donc, qui chaussait du grand 36 dans ses sandales, et dont la démarche légère changeait de note au moindre souffle, ses ailes étaient trop grandes.

Fra Ginepro, il se nommait. Le pauvret! Sa taille était menue, son corps fluet, ses orteils roses, son âme si pure, sans cesse il menaçait de s'envoler vers le ciel. Ses poignets, sa jolie nuque étaient cassants comme du verre mais ses ailes, c'est à croire ou à rêver, ses ailes étaient foutrement robustes.

Ses compagnons de prière et de labeur, les autres moines, ses frères franciscains, avaient si peur de le perdre au détour d'un buisson, qu'ils lui glissaient à son insu des pierres dans les poches de son froc. Ils le lestaient avec des cailloux, des missels. C'était comme je dis. Qu'avec ses proportions de parapente, Ginepro qui n'avait même pas accompli sa quarantième année ne décolvole pas trop vite au paradis. Il aurait pu partir pour un rien. Pas le moindre péché, même une peccadille, ne le retenait. Il suffisait à la mort de serrer la cordelière. Le petit Frère était bon partout. Son esprit était simple, sa cervelle gringalait sous un front sans rides. Il avait le sourire des enfants. Une voix de jeune flûte. Il ouvrait et refermait la porte du monastère. Il s'acquittait de menues tâches ménagères. Aussi, un sécateur à la main, il veillait sur le teint des roses. Eliminait le bois mort. Taillait les gourmands. Préparait le pourpoint de l'été. Trottinait derrière les espaliers et parlait aux abeilles. Vous direz, c'est futile et pourtant! Le reste de ses forces était seulement fait pour sonder le gué qui mène au pays des lointaines certitudes. L'enfant-moine priait. Il béait aux anges. A sainte Marie toujours vierge. Lorsqu'il dormait, il souriait encore, ses paupières étaient des pétales. Dieu l'aimait déjà comme un saint.

Or, jour après jour, Roberto tissait son ouvrage. Qu'il tournât une scène dans la salle capitulaire, au réfectoire ou dans le cloître, il avait coutume de passer par le jardin pour retrouver son équipe. Ginepro l'attendait chaque matin. Ne bougeait ni patte ni aile tant que le cinéaste n'apparaissait pas au détour de l'allée. Mais sitôt qu'il l'avait vu, hop, sautait de la margelle du puits, vite remuait le pot aux crottes, dansait une gigue d'impatience, petonnait jusqu'à lui, entonnait invariablement la même litanie : « *Roberto, Roberto senta una causa...* j'ai écrit un poème! j'ai écrit un vrai poème! moi aussi j'ai écrit... » Mais Roberto marchait d'un pas pressé. Les gens de la ville marchent vite. Ils sont perdus dans leurs pensées.

Heureusement, le temps est une épreuve qui passe comme la chandelle. Ginepro en faisait peu de cas. Les semaines se succédaient, soleil ou nuages. Le rituel était le même. Roberto apparaissait. Le moine voletait autour de lui. « *Senta una causa, Roberto... Roberto senta una causa...* c'est au sujet de ce poème que j'ai écrit... sans doute, il te plaira. » Si bien qu'une bonne fois, lassé par la monotonie des couplets, touché par la persévérance du jardinier de saint François, Roberto s'arrêta.

Il s'arrête.

Il s'assied au bord du puits. Ginepro se trémousse. Il ouvre des yeux comme un chat qui coud dans une gouttière.

— Quoi? Aujourd'hui, tu m'écoutes?

— Je t'écoute, répond Roberto.

Le petit Frère perd ses moyens. Frétille sous le coup de l'émotion. Roberto le regarde! Roberto lui consacre quelques minutes! Il expédie sa main au fond de la poche de sa robe. Il rejette une poignée de gravier. Il trouve enfin ce qu'il cherche : un méchant rouleau de papier tout usé. Il s'assied près de son ami. Raide comme un petit saint en bois, il chausse son lorgnon. Une roseur pomponne ses pommettes. Il bredouille avec modestie :

— Même si je suis un âne à courtes oreilles, je suis au courant que la poésie n'est pas un onguent miton mitaine. La poésie, je la révère. C'est une amie de chevet.

Il ajoute avec le feu aux joues :

— Comprends, Roberto, dans la poésie, ce qui me pique la peau, c'est l'éclat!

— Je t'écoute.

Mais ce n'est pas fini. Fra Ginepro tourne son papier. En cherche le sens. Prend du recul. Donne de l'élan à son affaire. Enfin, déclame son chef-d'œuvre qui donne en si peu de mots ceci :

Ô, rose!
Rose!...
ROSE!

Voilà ce qu'il avait dans son sac, le poète.

L'un veut du mou, l'autre du dur. Notre homme voulait du simple.

Il a un sourire vainqueur.

Les oisons aussi veulent la fin du monde. Ginepro attendait le jugement de son maître. Roberto l'embrassa.

Alors le moine lui tendit son papier et dessus la froissure des jours, Rossellini vit qu'il n'avait rien écrit.

Connaissez-vous ce proverbe eskimo? A force d'aimer une fleur, on la fait naître.

RÉCAPITULATION : Efforçons-nous de conserver une capacité d'étonnement. Oui. Mais si c'était la banalité qui contenait le secret de l'énigme?

Quelle énigme?

L'homme ordinaire, bien sûr.

PULSAR MACHINE : Ni un cercle, ni une ligne droite, la vie se répand comme un limon.

Une fois, Victoire m'a tricoté des pantoufles vert jade et, fin des frise-à-l'âme, pour cause de cœur fragile, j'ai attendu derrière mes livres que la mort s'avance vers moi. Elle est passée deux trois fois ces années dernières. Elle était plutôt moche, avec un nez en carton. Elle a laissé sa carte de visite. Une follerie d'électrocardiogrammes.

Quand elle s'asseyait à mon chevet, au milieu de la nuit, elle m'escarbouillait le cardia, m'appuyait sur la poitrine. Elle avait de bons yeux creux. Une assez grande expérience. Mon horlogerie errabondait. 150, 160 au tachymètre. Ou bien alors, je comptais cinq avant que la pompe ne reprenne. Extrasystoles à n'en plus finir. La mort prenait son temps. Elle soufflait plusieurs fois dans ses doigts. Elle soufflait. Et après, peutt, peutt, comme un jeune animal qui gambade ou volette pour la première fois, ma bouche se détirait, le muscle fringottait à nouveau.

La mort ne se le tenait pas pour dit. Toujours elle revenait au fer chaud. Avec ses instruments de feu et quelque
chose de lourd, elle cabrait mon cœur comme un bronque
indompté. Elle me dressait sur fils, sur électricité et rhéos-
tat. Je me souviens de paroxysmes qui s'arrêtaient au bord
de la vie. A l'agonie, vous, moi, on trouvera qu'on râle mal !

J'étais seul sur mon drap comme nous le serons tous à
l'ultime instant du marbre pâle. Un étalon fou bondissait
au-dessus du cañon, une force invisible soulevait la tente de
mon thorax. J'essayais de me persuader qu'on peut toujours dire non. J'inventais des techniques mentales pour
mieux nier mon corps. Pendant un siècle, j'écoutais des
enregistrements de cloches zen. J'égarais mon esprit sur les
pentes neigeuses des Himalayas.

Muette de peur dans l'obscurité, s'efforçant de ne pas
aggraver mon angoisse par des mots inutiles, Victoire, éten-
due à mon côté, écoutait le tumulte de ma tempête intérieure. En réponse à mon arythmie, elle devenait Samothrace terrassant l'animal des cavernes sèches. Elle me
prenait la main. Elle inventait les minutes. Du tranchant de
ses ongles, elle pinçait l'extrémité de mon auriculaire en
imprimant à ma chair le rythme de son propre cœur. Et la
patience de son attente était le don le plus pur que pouvait
recevoir un homme décevant.

Aux premières lueurs de l'aurore, je sentais monter en
moi un calme étrange. Je me souviens d'une maison de
silence où des lèvres m'attendaient. Le tronc de la vie me
paraissait énorme.

Victoire avait encore eu raison.

A force de pilules, je revaque à mes occupations. La
vioque au front d'opale n'a pas pu se résoudre à me fau-
cher.

En référence à la couleur vert jade, elle a toujours dit,
Victoire : « Des pantoufles gaies sur un homme triste, tu
vois, crétave, ça a fini par l'attendrir. »

INTIME CONVICTION : Avant de parvenir à cette chose
juste et simple qui s'appellera la mort, mon attention se
fixe sur la terre plate de la lande girondine.

A cet égard, gens d'ici, n'allez pas croire que vos paysages soient sans significations. Je suis venu à vous non pas parce que j'étais directement malade de la vie citadine. Plutôt poussé par des bouffées d'amour. D'abord parce qu'il n'y a pas d'autres choses à espérer, hormis une vie simple. Qu'ici, elle est confluante de la noirceur verdâtre des pins et de l'arrangement soigneux de la vigne.

Ensuite, j'imagine, parce que je suis né en pays de Lorraine et que mes origines, les traces que j'en aurais pu trouver, ont toujours été perturbées par les cicatrices des guerres. Ainsi sommes-nous déracinés, gens de l'Est, condamnés à l'errance, qui n'avons jamais eu de maison de famille.

En mariant ma femme de Gascogne, j'ai épousé le salmis de palombes, des mobiliers fixes et des descendances reculées. Ma parenté habite Villandraut ou Roaillan. Et si Uzeste nous a choisis, croyez bien, c'est que le piège était tendu depuis longtemps par Celui qui surveille du plus haut le vaste contour de l'horizon. Je suis sûr que nous étions enfermés dans son poing. La maison était là, au bord de la route, calme comme un mystère organisé. Ainsi disent les lieux qu'il faut retourner d'où l'on est issu par prédestination.

Voyez, mes compagnons de village, c'est mon brevet que j'achète avec mes mots. Et je n'ai rien caché. Je suis puce dans cette affaire de Gironde. Pièce rapportée. Présomptueux arrogant de me vouloir glisser dans le complot qui vante vos douceurs d'Aquitaine. Mais j'ai pour excuse d'aimer le bon vivre, le grand manger, le beaucoup boire, vos familles et la terre.

Ce que j'écrirai sur vous me sera dicté par des arbres fraternels. J'aime l'humidité de l'automne. L'odeur des feuilles mortes et des champignons. J'aime respirer l'humus où sommeillent des milliers de vies terminées. Je n'ai pas peur de la dernière promenade. J'aime palper les murs de ma demeure qui enferment le lointain écho de la joie, de la confiance et des promesses. J'aime le ciel mourant, ce dernier halo blafard qui dit l'attente, la certitude et la fidélité des âmes.

Ce soir, je vous regarde vous endormir, gens d'Uzeste,
gens de Gironde. Bien sûr, je ne pourrai rien entreprendre sans vous.

19

C E SOIR, dans ma maison d'Uzeste, je garde un moment
ma salive dans mon gosier. J'attends longtemps avant
de l'avaler. Les fourmis de printemps sont revenues. J'en ai
tué des centaines qui traversaient la blancheur de mon
papier. Ce sont de petites fourmis. Cohortes. Elles ont des
crochets au bout des pattes. Une race entêtée. Avec un
parapluie. Peut-être bien des dents pour mordre. Elles
résistent à la bombe à tuer. Kapo superactif.
    Le Bien, le Mal? J'ai la sueur du front pour moi! Je
travaille! Je parle à mes bœufs. *Ha Lauret! Tcharca, Rou-
get!* Je froisse du brouillon. Rature. Efface. Chicane. *Boun
Diu de Dius! Biet-d'asouot!* je peux en causer!
    Il m'est arrivé d'être renversé au milieu de mes plumes,
comme un coq de combat. J'ai pensé au moins trois fois au
suicide comme une façon de tirer les ficelles vers un acte
d'amour. Moulin sans vent. Poumons sans air. Je rêvais
d'aller à calenche. Qu'on me foute la paix! Les énergumènes. Les universitaires. Les fins experts. Les ras du mot.
Les syllabeux du verbe. Tous cupides par le petit. Posses-
seurs attitrés du langage, noceurs ès sémantique, balénop-
tères balèzes couronnés par l'épicerie du savoir.
    J'en gerbe! Je ne connais rien! Je ne veux rien savoir!
Juste comprendre au naturel. M'approcher de ce qui bouge,
mon véritable penchant. Chaque jour débuter dans une
maison claire. Avec le chant des oiseaux. Et le vaste horizon.
    Chasse libre!
    Souvent, mes sens ont répondu à des cris, des appels, des
connivences. J'ai aimé les saisons. J'ai eu compassion pour

les différents, les rebutés. Sans frais, dès les beaux jours de ma jeunesse, j'ai adoré les femmes. Lapereau des garennes de la feuille à l'envers, elles me passaient au fer chaud. Sans doute aurais-je pu faire mieux avec elles. Brûler mes yeux, me soûler comme un cocher à l'amour. Mais les choses n'allaient pas ainsi. Pas que je me ravise ou me renie ! Parmi toutes les musiques à choisir, seule l'étreinte échangée avec ma femme est devenue pur bonheur. Après, la férocité des jours nous a faits. Nous avons eu froid en même temps. Et chaud. Et sommeil. Même notre peur de nous perdre, nous l'avons inventée, sans que jamais l'ennui survienne. Victoire est ce qui a jamais compté.

Plus que tous les autres êtres, ce fils différent que nous avons enfanté m'a fourni la raison du grand voyage de l'existence. Vie Ripolin. Un entrelacs de couleurs sans importance pour d'autres que moi.

Tenez, à ma montre, trente secondes viennent de s'en aller.

Longtemps j'écoute fondre le temps démesurément vite par cette première journée de grande chaleur.

Dehors, par la fenêtre, il y a dans l'air une espérance très lointaine et très pure. Le chant des oiseaux s'estompe. Je ne décrocherai pas le téléphone.

A Barjols, Var, Benjamin, un pansement autour du poignet, sept points de suture, une étoile de mort sur la veine bleue, soulève la gaze, examine sa plaie recousue. Il se souvient du va-et-vient de l'alêne du médecin fouillant sa chair. Il s'approche d'une vitre et pose sa main dessus, bien à plat. Il en palpe la transparence trompeuse, avec haine, avec affection, comme pour en tester la résistance. Il a dans sa paume en réserve une foultitude de tapes. Pendant des années, il aura à sa disposition des millions de façons de frapper la vitre. De pénétrer par effraction dans le monde des Zautres. D'accéder à la violence, à la force, à la colère zautres. Ses yeux chassent vers le haut. Ses prunelles s'imprègnent d'une lueur dangereuse. Un sourire mince traverse son visage. La réponse définitive est très simple. C'est dans sa tête que tout se passe. Il expire avec violence son souffle par le larynx. En même temps, il déploie ses doigts en éventail. Hhhunh! Hhhuunn! Un hennissement de trachée artère. Benjamin vient à l'instant d'inventer le rire de l'homme blessé.

Pas plus qu'hier, je n'écrirai ce soir.

LUNDI : Ça prête beaucoup à déconner, ces confidences. La vérité sur mon silence est que je suis retombé dans un marasme bien tordu.

Celui qui vit dans une bouteille stimule la vie mais devient un chevalier nain. A force de ciel demi-bleu, de minuscules desseins ourdis sous une lampe 100 watts, il se fraye un chemin difficile jusqu'à ses obsessions. Il n'y a aucune raison que le téléphone sonne pour annoncer une mauvaise nouvelle, mais en face de moi je distingue bien des menaces. Je m'attends d'un instant à l'autre à subir une nouvelle agression de la part de Papy Morelli et sa Section Haine de l'Espoir. Mes valises sont faites. La Saab est prête à trancher l'air. J'irai au bout de l'autoroute.

Je consulte ma montre. En cent vingt-quatre secondes, je m'offre quelques petites vacances en Floride avec Lauren Bacall. Madame Arthur, ma chatte de bureau, me couve d'un regard interrogateur. Ses yeux de topaze en pleine lumière sont fantastiques comme des tremblements de terre. Satisfaite sous mes caresses, elle me regarde avec la reconnaissance d'une femme riche. Elle a déposé trois cadavres de mulots devant ma porte. Son corps est un cirque de velours doux et vivant. Dans ses prunelles apparaissent de manière fugace des images de désir vif-argent. C'est bizarre qu'elle soit femme mais elle ne se doute de rien.

Je lui parle à l'oreille. Alors elle demande à sortir. Et vers minuit je l'entends se faire baiser sur le toit de la grange. Elle pousse des cris affreux. Des cris à sculpter les potirons. Je me sens un peu contrarié qu'elle attrape une ribambelle de gosses tigrés qui ne seront jamais de nous.

A sept cents kilomètres de là, pour la trentième fois consécutive, Benjamin entonne au fond de sa gorge le rire de l'homme blessé. Doucement, comme s'il allait arriver quelque chose d'intéressant, il gratte sa plaie. Et c'est sa façon d'avoir mal avec une grande précision.

Je n'écrirai rien ce soir.

J'avance ma chaise pour la placer de façon excellente juste en face de la corbeille à papier où dorment mes enfants morts, mes brouillons peints en noir. D'un œil ensommeillé, je regarde passer pour plus tard l'enterrement hologramme du baron de Monstatruc. L'image n'est pas nette.

Encore, la nuit avance.

FICTION (toujours en panne) : Inconscient de son avenir, neyé dans la baille de son bain, monsieur de Montallier s'enrhume dans le vilain courant d'air de son castèts au fond des bois et fait des projets de fièvre pour se rendre intéressant.

La goutte au blair, emmouscaillé en son eau de crasse, il se tapote les paupières avec un mouchoir d'une blancheur de lune.

Hanté par des pensées funestes, abandonné de tous, il attrape la queue morbide d'un cerf-volant noir. Au moindre bruit, il sursaute. Il a peur qu'on l'assassine. Que va faire de lui l'auteur? S'il ne l'appelle pas sur l'écran, c'est sans doute que son arrêt de mort est décrété.

L'épouvante du gentilhomme est si grande qu'il fixe intensément les profondeurs de l'ordinateur. A chaque instant de sa vie en 578 K de personnage couché sur papier 80 grammes, la corbeille électronique peut se transformer en tombeau. Lorsqu'il referme les yeux sur son obscurité menaçante, il voit des épines qui ressemblent aux pointes barbares d'une masse d'arme.

Adieu, bahule! Fiers coups de gueule. Chacailleries de gascoun! Au bout de ces journasses d'ennui, le seigneur de Montallier n'a plus goût ni vocation à licher ses vins de Graves. Même son chien Omnibus l'a quitté.

Le baron perclus, entrogné dans son malheur, ouvre sa main gauche et la consulte. Sa ligne de chance périclite, s'évapore en infimes ruisseaux à la surface de sa paume nacrée et fripée comme celle d'un grand noyé.

Soudain, l'envie de faire fleurir son sexe, inestimable joyau, le prend. Il pogne ses génitoires, cajole et repasse le vieux cuir de ce dardillon qu'il a beaucoup estimé. Il aimerait tant branler sa roideur de muscle vertical. Entendre battre en ses veines le grand flot de mascaret. Respirer l'odeur de l'encre. Naître dans un livre.

Mais rien. Floche fouette d'autres chats.

Avec des précautions dans la voix, comme quelqu'un qui a perdu ses phrases, Arthur, dépecé jusqu'à l'âme, interroge le prépuce serré sur son frein :

— Zigburne la zigonia?

Zigburne pas.

Pourtant, le printemps est dans le parc.

CARNETS POLAROÏDS : Lorsqu'il a dépassé le midi de son existence, que les odeurs douceâtres de la société de renoncement, presque à vomir, le laissent sur le sable — sans idée, ni rêve, ni désir —, il est singulièrement beau et frais et inusuel pour l'homme, inconscient d'une si grande occasion, de revenir sur le lieu de sa naissance et de le contempler avec de nouveaux yeux d'enfant.

Ainsi en fut-il ce jour récent où, fuyant le gaz d'égout épandu par des haleines en cabale, je laissai piailler les vicieux jetards et repassai par ma Lorraine. Ce que vous lisez est écrit bien clair! Rien qu'à la revisiter, caverne aux souvenirs splendides, j'ai senti sous mes paupières la brûlure de larmes imprévues. J'étais assis par terre, dos contre un arbre à mirabelles. Le ciel me semblait un jardin de feu. J'étais en mon pays. Sans honte, je lui appartenais. Sans honte, j'ai laissé faire fontaine à mes larmes, garant que celui qui s'écarte de sa terre n'y peut mais. Il est tenu en laisse. Le pays natal est en nous. Il chemine.

C'est d'abord ce doux, cet humble commencement, bien planté avec l'aide du temps. Ensuite, au milieu de l'âge, c'est la poigne qui vous rehisse aux heures d'incertitude. A la fin, devant le grand fleuve, rouge du sang des héros, c'est la barque du passeur emplie d'images déteintes qui revogue devant nos yeux pour la moindre douceur de cœur. Perle des sens. Buée des plaintes, hachis de batailles. Grands mutilés. Charges de fougue. Grivetons bleu horizon, poilus de la Quatorze. Enterrés du fort de Vaux. Ossuaires. Rêve de charniers. Sommeil de cendres.

Quand je me présenterai devant le grand juge du ciel, seul dans le pré, je sais désormais que derrière moi se tiendra un arbre à mirabelles, avec ses fleurs blanches. Terre de Lorraine est ma cuirasse.

Le Pays est là.

Il bouge.

Qu'importe si le poids de la destinée vous tient longtemps éloigné de la maison des premiers parfums. Qu'importe! Toujours, à point nommé, il resurgit. Il sourd, lymphe de peau, éternité de chaque seconde, enfoui, sagesse immobile, et vous rend patient comme une eau captive, prisonnier à jamais d'une unité vivante, d'un foisonnement, d'une hérédité, d'une responsabilité, d'un atavisme où la perspective de l'anéantissement de chair s'inscrit sans bonté, sans méchanceté non plus — simplement vous place sans drame dans la lignée d'un héritage de tumulte, de sang versé et d'endurance, mais porteur des vies qui sont à naître.

Lorraine est chardon. Ici, tout se gagne. Le travail est bataille. La terre est force et meurtrissure. Les statues des anciens morts vous parlent à l'oreille.

Lorraine est modestie. Elle avance sans fard. Doucement, fermement naturelle. Elle s'est forgé trois vérités, la volonté, le devoir et l'espérance.

Lorraine est force que rien ne contrebat. Pourtant, une fois, j'ai retenu mon souffle. Lorraine m'a fait peur! Les yeux crevés, j'ai eu grand souci que son chagrin l'emporte. Les images sont toujours trop bruyantes. Qui ne se souvient des mains d'acier mortes, au ras du sol minier, de ces doigts de rouille appelant les étoiles?

Lorraine est sans plaintes. Rarement se mutine. Mais son grondement est féroce. Chez elle, point d'esbroufe. Point de faux-semblant. Brave pour commencer, elle redouble s'il s'agit de vaillance. Intrépide, héroïque en sa jupe de Meuse. Idéaliste. Inventive. Moderne sans céder à la mode. Et jamais mythomane.

Lorraine est par-dessus la foule. Elle est celle sur qui l'on peut compter. Au carrefour de l'Europe, l'or du sang s'éteint dans le soir. Lorraine sourit. De Woèvre en Vermois, de Bassigny jusqu'au bleu des Vosges, elle a les yeux attentifs. Sur sa bouche, une question sans réponse. Caresse du vent, ses cheveux cendrés volettent. Dans l'air flotte un espoir très pur.

Terre de la Meurthe et de la Moselle, terre de la Fentsch et de la Chiers, Lorraine elle est. Elle va. Elle demeure.

MARDI : Soignez-moi surtout! Je renais du soleil!

Dans cinq jours, j'aurai soixante ans. Ce matin, alors que nous déjeunions, Victoire s'est dressée comme un ressort. Un camion s'était arrêté devant la grille. « J'en fais mon affaire. » Elle est partie en direction du parc. Plus tard, depuis la fenêtre du bureau, je l'ai aperçue tout au bout de la pelouse, à l'ombre des trembles, le long du ruisseau — sa longue silhouette. Elle parlait à un homme chauve.

A la mi-journée, le soleil est passé au-dessus du catalpa qui prend ses premières pousses. J'ai entendu sonner la cloche de la collégiale. J'ai quitté mon travail. En passant devant la croisée, j'ai vu la grandiose couronne de fleurs ouvertes d'un rhododendron géant trônant au fond du parc. C'était un arbre d'au moins dix ans d'âge. Sa somptueuse mosaïque améthyste écartait d'un coup tous les problèmes sur cette terre.

Une fois encore, mon cœur a bondi de joie. Je savais que Victoire venait de trouver une de ces choses dont j'ai besoin pour avancer. C'est une sacrée fille. Je n'en aurai jamais fini avec elle. Comme si aimer était la mission de sa vie.

Je me suis calmé un peu. Je l'ai croisée à la souillarde. Son sourire était inscrit sur ses longues jupes. Mais sa bouche était sérieuse. Elle dégivrait le congélateur et se brûlait les mains avec le froid. « Ote-toi de mon chemin, *les zinutiles*! » Elle avait un accélérateur dans le corps. La façon qu'elle voltigeait pour s'activer, pas la peine de compter sur son aide. Je me suis jeté à l'eau. Je crois bien que j'ai dit : « Jamais on ne m'a offert un si gros bouquet pour mon anniversaire ! » Elle a tourné vers moi ses yeux bleus. La structure charpentée de son visage énergique. Elle a continué à s'affairer. Peut-être que je n'en avais pas encore dit assez.

J'ai ajouté :

— Après tant d'années que je suis né, c'est assurément un des plus gigantesques rhododendrons qu'il m'ait été donné de voir. Un des plus faramineux qu'on puisse observer dans toute la France...

— Pas du tout, mon amour, a tranché Victoire en nuançant sa voix du délicieux velours de la cruauté. Tu ne te souviens pas ? Les plus gros, les plus sublimes rhododendrons que nous ayons jamais observés toi et moi se trouvent en Corrèze.

Elle riait de ma défaite. Ça m'embêtait assez peu d'avoir perdu la maîtrise du monde. Je l'ai regardée pour lui dire que même si je n'avais pas la mémoire aussi fidèle qu'elle, notre amour était ce qui planait le plus haut ce jour-là dans le ciel d'Uzeste.

Nous avons affronté un de ces silences que l'emboîtement de nos corps a rempli. Ses lèvres étaient douces, délivrées de toute arrière-pensée. Tenon et mortaise, nous connaissions bien la plénitude de la tendresse.

Et comme c'était chouette d'être un héros de soixante ans, elle m'a pris par le bras. Nous sommes allés rendre visite à la plante au fond du parc.

Elle a dit :

— Tu vois, à l'endroit exact où nous nous tenons, demain, il y aura une table, un banc de pierre. Un coin pour rêver.

Samothrace s'appuyait sur moi. Elle était calme et fatiguée.

JEUDI : Merde de moi ! Si je me désenlisais du présent qui stagne est-ce que je n'arriverais pas à boutiquer le futur? Il n'y a pas d'intangible. Tout est mouvance. Prenez le baron, justement : je l'ai laissé mariner dans son bain. Bon. Aussi bien, je pourrais l'en sortir.

Je ne veux faire aucun pronostic, mais j'entrevois mon canevas.

VENDREDI : Le baron! Cher Arthur de Pompéjac! Sa façon d'être riche, maintenant qu'il va être ruiné par ses gendres et qu'il se trouve assiégé en son castèts par la meute des spéculateurs, pourrait fort bien consister à vivoter sur place. A se débarrasser des contingences. A tourner zen. Ou écolo à cinq rangs de tomates. Culture biologique dans son jardin d'enceinte. Pas une once de désherbant, de nitrate ou de tue-limaces. Une façon de se retrouver un peu d'âme. Un enchantement. Une gaieté surtout. Une raison de respirer la terre à l'abri des ordures en eaux grasses. De raccommoder le temps. De donner un coup de loupe sur l'infiniment petit et de connaître ces joies minuscules d'une fleur au jardin.

ACTUA-TILT

En tous lieux, c'est pathétique! Le truc de la destruction est à chialer. Srebrenica est écrasée sous les bombes. La population civile est affamée. En Algérie, en Egypte, ça saigne et ça s'enfièvre. Ramadan sanglant, le FIS frappe à la tête. Allah akbhar! les scènes d'agonie, tout ce que vous voulez, on en rote! Le Hezbollah rallume le brasier de la violence au Liban. A Gaza, tout Israël rugit! Ailleurs, les pavés de l'ours s'amoncellent. Alerte rouge au Caucase : terrés dans des tranchées, les Géorgiens mènent une guerre de position face aux nationalistes abkhazes soutenus par les Cosaques. L'Occident se porte au chevet de la Russie qui fait cocotte-minute. Salman Rushdie est en visite à Paris. L'Iran maintient sa menace de mort. Les compagnies aériennes suisses refusent de transporter le romancier. Et ça n'est pas finish. *Pas d'anglais! Pas d'anglais!* Chez nous, grande bourriquerie de préfecture! Le maquereau renifle à cent mètres. On glisse, on patine sur la raie, le colin, la sardine. Les marins-pêcheurs expriment leur colère face à la grande flicaille. Les Bretons, les Normands sont à marée haute. Un policier est grièvement blessé par une fusée de détresse. Mais j'oublie sûrement du cambouis, des kystes et des frasques, cette semaine, et la coulure politique n'est pas plus

rassurante. Fleuve de boue sur les tapis des Gobelins. Peu scrupu-
leuses tables d'hôtes, pots-de-vin et entremises. Les Ministères
grelottent sous les lustres. Les dorures s'écaillent. Les dossiers
disparaissent. En d'autres points, ils resurgissent. La gauche française coule, la droite souque. La morale est minée et ça finira mal.
A Neuilly, Chaban-Delmas est bien malade. A Burdigala, le buste
de François Mauriac a disparu. A Villandraut, trois morts au
carrefour du Credo.

SAMEDI : Encore le baron me turlure.

C'est qu'il dépérit à vue d'œil. Ma santé prend le chemin
de la sienne. Pour autant, avec son fichu caractère, ses
habitudes d'énergumène, ses envies de sexe, sa soif d'idéal
et sa force de gueule, l'envoyer sur les routes, lui qui ne
rêve que de clouer les cons aux moulins, est-ce du bien
raisonnable ? J'ai peur assez que la foule des margoulins
l'assassine ! Que la bobardise le jette à bas. Je ne sais pas
moi-même ce que je vais faire. Le monde me boit. Je suis
aux gradins. La musique timbale dans l'arène et cacophone
plein pot ! Les télés, les zéditorios, les gazetteries ronflent !
Feu de cheminée partout ! C'est même pas à en parler ! Jour
après jour. Ce qu'ils arrivent à vendre ! A caser ! Des salades
pareilles ! Des photos d'écorchés ! Des opinions sur rue ! De
la vidéo indélébile ! *Clic clac*, les petits fiancés de Yougosla-
vie. *Mesdames, messieurs, bonsoir*, leurs cadavres enlacés
pourrissent sous les balles. *Vous reprendrez bien un peu de
choucroûte, bonne maman ?* Des enfants de cinq ans avec
des cheveux blancs sont terrés dans les ruines de Sarajevo.
*Arrête de jouer avec ton billard électronique, Tristan ! Switch
of your super Nintendo, Gary boy !* Au coucher du soleil, le
ciel de Californie s'embrase en direct sur CNN. Waco de la
libre Amérique regarde brûler les bafouilleux mystiques de
ses sectes. *Encore un peu de salad-cream, mein schatz ?* En
Teutonie, les malfaisants font rôtir les Turcs par immeubles
entiers. C'est du guingois, ça, où je ne m'y connais pas. *T'as
ti pris ta pilule, Thérèse ?* Human-bomb à la maternelle
Charcot de Neuilly. *Ou bien fais-toi ligaturer les trompes.* Les
18-25 ans déboussolés. Nos chacailles fachos font la loi au
Parc des Princes. Dans un pub des faubourgs de Notting-
ham, Ian Stewart, le chanteur skin de Screwdriver, descend

sa pinte et rêve à l'Europe de la haine. Il répète qu'il déteste Londres, cet endroit plein de Noirs, de gens de gauche et d'Irlandais. Des potaches tuent leur copain à coups de batte de base-ball. *Si la terre n'a pas éclaté demain, je gratterai bien un banco.* Glué par les abrutisseurs, je voudrais mourir de rire. Les cieux sont quand même un peu lourds. Migraines et noirs bastringues! Tous ces délits de sale gueule qui se préparent. Foison! Papiers, siouplaît! Ah, il y a intérêt à être french! A relancer le béret basque. Au train où va le cirque, nous irons tous à la gangrène! à la rue! au chômage! Nouveaux pauvres! Nouveaux barbares! Grotesque hallali! Quoi, repiquer à l'Ordre? On ne baise pas la société propre avec un grand préservatif! Personne ne sait plus arrêter cette scorpionnerie gigogne. Et en surplus, la hâte! L'affolement vaniteux! L'argent! Le pognon! Le pèze! Money! Ah, ça! pas perdre une minute! Mes congs! à ce train-là, je flanche. L'orchestre va de la bande et casse ses baguettes, ses archets, rend ses cuivres et ses pupitres. C'est trop! Tremblante dans son décolleté, madame Castagnéra Benamour Delafize-Gloumeau, notre cantatrice un peu blèche, pourtant une des plus ferventes voix du répertoire, reste la bouche bée et ne sait plus quelle note il faut donner. Face à la hideur, à la réalité qui s'écaille, la fiction prend un pet. L'imagination perd ses plumes. Paralysie radiale. Le roman boit la tasse. Devient factuelle chronique. Journal. Fax. Rage.

S'assèche. Date. S'embrève. Rappe.

VENDREDI (ENTRACTE) : Cacahuètes. Chocolats. Bonbons menthe. Esquimaux glacés.

Sous les lustres, une femme rafistolée ragote. Exploits d'une époque révolue. Après l'orage des cymbales, j'en conviens, quelle manne et miettes, le spectacle de la salle!

Dans les travées, au fond des fauteuils de velours rouge, on babille. On joue avec sa chevalière. On lève les yeux au balcon. On salue une analyse d'urine. Une star de cinoche. Un vivant reproche à trois rangs de perles qui tapent la cinquantaine. Séduisants vautours! Fétides haleines! Toujours les tortilleries de serpent feront mal.

La corporation morticole visse ses crocs à venin. Ces
messieurs de la Critique montent au fiel. On s'apprête à
dépecer. Chasse libre. Curée. Vous avez lu Machin?... Son
bouquin jaune?... Symphonie-Truc? Je l'ai ouvert... Simple
survol! En diagonale! Juste pour dire! Que vous en
semble? C'est astape un torchon pareil! Tout dégringole! Y
a plus de limites! Admettons, mais ça tranche... Aplatissez
le coup! Vous défendez ça? Non pas! Mais Coquelin-Lem-
bourbé et le jeune Roufignac les Flageolles y voient du
tragique et du rire. Et puis, disent-ils, il y a le style... Le
style! Quel style? Et quand bien même? Trêve de muserie,
mon cher Confrère! Arrêtez vos craques! Faut-il pour une
simple musique de mots laisser psalmodier un olibrius
pareil sur presse Cameron? Mille fois raison! Il n'est pas du
cénacle. Encore moins des Frères de la Côte. Il vit à la
campagne. S'oursifie à vue d'œil. C'est à assassiner sur trois
colonnes! Pour le discours que ça tient! Pour cet énervement qui gratte, cette fièvre au croupion! Cette mutinerie
pas convenable. Tout ce français parlé. Cette ligne émotive.
Ces adjectifs mélioratifs. Il est à buter, ce type! Avec ses
mots qui dérouillent. Sa santé excellente. C'est énervant, ce
Floche! Ce Vautrin sous la cendre! C'est un roman détruit
qui mériterait des haines! Ganelon celui qui veut sortir du
labyrinthe des écrits feutrés! Qu'on nous rende au plus vite
cette bonne vieille littérature déteinte! Tenez, je suis pour
le retour de la petite robe noire. De la madeleine! Que vive
le bruit des râteaux sur les allées des parcs! Foutre!
L'époque est assez exposée! Donnez-nous de l'ombre! Du
gravier de rivière sous les pas! Du cèdre millénaire! Du
mystère bourgeoisant! Que diable! Ayons de la pudeur, un
peu! Cessons de nous habiller court avec les phrases! De
regarder notre siècle vulgaire! Les territoires du roma-
nesque sont énormes! Du terroir de Mauriac à l'adultère
ordinaire, de la vaillance humaine aux histoires d'usufruit,
il y avait de quoi raconter assez, il me semble! Balzac, tout
de même!

A deux rangs de là, l'œil aux aguets, les oreilles aplaties
sur la tête, une ancienne cantatrice de l'avant-Delafize-

Gloumeau picore sa peau talquée, la laboure du bec de ses ongles manucurés. Elle ravive au rouge le naufrage de ses seins en friche. Elle se griffe. Elle bat ratatouille avec ses chairs froissées. Elle en fait des escalopes, des œufs, des pommes de terre et des fruits d'arrière-saison.

Elle s'excite de ce qu'elle voit... Ces gens qui passent... A un moment, elle ôte ses mains de son corsage. Elle ramasse tous ses restes. Elle se penche un peu en avant vers son vis-à-vis.

— Çui-là-kicé?... Pourtant-j'-connais-son-nom. Et Machin-veau, là? Le pas plus gros que mon doigt... Il me regarde dans les yeux... J'l'ai vu l'aut'soir à la télé. Avec son teint blafard, sa hâte hystérique, il râle dans sa crotte! Il n'a pas voulu crever l'an dernier. Il a une maladie artiste...

Cher ami! Comment va-ce?... Je suis cassé, raide. Transfusé de travers après un double pontage. Je n'en ai plus que pour six mois. Pauvre cher et tendre! Mille baisers! Je vous plains! Merci tant! Merci beaucoup! Les chrysanthèmes comptent les heures de mes nuits. Ah! Mon bel ami! Vous surmonterez votre épreuve! Je m'y emploie... Ce doit être si dur de tenir son génie au-dessus de la crasse!... Paris me hisse. Me porte à bout de bras!... Vous souriez, Thérèse? Non pas! Je vous plains, je vous admire! Grossir les rangs de tous ces morts aimés que nous connaissions bien!

Sourire las. Sourires mouillés. Les yeux au fond des yeux, on jouit à l'agonie. L'émotion mouche. On se souvient des mercredis sous la cendre.

— J'ai tant aimé triquer, Thérèse...

— Je sais. Je sais. Je me souviens un peu.

Et puis, volte! Parfum. Farce!

Excusez-moi, je m'échappe! le concert m'appelle!... Le maestro revient au pupitre! Tiens, comme il a pris du ventre!

LUNDI : Aujourd'hui, je suis un soleil. Les pivoines pomponnent. Les rosiers croulent. Il fait un temps de bicyclette. Des idées assez saines baguenaudent sous mon crâne.

Sur un petit carnet, au fond du parc, je vois des scènes pour demain.

LUNDI DONC, ET TOUTE LA JOURNÉE : Coiffé d'une casquette irlandaise taille XL, flanqué de son valet trogneux, le baron de Monstatruc pédalera comme un forcené sur son grand tandem Alcyon. Tout de suite se dessinera l'aventure de la grande quête. Mes cyclistes dandineront sur une route nationale très droite, battue par le vent atlantique. Au loin se dessinera une auberge pour ces voyageurs du mauvais temps. Les genoux trempés par une pluie diagonale, visitant le monde comme une seule chose de grand prix, le baron s'apercevra qu'on ne reçoit pas la sagesse comme un bol d'infusion. Il verra qu'il faut la découvrir soi-même. Après un trajet que personne ne peut faire à notre place. A force de scepticisme ricanant, il comprendra petit à petit que le vent, le picotement de la pluie, la fatigue dans les jambes, la rumeur de la ville et la vacherie des hommes sont à considérer comme un seul et unique événement aux multiples facettes, un moment du présent perpétuel.

Il fera roue libre et juchant les pieds sur le garde-boue décrétera la halte.

— Mordious, Brancouillu! J'ai la jipe jape! L'estomac dans les cale-pieds!

Encore une flaque, l'équipage poussera la porte de l'auberge, écoutera la rumeur et la tchache de nombreuses personnes exaltées gringonnant au fond des souillardes, marchera dans un long couloir cuivré par le tumulte des plats et marmites entrechoqués par des marmitons invisibles.

Monsieur de Monstatruc aura son brantolayre couillu qui le suivra tout quintous, marquant à la culotte, et traviole sur ses guimbelets pour cause d'un reliquat de cuite. Désabusé par la déconnerie des économistes, la relance du profit, les horions de grève, le larbin cégétisé portera sur l'épaule leurs sacs, la gourde de vin de route et une canevelle de bambou pour aller à la pêche. Il en aura flac du peu, du rien, des lacrymogènes et du social.

Les deux compagnons entreront dans la salle enfumée. Le grand nez d'Arthur de Montallier s'ouvrira aux odeurs de fraîchin, de bière et de pétune. Du coin de l'œil, il mirera

une gigasse en décolleté de pointe qui croquera une choco-
latine en cimant ses clients au coin d'un juqueboxe. Il
joindra son appétit colossal à celui de 37 camionneurs dont
13 espingouins venus d'Irun qui déchireront à belles dents
des brochettes d'anguilles grillées sur la braise de sarments. Enfin, il étendra ses mains à la rencontre du feu
bondissant dans la cheminée.

Après boire l'armagnac, l'estomac bien civilisé de nourriture, il s'esquirchinera, le gascoun, à tout connaître,
comprendre, aimer. Il saluera les dames, il chantonnera
dans le rythme.

Il acceptera.

Si j'écrivais ce soir.

20

CAMÉRA-BOOK : Le vigneron est sage qui est tout au
présent et garde la mémoire.

Le voyage des hommes ne s'accomplit dans la richesse du
cœur et des idées que s'il y a rapport entre le dedans et le
dehors.

Si loin que je me retourne pour apercevoir la vérité de
ma vie, je vois des carrefours. Au fond du voyage, un
paquebot cinglant vers les Indes. Des terres de mousson
festonnées de couleurs. Violence et misère. Sortilèges et
intolérance.

A Bombay, fils Floche, envoyé pour enseigner la littérature à l'Université, j'ai été la patte blanche d'un mille-
pattes de coton blanc courant à sauve-qui-peut pour échapper à la déraison déferlante de la foule. J'ai hurlé du même
cri que toutes les gorges de l'homme qui s'apprête à mourir.

Maharashtriens contre Gujrati, des multitudes de gens
acharnés à se haïr jetaient des ampoules d'acide, cherchaient à s'égorger. Les grands chevaux de police char-
geaient à sabots fendus. Leurs fers glissants les écartelaient

sur les trottoirs. Jetaient des pointes de feu. Les fuyards refluaient en grappes indistinctes. Les globes de leurs yeux s'exorbitaient en implorant le ciel. J'ai entendu le bruit des battes fracassant les crânes. J'ai vu le sang des hommes couler dans les caniveaux. Je jure que j'ai prié Dieu de m'épargner dans son aveugle colère.

Plus loin dans le film de mon âge — passent les séquences, passe le film des jours — j'enjambe les années. Tantôt nos pieds sont lourds, tantôt tiédit une jolie brise sur des fleurs sauvages.

J'ai en tête la vision cinématographique de douzaines d'images rectangulaires.

Je vois. Je vois moi, couché avec cette fille intelligente, Lee Sprite, c'est ainsi qu'elle s'appelait.

Elle était hôtesse de l'air à Air India. J'aimais les poissons de ses yeux.

Qui étais-je à cette époque? Qui étais-je moi si mince? Quelle apparence, quelle réalité avais-je, insipide jeune homme trop enclin à capturer les fausses notes?

Quelle vanité? Pourquoi tant de chaleur, ce fameux après-midi, à l'escale de Karachi?

Lee Sprite et moi, nous sommes exactement sur le même lit, comme je nous ai laissés dans mon souvenir. Miss Sprite me regarde en souriant. Elle abaisse doucement le drap jusqu'à hauteur de l'arrondi de ses seins, puis plus bas. Encore plus bas. Elle glisse sa main dans la mienne. Elle guide ma paume dans son slip. Elle coule mes doigts le long de la raie de son cul. Elle perche mon index sur la corolle de son anus. Ça a l'air drôlement mystérieux, miss Sprite. Ça a l'air drôlement mystérieux.

J'envahis brusquement des kilomètres de marécages. La lumière change au fond des yeux bridés de ma Chinoise.

— Que s'est-il passé à l'instant, Charlie Floche? demande-t-elle.

Un frisson lui parcourt le dos.

Ses grenouilles se jettent dans la mare. Nos pieds s'entre-mêlent. Nos yeux font sargasses.

— Fais-moi un petit cadeau supplémentaire, homme

jeune! souffle-t-elle. Enfonce-toi plus loin, dans le coin des serpents.

Elle remercie très gentiment. Je la califourche par où elle veut. L'estuaire de son sexe devient une tempête de fleurs. Cette espèce d'accélération me fascine toujours. Qu'on me foute la paix, du reste! L'embouchure cannelée de Lee Sprite était un sable blanc où j'ai aimé mourir. Quels abaissements secrets de nos corps n'avons-nous pas rangé depuis dans notre cicatrice? Je venais à peine de briser ma coquille. Dans la pénombre, les collines tremblantes des fesses de Lee Sprite renvoient au mirage blafard de ses yeux blancs. Sodome la faisait partir folle. Sans cesse, elle m'entraînait dans sa chair comme un poignard. Sous moi, je l'entends crier pour faire venir mes abeilles. Pique! Pique! Elle se débat contre elle-même en chinois, coule entre mes doigts jusqu'à l'éblouissement. Dans un gémissement partagé, nous nous abattons dans l'ombre. Nous parvenons jusqu'aux limbes. Son moteur ronronne toujours au ralenti. Encore une fois, voilà le film qui s'emballe. Gare à la dégrenne! En 1958, par téléphone des Bahamas, Miss Sprite vient de me faire signe. Transmise par câbles sous-marins, sa voix de porcelaine passe en pointillés sous les nageoires d'un banc de requins-marteaux avant d'arriver jusqu'au récepteur-bigophone que je viens de soulever au 34, rue de Babylone.

Lee Sprite s'est mariée l'année dernière à un gentil vieux pédé riche avec une casquette de yachtman. Elle voyage maintenant pour son seul plaisir de dame internationale. Elle se cultive au hasard des palaces. Lorsque le second réacteur de son jet personnel prend feu, elle est absorbée à relire les romanciers russes avec un gorgée de vermouth dans la bouche.

Dommage qu'elle soit morte dans un accident d'aviation, Miss Sprite.

CARNETS POLAROÏDS : Automne après automne, toute sagesse avalée, un animal furieux vit en moi. Les femmes sont belles. Les amoureux babillards. La dévergonde de mes pensées me ramène au souvenir luisant des belles dont j'ai abordé le ventre.

Mon esprit obsédé par ma mort divague jusqu'à l'extrême limite de ses forces. Cinq cents oiseaux blancs s'envolent dans une région proche de mon front et de mes tempes. Alors plus fort que moi, je joue avec des improvisations méchantes. Des chansons à répondre. Fredons, roulades et rémolades de destin. Et puis, vertus Dieu! En ces temps si secs à l'amour, du moins je trouve qu'il faut se jeter jusqu'au fond de la mer, infini de poissons et malrage de lavantes tempêtes! Tant et si bien que, puisqu'en votre compagnie je suis parti pour traquer le vent des ouragans aux prénoms de femme, souffrez un peu que je vous raconte mes amours de paquebot.

Partir à vingt-trois ans! aller embrasser le monde, errer les yeux au ciel de nuit, fouiller la mer entre ses rutilances, engloutir ses pensées dans le moment pourpre du coucher de soleil, voilà l'heureuse destinée qui fut la mienne! C'est à cela que je retourne maintenant, qui fut ma chance de traverser cette première partie de la vie avec arrogance.

En juillet 1955, le port de Gênes recule dans le sillage du SS *Sunrise*. Un instant, son dessin réaliste apparaît comme un bel exercice bleu en pleine lumière. Une affiche par Cassandre. Des boum-boum lents et sourds ébranlent la coque. Les passagers penchés sur la main courante s'interpellent. Un Anglais lance un penny en l'air, le rattrape et le plaque sur le dos de sa main. Des enfants se poursuivent autour d'une malle-cabine. Une inconnue pleure en fixant un journal froissé. Un homme recule pour prendre une photo de son amie et marche sur le pied d'une jolie femme qui se mord la lèvre de douleur mais lui sourit après. Le paquebot SS *Sunrise* hennit bruyamment de toutes ses sirènes. Nous longeons les quais d'un mouvement lisse. Il est midi. Un atelier ouvre ses grilles et déverse sur le dock un flot d'ouvriers, d'ouvrières. Les cheveux des filles sont en désordre. Les cyclistes se faufilent. Un type est couché près de trois tonneaux. Du linge pend aux balcons, des Italiens remuants s'affairent dans un tohu-bohu de voitures

Fiat 500. Plus tard, dans la distance, leurs pare-brise inclinés font miroiter quelques reflets, une silhouette à l'extrémité du môle agite encore un foulard en signe d'adieu puis, à mesure que notre lieu s'appelle la mer Ligurienne, la ville, nacrée par la brume de chaleur, la ville en son sourire de perles, paraît s'élever au-dessus de l'écrin du golfe, puis s'estompe à jamais.

Désormais, la vie ressemble à un tableau suspendu au-dessus d'un grand appartement vide. Tout ce que j'entreprendrai sera couleur ou bien venin. Devant moi, les routes s'ouvrent comme des cuisses consentantes. Je pars pour l'Inde. J'y serai lecteur à l'université de Bombay. A moins, comme me le souffle une voix, que je ne devienne grand reporter-photographe, ou ethnologue, ou dessinateur humoristique. Ou cinéaste. Ou les quatre à la fois. J'ai autant d'imagination que lorsque la pluie d'orage m'inventait des histoires sous la table de la salle à manger de mes parents. Si l'on me laisse reprendre de la confiture, je serai Cartier-Bresson, Marcel Griaule, Jim-la-Jungle ou Mickey Mouse.

Cervelle, cervelle comme tu fais du bruit quand on est très heureux!

Le soir même, je la vis.

Je vais faire de mon mieux pour la rendre ressemblante. Elle s'appelait Barbara. Miss Barbara Kelly-Jones. Elle était accoudée au bastingage du pont-promenade des premières classes. Elle avait les ongles peints en rouge. Une frange indisciplinée dévorait son front. Elle possédait un corps très sensuel qui vous donnait des idées pour la rejoindre par tous les moyens dans son lit. Et des yeux d'un bleu presque violent, lorsqu'elle a tourné son attention vers moi.

Je lui ai tout de suite dit que je la trouvais jolie. Elle avait une voix lointaine. Des plissures adorables au coin des paupières. Elle s'exprimait avec un fort accent américain. Elle accepta une cigarette française et déclina mon invitation à dîner. Elle fit observer que je voyageais en classe économique et que ma place n'était pas sur le deck A. Elle éclata de rire. C'était très agréable à voir. Elle s'éloigna en faisant jouer toutes les parties de son buste et de ses hanches placés sous le signe d'une magnifique plénitude. Il y en a des endroits pour rêver, dans une fille.

Le lendemain, je l'ai revue. Elle portait un bandeau dans les cheveux. Elle était habillée en blanc et jouait au palet avec l'homme qui marchait sur le pied des jeunes femmes.

Le bref éclat bleu de son regard m'apprit qu'elle m'avait reconnu. Je voyais l'avenir se chambarder si je n'étais pas plus curieux d'elle à la seconde où elle me souriait. Je l'entraînai par la main sans qu'elle sache vers où. Elle ne protesta pas. C'est ainsi qu'elle était faite.

La suite, je commence à avoir du mal à la décrire. C'était à moi de faire tout, mais nous étions dans sa cabine. Ses yeux ne me quittaient pas. Les miens se posaient aux lisières de ses seins. J'ai pris ce corps étendu devant moi. J'ai touché sa peau, encore un éclair bleu. Je me demande pourquoi je ne parle pas de nos visages. Nos haleines se mêlaient. Nos langues remuaient au chaud. Chaque article de ses vêtements était gagné au prix d'une lutte alanguie. Son ventre était doux à toucher. Elle perdait chaque fois plus de bleu au fond de ses yeux. Elle a dit je vais enlever mes bas, et ses jambes ont grandi. Elles ont enlacé mes reins. C'était fantastique de la laisser travailler. Nous avons baisé dans le halo de son sourire un peu triste. Ses mains longues et bronzées escortaient toute cette téléphonie sans fil. Nos corps se soulevaient en même temps. J'ai perdu l'horizon plusieurs fois, j'ai abordé ses archipels, elle distribuait l'eau du ciel. Nous sommes retournés souvent où elle voulait aller.

Après l'oubli, je restai longtemps les doigts crispés sur ses épaules, bonjour, je ne connais même pas ton nom, je suis heureux de te revoir, les yeux perdus à contempler la frontière immaculée de ses dents. Barbara! Elle me tenait au bout de son regard et juste avant la déchirure, ç'aurait été criminel de la faire attendre, un petit feu follet bleu et obscène se lisait dans sa prunelle. Elle lâchait un cri rauque et ouvrait tout son puits.

— Tu sais, je suis mal dans ma peau, dit-elle après que nous eûmes dormi.

Elle avait les yeux grands ouverts et explorait la pénombre. Un hublot de lune se découpait sur la cloison et s'y balançait paresseusement.

— Oh, God! exhala-t-elle. Hell be with me!

Elle dégagea son front encombré de petits cheveux encore collés par la transpiration et se leva sans bruit. J'aperçus l'arrondi de ses fesses. Elle se pencha à contre-clair de la lune et commença à enfiler ses bas. En suivant le liséré de clarté qui ourlait sa cuisse, j'essayai d'imaginer l'endroit d'elle où fleurissaient un million de lotus. Dans un mouvement tournant, elle entraîna le drap dans son sillage et, chemin faisant vers le cabinet de toilette, s'enroula dans ses plis. Elle manipula le robinet du lavabo. L'eau éclata en sanglots et rafraîchit son front brûlant.

— Je suis dans la peau d'une autre, expliqua-t-elle. Celle de ma sœur en l'occurrence. Elle est morte voici deux mois. Elle avait un vieux chien de dix-sept ans qu'elle adorait. Et même s'il perdait ses poils, Tobie-monstre lui rendait bien son affection.

Elle sécha son visage en le tapotant avec une serviette à nids-d'abeilles et passa sous la douche.

Lorsqu'elle réapparut à la porte, elle avait enfilé un slip rouge à dentelle, mais elle avait gardé intacte la drôlerie de ses seins. Ils étaient d'une gaieté espiègle. Un tantinet bondissants. Elle avait tout pour se passer de soutien-gorge.

D'un geste désinvolte, elle a attrapé sa jupe qui était restée au sol. Elle a dit avec un air entêté :

— Le foutu bobtail n'a guère survécu à Jennifer. Et dès qu'il a crevé, j'ai accepté d'endosser le destin de Jenny. C'est elle qui était programmée pour ce voyage. Elle, qui aurait tant aimé le faire. Qu'est-ce que tu penses de sa lingerie fine à vomir?

Elle est repartie fourrager ses affaires au fond du cabinet de toilette. Elle a heurté la tablette de verre. Je l'ai entendue soupirer.

— Je vais allumer la lumière, prévint-elle.

En se remaquillant, elle a dit entre deux traits de crayon qu'elle se rendait en Gujerat. Qu'elle était institutrice, comme sa sœur. Qu'elle vivait à Boston, Massachusetts, mais que les filles Kelly-Jones étaient originaires de Milwaukee en Wisconsin. Que leur père y était ouvrier métallurgiste. Que ce dernier avait écourté encore une fois son troisième mariage, qu'il était un peu dingue, d'accord, surtout qu'il s'était remis à boire.

Au moment du rouge à lèvres, elle a suspendu son geste et attendu un instant en se dévisageant dans la glace.

Elle a dit que depuis la mort du vieux chien, elle, Barbara, n'avait plus aucune raison de rester à la maison. Qu'il était pour ainsi dire logique qu'elle parte pour remplacer Jennifer à l'autre bout du monde où elle n'était pas connue pour son décès tragique — assassinée par un amant. Elle a ajouté qu'elle acceptait, même si son fichu puritanisme américain devait en souffrir, cette idée de partager son corps avec Jenny. Pour qu'elle ne soit pas le genre sœur morte qu'on se contente de conserver dans une urne et qu'on oublie. A sa place, elle serait préceptrice des enfants de la maharani de Baroda.

Lorsqu'elle réapparut à la porte du cabinet de toilette, elle était habillée. De peur de gâcher son rouge, elle fit le simulacre de m'embrasser. D'une voix égale, elle annonça qu'elle était invitée à dîner à la table du commissaire de bord. Celle qui parlait ainsi était une personne étrangère. C'était Barbara, j'imagine.

Barbara avait une espèce de raideur dans le corps. Elle se tenait debout à côté du lit. Elle me dominait et des choses très mystérieuses se déroulaient dans ses yeux.

— C'est drôle, constata-t-elle dans un accès de colère sèche, c'est ma sœur qui a couché avec toi. Moi, je ne l'aurais pas fait. Je refuse d'être tenue pour responsable! Fichue soirée! J'en suis sûre, c'est l'imbattable Jennifer Kelly-Jones qui a hurlé comme une chienne des rues! Putain, Jenny! C'est elle qui a inventé tous les stupres! Elle qui aimait tant baiser avec la terre entière!

Barbara a fait quelques pas en direction de la porte.

— C'est notre secret, a-t-elle dit sans se retourner.

Le lendemain et tous les jours de la traversée, jusqu'à ce

que les côtes égyptiennes fussent en vue, je fis l'amour avec Jennifer. A l'aube, Barbara Kelly-Jones se levait comme un ressort et quittait notre couche avec une bonne dose de désespoir. Elle purifiait son corps sous la douche et redevenait suffisamment elle-même pour jeter l'anathème sur la conduite dissolue de sa sœur.

Quand nous atteignîmes Port-Saïd où nous faisions relâche, le choix fut offert aux passagers de quitter le bateau et d'entreprendre la visite organisée de la vallée du Nil. Tandis que le navire paresserait du côté d'El-Kantara sur les eaux mortes du canal de Suez, les plus fortunés d'entre nous pourraient traverser le désert Arabique jusqu'à Assouan, remonter en direction de Memphis en autocar et visiter Giseh à dos de chameau avant de rejoindre le SS *Sunrise* à l'escale de Suez.

L'ai-je assez dit ? Ma bourse était plate et le périple par les sables s'avérait inenvisageable pour moi. Quelle blague quand j'y repense ! Ces morceaux d'une vie lointaine n'ont plus guère de sens ! Mais ce fameux matin du départ, emprisonné dans les étranges filets de la tendresse et de l'exaltation amoureuse, j'avais la prémonition de perdre Barbara à jamais.

Je l'attendais au bord de la coupée, j'écoutais mon cœur battre. Sur le point de participer à l'expédition, les yeux de Miss Kelly-Jones brillaient d'excitation. Elle m'embrassa avec une tendresse inaccoutumée. Elle murmura qu'elle adorait pratiquer le « french kiss ». Nous nous tenions immobiles.

— C'est Jennifer qui s'en va, souffla-t-elle. En tout cas, ce n'est pas moi. Moi, je commençais à t'aimer. A Suez, lorsque je rejoindrai le navire, je retirerai le vernis de mes ongles. La fin du voyage sera seulement pour nous deux...

Elle descendit la coupée après un tendre baiser. Arrivée sur le quai, elle tourna ses yeux aux trois quarts vers moi et envoya tout ce qui lui restait de bleu.

— Jennifer a toujours rêvé de visiter les pyramides ! cria-t-elle dans le lointain. Et je le fais pour elle !

Après un signe de la main, elle courut rejoindre le groupe qui prenait place dans un car Pullmann.

Elle ne reparut jamais, la petite institutrice de Milwaukee.

A Suez, le SS *Sunrise* attendit quatre heures à quai avant de cingler vers la mer Rouge. Tous les témoignages concordent. La dernière fois que ses compagnons de voyage la virent, elle montait dans une longue voiture américaine rutilante de chromes. Un bédouin en djellaba noire et caffieh lui tenait la portière. Il portait des lunettes de soleil. Deux autres hommes affublés de la sorte s'étaient détachés de l'ombre de la pyramide. A leur tour, ils s'étaient engouffrés dans la limousine et, par la piste qui mène au désert Arabique, la somptueuse voiture avait disparu dans un tournoiement de poussière.

A Aden, des policiers montèrent à bord. Ils s'entretinrent un moment avec le capitaine et fouillèrent les bagages de la passagère disparue. A l'heure dite, le navire blanc reprit sa route.

Je restai toute une nuit devant le ciel noir comme un feu éteint. Plus tard, je suis passé cent fois devant la porte de cette cabine qui nous avait unis comme un sacrement. Il y a peut-être du bruit dans l'absence, même s'il y a peu de constance dans le cœur de l'homme jeune. Au large du golfe d'Oman, je tombais prisonnier d'une jeune Pakistanaise qui rentrait au pays natal après de brillantes études supérieures à Harvard.

« Terry », pour l'instant, s'appelait Multan. Elle était vierge à vingt-quatre ans, sa famille le voulait ainsi. Son père était très âgé, ses affaires très prospères, ses trois femmes très soumises. Ce vieil homme cultivé appartenait à la haute société musulmane de Lahore et selon la tradition des mariages arrangés destinait sa fille à un lointain cousin qui était avocat.

Un soir que nous regardions passer les bancs de poissons volants, Multan tomba victime d'une inextinguible famine érotique et m'en avertis aussitôt. C'était une jeune personne d'une grande beauté et pour qui toutes les célébrations restaient neuves. Bien qu'elle eût une voix d'une tonalité un peu gutturale, jamais dans les moments de transports elle ne lâchait ses oiseaux avec des cris sans retenue. Elle s'exaltait de façon muette et contenue, vivait à l'intérieur de son corps, et ses yeux se gravaient d'une folie étrangère au monde. Ses seins étaient menus et fermes, entourés d'une frange fournie de poils d'une vitalité extrême. Cette particularité m'apparaît encore aujourd'hui comme une bouleversante énigme. Car jamais on ne vit plus gracieuse personne que Multan lorsqu'elle descendit à Karachi et qu'elle se dirigea en ondulant dans son sari immaculé vers le noble vieillard qui l'attendait assis sur un fauteuil, à l'écart de la foule, et lui tendait sa main à baiser.

GRABUGE SÉPIA : Qu'est devenue Miss Kelly-Jones? A-t-elle fini reine ou bien putain? En quel bordel d'abattage se trouva-t-elle jetée, la névrotique institutrice de Milwaukee? En quel harem doré? Respira-t-elle à jamais les épices des ruelles d'Hadramaout? Apprit-elle à faire la danse du ventre pour servir de divertissement aux marchands de tapis de Chiraz venus d'Ispahan? Séjourna-t-elle un moment dans une villa isolée sertie sur un roc au fond d'une étroite plaine littorale du détroit d'Oman? Au bras de quel sultan cruel aux chairs grasses et abandonnées fut-elle finalement présentée à la cour? Vivait-elle au palais? Sous la tente d'un bédouin? Suivait-elle pas plutôt sur un pur-sang arabe son très beau, très riche et très jeune mari de quatorze ans lorsqu'il galopait dans le désert de Rub'al-Khali, un faucon sur le poing? Autant chasser la lune! D'ailleurs, c'était du réglé d'avance! Il y a toujours eu des personnes qui payaient les levers de soleil, la pluie du printemps et les étoiles au-dessus du Néguev moins cher que le voisin. A l'inverse, dès les premières mesures de leur respiration, il y a du choléra dans le berceau des malchanceux. Ils auront beau faire les diables, se démener à grands moulinets, toujours, ils rencontreront de l'entaulage, du chagrin ou des horions sur leur parcours. D'autres, tout le contraire, trouveront facilement le sillage, le duvet et l'argent. A eux les réussites flatteuses, les baisers sur la bouche et un climat tempéré. Mince sentier, direz-vous, pour braver la réalité. La sagesse d'Orient répond que le véritable voyageur du temps est celui qui ne sait pas où il va. J'ajouterai que l'ennui, c'est de vieillir sans avoir jamais cherché à atteindre les rives d'un lointain inatteignable.

Parfois, à l'occasion d'un ciel changeant ou d'un coucher de soleil rouge, je repense encore à Miss Barbara. A ses yeux extrêmement bleus.

Et la porte bat dans mon dos sans que je me retourne.

21

CARNETS POLAROÏDS : Je sais! L'histoire n'est pas neuve, mais il faut que ça se sache! J'ai tout fait pour vivre! Quand j'étais jeunot, le moindre petit flocon de vent, vous m'auriez vu!... Et même plus tard dans la saison, il fallait pas m'en promettre!... La féerie du jour qui naît, l'envolée de mes fureurs, les arpèges des doigts d'une femme sur ma peau, j'ai tout joui! Tout humé! Tout senti! Pas une cajole, une chatterie, une épice... pas une caresse, une embellie, un pan de soleil que j'aie négligé... J'ai toujours voulu sucer à la source du nectar... gobeur féroce... un peu morfale... j'engamais... il fallait voir comme! Je vous jure, les merveilles qui passaient, j'ai dégusté massif! J'ai d'ailleurs mis le même acharnement à écrire.

Oh, sur ce chapitre, vous donnez pas la peine! Inutile de me renseigner! J'ai bien assez tôt appris qu'il suffit pas d'enfourcher un cheval-braise pour être le plus grand conquérant du monde! Avoir sa bio dans la Pléiade! Rafler des Prix d'Académies! Queneau m'avait prévenu assez. Ce métier est un chiendent sans fin ni merci. Y a du boulot sur la plate-bande. N'importe! J'appelais les tribulations! J'étais volontaire.

Pour la littérature, j'étais prêt à souffrir toutes les âmes. A suivre tous les labyrinthes qui donnaient des signes de vie. Plus beau que la foire aux fesses, la bataille des livres.

Je n'imaginais pas une seconde que dépeindre le monde puisse exposer à la ragoterie des hommes. Qu'une race de trouduculteurs était aux écoutes, prête à vous tuer à gages. C'est cela, je maintiens, des biaiseux, une section Haine de l'Espoir qui contrebat le succès, peu reluisante engeance, méchants tristes à la mode, horripileux salingues, tous galimatieurs de profession.

Bref, l'enfant-bulle était là. C'était vie ou mort. Joute contre un ennemi invisible. Le gamin qui se tapait la tête contre les murs. Désir d'anéantissement. Le poing sur la tempe. Et que je te frappe. Archaïque pratique de l'auto-destruction. Je ne biaise pas. Cette recherche vive de la mort, c'était du génie pur. Une symphonie-grabuge entre mille autres. Servie à domicile. Combien nous restait-il à payer? Pourquoi cette dette? Pourquoi nous? Quel archi-vieillard, Dieu barbeux ou un autre, quel pédaleux néro-nien, quel créateur, quelle force de monstruosité, quelle sacrée canaille nous dévorait le ventre? Qu'avions-nous fait? En quelles mailles étions-nous? Victoire, ma chère femme. Moi, votre serviteur? Partout, sur les murs, virgules à merde. Etrons, mouillures, vomis, souillures, sanies. En quelles branloches nous trouvions-nous? Ce serait trop de misères à raconter. Je ne tire pas la jambe. Je n'aime pas les reniflades. Je pourrais vous montrer mille belles raisons exemplaires de ce qui me hante! Mouchard parfait, je ne cafterai pas le mauvais engrenage des jours pièges, plutôt les empalés bien gentils, ces équivoques de la médecine par la parole, ces faux prêcheurs d'accordailles, ces jobastres de la boule de gomme qui opinent du chef, font illusion par de savants empalmages, vous tirent les mots comme on fait les cartes, tambourinent leurs arpèges prétentieux et laissent les gens dans la marmite sans leur laisser le choix.

Un bel été, avec Victoire dite Samothrace (parce qu'elle était pas manchotte, pour ceux qui ne m'ont jamais lu), nous prenons le chemin de la campagne. Adieu, Paris! Adieu, cinoche! Mes jolies stars, mes Cyd Charisse. Adieu lumières, adieu projos et tarlatanes! Plus rien ne brûle. Je prends ma bêche. Je pars au fond du jardin. Fin fond de la

Beauce. De l'herbe partout. Du vert à perte de vue. Tant pis mes malheurs, je me forge cuirasse et bourguignotte. Deux ans, je fais la boule sous mon casque. J'avance. J'arrache. Je replante des mots. Sécrète des anticorps. Vie Ripolin. Vie en miettes. Ma peau sur le maroquin. Benjamin-la-mouette. Les zotistes à la barrière. Lacan et ses disciples nous faisaient saigner les gencives. Une certaine Métianu avait réussi à jeter Victoire sur son cosicornère. Sous sa férule, au lieu de dire ses mots d'actrice sur une grande scène parisienne, de réciter son Brecht à l'Odéon, la malheureuse enfant se mettait la cervelle en bourtouillade pour retrouver ses rêves érotiques! Mince si c'est pas du harcèlement sexuel! Au grand oral des actes manqués, au réassort des vieux symboles interprétés, elle et moi faisions piètre figure. Nous partagions tout. Nous voguions de tétines en clés, de couteaux-phallus en éponges sexuelles, titubant comme des chiffonniers de l'âme sur la décharge de nos libidos. Ah, les fous rires, tout de même! L'engouffre des angoisses. Un gratiné calvaire!

Outre une admirable femme et nos bruits de printemps, je ne possédais rien. Je m'échinais sur mes livres. Je me souviens sec. 86, vite fait, je suis retombé des nuages! Faut dire que j'étais benêt dans la carrière! Naïf à trois étoiles. Un vrai chérubin les pieds nus. Genre hautement combustible. Je m'avançais sur les brandons! Je sentais pas mes brûlures. Le vrai lièvre à tirer! Ouaf! ouaf! Dans les états-majors de la littérature, y devaient se marrer au fond de la glotte! Une comédie! La vache!

Partout, à toute heure... les amis transformés en ambassadeurs... les témoignages indéfectibles... les bafouilles d'admiration... les p'tits bleus par porteurs... des brassées... des hottes! Ah! vo't bouquin! vo't chef-d'œuvre! On a lu que ça! C'est si sensible! si près du cœur! Et puis la langue! Dites! Ah! la langue! Qu'est-ce qu'elle avait, la langue?... Mon cher, elle est éblouissante! Saluée par la critique! Pébliscitée par les lecteurs!

Mettez-vous à ma place! Je suis aux nues!... je vogue! Je suis sur les listes! J'y reste!... Bon. Les journaux commencent à me demander de pondre des articles... Pour le lendemain du fameux jour... en cas que... les photoseurs, la télé, même motif, un p'tit reportage... aukasou... Tu parles! Le petit zoizeau... quelle frime! clic clac, instantanés... souriez dans l'objectif... le pif passé dans la poudre... là! stop! pas bouge! Vos lunettes! Une petite brillance! Hop! Risette! Risette! Tordion du col! Votre régate! Elle poche! Regardez là! Dans l'objectif! Encore un peu! Profil! Tendu! Plus tendu! Bientôt fini! Vous brillez toujours! C'est le nez! C'est le tarin! Vous êtes fragile! Terriblement actinique! C'est la chopine? Tchi-ça-tchic, tchi-ça-tchac!... Scanner vérité... cadence six images seconde... Détendez-vous, c'est du merlot! On double en noir et blanc... Dites *Philadelphie*! Catchac, catchac! Objectif 50!... fixez bien vot'regard!... silence, on éjacule!

Les gus parlaient toujours sans me voir. Tiraient leur coït en 400 ISO. Vidaient leur magasin. Repartaient sur les genoux. L'important, c'était leur boutique. Un jour, un petit gars qui dansait le scalp en Hasselblad, je me souviens. Nos yeux se rencontrent... Le photoseur fixe mon livre, posé sur la table... il le découvre pour la première fois... soupèse la jaquette... prend l'air pénétré...

— Soi-disant que c'est pas mal comme bouquin...

— Ah bon?...

Je prends une expression flattée. Il rejette le livre sur la table.

— Remarquez, j'l'ai pas lu... Ça veut dire quoi au juste, Ripolin?

— Euh...

— Faut pas m'en vouloir... on n'a pas le temps de lire dans no't métier...

— C'est pas bien grave...

Prêt à toutes les indulgences, forcément... Encore une chose qu'a bien changé... mes colères, attendez la suite... quand vous me verrez caractériel... toute cette sueur qu'on donne aux cons! aux gens pressés! aux imbéciles! Bref, le nikoniste remballe ses objectifs. Il roule ses japonaiseries dans de la peau de chamois. Il zippe son sac. Il enfile ses

gants. On se raccompagne jusqu'à la porte. Il enjambe sa
moto. Contact. Les bourrins Yamaha nous submergent de
bruit et d'impatience... s'excitent dans la manette des gaz...
piaffent à plein pot... nous exterminent...

Le petit gars hurle :

— Je vous les enverrai!...

— Hein?

— Les photos!

— Ah? Oui, j'veux bien.

— Je parie que c'est celle où vous êtes timide qui sera la
meilleure!

— Sûrement! la plus naturelle!

L'échappé de bocal en blouson noir baisse sa visière.
Wrrum, wrrum, il me fait le coup de l'œil invisible et puis
se tire comme un canon... Le lendemain, un autre prend sa
place. Ding dong à la porte! Coucou, c'est le petit toiseau!
Eclairage au parapluie. Confidences en vidéo. Les mecs font
leur boulot... se rendent pas compte de la tempête qu'ils
déclenchent... Je prends sur moi. Je donne du mou... je
rends du fil... Pour me rembobiner bien ferme, j'vais
m'balader au fond des bois... Y a pas de traîtrise sous la
futaie! Victoire, fidèle compagne, allonge le pas à mes
côtés. M'exténue au kilomètre. Me prédit ma déconfiture.
Elle a compris que je commence à y croire! Pauvre nave!
Gogo des anges! Cher ahuri! Crétave à pois! Bête faramine!
Ah! c'que je suis drôle! poire et cocasse! A mon âge et
tachycarde... avec ma bedaine à plongeon!

Et puis, le grand jour arrive. Victoire me met mon cache-
nez.

— T'y crois, Ducon?

— Je suppute.

— Tu devrais pas. C'est du tam-tam.

13 heures et des broques chez Drouant, la liturgie a fait
long feu. A grands coups de pique dans le fondement, on
m'a remisé sur le côté du grilloir... Ite missa est! Tout est
refroidi! Plus de journalistes à la sonnette. Plus de photos
sur les genoux de Jules et Edmond. Paris copine, faut pas
piper. Mais comme disait mon pote Ramier qui croyait plus

à l'astringence du Pernod-Suze qu'à la nécessité des élites :
« Après tout, faire l'artiste !... ça coûte jamais que la vie
pour essayer... » Visionnaire, l'ouvrier du bâtiment ! A ce
tarif-là, dix-huit tentatives pour devenir un saint, je me suis
plutôt foutu des orgelets. Plus d'une fois, j'ai même fait
bidonner ma famille, le soir, à me faire bouillir la viande en
dessous de la lampe.

Mais que je revienne à mon affaire ! Fils Floche, j'avais la
médecine devant moi. Comme mon père, j'aurais pu m'ins-
taller. Régner sur les parturientes. Ouvrir les panaris.
Débusquer les mélanomes. Guérir les colites, les menstrues
douloureuses. Traiter les goinfres au régime sans sel. Profession libérale !... Docteur !... Un nom ! Un titre ! J'aurais
saigné les députés de l'Yonne à la lancette ! Prescrit charbon à des notaires auxerrois... Déshabillé de leur linge
toutes les bigotes de Saint-Eusèbe ! Au lieu de ça, qu'est-ce
qui m'a pris ? Qu'est-ce qui m'a pris de vouloir faire du
cinoche ! Et écrire, donc ! Sur le tard, qui plus est ! A l'âge
des premiers rhumatismes pour ainsi dire... Non mais je
vous demande un peu ! Ecrire ! Faire le coup de la lyre !
Alors que j'étais metteur en scène ! Devenir tartineur de
plaisir solitaire ! Jeter ma gourme au vent des globes ! Moi
qui nageait dans les équipes ! Est-ce que c'était bien raisonnable ? Consulté sur ce point, Queneau, venu en observateur
bienveillant sur le plateau du *Dimanche de la vie*, ne me
l'avait pas caché :

— Y a du contre, il avait fait.

J'en revenais pas. J'étais comme balle.

Lui d'habitude si calme. Si nuancé. Un peu ni oui ni non,
j'oserais même dire. A la mode normande, si vous préférez.
Natif du Havre, n'oubliez pas.

Avait ajouté au vol :

— N'y allez pas, militaire !... Il ne suffit pas d'avoir du
talent... Les écrivains sont si perfides !

Juste comme on dit : « Le gaz est pas une bonne affaire ! »
ou « N'achetez pas du Suez ! » Il avait gazouillé ça, le
Pataphysique. N'en démordait pas sous ses sourcils un peu
broussaille. Gardait à ma disposition le nuancier de son

sourire. Mystérieux, mystérieux... Queneau, c'était un lac...
il avait du sous-entendu.

Et puisque je suis embarqué pour raconter comment le
bon maître avait chassé mes chimères dès 64 en chaussant
les babouches de Julia Ségovie, voyante extralucide, je me
souviens que ça m'avait assombri, une réponse pareille, n'y
allez pas!... Donné à déglutir. Plongé dans l'affliction.

Pour me débarbouiller les idées, on a fait ce jour-là
quelques pas de convalescence sur les pavés de la rue Vilin.

C'était septembre... On marchait doucement, en suivant
le trottoir frileusement... vasouilleux derrière les jambes...
lents comme des retours d'hépatite. Le soleil dardait encore
un peu sur Paris-pommes-frites. Même si c'était pas une
franche chaleur à col ouvert, il allait faire une belle journée. Au poil! Après un arrêt grenadine au Café des Amis, on
est redescendus en jumeaux tout le long du décor de la rue
de la Brèche-aux-Loups. On croisait des techniciens affai-
rés. Des vieux suppôts de ciné-tournages. Cinquante cam-
pagnes à Billancourt, à Saint-Maurice, à Epinay. Tous pen-
sionnés du foie. Cyrrhose à tous les étages. Suzanne Bon,
script-girl hors sexe et sa galuche au vin blanc. François
Sunné, accessoiriste tous risques, tarbouif au vent, toujours
cinq bras. Des petits métiers, une tradition. Ça vous hélait
dans le familier tout en vous balançant du « Meussieu » sur
mesure. A c't'époque-là, metteur en scène, on avait droit à
l'appellation contrôlée. C'était réglé comme la marine. Des
mecs épris du cinéma. Tous sortis des équipes d'avant-
guerre. Galonnés sous Carné, sous Grémillon. Arrosés cinq
fois par jour au bleu qui tache. Avaient connu Prévert et le
Beau Marcel d'*Hôtel du Nord*. Tutoyaient Carette avant
qu'il soye carbonisé. Accent mégot, nuance Paname. La râle
au bec, prêts pour la rebiffe... honnêtes fonciers... toujours
scrupules...

— Pardon Meussieur d'vous interrompre!... Y a d'la
misère pour le petit peuple au casino!...

— Qu'est-ce qui se passe, François? Vous êtes tout en
eau...

— Y s'passe que j'vous ai pas trouvé vot'pyrophore pour
la scène à Danielle Darrieux!...

— C'est pas très grave, François...

— J'dis pas comme vous! Ah, chuis colère! Faute professionnelle! Ah! J'vais me flinguer!

— Mais non, mais non... Hussenot frottera son allumette au grattoir de la boîte...

— C'est pas pareil, y disait l'artisan. *Pour la couleur locale.*

— Mais... c'est presque pareil...

Il était pas convaincu. Se refoutait en vapeur.

— Ah! il recommençait, l'homme-débrouille, le titi-artistique, ce soir ça va être deuil à La Garenne-Bezon!... Germaine va encore m'entendre! Elle est pas prête de s'réfugier dans l'sommeil...

Y s'frappait la tête avec le poing pour essayer de se faire du mal. Aurait voulu trouver de la cendre pour s'en couvrir le crâne. S'abîmait dans le malheur intégral. Se rallumait soudain comme un abat-jour flambant neuf :

— Mais j'ai pas dit mon dernier mot!... J'ai cinq petits qui travaillent sur la question!

Il s'éloignait dans la poussière. Gloire soit rendue aux ouvriers de cinéma!

Un peu plus loin, en chef op' méticuleux, le grand Touchebœuf vaquait à ses fourneaux. Du haut de ses deux mètres, donnait des ordres aux électros. Tarlatanait ses Frenel. Tramait ses deux kilos. Pinaillait au luxmètre. Avançait avec des délicatesses de demoiselle un petit cinq cents « à la face ».

Raymond, ça lui plaisait bien l'art pelliculaire. Cette industrie de la pince à linge, du système D, du jamais-pris. Il souriait alentour. Prenait l'air entendu. Ce jour dont je parle, p't'être parce qu'il se sentait à l'aise dans les brancards du travail sur image, on a fait pissette devant chez Valentin Bru... Sous l'horloge, tenez... à l'endroit même où le héros apprenait à tuer le temps. Une célébration en quelque sorte. Une petite cérémonie rien que pour nous deux.

Tandis qu'on expédiait notre affaire, on a parlé des marchands de canons, du Vichy-fraise et des automobiles

Lagonda. Il n'était pas insensible aux belles ouatures, Raymond. Opinionait même brillamment sur la question grave des horsepouères.

Or, justement, comme il gloriait dans un propos gongorant les vertus des Zispano Suiza, Paulette Dubost, maquillée au fond de teint et rougedelévrée de vif, est passée derrière nous sans s'arrêter. Suivait l'artiste sa pente, par discrétion. Pardine! Interrompt-on des messieurs enrêvés au soleil qui soulagent leur vessie sans chichi? Queneau s'est un peu détourné. En prenant la lumière d'une gamelle, un cinq kilos manipulé par le grand Touchebœuf, le dabe à la môme Zazie a ajouté un reflet amusé derrière ses lunettes. Il a murmuré finement :

— Elle ne m'a pas reconnu parce que j'étais de dos.

Et reboutonnant l'entresombre de son devant, il a ajouté :

— Pour votre affaire... après tout... Ecrire, ce n'est pas si bête... Il y en a bien qui sont encadreurs! Et puis dites!... c'est votre envie, allez-y voir! Vous laissez jamais démonter par les vilains!... Une chose qui les fiche par terre... c'est que l'encre est à tout le monde!

N'empêche, j'ai quand même attendu encore dix ans avant d'oser lever la patte. Mais foin du passé! Voilà le présent qui se ramène! C'est vous qui lisez par-dessus mon épaule! Et ce qu'il va manquer d'amour ou de haine dans ce livre est beaucoup plus important que tout ce qui va suivre. Parce que c'est ce que je vous demande d'ajouter... La semence de votre propre tumulte. La piste en trompe l'œil qui s'ouvre aux écrivains est rien moins qu'un gigantesque vague blanc! Ecrire, c'est courir après des empreintes de pas qui s'évanouissent aux abords d'un horizon prématuré... Vous ne rencontrez jamais Shakespeare à la fin de l'acte, Miguel de Cervantès au détour du chapitre. Eux et quelques autres, comme monsieur Faulkner ou James Joyce, sont du genre de lumières qui voyagent devant l'avion. Tous les jours de leur gloire sont énormes! Que bigbangue pour l'éternité l'apoloche de leur magnifique éclat! Sûr, avec beaucoup d'autres plumanciers nous sommes d'un plus modeste petit coin du paradis! Mais je

ne me plains pas. Tout n'est pas riquiqui ! J'ai faim ! Ça me
reprend ! A la happe ! A la graille ! A l'indigestion ! Ce matin,
je suis un roman ! Chaque gramme pèse ! Tickets, canif,
coryza, saucisses ! Chaque miette, chaque goutte vaut quelque chose. Que ça rince ! Que ça liquide ! Mes souvenirs,
j'appelle !... Pas peur du voyage, de la dépoitraille, des
embuscades. N'importe l'indécence ! Roman-grabuge, j'y
vais ! Je me balance. Il faut. J'y retourne ! Rempile au Bic,
au Shaeffer, au Macintosh. Les mots qui se précipitent !
Myriade ! Pullulent. Démangent. Prurit à vif, envie d'aimer.
Aucune certitude qu'on avance. Nous sommes bien loin de
la gloire. J'ai froid aux mains.

C'est comme ça que je suis, ce matin.

22

LIBRE SERVICE LIBRE SERVICE LIBRE SERVICE LIBRE SERVICE

I MPOSE ta chance ! Serre ton bonheur ! Ce matin, j'ai
rallumé l'ordinateur. En ces jours de malaise inexplicable, la vieille terreur est revenue : que de travail pour
faire des ruines !

FICTION : A Montallier et autres lieux, le printemps
venait d'éclater, enluminé de transparences de soleil.

Le 4 avril, si l'on en croit Aventine qui tenait son journal
(s'arrondissait du fruit de ses entrailles, venait souventes
fois en petites vacances de grossesse au châtiau), le baron
Arthur, son Monsieur-père de Monstatruc, apparut en haut
de la muraille coiffé du célèbre tricorne d'amiral de la
famille trois fois coulé en mer de Chine, et louqua la haute
lande en direction du sud.

Ses traits étaient décomposés. Il était amaigri. A force de
cafarderie, c'était affligeante chose de le voir marcher si
piteux, les mains longues et décharnées, le teint thé, les
joues molles — plutôt jaunasses.

Il respira le chant des oiseaux et offrit ses paumes ouvertes à la vérité de la lumière.

Il sembla mesurer un moment la force de la forêt, son calme d'éternité et, apaisé par l'art sans artifice de la nature, se détourna, comme purifié. A pas comptés, selon son habitude, il commença à huiter ses méditations sur le chemin de ronde. La tête inclinée devant lui, le menton triple, il évita de porter son regard en direction du nord où fumaient les décharges.

Toujours en quête d'absolu, le baron s'efforça tout d'abord d'obéir à la formule évangélique : « Cherchez et vous trouverez. » Il se concentra sur cet exercice de soi-même avec un acharnement à la fois serein et obstiné. Puis, le temps passant, son pas se fit plus pesant. Il trébucha sur une pierre déchaussée, ramassa un gadin en glissade, s'écorcha le genou et, *hihlié de pute!* estouffa un juron.

Lorsqu'il se fut redressé sur ses moltegommes, le baron avait le regard au flou. C'était sa façon résistante d'affecter de ne pas voir le complot qui s'ourdissait à l'ouest, point cardinal d'où, parallèle au tracé de la future autoroute, la courbe tangente du tégévé en provenance de Burdigala progressait dans un tourbillonnement de poussière et de bruit d'engins à chenilles.

Délesté du tricorne d'amiral de la famille, le front de monsieur de Montallier était grillagé d'incertitude.

— Putinaise! s'encouragea-t-il à voix haute en frottant sa rotule, pourtant ce qui compte, c'est de chercher.

Il se remit en quête.

Il mettait dans la régularité de son cheminement sur le rempart une obstination de mulet à œillères. Il savait pertinemment que, pas plus qu'en direction du septentrion ou du couchant, il ne devait poser ses yeux sur ce point du levant où, à l'initiative de ses gendres promoteurs, le plat pays retourné, défoncé, éventré, retroussebabouinait depuis peu la denture prémolaire d'une série de barres achélèmes fraîchement sorties de terre.

Il parcourut encore trois huit de quatre-vingt-dix pas et s'arrêta en tremblicotant du chef. Appuyé à un créneau, il vit son chien Omnibus fort affairé dans la cour du châtiau. Le blaveux de Gascogne avait la truffe au sol et portait son fouet en panache. Il flairait chaque motte comme si elle enfermait des odeurs d'importance.

— Ah mais, pardine! bullifia rêveusement le baron, c'est le taïaut qui a raison!... La recherche du trésor vaut cent fois mieux que le trésor!...

Fort de cette donnée nouvelle, le sieur de Montastruc reprit ses supputations théologales avec un sourire rasséréné. Toutefois, à dix heures et des broquilles, exténué par la godille de tant de huit, après qu'il eut donné libre cours à la dérive de son raisonnement, le penseur se trouva foudroyé par un nouveau motif de perplexité.

— Et si le trésor n'existait pas? Hein? Ah mais!

Et d'ailleurs, après quel trésor était-on? Avait-il jamais existé autrement que dans les cervelles, ce parangon des idéologues? Avait-on jamais eu des évidences, voire des traces de son existence? Après quoi courait l'humanité? C'est que la richesse des uns n'est pas forcément celle des autres... Hein? Ah mais! Comment?... Dieu garde! Vous rétorquez?... Quoi la spiritualité? Quoi le partage universel? Est-ce que le Christ, est-ce que le fils de Dieu, était un nègre? un Arabe? un Abyssin? un Aztèque? un Gitan? un promoteur?

— Se pourrait-il que la vie n'ait pas de sens? s'effraya le baron.

Il huita ses pas de plus belle.

Lors, après 365 pieds supplémentaires qui faisaient passer le souffle d'une année d'espace, il décida de détourner le rebutant axiome et, acceptant la pesanteur de son échec avec un réel optimisme, lui substitua une vérité qui convenait mieux à son envie montante de boire une gobette de vin du pays.

— Cherchez et vous ne trouverez pas! murmura-t-il à part soi. Comment n'y avais-je pas pensé plus tôt?

Ainsi libéré du faix de la philosophie, également de la foi, de l'espérance et de la charité, le baron s'apprêtait à escracher des insultes à l'encontre de Brancouillu, lorsque le coquin frimoussa son physique larbinisé au détour d'une échauguette.

Le pendard avait les yeux fuyards, la margoule empourprée. Il était comme à l'ordinaire porteur d'un bourrabaquin de petit vin d'icite.

— Voilà votre piveton de soif, messire. Jourd'hui, je vous ai porté un haut-médoc.

La guibolle mal assurée, le drôle avait pris un coup de merlot dans le porte-pipe. Il brancardait vent et traviole sur ses abattis.

— Où étais-tu quand je t'appelle? interrogea sévèrement Monstatruc qui ne voulait pas avoir l'air d'être autrement que l'auteur se l'imaginait.

— J'étais en votre chapelle, messire.

— Qu'y faisais-tu, mécréant?

— Je réparais l'électricité du Bon Dieu. L'œil rouge avait courjuté.

— Tout ce temps pour venir?

— Faute de chandelle dans les travées.

— Tu t'es perdu?

— J'y voyais goutte.

— Tu parles! Couic! Je ne te crois pas!

— Alors, visez ma pommette! J'ai pris un ramponneau dans le manteau de saint Martin.

Le baron était en fumasse.

— Serait-ce pas plutôt ma fille qui t'aurait cassé potiche sur le groin?

Il tendit la main, spongea cul sec un verre de ginglet et attendit. Le pinard emparfuma son nez gascon. Il claqua la langue et babouina un signe de désagrément. Vite, qu'on lui versât une autre nasarde de piquette.

On la lui versa. Il la culsécha. Et il avait toujours aussi soif.

— Ferlampier! rugit-il au troisième coup de langue. J'en suis sûr! Tu m'as volé mon château-malescasse, ce cru bourgeois que je t'avais commandé ce matin! Tu l'as coupé d'eau claire et de mauvais vin de messe!...

— J'ai seulement goûté un petit verre à la tonne. Faut-il pas savoir ce qu'on verse à autrui?

Le baron haussa les épaules.

— Va te faire miser! corna-t-il.

Et sans prévenir davantage, il swinga un terrible pain dans l'œil de son valet.

— Ouyouyouille! Vous êtes bien avancé, maintenant que vous m'avez borgné!

Le baron s'approcha, reluqua sous l'entonnoir du hourdé, jeta un regard d'expert à son coquard et renifla plusieurs fois son haleine

— Souffle!

Brancouillu soufflina un zéphyr.

— Plus! Ourague! Bourrasque-moi dans le blair, je te prie!

Brancouillu gonfla les outres de ses joues et débourra tempête et postillons.

— Tu es tombé sur mon médoc, diagnostiqua le baron. L'autre prit l'air faux jeton.

— Je me suis embouti dans un pilier de votre voûte.

— Pas de blabla! Rien ne m'échappe, tu sais comme je suis vétilleux sur le chapitre du vin. Tu peux jambonner à la cuisine, piller ma fille si elle demande du mieux en surplus de ses maris. Pas garganer ma rive gauche! Pas lampionner mes saint-julien, mes estèphe et mes pauillac!

— J'aimerais mieux crampir sous un tank plutôt que de vous mentir!

— Jamais vu pire que ton espèce! Dieu Bon! Tu m'estampes assez! Mes foies gras disparaissent!

— Et mes gages? Y a du rire! Six mois de retard!

— Tu réponds, blagasse?

— Je rétorque.

— Tais-toi. C'est fifrelin ce que tu dis!

— Fifrelin? C'est à voir. Ma sécu! Mes avantages sociaux?

— Tu discutes tout, noir coquin!

— J'ai fait soixante-huit à Toulouse. Je suis bachelier. J'aurais pu être médecin. Si je veux, demain, je descends dans la rue. Je tonitrue, je vous pancarte.

— Des menaces?

— Et des pires! J'ameute la sous-préfecture et je défile. Je vous dénonce au calicot!

— Viens ça! que je te poque ma main sur le blaireau!

— Nenni! Je suis cégété! Encore un soufflet et je vous épingle au syndicat!

— Tu oserais faire ça? *A un Monsieur?*

— Farpaitement.

— Tu ferais cela! A ton bon maître? A ton protecteur? A ton ami?

— Ouida! Finis les fausses factures, le travail au noir, les privilèges!

Arthur de Monstatruc écrasa un larme insincère et opéra un rapide repli dans ses appartements. Au bord de la baignoire où il s'était arrêté, il fixait d'un regard petous l'eau de crasse et de hagne qui était la sienne depuis des semaines. Les mains en attente, il restait badant devant cette saumure glaciale.

Le valet l'avait suivi. La gueule ferrée, la main plate, il se contentait sans bouger de tenir son rang. Tant et si bien qu'à la fin de l'usure des nerfs et de la soif des entrailles, ce fut le baron qui tendit son gobelet pour que Brancouillu l'emplisse.

— Est-ce ma faute à moi si je vois rouge dès que tu me voles mon vin? plaida-t-il en guise d'excuse.

— Moi, quand vous me carottez ma paye, je deviens Jacques, rétorqua le drolle en servant son maître.

Et ce fut tout pour ce jour-là.

FICTION (suite) : Le lendemain matin, le baron de Monstatruc se leva de bonne heure. Il se sentait gai. Gai comme celui qui va à l'azur.

Trop content de retrouver ses forces et d'échapper à la monotonie du bain froid, le seigneur de Montallier décida qu'avant de penser à sa quête ou à ses huit, il allait pinter quelques gobelures de vin.

Il cornegueula pour appeler Brancouillu et trouva le gonze assoupi devant sa porte. Il attisa le coquin en le réveillant d'une gratole et, sitôt que le valet se fut jeté sur ses pieds, claqua des doigts pour se faire obéir. Cédant à l'éloquence du geste, Brancouillu attrapa le bourrabaquin de vin qui traînait à portée et lui versa à boire comme il le commandait. Illico le baron creusa son glasse avec la soif de celui qui n'a jamais bu auparavant.

Afin de faire du passé table rase et de bien montrer qu'il effaçait les mots âpres échangés la veille avec son domestique, le seigneur de Montallier piaula quelques paroles aimables à propos du bon vin de Léognan qu'il venait de licher. Il s'enquit du menu et se trouva fort réjoui à la pensée d'entougner une portion de fanfarons qui sont, comme chacun sait icite en Gascogne, des haricots de saucisses dont la féculence et la texture de peau sont propices à faire parler la culotte.

Plus tard, dans le sillon de la farce, après qu'il se fut repu de ce plat de gonfle-bourre assortis de crépinettes truffées, et pour bien montrer qu'il s'intéressait à la joie de vivre, Arthur de Monstatruc se frotta les mains et s'écria en usant d'une feinte ferveur dans la voix :

— Jean Bouchaleau, aujourd'hui est jour d'avenir! L'esprit d'aventure et de chevalerie rôde autour de mon cœur!...

Mais il s'interrompit, le front crispé, parce qu'une traçante publicitaire prolongée par un cuisant effet de larsen venait de traverser la pièce à l'improviste.

Elle disait PUB! Elle disait :

Egouttez-les souvent.

Plus frais que le plus frais, le surgelé à la cueillette!

Furieux d'avoir été dépossédé de la parole par ces baratins acoustiques, le baron de Monstatruc repapilla si sec :

— Jean Bouchaleau, aujourd'hui est jour d'avenir! L'esprit d'aventure et de chevalerie rôde autour de mon cœur!

— Quelle marrane, moussu Arthur! se résigna l'ébouriffé valet en se tenant sur ses gardes. Si vous escandez mon nom par son patronyme véritable c'est que vous allez encore me tabasser dans la gueule.

PUB! and PUB again! réitérait le type caché dans le

micro. Le micro qui perçait les frondaisons. Les ondes qui couraient entre les arbres. Les arbres qui n'y pouvaient mais. Le galimatieur qui disait :

—*PUB!* et un, deux, trois... *One, two, three...* Est-ce que vous m'entendez bien? Haut et clair, je dis, je répète :

— *Melon glacé pour Lui!* Chuuuiiint! Chuuuiiint! hiii! *pour Elle*, broum broum, pkwaaa, a a a
un traitement bas-voltage pour l'éclat de sa peau! Chuuuiiint! Chuuuiiint! Hiiiinguuuuu!

Les tympans fêlés, le baron baissa la tête en proie à un amer découragement et, passant outre le chuintement subaigu du larsen et le sifflot de sa chevelure de bruit, adressa un sourire biais à son drolle :

— Je ne te bats jamais par cruauté. Seulement pour me rendre heureux.

— Justement, messire. Depuis ces dernières lunes, vous rossez la main lourde...

— C'est que le monde est morose. C'est que ma fille est pleine comme génisse. C'est qu'elle est tombée aux mains de deux escrocs. C'est qu'une autoroute se dessine à ma porte. C'est qu'une cité-dortoir va éclore sous mes douves comme une vesse de pestilence! C'est que l'époque est aux abrutissoirs!

Du regard, il interrogea l'espace.

— Ce barrissement de haut-parleur vient du Diplodomouth, le renseigna Brancouillu.

— *Diplo do mouth?* En quelle langue?

— En français marketing, notre sir! Je vous parle du dernier cri de l'hyper-*discounte*, un magasin tout neuf. Juste sorti de terre...

L'Annonceur pénétra à nouveau dans la pièce et baffla sans vergogne :

Diplodomouth encore moins cher! Habitants de Villandraut et de la haute lande, réjouissez-vous! Toujours plus hypra, une grande surface est née dans vos jardins!

— Té! Quel phlegmon est-ce là? s'inquiéta le baron. Il riboulait des yeux vagues et fermait ses gros poings.

— Un labyrinthe d'entrepôts, l'informa le domestique.

Une banque d'aliments, des hottées d'huîtres, de friskies et de frusques gouvernées par ordinateurs.

— Quels sont les symptômes de la maladie?

— Trente mille sortes de produits! Dix kilomètres de linéaires! Toutes sortes de boîtes et entremets glacés. Seafood from Charlottesseville. Accointances taïwanesques. Voitures niponaises. Chaussures bulgaro-roumaines...

Qu'il disait l'Annonceur pendant ce temps-là, chuintt, chuiiinntt, ouverture tous les jours jusqu'à 21 heures et même le dimanche matin, livraison à domicile, les chips sont fabriquées par un artisan de l'Aveyron, le surumi japonais est colorié à Auch, qu'il crachouillait le salopeux, l'échauffant phrasibuleur, phonoviciait derechef le tréfonds de la campagne, borborygmait jusqu'au castèts, glaviait dessus les magnolias, spasmodiait les lauriers roses, sifflait, persiflait, soulottait :

Diplodomouth! Diplodomout hécrase les doutes! Après seulement deux visites à nos rayonnages, madame Rochebéziade nous fait déjà part de son enthousiasme...

La cliente (voix du terroir confirmant sur le ton ânonnant de quelqu'un qui déchiffre) :

—*... Sur mes semelles à vibrations raffermissantes, avecque Diplodomouteu, je positiveu!*

L'Annonceur :

— *Bravo! elle positive!... madame Rochebéziade Gaston du quartier Taris à Villandraut positive! Elle a gagné un filet garni! Pressons, mesdames, roulez jeunesse! Ensachage automa-tique! Marges très faibles! Y en aura pas pour tout le monde!*

— J'espère qu'ils n'ont pas un chat!

— Les gens s'y ruent! Les rayonnages rutilent! Des éclairages font briller les légumes!

— Bluff absolu!

— Même votre demoiselle-fille y a couru ce matin!

Les lèvres du baron bougèrent à peine.

— Pourkifère?

— Pour profiter d'une promotion de couches-culottes à l'emmenthal!

Arthur avait pris doucement une couleur de velours cramoisi. Il s'épongea le front et demanda sans trop vouloir y croire :

— Tout de même, drolle ! au sujet de ce Diplodomouth, il se trouvera bien quelqu'un pour protester contre la déconnerie générale !

— Erreur, monsieur le baron, les gens sont des bloches ! Ils ont horreur d'avoir une opinion ! Ils rasent les murs pour une baisse de 5 % sur les étiquettes de yaourts !

— Je suis malade ! Qui sont les rastas qui macrotent ainsi la camelote des mensonges ?

— Historique trahison, monsieur le baron ! Ce que je vais vous apprendre risque de vous foutre à bas !

— Pique-moi le groin avec un peu de fourche ! Ne me ménage pas ! Je sais bien que les mêmes cannibales sont toujours ceux qu'on retrouve !

Comme le valet devenait taiseux et se mettait hors de portée des mornifles, monsieur de Monstatruc se pencha sur la table. Il tendit son verre pour qu'on le lui remplisse et timbra sa voix avec aussi peu d'entrain que celui qui s'avise d'une fatalité :

— Après avoir fait biscotte avec ma fille, ses entôleurs de maris auraient-ils réduit le pays ? Nonobstant leurs transactions foireuses, expropriations, adjudications et séquestres en tous genres, où en sont messieurs gendres avec le négoce ?

— Eh bien, dit le valet, prenez cette nouvelle-ci, monsieur, qui va vous faire avaler des mouches !... Profitant d'un krach agro-alimentaire — astucieuse réussite ! — messieurs vos gendres à la corbeille ont fait fortune en trois quarts d'heure !

— Les faisans ! Jusqu'où ira leur briganderie ?

— C'est sans limites, à ce qu'on dit ! Aux quatre barres achélèmes de la « Cité Tamaris », aux cinq stations-service de la route océane, à la société de péage de haute Gascogne et aux parts de CIRCUM des communes limitrophes, il convient d'ajouter maintenant ce fameux magasin de grande surface !

— Outrant culot! murmura le baron comme s'il avait perdu ses forces. Quatre milliards de centimes me séparent désormais de leurs pâmoisons ventriloques!

— L'argent, moussu, est l'artillerie du moment. La guerre fait rage. On pille les pauvres. On gave les riches.

Les yeux du baron se voilèrent. La lassitude le mit à sec.

— N'est-ce pas là le cimetière des vivants, Brancouillu?

Le gadasson afficha un sourire désabusé.

— Le profit est cynique, moussu Arthur. Hourtoule et Tamisé ont trouvé la ficelle et bien chevillé leur affaire. Ils disent en leurs slogans que Diplodomouth réapprend à chanter les petits prix.

— Je suis sceptique, récrimina monsieur de Montallier d'une voix de stentor.

Mais le cœur n'y était plus. Il avait une expression de déconfiture gigantale peinte sur le visage et fixait son gobelet de vin sans se décider à le boire.

Une mouche passa. Une mouche se posa. Une mouche s'envola, se posa. Une mouche se serait bien noyée dans le verre de vin. Les mouches ont toujours à faire.

Brancouillu observait son maître qui observait la mouche en roumégeant sa grogne.

— D'ici à la fin du mois, finit par dire le baron en le prenant à témoin, les McCulloch et autres Ferguson auront tronçonné tous mes chênes, mes fayans, mes feuillus. Les buldoseurs s'avancent! Avant que l'année ne s'achève, les TIR, les Somua, les Volvo camionneront les marchandises vers Irun, vers Toulouse, vers Barcelone... A ce train-là, acheva-t-il avec des gestes larges, le grand péché moderne nous conduit vers le brouillard absolu!

Il passa sa langue sur ses lèvres sèches. Ensuite, tournant insensiblement la tête du côté des chantiers et des grues, des décharges et fumerolles, il murmura avec l'air un peu cinglé :

— Tandis qu'à l'extérieur se joue le déluge, voilà, je le sens confusément, que le grabuge risque de se glisser jusque dans le livre...

Il sembla pour un temps que le baron allait encore trouver les forces de quelque sainte colère, vilipender les vilains spéculateurs qui l'avaient jeté sur le sable, Floche qui ne l'aimait pas assez, mais soudain, tirant l'échelle de ses griefs, il abdiqua. Une grande urgence enfouissait dans sa gorge les paroles venantes, il tourna des talons sans crier gare, abandonna le terrain à son valet, et, trissant vers les wécés comme un qui va-t-au ciel, s'espatarra en catastrophe dessus la porcelaine de son siège par Jacob et Delafon.

Quinze secondes à peine, il eut le temps de combattre contre les diables qui lui riffaudaient les parois de ses muscles lisses. Il sentait monter dans son ventre un bruit de cent grenouilles. Boyau contre intestin, les mains tenant le ventre, il laissa venir à l'air libre le feu de son urine, puis, surpris par la hâtivité d'une mousse de diarrhée, projeta son corps vers l'avant, déchira l'air de plusieurs ventilences et leurs bulles, et finit par libérer une grande tour de matière en sa gerbe d'écume.

— J'entends que vous embrenez bien, approuva Brancouillu que de nombreuses années au service de son maître avaient habitué au partage de ses macérations intimes.

— J'exonère une montjoie et trop plein de barbouillements et cagayre qui remontent à bien loin! annonça la voix du baron. Que je me libère enfin de toutes ces eaux de soufre!

Plus à son aise pour parler, Monstatruc tira la chasse, se repantalonna de frais et hurla par-dessus l'eau qui trombait en cataracte :

— Jean Bouchaleau, battons campagne! nous sommes faits si nous n'entrons pas en croisade contre les cuistres, les pue-du-bec, les malodorants de la Bourse! Déjà, l'empoisonnement des âmes soude le courage des citoyens jusqu'à la troisième cervicale!

En prononçant ces paroles de colère et de vérité, le baron semblait retrouver sa prestance et son suc. Au coin de sa baignoire, il empoigna son gratte-dos en os de cachalot qui ne le quittait plus, coiffa le tricorne de l'amiral et commença à fourrager dans un tiroir pour y trouver ses pinces à vélo.

— Habille-toi, cher compagnon! enjoignit-il à son homme de peine. Dépoussière notre tandem! Graisse bien la chaîne, n'oublie pas les pignons, les braquets et les freins! Nous allons sortir à toute bonde et pédaler sus à ce Diplodomouth!

— Sortir l'Alcyon?

— Retrouver nos vingt ans!

— J'admire votre fougue miraculeuse, notre maître, se signedecroisa le badoc, mais je vous supplie de ne pas purger le monde à nous seuls!

Il desservit la table. Une mouche s'était noyée dans le vin.

23

FICTION (suite) : L'Alcyon du baron n'était point de construction récente. Ce tandem ou cycle à deux personnes, pour avoir été dans sa jeunesse la plus noble conquête de Bouillon de Pompéjac Alphonse, le défunt frère du père de Monsieur, était né vers 1927, dans une forge de tradition du département de la Loire. Il offrait l'aspect fantasque et endurant d'une vachette de métal brasé, dont le guidon, naturellement dressé et maintenu par une forcipressure d'écrous, eût figuré les cornes. La silhouette noire et haut tubée de son cadre méritait qu'on se hisse. Escorté sur le flanc d'une pompe à vélo rutilante, pourvu de deux garde-boue travaillés dans les chromes, d'un éclairage à dynamo alimenté par frotteur et d'un robuste fixe-bagages, ce destrier dur à l'éperon était monté demi-ballon. Pour rendre l'affaire plus chatouilleuse, le pneu arrière cisaillé par l'âge laissait entrevoir le sourire d'une gencive de chambre à air qui perdait son haleine à chaque tour de roue.

Voilà qui n'était pas suffisant pour empêcher monsieur le baron d'avoir du poil au ventre. Persuadé que cette sortie vaudrait pour l'exemple ou serait à tout le moins une répétition avant le grand saut dans le monde, il avait avalé sa langue dès la première grimace et se concentrait sur son effort.

Les mains aux cocottes, les yeux posés sur les rives de la route, pédalant de cul et de pointe, il affirma dès l'entrée son style dans le genre coulé et, la taille en danseuse, les épaules rythmiques, les mollets biellés, joua, tout au long du trajet de soixante-six hectomètres, la pièce de celui qui est un féroce du cyclo, une bête à tandem, un aficionado du cale-pied.

Sur la seconde selle, le vent coupé par la stature de son maître, Brancouillu essayait de trouver ses chevilles et pestait contre le manque d'exercice. Comme le baron fournissait le gros de l'effort et semblait en avoir dans le maillot, le gadasson finit par mettre les pouces à la ceinture et fit flanelle jusqu'à l'arrivée.

Ayant garé leur lourde monture à l'écart d'un embouteillage de cacugnes à moteur, les gensses de Montallier passèrent un tourniquet compte-personnes. Ils refusèrent les services d'un caddy-boy et, poussant devant eux le crabe d'une voiturette à commissions (pas caddy, pas caddy, pas d'angliche!), le maître et son valet se trouvèrent aspirés avec tout un plancton de petits consommateurs par la large bouche du monstre Diplodomouth.

— Midi! s'exclama le baron à qui les circonstances redonnaient du fringant. Nous voilà dans la place! Ces fortiches du siècle vendent-ils seulement du demi-ballon?

Solidaires d'un banc de sardines du troisième âge et d'une famille de cueilleurs de fraises maghrébine, ils se laissèrent porter par la vague jusqu'au comptoir du talon-minute et de la clé instantanée. A partir de ce point giratoire, en se lâchant à peine, ils nagèrent jusqu'à la cafétéria. Dans le sillage de trois beurettes à la silhouette rythmée et d'une escouade de godelureaux avec de drôles de cheveux platine qui venaient de récupérer leurs santiagues chez le cordonnier, ils pénétrèrent dans le lieu et commandèrent deux armagnacs afin de se donner du toc.

Hormis les cinq jeunes occupés à s'emmancher les pieds dans du cuir en fumant des cigarettes long-size, l'endroit était sur le sable. Affalé derrière le perco, le barman mettait l'index dans son nez et cherchait la petite crotte. Les beurettes gardaient le regard vacant. Les lèvres environnées d'un linceul de fumée bleue, la clope ultra-light vissée au coin des lèvres, elles prenaient devant la glace des poses de top-modèles ourlés de spleen. En sapes *néo-cheap*, elles acceptaient l'heureuse prophétie que leurs corps révéleraient un jour l'idée d'une obsession torride. Tout au fond, près des wécés, un couple de chômedus s'embrassait avec la langue.

— L'époque est douloureuse, jaugea Brancouillu en ressentant une sensation de malaise inexplicable.

Il passa la main sur les sueurs de son front. Il était gris et perclus. Il se tenait ployé sur ses jarrets.

— Ami, tu vieillottes à vue d'œil, plaisanta le baron.

Et comme l'autre ne lui répondait pas, il s'enquit :

— Qu'est-ce donc qui te fait couniller de la sorte, Jean Bouchaleau ?

— Je me sens tout en branle, moussu Arthur. Ces gosses, là... tant qu'on y est... la cafète, les mobes, la vidéo... c'est pas un vrai menu pour les jeunes. Même le ping-pong et le macramé. Même le foot et les majorettes. C'est pas fatalement une ambition à dix-sept ans...

— Tu garrules comme un geai, drolle ! le coupa Monstatruc. Est-ce notre faute si ces petits désenchantent ?

— Té, sûrement !... Sitôt qu'on embrasse les malfaçons de l'âme humaine, nous sommes tous dans le même potage ! Dès lors, moussu, même si la garbure est énorme, vous et moi sommes responsables de quelques pincées de sel !

— Si tu vas par là, on entre dans l'incantation ! Je n'ai rien fait pour que la morale soit minée ! Je n'ai pas participé ! D'ailleurs, j'étais au fond des bois !

— Justement, vous étiez myope ! Vous avez mangé vos foies gras en vous débarbouillant du reste !

— Je ne connais qu'une chose : notre vieux monde torché valait cent fois le leur !

— Grande ivresse, not'maître! Les dieux d'aujourd'hui sont bourrés! L'humanité titube! Partout trombosent de variqueux phénomènes modernes! Les gosses hallucinent devant les spasmes au vitriol! Le sida coupe son plaisir à l'amour! La confiance se cache! personne ne répond! Il est question de savoir qui va s'occuper de ces jeunes!

— La réponse n'est-elle pas évidente, Brancouillu? Le bluff vient tout droit des machines! Le cœur tourne à vide! Nos chers visionnaires pompeurs de bénéfices ont abandonné la jeunesse! La société qu'ils ont dessinée est si moche que les pauvrets cherchent à rencontrer leurs rêves.

Ainsi dit le baron. Mais il le sentait confusément, c'était assez rassurant de discuter encore deux minutes à pied sec avec un nez en bouton comme Jean Bouchaleau avant de se lâcher dans le beat du monde moderne.

Il jeta un regard craigneux du côté des néons. La grande surface dardait plein phares sur les prix.

Un haut-parleur lâcha ses vannes à l'improviste. Une voix destroy au charme plaintif dans l'esprit des Caraïbes se mit à courir dans la salle de la cafétéria. L'endroit était toujours vide de signes de vie plus enrichissants que ceux dont venait de se désoler Brancouillu. Les nouvelles tours achélèmes se dressaient en découverte des baies vitrées. Le soleil, à perte de vue, dessinait une plaque de terre aride. Une ambulance lente et minuscule rebondissait entre les herbes où achevait de se consumer une carcasse de pneu calciné. Inlassablement, dans la poudre d'un chemin menant aux lotissements, une horde de chiens errants cherchait les contours de ce qui aurait bien pu maintenir les morts à l'écart des vivants. Dans la salle, les ados se regardaient dans le blanc des yeux en faisant de la fumée Malboro. Le barman étudiait le vol des mouches. L'amoureux avait toujours la langue dans la bouche de sa pistelle. Il n'en faisait pas lourd.

Presque rien ne bougeait en somme, si ce n'est un bel enfant noir.

Le gosse se tenait à contre-jour de l'entrée. Il mima trois pas de reggae pour lui-même et reçut la lumière en plein front.

COULEUR SÉPIA : Dites! L'esprit du siècle est pour nous! Je demande une petite fleur! On ne refusera pas ça au cinéma! Un petit arrêt sur image. Le gentil négro que je viens de faire entrer se fige dans un rai de soleil. Son front brille. Ses dents sont éblouissantes. Sous l'œil attentif du baron, de son valet, il a commencé à danser. Roman-rap et tout qui bouge. Il suspend son geste. Il reste punaisé dans la découpe blafarde de l'entrée de la cafétéria. Son short godille. Sa chemise à fleurs s'ouvre sur un coin de peau. Gracieux déhanchement. Flou dans le mouvement. Ses yeux sont fermés. Eh bien, stop! Main basse sur le temps! J'arrête les pages comme si elles étaient les aiguilles d'une horloge. Montage par analogie, j'envoie un autre film. 5, 4, 3, 2, 1, start! Des lignes fixes bombardées de points noirs et blancs se mettent à danser comme des électrons ivres. C'est du chaud travail que je demande au lecteur. Nous remontons le cours des années.

CARNETS POLAROÏDS : Saint-Florentin, vous permettez, j'ai bien connu.

Mômineau dans l'Yonne et même adolescent, la mémoire me remonte.

Saint-Flo était autrefois un bourg d'un calme alarmant. Partout des braves gens. Pendus comme des croûtes au fil du temps. Attachés à leur pays de très vieille date. Cherchant des brevets d'estime. Jamais une goutte de sang. Pas de télé. Juste la Téessèfe et la bouche pour jaser. Machin est cocu, passe à ton voisin.

C'était du vide, pour ainsi dire. De la patience, de la politesse. De l'épicerie. Du Coop. Du Caïfa. Du petit commerce. Des regards un peu désireux, derrière les persiennes. Des chiens qui faisaient leur crotte. Des quatre saisons. La santé essentielle. Les os pour durer. Les médecins de famille. L'Armançon pour pêcher. Et tout au bout, un grand cimetière.

Tandis qu'aujourd'hui, autre affaire.

PLAN RAPPROCHÉ : Prenez le sujet de la populace. Saint-

Flo, c'est pas seulement 6 750 assiettes à l'heure des repas. C'est 32 % d'immigrés. 18 nationalités dans les rues. Du Marocain, principalement. Des Portos, des Espingoins. Quelques silencieux, venus d'Asie. Et des Ritals, mecs à truelles. Paraît que c'est bon pour le bâtiment.

Implantation étrangère largement suggérée et encouragée par les employeurs. Années 58, ces eaux-là, j'imagine. Galvanisation. Sidérurgie. Fonderie. Main-d'œuvre bon marché. Ghetto achélème. La Précey. Cité Ravel. Le label boléro. La greffe musicienne sur la ZUP, ça fait plus humain, plus culturel. Et moins cosmopolite.

C'est oublier tous les loustics. Les enfants du béton. Ceux de la deuxième génération. Voire même troisième dynastie. Des gars hypras, des petites beurettes. Enfance oubliée, le monde à fleur de peau. Claquements de mâchoires et boîtes à rythmes, des gus faits pour la fusion du rock. Au comptoir du café, c'est délire. La nicotine, l'habitude de la gobette et le zigzag du flipper s'embrassent. Soleil noir. Le fond de l'air est Afro beat.

Chanson-tube et notre temps, les gosses bogartent des clopes avec la zizique de leurs champions. Tout synthé. Coke II en première ligne. Des mômes pour ainsi dire qui fricotent direct et naturel avec les petits Bourguignons. Un monde pris par la rage, chargé de certitudes. Une jeunesse, à vingt berges, elle dit qu'elle est française.

Pourtant, si t'es beur, si t'es mixte, parfois, c'est moche. Tu souffres au cœur et à la tête. Tu cherches même pas le pataquès et pourtant, t'es exclu.

Dis, pourquoi ça s'est fermé la salle de jeux automatiques ?

Ils vont à l'école, les Marocains. On leur apprend qu'ils ont droit à l'instruction. Aux compos de maths. Ou alors dis, c'est que pas tous les élèves ils ont droit à la colique ?

Quand même, les blocs, les barres, c'est pas facile à vivre. Le béton, c'est énervant. La tragédie du berger allemand est jouée. C'est le jour le jour qui va traviole. La donne est faussée. Tout est boutiqué d'avance. Les gens d'ici, ils t'admettent pas. T'as beau faire tout, te laver beau, brosser tes dents, mettre des couleurs sur tes habits, *un Marrakech* ou *un Rabat*, *un Agadir*, *un Ouarzazate*, c'est malvenu dans leur jeu de quilles. Ils disent l'oued Oum er-Rbia se jettera jamais dans l'Armançon !

D'ailleurs à Saint-Florentin, depuis des années, qu'est-ce qu'on attend ? Qu'est-ce qu'on attend, mon frère ? Six accidents pour un feu rouge ? Vingt-sept morts pour un sens giratoire ? Deux jeunes cadavres pour un peu de chaleur humaine ? En remontant aux calendes, on parle bien de ce fameux débat sur la prévention. Il fut un temps où il avait été prévu deux éducateurs de rue. L'ancienne municipalité devait les prendre en charge. La nouvelle n'a pas suivi.

Les jeunes s'ennuient. Pas de dialogue. Pas d'interlocuteur. L'architecture, t'as vu les cages ?

Les gars de la cité Ravel, ils restent à la périphe. Ils retournent à la couleur. Ils bâtardent sur une guerre perdue d'avance.

Ils relèvent le crépu de la tête. Ils disent qu'ils sont français.

Ils sont ? ou ils sont pas ?

Ils sont ! Faut pas se déchiqueter les foies. C'est naturel. C'est juste. Ceux de Ravel, ils sont collés à leur nouvelle terre.

Que Pierre ou bien Paul, ils sont pas pires, Ahmed ou bien Saïd.

Sur les rangs de la méchanceté pas plus garnements que les petits Gaulois du cru. Certains habitants reconnaissent même que les quelques voyous de Saint-Florentin qui font connerie sur connerie « sont autant des Français que des étrangers ».

Alors, on pourrait espérer c'est fait ! La France est à eux !

C'est trop vite dit ! C'est compter sans l'ignoble, sans l'éternelle connerie. Refus du lieu de naissance à partager. Sentiment de la différence. De la supériorité. A croire qu'une bouche de plus à nourrir et c'est le pain des Dupont qui fout le camp.

A Saint-Florentin, ceux qui déplorent les tensions, les vols, les vitrines cassées, les voitures abîmées, ils hochent la tête. Ils sont pas des couche-tard. Ils se méfieraient un peu des pétarades. Eux, les cris, les fusillades vous savez... Ils disent, ils disent là-dessus, on a raison. Z'avez qu'à essayer de vivre avec ces gens-là. C'est pas la même mentalité. Ils disent essayez, il faut rien faire à moitié.

Mais alors, à ce train-là, le racisme?

Fumée. Berlue. Rigolade, il est dit dans la presse de l'époque. En Hexagonie, en vieille Europe, plus question. Juste des velléités. Chers vieux démons, adieu!

Pourtant, c'est curieux comme les bonnes gens font meute. Comme ils ont l'instinct de peau. Chuchotis, d'abord. Défilés ensuite. Et si la peste brune était récidiviste?

La France est au chiot. Elle vibure au chien méchant. Autant de toutous que d'enfants. Dix millions pour demain. On déconne à l'os parfumé mais on entraîne au collier étrangleur. Y mord, vot'cador? Y mord presque jamais, m'sieu. Juste il aime pas les Noirs. Les Noirs, les vieux et les petites filles qui pleurent.

Comme ça que le malheur est arrivé. Par usure des nerfs.

« On l'avait bien assez répété », ils ont dit les Français fatalistes, c'est l'énervement, ça devait arriver.

Une vraie boucherie, vendredi soir.

PULSAR MACHINE : Les Florentinois, la cause, c'est l'énervement, ils disaient.

Au début de l'histoire, c'était juste un peu sport. C'était comme en semaine. C'était pas plus brut. Ça n'en est pas moins vache.

Bruno Amelot ramène ses dix-sept balais. 23 h 30, il tatane à la porte de l'unique restau du coin. Quinze jours qu'il faut sonner à la porte du Pacific pour se faire ouvrir la lourde. Les Marocains sont tricards au restau.

Bruno, à ce jeu-là, il perd ses arêtes. Il mitraille au caillou. C'est pas un gang à lui tout seul, mais pas de louvoieries entre nous, il a peut-être pas raison de se croire dans un feuilleton sur la 6. Après tout, vouloir une tartine — un sandwich —, c'est pas la peine de se faire ganssetère américain.

N'empêche, il est couleur. Il est français, mais il est couleur. Le restaurant est interdit aux Marocains, je me permets de faire remarquer. Va te faire enculer, des trucs comme ça, on lui savonne. Il voit ivre le Bruno. Il se tourne vers ses copains. Les jeunes s'énervent, hargnent au chômage. L'enragement qui les fait aboyer. Une frustration sournoise. Une marchandise de violence qui ne tient pas en conserve. Y faut que ça ressorte. C'est comme je dis.

Certains répondent, les maghrebs y z'ont pas à se plaindre. Les trois quarts des parents d'immigrés, quand ils sont arrivés, ils étaient passés par des cités de transit. Ils ont trouvé un drôle de mieux en posant le sac ici.

C'est vrai. Tout est vrai. N'empêche à ce régime, on s'en va vers du sang.

Bruno, ses copains, ils arrivent pas à se faire ouvrir la taule du Pacific-Club tenu par Michèle Van de Walhe-Ganne.

A l'intérieur du donjon, ordinairement interdit aux Marocains, Jack Bara, trente-quatre ans, cuistot de son état, commence à se faire du fiel. C'est infini, l'hystérie. Le king de l'œuf poché vin rouge valse à la grenaille. S'en va quérir une artillerie. Monte au vasistas. Juché sur un tabouret, arrose au pistolet d'alarme.

Bruno s'en tire au poil. Mais du terroir on passe au terrible. C'est de part et d'autre un grand lâcher de mots irréparables.

Le cuistancier court à son flingot. Il fait long-rifle et sort du restaurant.

C'est parti cruellement dans les mauves.

Une main a éteint les lumières, les affiches, le trottoir. Saïd Mhanni vient de tomber. En s'affaissant, il paraît cassé, à rebours de ses forces. Un truc à pans coupés lui est entré dans la tête.

Saïd Mhanni, il vient d'être brûlé vif. C'est dans son jus de cervelle. Une abeille en cire chaude. Un plomb de mort. Une balle en pleine tête. Une vraie balle.

Avant, il marchait.

Le père de Saïd, plus tard, quand il est devenu le père de

la victime, il a dit Saïd avait vingt ans. C'est un âge bien pour marcher.

Sur le moment, la nuit avait pris un air de folie. C'était plutôt des pointillés. Les jeunes de Saint-Florentin se sont foutus à plat ventre. Les bouts étaient difficiles à recoller sous l'averse. La pluie dégringolait à l'horizontale. Averse 22 long rifle. Ça martelait les tôles d'une bagnole. Une voix a dit : « Faisez gaffe ! Il en veut au moins un ! » C'étaient des vraies balles. Elles cherchaient la vie à l'aveuglette.

Le cuisinier Jacky Bara du Pacific-Club, il avait vidé son chargeur.

Alors dans la nuit chaude, on a entendu un grand silence.

Tambour ! Tambour ! le sang coulait en direction du caniveau et se perdait dans des épluchures et tout ça.

Du lointain venait un air de reggae. Tambour ! Tambour ! Des types tapaient sur des drums en ferraille. C'est de ça qu'on avait besoin. De quelque chose qui vous remuait en dedans. Comme les échos d'une sauvage cérémonie d'enterrement.

Dans l'obscurité moite, personne ne bougeait.

Si ce n'est un bel enfant noir sous les réverbères du carrefour. Son haleine était brûlante. Doucement, en dansant, doucement, ses yeux étaient des tapis humides.

Doucement, il pleurait.

FICTION (suite) : Si ce n'est un bel enfant noir.

Le gosse se tenait à contre-jour de l'entrée de la cafétéria. Il mima trois pas de reggae pour lui-même et reçut la lumière en plein front.

Une sculpturale Africaine avec un balai, un seau, une serpillière, surgit de derrière une plante caoutchouc. Elle posa sur l'enfant deux grands yeux profonds comme la nuit et lui ouvrit les portes d'un sourire triste. Elle dit non non non Joseph, pas de Coca, de l'eau fraîche du 'obinet ira aussi bien. Maman n'a pas de sous.

— Grrr ! fit l'enfant à sa mère.

Il faisait mine de vouloir la griffer.

— Qu'est-ce que tu fais Joseph ? s'effraya-t-elle en ébauchant un geste de fuite languissant. Elle riait. Elle riait. Vilaine bête avec un air fé'oce! Tu m'att'apes au visage! Tu me crèves les yeux!

— *Fuck, mammy!* Je suis l'âne qui est couvert d'une peau de lion! dit le gosse. Quand je serai ministre, je boi'ai du Pepsi! J'aurai une Béême et je serai *no looser!*

— *Ray!* décida soudain le baron en sautant de son tabouret de bar. Entre les enfants et moi, les planches de la passerelle sont brisées, mais après tout, en avant, Brancouillu! Faisons comme le drolle! Vivons au-dessus de nos moyens!

A pas glissés, comme on goûte l'eau d'une piscine, le tricorne sur la tête, les pinces à vélo aux chevilles, il se jeta bravement dans le courant de la foule. A quoi bon tortiller? Brancouillu était fait pour suivre son maître.

Il petonna derrière lui.

Poussés par un flux continu de nouveaux arrivants, ils abordèrent les travées regorgeantes de victuailles du Diplodomouth.

Le torse bombu, prêt à chanter la gamme du progrès et à se fondre à l'unisson des ménagères affairées, le gascoun commença à pratiquer le lieu avec l'assurance d'un vieil habitué.

Bravant les olifants de la Quinzaine du Blanc puis les accents pâmés de la démonstratrice en cosmétiques, il fit donc mouvement, *mettez-vous en beauté avec notre gel de massage hydratant, avec notre crème fraîche hespéridée multi-active au lait maternel!* en direction d'un vigile qui se tenait dessous un haut-parleur et surveillait le flot des chalands. La lippe rigouillarde, il empoigna son gratte-dos en os de cachalot qui ne le quittait plus, crocheta le baudrier du mercenaire et fanfara à intelligible voix :

— Y a de la vape, hein, mon brave! On est cernés! Toute cette gaieté impérative! Mangez ceci, bouffez du zan! C'est un coup à retourner roguer son os au fond de sa baignoire, vous ne croyez pas?

— Faut pas t'gêner, *hype*, l'encouragea le poulardin. Des rondelles comme toi, il n'en faut pas ici.

— Craignez, militaire, la colère de la colombe, mit en garde le baron.

Il serrait dans son dos son gros poing à foutre sur la gueule.

Mais, ajoutant soudain de l'eau dans son vinaigre, il fit un sourire au factionnaire :

— Je cherche le rayon des vneus et chambres à air, vous n'auriez pas vu ça ?

— Tout recte, indiqua le vigile au physique un peu zen.

— Cet homme crapuliforme a du vocabulaire, s'étonna Monstatruc en rejoignant Brancouillu.

Tristifié par les mœurs du temps, l'homme du peuple haussa les épaules :

— Même les flics, ils les recrutent à bac plus deux. Paraît que vigile, c'est le dernier refuge des psychologues.

Il laissa le baron pousser plus loin leur caddie et savata derrière lui.

Plus ils s'enfonçaient dans la bête, plus ils se payaient une pinte de bon temps rock. Le corps de Diplodomouth enfermait la synthèse métal-techno d'une pulsion acoustique capable de traumatiser un sourd. D'épais accords de guitare heavy avec fracassements démentoïdes ponctués de cris, d'onomatopées et d'éructations diverses fracassaient les dernières velléités de rebiffe du comportement humain.

Arthur de Monstatruc, nullement entamé dans sa détermination, la mine avantageuse, bien musclé sur ses mollets cambrés, poursuivait avec délices le début de son aventure inouïe dans ce monde piqué par l'argent. Tel celui qui se promène sur une belle allée ratissée, les yeux doux comme des perles, il traça son chemin par le labyrinthe des rayonnages, poussant la désinvolture jusqu'à picorer d'une main distraite dans quelques étalages.

— C'est trop bouffon ! plastronnait-il de temps à autre en se retournant vers son valet, moi aussi, je peux garçonner et brûler la chandelle !

La main de plus en plus gaillarde, il commença à dévaliser chaque rayonnage sur son passage, si bien qu'en un clin d'œil le caddie fut presque plein. Outre ce choix de produits de consommation courante, il huita une trentaine de pas indécis autour du kiosque à bijoux.

En roulottant des yeux d'homme en retour de caresses il choisit une broche à l'attention de la prochaine dame « dont il ferait son quatre heures ». Il picora aussi dans les écrins trois ou quatre épingles à cravate, autant de chaînettes d'or, pour ceux ou celles qu'il ne manquerait pas de rencontrer dans les rigueurs et vents de son voyage et « qu'il voulait aimer avant de les connaître ». Enfin, il jeta son dévolu sur une alliance en ses brillants et feux de diamantine, destinée, disait-il, « à la franche marguerite de son cœur, à la dame rieuse, à celle dans le besoin », qu'il avait aperçue par voyance, au fond de sa baignoire, et qu'il irait, fût-ce au bout des labyrinthes les plus embrouillés, quérir au péril de sa vie.

— En attendant, vous allez vous foutre sur la paille, augura Brancouillu qui suivait le train de ses dépenses avec la trouille au blair. Encore un peu et nous serons indigents!

— Je ne compte pas payer *forcément*, rétorqua monsieur de Monstatruc. D'ailleurs, je n'ai pas un rond.

Le valet fit la grimace.

— Ce n'est pas consolant.

Il pensait aux arriérés de ses gages et comptait bien vider le sac à ce sujet avant de partir sur les routes. Toutefois, avant de picoter son maître un peu plus, il lui laissa jeter quelques produits supplémentaires dans le caddie, mit la pimbe de travers, hocha gravement et dit :

— Méfiez-vous de l'embuscade, moussu! Ici, tout est organisé pour la détrousse de la clientèle.

— Putain de foutre sort! Tu crois que je n'ai pas compris le pays? Reniflé la technique? Vu que l'épicerie regorgeait à l'étal!... on se sert, on empile... Libre service! Embarras du choix... ad libitum... Servez-vous bien! Reprenez-en! Encore! De tout un peu! A la fripe! Au survête! Au joguinngue! A la raquette! Aux croissants beurre! Aux trois pointes Bic! Le client est roi! Toute cette viande! Qui pourrait résister? A ce train-là tout est écossé d'avance! Dupont moyen est cannibale! Il est caviste! Il jardine! Il bricole! Il encadre! Il artiste! C'est fait! L'habitude est prise! C'est excellent. La pente est douce. L'émulation constante. Soleil sur les affiches! Roublardise en chemin. N'avez-vous rien oublié? La camelote détale sur le tapis roulant. Les veaux, les moutons sont fatigués à la caisse. Encore trois petites lames Gillette pour bien vous achever le cheptel! Envoyez les codes barres! On démagnétise le mental. On dévalise automatique. La recette est bonne! Pillage! Pillage très compétent!

— Hé oui, monsieur. C'est le grave et le péril de ces endroits.

— C'est le pont aux ânes des consommateurs!...

Le baron, soudain, s'était tu.

Annihilé par la stridence d'un power-quintet aux accords douloureux, elle-même saturée par une resaucée de jingles et autres vociférations de quinzaine commerciale, il fit le gros dos, laissa passer le bouillonnement d'un mascaret de pollution auditive qui disait *Femmes! vivez de goûts et de couleurs! Croyez à l'ascendant du charme!* Le commerce continuait sa follerie robotisée tout en laissant filtrer des « *C'mon, now!* » dans les amplis maousses, aussi quelques « *You can rock this land, baby, ye-eah!* » poussés par des hurleurs incontinents perchés sur une estrade, avant de rebondir — inspirations soudaines, idées filantes comme des comètes —, de fuser — infatigable tricot de cordes électriques, *Oh, yeah, Baaabe!* — et de timbrer maboul des glissades, des fulgurances, *hoque et choque! Et rap et tag! Et cours et pile!* mélodies de paroles déstructurées, rage sèche sur corde à linge, incompréhensible saumure, *sans pitié et sang impur, sens unique et sans mesure,* l'apocalypse déferlait sur les chalands, les pékins, *sac, sac, saque et sang!* rap-story cache-misère, cités suburbes et rimes urbaines, comment *J'ai piloté Twingo!* la symphonie-vrac martyrisait les jugements, *oh yeah!* ou simplement s'irisait en reflets de dépliants touristiques, *Paris-Bombay-Nagasaki, Paris-Bombay-Nagasaki,* l'étrange bœuf planétaire resurgissait, guitares plein pot, une fusion blanche dans une période sombre, verve en AZT, placébos-bénéfices, des phrases res-

sortaient, *pourquoi veux-tu que je travaille?* rap-cannabis à
La Courneuve, tranxène-chômage aux Francs-Moisins, les
prix zélévés, les contestes-banlieues, greli-grelo, greli-gre-
naille, calibre 35, mort acoustique, *un flic flaque, des flics
flaguent,* night and day, si vous allez par là, *contreboum et
alcootest, oh yeah!* c'était donc ça, le *new label?* le mal de
vivre? — gel exfoliant sur tous les corps, stimulation des
méridiens — les grafs, l'ectasy, le laser menaient la destruction, roman-rap et tout qui bouge, hurle-crie, mon camarade, les drums, les voix, l'Animateur, le ramble, les
zidoles, le larsen, les clones, les funks, les skins virtuoses s'y
mettaient en rythme haché, ils disaient *Mettez des chaussures Zepplin et survolez le monde! Balles à plomb, circonci-
sion et matraquade! Soulevez les pieds, hip hopez! vous enver-
rez promener les problèmes de la vie!* ils s'y mettaient,
épileptiques, ah païens! très fétichistes! leur dinguerie se
superposait à la gymnastique du désordre, ils s'y mettaient
de toutes les chiottes heavy, la génération grunge, ils car-
tonnaient sur l'habitant, *hou, hou, hou yeah!* barbares, ils
remontaient les temps, ils se donnaient la bosse du sang,
Shoot! Gun! Kill! un accord perdu avait frappé le baron en
plein front, il était foutu bien sûr, le blanc mental ne se
trouve pas au fond d'un baril de lessive en poudre pensait
vaguement le malheureux, il était broyé au vide-moelle, au
syphon à cervelle, *Honk! Honk!* Lâchez les acouphènes! il
avait perdu ses tympans.

Il avait perdu ses tympans.

Il pensait aux Pygmées qui attrapent des maladies de
peau sitôt qu'on les habille. Il ouvrait et fermait les
mâchoires comme une truite manquant d'oxygène. Il avait
encore en tête les pensées enfantines d'un carré de violettes
blanches au sommet du mont Canigou. Il se cramponnait à
un fil.

Il luttait.

Dans un moment pareil, comment ne pas avoir envie de
respirer quelque chose de pur?

— Le temps est assez soigneux de nous ôter la vie, sans
qu'il soit besoin d'en chercher la fin prématurée en ces

sortes de traquenards, murmura-t-il lorsque tout ce tinta-
marre fut évacué. Et quelle tristesse si ce que nous enten-
dons n'est plus que l'écho de nos propres voix désaccor-
dées !

Il repoussa le caddie avec toute sa marchandise. Il avait
l'air si fatigué. Les obares lui sifflaient comme des trains.

— J'étais prêt à essayer de prendre toute l'affaire du bon
biais, soupira-t-il encore en prenant appui au bras de son
valet, comme un convalescent. Mais cela est trop laid et
c'est un préjudice. Ça ! viens, Couillu ! Tout ici est en eau de
bidet ! Ces gens ne nous aiment pas ! Retirons-nous de leur
charivari avant de yoyoter de la touffe ! J'en ai vu et enduré
assez pendant cinq minutes pour ne pas choisir leur façon
de se faire des ampoules...

Le cœur percé par ces transmutations du commerce, la
vue un peu trouble de tant de méchant monde qui lui
passait dessus avec ses voitures à roulettes, avec toute sa
lessive, son envie de toujours plus propre, ses soldes, ses
promotions, ses affaires du jour et son urgence pressée, le
baron, misérable en sa tête et sourd en ses oreilles, mais le
cul net, se mit en marche vers la sortie et chemin faisant,
commença à déparler entre ses dents.

— Brancouillu, ressassait-il dans une bouche d'écume, il
est une chose qui me fâche encore plus que le reste, c'est
qu'en somme c'est mon propre argent dilapidé par mes
gendres qui sert d'orgues et de denier du culte à cette
grande messe d'absurdie. Vois ! Où est l'honneur ? Où se
niche la beauté ? Parmi ces bailleurs de coquilles qui fera
un sourire à l'autre ? Personne ne se regarde ! Personne ne
se fréquente ! Tout n'est que malice d'épicier, trahison d'éti-
quette et coquinerie de hangar réfrigéré !

Ils allongeaient le pas mais les enfiévrés de haut-parleur,
les accros du *dumping*, les thérapeutes du *marketing*, les
branchés durs du *manage trade* n'étaient pas prêts sur leur
passage de laisser l'herbe repousser sur le nouveau ring
électronique de leurs exploits. Pas de répit pour le calcul de
la marge bénéficiaire. Pas de trêve pour le volume d'achat
du caddie moyen. Aux oreilles des pékins mécanisés, à la

face des visages de bois, en présence de hordes minijupées, eaudeparfumées, dans une atmosphère saturée de chaleur combinée, de compartiments réfrigérés, de sticks multiprotecteurs, de vidéo-gestion, inlassablement, sur des écrans cent fois répétés, des jeunes gens en bonne santé, avec les dents du succès et le tempo marchand dans la moindre intonation, demandaient aux femmes : *Des fesses de rêve?* ils psalmodiaient : *avec up-lift, rien que du ferme!* Ils persuadaient les plus mal foutues, les plus arides, les plus harassées, de combattre sans effort, de vaincre la culotte de cheval ou le ventre de Suisse : *vous défierez la pesanteur des graisses et la fatalité des mécanismes physiologiques.* Les femmes obtempéraient. Elles mutaient. Elles entraient dans un lac glacial qui les éloignait des hommes. Plus personne n'osait siffler sur leur passage. A mesure, l'amour s'éteignait.

— Fi de loup! Toujours ces incrustations de cul, mademoiselle! jura le baron en se présentant à la caisse. Comment peut-on se concentrer?

Il s'adressait à une maigremiche blonde, à la mine égarée, vêtue d'une blouse fuchsia, avec son nom étiqueté sur elle, Belinda. Décalco-victime de dix-huit autres jeunes érémistes également blousées dans les roses soutenus, cette nymphe acrylique opérait avec dextérité à la caisse numéro six. Ces demoiselles, sortes de mécanographes tactiles, étaient uniformément court-vêtues et si jeunes que, dessous leur enveloppe de viscose à mi-cuisse, pas une d'entre elles n'avait moins de seize ans ni n'en dépassait vingt-cinq. De leurs ongles zémaillés, sans prêter attention au bataillon routinier des acheteurs, elles tamtamaient sur des claviers enregistreurs l'interminable litanie de toutes sortes de sachets sous vide, de bouteilles de plastique, de produits d'entretien et de packs de bière.

— Mesdemoiselles, mes compliments! leur dit le baron. Vous êtes en somme les charmantes dents du monstre cétacé! Vous laissez repartir l'eau de mer et le fretin mais vous gardez notre argent!

Voyant que cet olibrius à tricorne de marine ne posait rien sur le tapis roulant, la préposée Belinda leva la tête.

— Videz vos poches, monsieur, conseilla-t-elle sans faire bouger ses lèvres. C'est interdit de ne pas utiliser un caddie. Et si vous êtes un voleur, dépêchez-vous, c'est mon conseil! La surveillante est un foutu carasson. Elle appellera les vigiles.

— Videz vos poches, moussu, supplia Brancouillu. Ou nous allons vers de nouveaux maléfices!

Belinda, la bouche en cul de poule, faisait un effet de poupée Barbie sous sa blouse et paraissait fragile.

— Hier, au nerf de bœuf, ils en ont assommé deux des-comme-toi, ventriloqua-t-elle. Ça craint! Et si tu te fais gauler, moi, je trinquerai aussi.

— Vite, moussu, souffla encore le badoc. Pensez à monsieur Floche! Si vous faites un scandale, il vous trempera dans l'eau.

Notre fendeur de naseaux reçut le conseil en plein nez et rendit sur-le-champ le plus gros de ce qu'il avait butiné dans les rayonnages :

— Tu le sais, Brancouillu, je n'ai peur ni des orages, ni des écrivains, ni des monstricules à matricule, se défendit-il pour sauver la forme, mais j'ai mon compte pour aujourd'hui...

Il compléta le lot de ses larcins en l'assortissant de quelques pots de yaourts et mineures marchandises pour chiens et chats. Puis, afin de bien montrer qu'il était plus solvable qu'un simple mignon de couchette, déplia sous les yeux ébahi de son domestique un banquenote de cinq cents francs, à l'effigie de Pascal.

— Eh bien, Belinda! jeune sucredorgée, dit notre gascoun en surlouquant la caissière avec des airs de grand dépuceleur de vertus, combien vous dois-je exactement?

Elle tapiroulota. Elle tamtama. Elle décodebarra. Elle démagnétisa.

Elle sourit :

— C'est cent balles!

Ce qu'il déchiffra sur le ticket et qui relatait le détail de ses achats lui occasionna un trouble supplémentaire et laissa son âme sans énergie :

DIPLODOMOUTH

PRIX PLEIN AIR

WHISKAS DELI	5,60
FRICASSEES A	4,50
4 × 5,15	
KITEKAT CABI	20,60
2 × 8,00	
HOURRA × 3	16,00
NOIRMOUTIER..........	5,00
OFILUS × 4	20,50
SCEL O FRAIS	10,80
CAMPAGNE SEI	6,00
EAU DEMINERA	9,00
S/TOTAL...................	100,00

NB ART. 11 0410318

— En quelle langue? soupira Monstatruc.

Belinda ne lui répondit pas, au suivant. Elle ne le regardait déjà plus, au suivant, au suivant.

A cet instant précis, une montée de harpe électrique poussée à hurledécibels émietta ses arpèges dans toutes les travées. Simultanément se répandit une odeur de cosmétiques mêlée de tabac oriental.

— A nous achever! s'écria le baron. Qu'est-ce donc là qui monte à mon nez?

— Ce sont messieurs vos gendres qui essaient sur nous leurs senteurs japonaises, renseigna Brancouillu en entraînant son maître qui avait ramassé sa monnaie et abandonné ses laitages. Hier, à Diplodomouth, nous avons eu droit à un quart d'heure de chocolat. Il paraît que chatouillés à l'olfactif les consommateurs achètent ainsi davantage.

— J'ai bien envie d'avoir des nausées..., suffoqua monsieur de Montallier. Drolle! fais passer le bicarbonate...

Il s'empara de la gourde que lui tendait son valet et, prenant garde de ne rien inhaler de japonais, se mit à courir en direction du parking.

Cramoisi et quintous, il slalomait vapeur entre les cacugnes. Les senteurs de l'Empire du Soleil-Levant mettaient le feu à ses jambes. A mi-parcours, il sembla bien qu'il allait s'étrangler d'abjection bleue. Pour abattre le brouillard, il but sec et bien goulu trente-sept centilitres d'appellation contrôlée. En rebouchant le flacon, il jeta un regard éperdu du côté de la nimbescente nature qui s'étendait encore au loin, un écrin de verdure signalant son castèts.

En retrouvant le tandem, en l'empoignant par la guidoline, il fut pris d'une toussiquête qui n'arrêta pas ses mots pour autant.

— Eh bé, Dion! Je suis allergique au yaponais!

Lorsqu'il eut fini de quinter, entre ses larmes chaudes, il découvrit la face hérissonnée de son valet. Le drolle était planté sur ses guimblets et le reluquait avec un air de gueille-ferraille.

— Eh bien, qu'attends-tu? Monte là-dessus, espèce de mal tourné! lui enjoignit le baron en orientant la double bécane dans le sens du départ. Lui-même prit position à son poste avancé sur le cadre de l'Alcyon et fit tourner le pédalier. Prêt?

— Nenni, dit le pècque. Avec vous, moussu, je n'irai pas plus loin!

— Qu'entends-je?

A demi retourné sur sa selle, monsieur de Monstatruc foudroyait du regard le pauvre mulet.

— Vous entendez bien, rétorqua le tignous. Je ne bouge pas.

— Esbignons-nous à toute bonde, te dis-je, Jean Bouchaleau, l'endroit est vésicant!

— Nenni, je vous répète. Je reste icite et je proteste.

— Ton discours n'a ni fonds ni rive! hâte-toi corniflot! ou dis-moi ce qui te gratte!

— C'est votre pèze, moussu, qui me gratte! Puisque vous avez du picaillon plein les poches, il faut, avant que je bouge, me payer l'arriéré de mes gages!

— C'est donc ça? Grande misère! s'effondra le baron. La bâtisse de la vacherie humaine est énorme!

Pub! disaient les haut-parleurs.

Dans la chaleur de l'été,
sur des claquettes en nubuck,
en nu-pieds d'agneau plongé,
dans des mules en velouté camel,
Toutes plates ou haut-perchées,
mesdames, vous serez irrésistibles!

A grands renforts de zimboum, les baffles aboyaient dans la poussière. De leur baratin tourbillonnaire, ils prêchaient le bagne des épures prometteuses et d'un univers au regard vide.

LIBRE SERVICE LIBRE SERVICE LIBRE SERVICE LIBRE SERVICE

S I VOUS ÊTES désemparés, si vous entendez rouler des éboulis, si l'époque vous coupe le souffle, si votre imagination vous conduit jusqu'à l'illusion d'un partage d'affection, croyez à la dynamique des rayures et consultez un psy. Résistez à l'abrasion. Méfiez-vous du vide lorsqu'il est emballé. L'empreinte du futur est à vos portes. Numérique, c'est déjà demain. Grand dada des élites, le progrès n'est plus seulement en marche! Il galope! Il charge! Il écrase! Il submerge! Il dévore! Il cintre!

Voilà le travail. Voilà l'homme. Voilà le nougat où nous sommes.

Et pourtant, on s'emmerde.

CARNETS POLAROÏDS : Vous me direz, le temps chevauche le temps. Mille fois raison! Qui se rappelle le début de l'année 91?...

En Arabie Saoudite, en Irak, au Koweït, la guerre avait enfilé son nez de carton. Mi-carême et serpentins antimines, elle rôdait sous un masque de truie entre deux rangées de canons.

A proximité du Golfe, la nuit faisait la cape. C'était noir comme dessous un grand cimetière. Les hommes avaient creusé leurs trous. Silvester, Dan, Mohammed ou Marcel, ils dormaient. Ils étaient accroupis dans le ventre de leur mère. Ils bougaient dans leur torpeur. Des yeux infrarouges les observaient. La mer clapotait un sang d'encre. L'assaut terrestre était imminent, disait la radio. Les chefs disaient toujours des « petits » qu'ils étaient calmes.

A Uzeste, le pays où je vis, le soir tombait avec son odeur de bois. Le pain d'un boulanger de village éveille l'instinct de liberté. A Paris, vieille histoire, le mental battait la breloque. Comme l'avait si bien dit sur ces entrefaites ma copine Chantal Morel : « A Paname, tu débarques avec ton cœur sur la main. Les gens écarquillent les yeux. Ils te demandent ce que c'est. »

A Lyon, à Marseille, à Lille, la bourgeoisie était frileuse. Pensez! Cette année, nib! Les Lequesnois ne séjourneraient pas en vacances au Maroc, en Tunisie. Tout Ankh Amon ou la riflette, on ne descendrait pas le Nil. Et pas question de risquer l'avion. Air Inter, c'était tout juste. Il est des jours de déconfiture.

Entre l'odieux et le ridicule, toute une race de fuyards avec des caves et des moyens financiers avait engrangé du sucre, de la farine et des pâtes. Les caddies déraillaient sur les jantes. J'ai vu une dame avec l'abdomen tout en spasmes. Son mari poussait la charrette, il n'avait pas oublié la lessive. « Paraît, paradait-il, paraît dans le cas présent, qu'il vaut mieux faire des provisions pour deux mois plutôt que de risquer une fièvre adénonerveuse! »

J'en étais balle. L'important, me semblait-il, était dans la méfiance des certitudes. Au lieu de cela, la vérité se construisait et se défaisait sous nos yeux ébahis. Jamais vu un pareil faux-semblant. Décidément, on marchait au leurre. Au battage. Au ragot satellite. Malheur au journaliste qui ne voyageait pas sur les faisceaux hertziens!

Juste avant l'expiration de l'ultimatum, avec quelques honnêtes par milliers, on avait poumonné dans la rue. C'était pour dire l'horreur de la guerre. Le poète Prévert à galuche était avec nous sur les pancartes. Les jeunes trimbalaient Boris Vian dans la poche.

Le lendemain, soi-disant que c'était Munich à la Bastille! Quelle verve chez les chroniqueurs! Quel souvenir! Belles

journées cacophones! Maldonne! Illuses! En quel carton-
pâte vivions-nous pour que la pub, le clip, le compact,
l'info-express aient définitivement rangé la réflexion au
magasin des antiquités?

Toujours plus fast. Toujours plus top. Toujours plus hit.
L'époque télé-commande. Elle rugit aux avant-postes de
l'argent. Dow Jones et Cac quarante. La réussite a les dents
blanches. Du déodorant sous les aisselles. Il faut défiler en
tête et tuer propre!

Le 16 janvier — gardez vos loustiqueries! — les oracles
nous avaient promis de l'éclair, du chirurgical, de l'apocalypse au premier tour de laser. Maintenant que les hostili-
tés étaient engagées, les politiques nous donnaient à croire
que c'était déjà la paix qu'il restait à construire!

Balpeau! On embrouillait l'écheveau du faux! Pouah!
Quelle horreur! Laminés sous les bombes, les parents des
victimes civiles crachaient dans la gorge de leurs ennemis.
On fabriquait des fauves. On s'enterrait. On se préparait à
la sagouille.

C'est que la guerre, les jeunots, ça en croque!

A la télé, ça vermoulait à vue d'œil. Dupont voyait partir
les fusées à l'heure de la soupe. Durand buvait un coup de
rouge au-dessus de l'assiette, Dubois fondait en même
temps que le pilote sur l'objectif. On visait. On mettait pile
au centre de la croix. Et on traitait. Pas plus difficile que ça.
On traitait. Juste une question de gros sous. Les com-
mentateurs de rugby s'étaient reconvertis dans le tue-
limaces. C'était d'un enthousiasme! Il faudrait bien y aller
jusqu'à l'os! No problem. Pas d'états d'âme.

Je suis né en Meurthe-et-Moselle. J'ai tôt appris que la
sagesse la plus difficile n'est pas de connaître la sagesse,
mais l'ayant découverte de s'y conformer. Au temps de mes
oncles Schneider, on était patriotes. On défendait le sol, les
mirabelles, chaque miette d'une bicoque inlassablement
capotée par les invasions. Et nulle vanité à tirer. Terres de
Lorraine, d'Alsace et de Champagne nourries à la bidoche,
à l'asticot, à la molletière, vouées au grand uniforme des
croix blanches, cimetières anonymes — des millions

d'hommes sont morts les dents plantées dans la craie pour réchauffer le corps meurtri de la France.

Alors on recommencerait? Drôle de colique, vous avouerez! Comme si l'expérience était intransmissible. Guimauve la société de consommation! Vasière! Marécage de l'éthique. Pourquoi choisir à nouveau le vent des phrases? Pourquoi piaffer au fronton électronique des war-games en CNN prémâchée? Avait-on si tôt oublié l'enfer d'Indochine? Avait-on pas assez remâché la campagne d'Algérie?

COULEUR SÉPIA : Comme tous les grivetons du temps, j'ai rampé sous les barbelés, exercices à balles réelles. J'ai défilé zarpions arqués sur des zampoules, fougères urticantes au fond des rangèrzes. J'ai chanté au pas cadencé. Le cœur n'y était pas. L'envie n'y était guère.

Race de garçons perdus, chez nous, n'y avait pas de brêles. Pour le petit soldat du contingent, vingt-huit mois et cinq jours sous les drapeaux, c'était bonheur obligatoire. *Nous sommes heureux, merci sergent!* Au bivouac, à la halte, nos regards étaient loin comme des vols d'oiseaux. Tutt tutt! Sifflet! Clameur! Une deux, une deux! Magnez! Plus vite que ça! Tu m'f'ras trente pompes! Merci, sergent! Fallait-il déjà repartir? Nous marchions au signal. Nous marchions à la haine.

Curetage des cerveaux, boules à zéro, sabots fendus, les loups étaient entrés en nous. Odieux triomphe de l'espèce! Nous étions pur race! Nous devenions des hommes, *on se redresse, on se redresse!* Marches de nuit, marches forcées. Han deux, han aïe!

L'hiver était coupant. A manœuvrer les armes par moins dix, nous avions du crime dans les yeux. Des larmes de gel.

« *Heureux, les mecs?* » Et j'ai dit oui, sergent. Le fusil tenu à bout de bras, avec deux doigts seulement. Le pouce et l'index. Le premier, les p'tits gars, qui laisse tomber son flingot a huit pains! « *Vous êtes heureux, les mecs?* » Et j'ai dit oui, sergent. C'était un vieil enfant de troupe, il en avait beaucoup bavé. Il tapait dans ses mains comme un phoque. Il avait vingt-deux ans. Moi, j'en avais vingt-six. Il avait beaucoup enduré. « Même si je vous descends à coups de poing dans les rangs, vous resterez au garde-à-vous ! C'est comme ça que je vous veux dans ma section. »

Il nous passait lentement en revue. *C'est comme ça que j'vous veux !*

J'obéissais à une loi physique. J'entrais dans un trou du mur. Je creusais ma galerie pour disparaître le plus vite possible de son champ visuel. Juste un espace d'air pour respirer. L'instinct de survie était mon seul outil.

« *Vous êtes heureux, les mecs ?* — Oui, sergent ! »

Le soleil, la pluie, le sidi-brahim au bromure et le souvenir du ciel bleu nous tenaient en haleine.

Ça faisait des semaines qu'on était heureux avec le sergent.

Ma petite amie du moment m'avait conduit à la caserne. Elle était comédienne. C'était une jolie fille athlétique. Elle avait d'immenses yeux bleus.

En arrivant devant la caserne, elle parla avec enthousiasme de notre petit déjeuner du matin. Elle plaqua contre moi son corps si facile. Elle dit qu'elle retournerait bien baiser au chaud, à l'hôtel, sous la couette. Elle dit aussi que tout ce qu'elle souhaitait était d'être enceinte. Elle mit son poing dans ma poche et, dénouant sa main, chercha mon sexe. « Tu te promènes avec une drôle de belle grosse, fit-elle observer. Mon mari l'avait beaucoup plus petite. » Elle était divorcée.

Sur le point de nous quitter, nous avions perdu la parole. L'émotion me nouait la gorge. Je n'ai jamais aimé partir. Elle avait dit quand tu seras de l'autre côté de la barrière, n'oublie pas, un doigt en l'air pour dire oui, la tête qui bouge pour dire non. Elle avait regardé au-delà du toit des maisons le ciel alourdi de neige. Elle avait constaté : « La lumière a changé. » Elle avait fait voyager sa langue au fond de ma bouche. « On se verra à Noël ? Tu me feras un bébé pour l'an prochain ? » Je me souviens du poids chaud de sa main. Elle caressait ma nuque. J'ai marché à reculons vers les baraquements. « Sans faute, le bébé ? » Comment aurais-je pu dire oui ? J'étais moi-même à la hauteur d'un nourrisson abandonné sur le parvis d'une église. Elle me regardait au travers des grilles. Trente mètres nous séparaient déjà. Au fond de la cour, des bidasses faisaient l'exercice. Trois rangs de barbelés déchiraient une perspective rase. « Tu m'entends ? » J'ai levé un doigt. « Tu m'écoutes ? » J'ai levé un doigt. « Je veux un bébé de toi ! » J'ai bougé la tête. « Tu ne me feras pas un bébé ? » J'ai bougé la tête.

Elle est aussitôt allée se faire réchauffer par un autre. Plus tard, j'ai souvent remarqué ça avec la fiancée des autres, une fois que nous étions absents pour deux ans et les pouces, nous n'étions plus rien pour personne. Juste une tache camouflée. Han deux, han haïe ! Discipline. Alignement. Reculade. Vous êtes heureux, les gars ? *Oh oui, sergent !* Aucune femme, aucune fiancée, ne penserait à scier nos barreaux. On nous embarquerait à Marseille sur un transport de troupes. Alger-la-Blanche apparaîtrait au travers des volutes de notre tabac caporal. Dans la gorge, un vieux ha ha. Un restant des chants guerriers de la veille. Une envie de gueuler non, non, non, non, non, non, non, non.

Et d'ignorer la suite.

Aller faire le soldat ! Mais voyez la gloire ! Le tringlot-militaire ! Rigolade !

Après quatre ans passés en Inde, marcher la jambe kaki d'un autre gigantesque mille-pattes ! J'étais affreusement déchiré !

Abdiquer la pierre dure pour le sable des pistes. Marcher sous un casque lourd, le pouce passé à la sangle d'un fusil Mass en bandoulière. Mauvaise guerre. Mauvaise rage. Les officemars pratiquaient l'interroge. Les bidasses s'activaient au coup de main. Action psychologique et tourne-gégène. Gaffe à l'embuscade. « Ils sont là mon 'ieut'nant, j'ai vu briller du métal ! »

Coups de main. Hélicos. Contre-marches de nuit. Hardi harkis ! Fellouzes traqués ! Villages investis ! Les pitons pitoyaient dans la chaleur flambante. Les petits grivetons du contingent étaient jetés dans la caillasse. Enfermaient leur sexualité dans la poigne d'une orange. Est-ce que c'était normal à dix-huit ans d'astiquer ses draps, enfiévré comme un verrat dans les chaleurs?

En nous regardant perdre l'Algérie, je n'ai jamais douté que les guerres allaient nous apprendre à vieillir.

PULSAR MACHINE : Ah, la rage des souvenirs à peine secs! Les otages. Les battus. Les torturés. A force de guetter les tombes, personne n'est quelque chose. Doit-on mourir chaque été? L'Homme échoue à tout. Même à la révolte. Croit-il pétrir une cire nouvelle? La statue du prochain tyran est déjà faite du même bronze!

Vous me direz, je m'excite pour rien! Je rétorquerai qu'il faut bien que quelqu'un s'emballe sur quelque chose! En l'absence de Dieu, il reste le blasphème! Le reste, c'est de la verveine!

Au début du siècle, plus tard aussi, force m'est de reconnaître — comme on était dur au froid! Rude à la bataille! Equipé à la chaux pour survivre à la vacherie, à la disette, au jus de prison! Tandis que maintenant, regardez la disette des âmes! La moindre panne de lumière! Le plus infime floconnet de neige! Zéro! Notre époque est cabotine. J'ai honte! Trop nourris! Trop chauffés! Perdue la sagesse des vieux animaux! Des mioches exigeants avec ça. Dope et maridope. Compact disques. Amours laser. Les chéris flippent en CM 1. Papa cossu, maman déprime. Gourous, les psys. Zaraï au bain de siège. A la pilule, à la médecine. Qu'est-ce que je vous greffe? Cœur de babouin? Une tite rate chaude? Un complet poumons-cœur? Accablants imbéciles! Quelle frousse de passer à côté de la mode! Le train va partir! Hou! Pour quels nouveaux soleils? Pour quels nouveaux tropiques? La télé pense! Mille fois idiot! Snobes gravures de foule! Le cerveau disparu. Plus de libre arbitre. En quelle langue fera-t-on la prochaine guerre? Et les pauvres, les indigents, les affamés du monde entier. Cohortes! Kyrielle! Cortèges! Ils arrivent jusqu'à nous. A nos portes déjà, avec leurs mots de défense, leurs codes barbares, leurs accents de révolte, ils exigent le partage.

Fort attentivement, au pupitre, je relance le tempo. Je bats la mesure. Quoi, l'ouvreuse? Tu pleures encore sur un sida? Pouffant! Les sirènes n'ont pas de larmes. Tout le monde s'en fout! Les amazones de l'audio. Les patriotes de gauche. Les évasifs du parler clair. Les barricadiers d'il y a longtemps. Les revanchards du biscuit caséiné. Les accordés de l'Ordre noir. Les spécialistes des volcans. Ce cher Larima, l'amiral. Et trois vieux ratons-rockeurs sur fond de saxos urbains.

24

ACTUA-TILT

Elections en France, c'est le « big crunch »! Le vote rejet! Tocsin à gauche! La droite obtient une écrasante majorité à l'Assemblée. Balla, le dur-intègre en costumes ajustés, le messie nouveau, est arrivé! Les Français ont l'air heureux de renouer avec la courtoisie de style Louis-Philippe. La sécu est au fond du trou. Le chômage s'accélère. Pendant ce temps-là, les villes se réchauffent! Les pavés de l'ours s'amoncellent! Une série impressionnante de jeunes gens est victime de bavures policières. A Chambéry, à Wattrelos, à Paris, à Montpellier, cascade d'« accidents » à bout portant. Dans les commissariats, on dégrise les suspects au calibre lourd. Les armes de service se déchargent pour un rien. Un Zaïrois, un Algérien vont au tapis. C'est flaquant, ça, tout de même! Décidément, la vie est offerte à l'homme comme ses jambes chancelantes à l'enfant. Au début, il ne sait pas s'en servir. Après, on la lui reprend. 7 morts et 27 blessés hier, à Sarajevo. Les scènes d'agonie, les amputés de guerre, les femmes violées, tout ce que vous voulez, on en rote à la télé! Les Yougos hurlent sous les obus et les loustiqueries pyrotechniques! L'ONU s'enlise. Mogadiscio tourne au cauchemar. Ça saigne et ça s'enfièvre. Les casques bleus tirent sur la foule. Partout béquille la presse. Peu d'espoir dans les phrases. Un Israélien poignardé à Gaza. Deux gendarmes assassinés à Alger. Un casque bleu tué au Cambodge. Sur les écrans, on joue à qui sera le guignol de l'autre. Les sondages évangélisent les indécis. Les rastaquouères pondent de faux chefs-d'œuvre. On ne sait plus quoi trouver pour estropier la réflexion de l'homme. Cent enfers attaquent à la chignole. Les âmes s'étiolent. La morale fane. Les corps sont blasés. Faites les gestes de la vie, vous mourrez du sida. A Uzeste, dans une tache de bleu tamisé, devant la fenêtre de la salle, Victoire coud des jupes de Liberty et lit Toni Morrison. Madame Arthur, ma chatte de bureau, m'effleure du regard. Quand je lui parle, elle ne répond jamais autrement que par une lumière intacte et glissante. Elle ignore qu'elle va mourir dans quelques jours. Et que l'affection aussi était cette chose inconnue et instable — un lac glacé où même les bêtes font leur chemin seules, de façon harassante.

Soudain, je tombe en rêve tandis que, sur le parking du Diplodomouth, Brancouillu et monsieur de Monstatruc se disputent comme chiffonniers...

FICTION (suite) : — L'argent! L'argent maudit! Toujours l'argent! tonne et gesticule le baron à toute bringue.

Fendu par l'insistance du coquin à réclamer ses gages, il fait un grand pas en arrière.

Il clame et déclame en s'éloignant avec le tandem.

— Au moment où tu me parles, corniflot, la piécette est un état d'esprit qui n'est pas le mien.

Il a les yeux qui milleflottent.

— Le contraire m'eût espanté, moussu! Rapiasse comme vous êtes!

— *Oh volaille!* je t'en prie, prenons de la hauteur!

— Inutile de louvoyer aux vertigineuses trajectoires, messire! Il s'agit seulement de mettre la main à votre poche et de payer ce que vous devez à votre fidèle serviteur!

Le baron paraît redescendre sur terre et pose son index en travers de sa carotide.

— Tes gages? Me faire dégorger?... Mais tu m'assassines!

— L'époque est sociale! Vous n'avez pas le choix!

— Je m'amuse! ironise le baron avec une infinie tristesse.

— Et moi, je tire la langue! dit le valet qui ne lâche pas prise.

— Ingrat! Dans mon castèts, à Montallier, tu pitanches et biberonnes à ta convenance...

— Gardez votre vie au pair! Votre paternalisme à la gomme! Je suis de l'autre côté de la flaque, moi!... Je m'éraille! Je fulmine! Je marche avec les pauvres! Partout les affamés, les rebutés, défilent en tabliers de sang!...

Le baron babouine une lippe dubitative :

— Bon ! En Afrique, je veux bien, si tu vas par là-bas...
D'un geste vague, il accompagne le lointain. Ou alors à
Bombay... A Nanterre !... A Pantin !...

— Même à Burdigala ! On défile aux Quinconces... Du
moins c'est à deux pas !...

D'un revers agacé, le baron chasse le contradicteur ainsi
qu'une mouche inopportune.

— Permets que je m'en lave !...

Brancouillu prend l'air heureux comme un fagot
d'épines :

— Vous êtes fait ! Le syndicat des gens de maison
s'exprime par ma bouche !

— Maltraître ! Les infirmières, les paysans, les pêcheurs
de haute mer, je veux bien... mais les larbins de ton espèce,
pourquoi faire ?

— La revendication est dans l'air. La cégété y maille de
toute son influence.

— Arrête tes concetés ! Tu crois encore aux syndicats ?

— Je crois à la justice sociale !

— Je suis sceptique, dit le baron.

— Le scepticisme, c'est quand même tout ce qui vous
reste, rétorque le serviteur.

Et plantant là son maître et le tandem, le drolle tourne
des talons sans prévenir. Un moment noyé dans la foule, il
détale.

C'est la première fois depuis longtemps que monsieur de
Monstatruc se trouve livré à lui-même. Il déchausse ses
lunettes de myope. Il avance au hasard devant lui. Il a une
grande soif d'hommes. Il écoute la rumeur des voix. Le
désaccord des gorges et des idées. Prêt à toutes les farines.
Follement perdu par avance. Il exécute le début de son
projet mirobolant. Ses oreilles grandissent à mesure. Après
une longue absence du monde des vivants, il va au-devant
du mauvais vin.

QU'ILS DISAIENT QU'ILS DISAIENT QU'ILS DISAIENT qu'ils
disaient, les gens de la rue :

Partout, c'est fric aux mains des pognonistes et bobardise

à plein robinet. Les banquiers tondent le petit épargnant. Le plus grand voleur, c'est l'Etat. Les médecins : vous avez une verrue, il faut vous couper le bras. Les médias ? ils nous manipulent. Les ministres ? tous pourris. Les patrons ? pas un atome de sérieux dans leur cafouilleux progrès.

QU'ILS DISAIENT QU'ILS DISAIENT QU'ILS DISAIENT qu'ils disaient, les gens de la rue :

Qu'est-ce que vous préférez ? Un stage bidon ou un emploi à la con ?

QU'ILS DISAIENT QU'ILS DISAIENT QU'ILS DISAIENT qu'ils disaient, les gens de la rue :

Le ras-le-bol, c'est pas fini. Qu'ils disaient, les gens, les pékins, qu'ils disaient, la moitié du ciel est toujours couverte de lourds préjugés. Soi-disant qu'il y a plusieurs moyens de gagner de l'argent... Mais à force de choisir des Sicav pour se remplumer, c'est quand même les rupins qui sont toujours les plus riches.

QU'ILS DISAIENT QU'ILS DISAIENT QU'ILS DISAIENT qu'ils disaient, les gens de la rue :

La Russie est dans le rouge. Les Japonais ont toujours cinq ans d'avance. Le FBI lit dans la salive. Le franc, la lire prennent la fuite.

Eh, merde ! A ce train-là, vive le Laguiole auvergnat !

Pub !

Consommateurs mécanisés ! Vos cheveux sont légers et gonflés ? C'est trop beau ! Personne ne vous demande de vous déculotter l'âme !

QU'ILS ONT DIT, QU'ILS ONT DIT, QU'ILS ONT DIT, qu'ils ont fini par dire, les crades, les sans-toit, les agrafés de la vie,

Bon ! Assez de vieilles grimaces !

Et le pape ? ils ont dit ceux qui souffraient.

Pas de poudre aux piafs ! Celui-là, Karol Wojtyla, ils ont dit, qu'est-ce qu'il fout ?

Ils ont dit, les déshérités : le front enfoui dans le creux de tes mains que fais-tu pour nous, frère des hommes ?

Je prie!

Quelle tristesse se lit sur ton visage!

Je prie!

Que décides-tu dans le halo de la lumière trop vive?

Je prie, je prie!

Ho! Hé! Wojtyla! Petit Polonais! Vieil alpiniste! Regarde la blancheur des sommets inatteignables! Sur fond de foules recueillies, derrière le glacis de ta bulle blindée, tu multiplies tes effets de magie! Polope! Jette ta cape! Il ne suffit plus que tu embrasses la terre des pauvres à ta descente des avions pour que nous soyons admis à la table des riches!

Ils ont dit, ils ont gueulé, ceux qui n'avaient plus qu'un souffle : J'ai faim! J'ai faim!

En plus, pour finir le siècle, il a fait froid. Il a fait glacial et il a fait cruel. En plus, on a pas mal assassiné ces temps-ci.

Les gens, ils avaient beau être indifférents, ils ouvraient leurs postes. La télé, c'est ce qui remplaçait le feu dans l'âtre. Le soir, à la veillée, ils regardaient mourir leurs semblables par satellite. Parfois, faute à la bouffe, ils s'endormaient en écoutant vrombir les orgues de Staline.

Qu'ils disaient, qu'ils disaient ceux-là, tout de même, tout de même, y faut reconnaître, surtout les enfants, ils ont trinqué.

En plus.

Les survivants sans cesse retournaient au scalp, à la boucherie. Saumure des hommes, ça écrasait les bouches. Ça vendangeait le sang. Ça piétinait les tripes. Les chiens mangeaient les restes.

En plus, il a fait chaud. En Pologne, il ne fallait plus se pointer au soleil. Le mélanome rôdait dans la rue. Même la couche d'ozone venait à manquer. Les voix des prêtres grondaient une litanie sous la voûte des églises : Seigneur! on va vers la chienlit! En sourdine, les évêques vaticancanaient à propos du sida.

Alors, ils ont dit, ceux qui doutent : après Marx, c'est Christ qui fait la gueule. Fils de Dieu a les boules. Tout fout le camp. Le col tranché, en douce, les apôtres dépérissent sur le narthex. Les anges se croisent les ailes. Les saints sont à la niche. Au nom du Père, du Fils et du Saint Esprit, rien d'épique n'arrivera d'en haut.

Elles ont dit, les voyantes, nous n'y voyons plus grand-chose. Ils ont dit, les conseilleurs : à tous, je conseille des bains de boue. Ils ont dit les illuminés, entrez dans ma secte dure! Adorez Koresh et brûlez Waco! Ils ont dit, les intégristes, tuez les intellectuels! Tuez les écrivains!

Dans l'ombre de la nef des cathédrales, les évêques ont tu leurs bredouillis. Ils ont fait état de leurs craintes parta-gées. Ils ont dit non aux bébés sur mesure. Alerte au lait de vache. Ils ont demandé à voix haute : où en est Dieu avec le sida?

Et là!

Miracle! Mille gloires! Trompettes de la patience abso-lue! Fantastique! Sa Sainteté a relevé la tête. Le chaste des chastes est apparu au balcon de Saint-Pierre de Rome. Il a souri avec bonté à la foule qui l'acclamait. Souvenir d'une ancienne blessure, ses intestins le tourmentaient. Il a observé le vieux monde qui pourrissait à l'amour.

Il a mis la crosse en l'air. Il a exposé ses paumes. Il a saigné au creux des mains. Il était infiniment bon. Infini-ment aimable.

Urbi et orbi, Wojtyla a béni ceux qui ont dit, qui ont dit. Puis qui n'ont plus rien dit.

Il a refermé la porte-fenêtre du balcon. Il a regagné ses appartements. Il a retiré sa mitre. Il a remonté ses bas blancs. Il a bu un thé. Il a dodeliné du chef.

Chut! Sa Sainteté s'est rendormie. Sans doute pense-t-elle à une montagne blanche? Ou peut-être, elle prie.

Le latex baisse à la Bourse.

Le Saint-Père a dit non aux préservatifs.

GRABUGE SIX OR SEVEN : La drigaille repart à l'oura-gan. La terre clignote à tout va. La surface du globe branle et gronde. Flammèches et volcans. Un océan de cendres se prépare. C'est dans l'Histoire. Fleuve implacable. L'homme est condamné à partager. Sinon, nous connaîtrons les nouveaux Barbares. Ils danseront sur les ruines de Manhattan. Ils feront rap sur le mausolée de Lénine. Ils encendreront Paris-sur-Seine.

CARNETS POLAROÏDS : Au comptage des mal-aimés, je dis mortelle indifférence!

Tout flammes! Tout feu! Je crie!

Ciel d'atome! Apocalypse! Dieu-fric! En ces temps où l'argent est grand vizir de chacun, les opprimés — kyrielle —, les sans-abri, les peuples sans terre, les ethnies poussées par la famine, la soif et les ramponneaux de guerres, vont à la mort en cortèges sous le regard repu des spectateurs du journal de vingt heures. Des hommes, des femmes haillonnés, des enfants défeuillés avec des yeux de lac, des hordes poussées au désespoir farouche montent à la rebiffe, allument des torches, tâtonnent à l'aveugle, cherchent du pain, des brins, des restes, sur la décharge des riches — parqués, refoulés, humiliés, torturés, honnis, asservis, fêlés jusqu'à l'ossaille.

Partout monte une eau lente. Mouillure extrême. Celle du pas vivable. De l'horreur visible. Partout, mariole du bon droit, le dollar aboie. Vieux gruyère à scrupules, l'Europe hésite, fendille, se cherche.

On louvoie aux belles trajectoires!

Pendant ce temps, les ailes du moulin tournent. Elles tournent. Et qu'on ne nous fasse pas engamer des excuses. La crevasse! La crevasse est là! Les pauvres ont faim, je ne marche pas! Logique de guerre et les Kurdes après, logique d'égalité et les banlieues en face, logique de civilisation et les sans-abri tous les hivers, logique, logique et autres fariboles d'hommes de corbeille, de Bourse et de marketing, logique, que de crimes on commet en ton nom!

Je vais encore m'érailler! C'est trop de foin, cette société qui écarte! Qui pèse, catégorie, discrimine. Ou, froidement, génocide. Comme on pesticide le suint des sans-espoir. Comme on flytoxe au tue-raide une meute de cafards. Comme on éradique une tumeur. Un trop qui pue. Une noirceur de corps qui marche à la gangrène.

Croule le vieux monde dans ses horions de viandes, de racisme, d'inégalités, l'heure actuelle est à la reprisure. Au bouche-trou. Au calfatage voyant. C'est planétaire cette affaire-là. L'amour a bon dos! C'est la brasse du fric qui est la grande maladie du siècle! Tous les chars, les furtifs, les scuds, les patriots pour une poignée de riz, le sourire d'un enfant!

En tous points de l'horizon des tyrans lèvent la tête. De vieux démons remontent à l'échelle. Fascisme prêt à la récupe. Grands orages intégristes. En écho aux catastrophes de vie, le ciel et la terre font cymbales à la plainte des hommes. Coups de bottes, répression, encadrement, îlotage, ghettos, on ne trouve donc que des mercenaires à casques, des spécialistes du coup de crosse sur la truffe, des militaires du progrès radical, des artistes du tour de vis, pour foutre l'ordre dans la bacchanale?

Chez nous, du train où vont les cris, les supplications, les révoltes, les brûlots d'ici, de là, on va bientôt danser joliment! Polker au casino! Ça va giguer partout! Formation myriapode, les beurs, les harkis, les sans-abri, les agriculteurs, les gens de marge, les jeunes travailleurs commencent à faire Déluge tous les jours. La sirène de leur sentiment d'injustice hurle depuis des temps.

Midi à notre porte. Qu'a-t-on pas fabriqué, bétonnant brique à broc ces cités achélèmes, grands déserts verticaux aux portes des villes? Murs en papier-cibiche, couloirs-labyrinthes, plâtres à la dégouline, télé-opium à tous les étages. Qu'a-t-on pas maniqué? Hein? Qu'a-t-on pas voulu faire, sinon rejeter plus loin la traditionnelle ceinture rouge? Celle du désagrément. Merci bien, architectes de maintenant! Joli travail d'esclaves! Chaos babylonien. Tous ces gens d'ailleurs empilés tronches à tranches, c'est du jus de catastrophe! Tapée de déracinés, jeunes rejetés de l'autre côté de la plate-forme. Et gaffe encore plus! Le fossé se creuse. Tant pis pour le haut-le-cœur de la société qui veut toujours plus « clean », toujours plus aseptisé. Pour ne pas voir son vomi. Pour ne pas risquer de glisser dans sa propre croupissure. Me voilà retourné à fond! Même la mort est devenue abstraite. On a peur des yeux caves! Alors on les banalise.

Et après cet itinéraire de mouscaille à tâtons, quel toupet, ces airs étonnés! Ces messieurs en manteaux noirs tout désolés des glapissements méchants. Des exclus? Des laissés-pour-compte? Des mioches à qui on a chipé la chanson? « On va vous aménager ça! » Vite des terrains de jeu. Du sport. Hop là! Passe-passe! Qu'on s'amuse! Halte à la rage! Polope à la délinquance! Quoi? Des foyers? Des travailleurs immigrés? Kekcékça? Une mosquée pour Allah? Une prière pour les autistes? Du pain pour l'abbé Pierre? Des vacances pour les damnés? Vite! On s'affaire! On y va! Chiures de promesses! Poudres d'artifices! On calfate avant le grand exode balnéaire. 150 000 francs, les vacances d'un cadre. 1 500, celles d'un agriculteur. Les sidaïques? Les marginaux? Les sans-abri? Ils ont été sublimes! Nous les sauverons tous! Voyez Coluche! Voyez le téléthon! Voyez ma secrétaire! Nous les sauverons tous! le monde est céleste! Laissez-nous le temps!

On n'en finira jamais de faire des expériences.

25

FICTION (suite) : — Na! Trèfle des zemblèmes et des publicitards! sacra monsieur de Monstatruc en poussant sur les pédales du tandem pour arriver chez lui. Et peste aussi soit de mon serviteur!

Rompu derrière les mollets par cette première sortie cycliste, il descendit de l'Alcyon avec un beau mouvement de jambe, remisa la bécane et grimpa l'escadrin du châtiau.

Arrivé dans sa chambre, il se déshabilla lui-même et prépara ses affaires de nuit en bâillant.

Sur le point de dire ses oraisons, il se rendit à sa chapelle qu'il trouva déserte. Pourtant, le baron, ce soir-là, aurait eu grand contentement de dire ses prières. Il aurait aimé retrouver la douceur de voix d'un ami. Et sonder le Bon Dieu au fond de son œil unique.

Comme il tournait et virait jusque dans la sacristie pour y dénicher Godon au milieu des surplis, il ne rencontra que vide de ciboire et fade odeur de tabac.

Il bahula trois fois le nom de son chapelain, constata avec ressentiment que Godon n'était jamais à sa place lorsqu'on avait besoin de son ministère et décida de congédier le vilain moine à la prochaine occasion. Mais au fait! Depuis le début du livre, s'introspecta Arthur avec un rien de frayeur dans le creux de l'estomac, ai-je jamais rencontré le cureton? Fiente! Ma cervelle s'ouvre! Ici, l'on s'enfonce au sein du raffinement! L'auteur ne m'a jamais fait croiser le cureton! Toujours, il l'a gardé sous le coude! Pas la moindre scène entre nous! Pas de dialogue! A peine si j'ai entendu sonner matines et s'égrener les vêpres au travers des arbres très hauts! Ce n'est que fable et mensonges de dire que j'ai ouï sa crécelle à prières depuis le haut de ma tour! C'est imagination! Mirage à tous vents! Comme la voix de ma défunte femme!

Rêveur en sa chemise, le baron marchait ses huit dans la nef. Ses pas résonnaient. Arrivé au pied de la chaire, il tourna le col pour apprécier l'élan gracieux des pierres de voûte. Il resta planté un moment devant un Tobie sculpté dans sa posture jouissante, en haut d'un chapiteau du xie. Représenté comme il était, sans housse ni velours, le paillard avait sa blouse remontée sur les braies. Il branlait le poteau de sa verge tandis qu'un âne détalait, la croupe levée de terre, la chaleur aux sabots.

— Souffle de Dieu! soupira le baron en sortant de son extase admirative, le vicieux coquin l'avait grosse comme un chopotte de pirate sénégalais!

Puis revenant à Godon, monsieur de Monstatruc vit que le capucin avait laissé un message sur le maître-autel, je reviens demain pour matine, mon ministère m'appelle à Bazats. Le baron connaissait à fond la manique du concupiscent religieux telle que la souhaitait Floche et se doutait bien que la bête chaussée devait à la minute même montrer son cas à quelque dame des bords de cathédrale et lui proposer d'une voix récréative d'avoir un chien pour homme dans son lit.

Dès lors, notre baron, trouvant que l'œil rouge de Dieu ne voulait rien dire sans les répons et amen d'un chapelain, décida de remonter chez lui.

Au bout de dix-huit pas tournés dans l'escadrin de la tour, il commença à se demander où était passé son couillard de valet. Le visage enflambé de colère bleue, il roula sa main en cornet et fit conque et bramade aux quatre vents du chemin de ronde :

— Ohé ! L'enflure ! Où es-tu ? héla-t-il son souffre-douleur.

Faute de réponse, il saccada trois pas désœuvrés.

— Je suis seul encore une fois... décidément, j'ai bonne mine.

Il caressa un moment l'idée de se lancer à la poursuite du sinoquet en se jetant dans le noir tire-bouchon d'une volée de marches qui descendaient à la cave, mais ce qu'il récupéra de courant d'air sur le blair le fit surseoir à son projet.

Lors, monsieur de Monstatruc se prit à réfléchir.

Il quitta brusquement l'ancien lieu d'une bombarde et huita pensivement ses pas jusqu'à ses appartements. Sur le parcours, au tournement en angle d'un couloir du castèts, il croisa son gadasson à tout faire qui bâillait près d'un meuble.

— Que fais-tu comme un piquet ?

— La grève.

— Tout ça est rigolo.

D'un geste vif et habituel, sans se retourner, le baron commanda à Brancouillu de l'aider à retirer la requimpette de vigogne mitée qu'il avait jetée sur ses épaules et qui lui tenait lieu de robe de chambre.

— Nibe ! s'écria le valet. Allez vous faire mettre !

— Qu'entends-je ?

— Vous entendez le la ! Depuis quinze heures trente-sept à ma montre, et jusqu'à ce que vous soyez à jour de mes gages, cotisations, arriérés et augmentations, je n'assure plus votre service.

— Alors, je te fous à la porte!

— Par la volonté du syndicat, je reste ici.

— Où te tiendras-tu?

— A la cave, à la salle à manger, dans le lit de votre fille. Où il me plaît.

— Tu squattes?

— J'occupe mon instrument de travail.

Devant tant de fermeté, monsieur de Monstatruc se trouva fort déconfit.

Par la fenêtre ouverte, il invoqua le nom de sa fille mais la pimpim ne se fit pas connaître. Il siffla son chien Omnibus mais ne trouva point le blaveux de Gascogne dans la cour du châtiau. Il écouta l'air du ciel pour savoir si sa défunte épouse lui parlait d'une voix affligée. Il vit l'horizon calme et que le soir chargé d'or se passait de la parole du vent. En remède à ce degré d'infortune et de solitude, il fit trois pas carrés autour de sa chambre. Il se prit les pieds dans le revers du tapis et chut à plat-menton sur son carreau de Gironde.

La langue mordue, un goût de sang dans la bouche, il ôta lui-même sa chemise de pilou. Il petonna sur le linoléum, poussa un morfondant et douloureux soupir en passant devant Brancouillu et, le temps d'enjamber sa baignoire, s'engloutit dans les eaux froides.

— Vous retournez dans la flotte?

— Corbleu! C'est le vœu de l'auteur! biaisa-t-il. Jusqu'au départ, il faut que j'y marine! Reviens me prendre demain, drolle... J'ai besoin de solitude et de lenteur.

26

INTIME CONVICTION : Le baron de Monstatruc a raison de retourner aux ondes glacées pour y souffrir quelque peine. Visiblement, tout déglingue autour de lui. Aucun

recours! L'époque est osseuse. Il ne fait pas bon suinter.
Haro sur le malheur! Les gens les mieux accommodés par
le sort n'aiment pas les flanchards, les lessivés, les mal
emboîtés de la vie. En reconnaissant l'odeur de la guigne,
ils caltent et se débinent! Je tiens cela pour bon signe de
lâcheté, tout à fait en accord avec le tremblement, les
crachats et trémoussements de la planète.

Mais point de méprise! s'il faut évaluer la facture de
chacun et traîner Brancouillu devant le tribunal de nos
arrière-pensées, ne traitons pas le valet avec des paroles
trop rigoureuses.

Jean Bouchaleau n'abandonne pas son maître au moment
où ce dernier est dans le désarroi. Simplement, du fond des
siècles, il n'avance plus au bobard. Il sait qu'il est l'engrais
pour la terre. Il en a marre de défricher de père en fils. Il
veut solder la carmagnole. Comment lui jeter la pierre? Il
argue et tempête que le populo est fait pour sauter dans les
privilèges. Après tout, le baron n'avait qu'à mettre la main
à sa bourse.

Mon jugement en l'affaire est que puisque monsieur de
Monstatruc est incapable d'aller mesurer l'aune du monde
sans recourir aux services de son gadasson à tout faire, il
est de bonne logique qu'il paye la sécu et les gages d'une
créature qui, pour laide, basse du cul, poivrote, couperosée,
couillarde et sans élévation d'âme, n'en est pas moins d'une
fidélité à toute épreuve, d'une race qui prend des coups sur
le groin et en redemande par méfiance de soi-même et de
ses vices.

Approchez-vous de Brancouillu et ne soyez pas dérangés
par ce que je dis. Même s'il est tordu des bajoles et du pif,
même s'il est manche et chacailleur, même s'il emboucane
comme une viande séchée, le drolle est fait d'une écorce
rustique. Recevoir sa tannée, avoir les yeux en étoiles,
pochetronner soir et matin du guinglet à la cave sont de sa
destinée. Se faire ouvrir les chairs à grande volée d'horions
pose ses pieds sur terre. Baiser la fille du castèts l'entretient
dans sa façon de vivre sur l'habitant. C'est sa façon d'exister. D'autres ne viendront jamais au monde.

On n'achète pas la vie.

PULSAR MACHINE : Prenez Frère Godon.

Que je vous donne de ses nouvelles tant que je suis un peu Floche! Irais-je jamais jusqu'au bout de ce personnage? Rien n'est moins sûr! A un moment du livre, au milieu d'une foule de choses diverses, j'ai pensé qu'il allait sortir de la cuve! Sigmundson le Wroomer, une douzaine de crapauds, la trucule de ses fesses enchantées, j'ai cru que le moine emparfumerait le livre de ses exploits de bouc. Mais rien! Pas de son de cor démesuré! Les tripes du clergyman ne portaient pas les pieds.

Ne livrons pas bataille! Il reste dans les dossiers, grosse bête indomptée! Voilà bien le mystère des romans! Voilà le chagrin des écrivains! En creusant les hasards de l'esprit, souvent nous inventons des catacombes. Des purgatoires. Nombreux sont les ectoplasmes qui s'y promènent! Les ombres en peine! Les jours passés à rêvasser aux ébauchoirs!

Permettez, je fourrage mes notes. Ce personnage, après tout, n'était qu'un gros bedon parasite. Une excroissance de richesse. Une jucondité des sens supplémentaire. Un surplus de caractère, un trop-plein de santé que je ne pouvais affecter au baron sous peine de le faire crever d'une rupture d'anévrisme. J'ai toujours de la sève en réserve. J'en surabonde souvent. Déborde comme le lait sur la gazinière. Ainsi va la peau des romans! Parfois elle bourgeonne, bubonne, couperose, prolifère. Gratte, démange et s'enflamme.

Je veux vous entretenir de ça. Parler du droit aux digresses. Aux libertés de cheminées.

CARNETS POLAROÏDS : L'écrit, par exemple, n'est pas une obligation. Le cinglé qui le pratique est un malade qui fait semblant d'être joufflu. Un type qui fuit la vie. Un parano consentant qui obéit à un besoin contus, déraisonnable et empirique de son ego, de ses couilles, de son ventre.

Somnambulique engeance, le buveur d'encre fait le pari de l'orgueil. Oh, pas plus que n'importe quel créateur, pardi! Mais c'est vrai, il est miné par un grand germe de maladie, de violence. Il est ensaqué dans des obsessions qu'il allaite plus soigneusement qu'une nourrice sur lieu. Il est consumé de l'intérieur par une insidieuse fièvre quarte. Il est bombardé au virus équilibriste. Une envie folle de grimper la marche d'un hausse-mioche le prend. N'importe si l'escabelle est posée en équilibre impossible sur la corniche effritée d'un building de soixante étages!

On connaît assez la chansonnette. N'est pas écrivain qui veut. Aucune chance a priori de réussir l'exploit. Mais allez raisonner! L'écriveur a beau savoir que la nature est une force énorme qui ceinture les ambitions de l'homme, il aura toujours envie de dérober le feu.

Il y a de la fureur à écrire. De la rage à tenir le style. C'est dur, le style. C'est du remettez-moi-ça sur la planche. Ça crève jusqu'au soir sous la lampe. N'empêche la langue, tenez. Rien que le plaisir de la langue, voilà déjà un cap important à tenir. Dites-moi qui n'a pas envie d'écrire des choses magnifiques?

Pour ma part, je ne torchonnerai jamais un petit boulot d'écrivain bien tranquille. Toujours, il faut que j'aille fouiller les mots. C'est un exercice musculaire, presque. Un très puissant bazar qui m'a fait fuir le ronron fricailleur de la société où nous sommes, et comprendre que la langue parlée a toujours un mal fou à passer dans la langue écrite. De nos jours, vous m'entendez! Avec nos fesses à courir le cent mètres en dessous de dix secondes et nos effets d'ordinateur! Parce que ce qui bouge fait encore peur. Je l'ai vécu, respiré, analysé quand j'écrivais des romans réputés noirs. Tout de suite, on a voulu tracer la différence. La marge. Alors qu'il n'y avait pas de fossé dans mon jardin, pas d'hiatus avec ce que j'ai poursuivi par la suite. Aucune barrière, je le sais. J'étais à l'arrosoir. Je vous dis, je réitère, je répète: même puits, même terre.

Seulement, les barons de la plume française n'admettent pas les origines de la langue vulgaire. Et wroutt si le français est une langue qui sent le sabot et la sève! C'est Rabelais qui est grand.

Il y a du mystérieux à faire revenir en surface les pépites de la langue restées au fond de la carrière. Argot, vieux français, dialecte de Charente, mots nés au XXe siècle, quelle différence? C'est la façon de bander l'arc qui compte. Le centre de la cible devient une réflexion.

En tamisant le vieux terreau qu'on a perdu, en criblant la terre de remblai qu'on nous livre, on s'aperçoit de la belle force de la langue française. Jadis, elle coulait large comme une cuisse de Rubens. Dans la tête, dans les tripes, les mots ne grouillaient pas froid. Je vous le redis après Céline, Rabelais avait de la glotte. Il marchait au rire, à la tripe. Il avait le vin sur la table. Tandis que maintenant, la mode est ailleurs. Les écrivains sont souvent des nains au teint pâle. Voués à l'agonie féroce de cette fin de siècle, ils attaquent la vie gigantesque au cure-dents. Avec trois cents mots dans la giberne, on vous turlute une histoire de derrière très serré. On ne se compromet pas. Et si l'on se risque sur un terrain moins anal, plus savant, l'entreprise se visse au col raide. Elle devient convenue et distinguée. Le passéisme rassure. Les familles prennent le pas. Descartes au poing, c'est la victoire de la raison. Celle du conservatisme. De la blanquette sans cesse réchauffée. On repasse l'argenterie. Ou alors émerge une troisième race qui fait du roman de petite sueur. L'embrasée tourne court. L'intrigue et les mœurs restent sur le trottoir parisien. C'est du chic. Du germano-pratin avec un zeste d'île de Ré.

Il y aurait pourtant bien du mérite à reparler gras et vrai. Réfléchir pourquoi en France, de nos jours, nous sommes si caves de la cage thoracique! Poitrinaires partout. La politique même régal. Un peu comme si la générosité s'accommodait mal de l'esprit de débrouillardise. Chacun cherche le noyau de son propre fruit mais il y a des fruits sans noyau. Bref, on s'économise. L'écrirêverie fait dans le maigre. Confectionne des romans étroits d'épaules et d'apogée. Une nourriture McDo de l'esprit aussi désespérante que des pilules pour astronautes. Je préfère rester la tête au vent. L'arbre est ma leçon. Pas le saule pleureur des villes à meulière et collier étrangleur. Pas! J'ai plutôt un goût animal pour le chêne. Je me sens long à pousser. Je vais sans doute à la foudre. Mais je sens ma musique. J'y crois. Je connais le ton juste pour moi. Je souffle au biniou. J'arc-boute. Partout, il y a quelques folies qui tuent. Le problème n'est pas là. Si je me suis mis dans une situation désespérée, je n'attends rien des autres.

Pianotez-nous ça clair et vif, madame Van Brouten. Plaquez bien vos accords. Et maintenant, archi-feu! Rien que des dissonances!

Je crois à la sagesse de la précarité.

SAMEDI : Benjamin est venu pour le week-end. Il déambule au-dessus de ma tête. Cent fois, il remonte l'escalier. Son agilité est extrême. Il entre dans la salle de bains. Il entre dans toutes les pièces. Il ouvre les placards. Est-ce que le rasoir de papa est démonté? Est-ce que le rasoir de papa est démonté? Parmi les produits d'entretien, il attrape Cif-ammoniaqué. Il introduit le bouchon percé dans sa narine droite. Il sniffe avec délices. Le poison volatile investit ses bronches, nappe ses muqueuses. Après plusieurs instillations, les yeux du garçon brillent d'une lueur de fièvre. Il s'accroupit. Il inhale. Rit de plus en plus souvent. Il dérive. S'absente pour une minute heureuse. Sniffe. Se lève. Laisse voltiger sa tête. C'est fait. Cinq et deux font sept. Il redescend.

DIMANCHE : Benjamin ouvre la porte du bureau à la volée. Benjamin rit. Il se laisse tomber dans un fauteuil. Rit.

— Laisse-moi travailler, Ben.

J'abandonne Godon et madame de Pourfuissac.

— Ben! Tu as encore sniffé? Où est-ce que tu as pris ça?

Benjamin rit. Rit, Benjamin. Chasse l'espace avec sa main. Tabulateur de rien. Aveugle-lyre. Rit. Renverse la tête en arrière. Cinq et deux font sept. Défie. Rit. Joue ses notes grotesques. Ecarte les bras. S'envole. Trois demi-mots moulinés. Perche dans un vide épais. Rit. Explose l'air par la gorge.

Je me lève. Je secoue le gosse. Le grand sifflet. Il me domine. Rit. Les yeux éloignés. Je perds contrôle :

— Combien de fois faudra-t-il te le dire?... Ben où est-ce que tu as pris ça?

La colère me suffoque. Je secoue un mètre quatre-vingt-deux de dinguerie. Je confisque la bouteille. Benjamin donne des ailes. Il hennit. Bronche. Emet le douloureux rire de l'homme blessé. Hunnn! Hunnn!

— Je t'en prie, il n'y a pas de quoi rire.

Alertée, Victoire passe à son tour la tête par l'encadrement de la porte. Je dis. Floche dit :

— Il s'est encore camé. Il marche au détergent. Je t'avais demandé de tout planquer.

— Je planque tout.

Une intime fatigue se lit sur le visage de Victoire.

— Alors dis-moi comment il a trouvé ça...

Je brandis la bouteille.

— Il est grand, maintenant. Il attrape tout.

— Et en plus, il ricane! Il se moque de moi!

— Il ne se moque pas de toi! C'est un rire nerveux. Il ne se domine pas

— Regarde comme il est décomposé! Bourricot! Il a sniffé à mort!

— Eh bien, il a sniffé.

— Tu t'en fous! Dis-moi que tu t'en fous!

Victoire me regarde avec abomination. Les mots soudain actifs nous envoient dans un avenir brûlant.

— J'ai déjà assez d'un malade, dit Victoire. Ne te mets pas dans cet état!

Benjamin profite du désordre des vieilles malles ouvertes. Il glisse dans le couloir. Hi, il se tape sur le crâne. Hi, Ben frappe celui qu'il aime le moins. Qui lui résiste le plus. Un enfant malheureux comme lui. Hi! Il avance dans un monde cruel.

Frappe. Frappe. Frappe.

Je dis, je dis :

— S'il crie en plus, je disjoncte!

Je shoote dans la bouteille. Benjamin renverse un guéridon. Un transatlantique des années trente explose sur le carrelage. Deux larmes montent aux yeux de Victoire. Elle s'empourpre. Elle fait un signe d'impuissance à parler. Elle secoue la tête. Elle hoquette.

— Si tu ne te contrôles pas, je ne peux plus y arriver.

Je sens mon cœur qui dévisse. Je rate deux ou trois barres de mesures et je reprends mon souffle. Le sol s'incline. Le sol s'incline. Ben conduit toujours la tempête. Il renverse la télé posée sur son support. Le poste tournoie et s'écrase sur le toit. Nous écartons le gosse par peur de l'implosion et nous cherchons refuge. T'inquiète de rien, sauf de rester en vie. Nous sommes tous derrière un mur épais. La télé fume doucement. J'aimerais connaître un endroit où on pourrait se reposer. Je vois passer devant mes yeux des tas de familles heureuses autour de nappes blanches. Les pères sont entourés de bébés abat-jour dans les roses. C'est tuant pour les nerfs d'assister à ça quand le monde va se soulever dans une gerbe d'étincelles. Ben sait qu'il vient de repeindre les murs en vert-cruel. Il ne bouge plus. Il n'est plus inquiet pour lui. Les minutes passent chargées d'oiseaux muets dans des cages couvertes. La télé ne fume plus. Alors remonte une colère sèche.

Je dis en reprenant pied :

— C'est lui ou moi. Je ne supporte plus de me réveiller pour mourir. Je ne supporte plus sa présence.

— C'est ton fils.

— C'est ma vie qui fout le camp.

Je m'approche de Victoire. Son visage reflète une gravité extrême. Je la serre contre moi. Je chuchote :

— Samo, un jour tu vas me perdre.

Samothrace ferme les yeux et accepte. Elle dit simplement :

— Il fallait tout essayer.

Je gagne le vestibule d'entrée. J'ai deux mille ans depuis deux mille ans. Les paroles n'ont plus de sens. Vous pouvez danser sur mes doigts et les briser, ça m'est égal. Les contours n'ont plus de forme. Papy Morelli et sa Section Haine de l'Espoir m'attendent au bout de l'autoroute.

Madame Arthur, chatte de gouttière, miaule un sanglot de piano-punaise et demande à sortir.

27

C AMERA-BOOK : Pourquoi le cacher plus longtemps? Madame Arthur est morte depuis deux jours. Simplement, je n'ai pas trouvé le courage de l'écrire.

Madame Arthur était une fille de joie. Une pas rien. Une gouttière de l'assistance. Un tapin du trottoir. Un guépard habillé en femme.

La première fois que nous nous rencontrâmes, elle était encore sauvage. Elle n'avait jamais eu de maître. Elle habitait les champs. Elle chassait pour sa subsistance. Elle n'aimait personne. Ne faisait pas confiance. Un piège, dans sa jeunesse, l'avait privée de la moitié de sa queue.

Le second jour de notre vie commune, je l'aperçus du coin des yeux. Elle était tapie à une dizaine de mètres de moi. Elle m'observait. Elle se détendit soudain et prit la fuite. Sa tourne-queue atrophiée lui donnait des allures de lièvre en déroute. Son corps flottait au-dessus des herbes. A distance raisonnable, elle se retourna dans ma direction. Sans miauler, elle ouvrit la gueule pour me faire connaître qu'on ne l'approchait pas.

Je l'ai revue l'après-midi même. Elle avançait sous la cape d'ombre d'un catalpa, à l'abri du voile végétal qui protège les fauves. Plus tard, elle a resurgi à la lumière. Elle ondulait avec un grand sérieux contre la maison, le long de la terrasse. Le jour était bleu. Le monde était nu. Je me suis approché et j'ai rencontré ses yeux.

Les chats sont des êtres que nous aimons pour leur perfection. En même temps, ils nous abaissent. D'un seul regard, ils sont capables de vous reconduire. C'est ce qu'elle fit ce jour-là. Et sauta par-dessus le muret. Mais le matin d'après, nous avions rendez-vous au bout du jardin. Elle se laissa approcher. Soudain, en signe d'abdication temporaire, elle se jeta sur le flanc. Sa moitié de queue fouettait le sol. Elle avait l'esprit tendu vers sa retraite. Quand j'avançai la main en direction de sa tête pour y déposer une caresse, elle se mit à gronder. Alors nous parlâmes.

Je lui ouvris mon cœur. Je lui avouai combien j'eusse aimé m'approprier sa confiance à défaut de son amitié. Elle admit qu'elle n'avait pas de foyer. Elle avoua que le contact des hommes lui faisait horreur, tout simplement. Cependant, matin après matin, elle consentit à m'écouter. Il y avait de l'indulgence dans son genre de patience.

Au voisinage d'une pivoine, elle accepta une caresse furtive. Pendant trois journées de pluie, nous ne nous vîmes plus. Puis elle réapparut et exigea que je gratte son front. Elle se prit à ronronner. Le regretta sans doute. Et comme je m'éloignais s'attacha à mes pas.

Par la suite, nous fîmes des progrès dans l'ordre de la compréhension mutuelle. Au prix d'une grande douceur teintée d'indifférence, nous prîmes l'habitude de ces promenades à deux parmi les massifs. Nous jouions à nous perdre. A nous retrouver. De temps en temps, nous nous arrêtions, fauchés par l'état d'indolence où nous jetait le soleil. Madame Arthur, à qui je récitais son nom, s'étendait alors dans l'herbe. Elle frissonnait sous mes caresses. A peine me détachais-je d'elle que harcelée par des frissons nerveux elle couchait les oreilles et sautait avec haine sur ma cheville pour y planter ses dents dans un baiser cruel.

Plus tard, elle consentit à prendre ses premiers repas Kit et Kat en ma présence. Elle trouvait que la nourriture était bonne. A des prix raisonnables. Pour la bonne réciprocité de nos relations, elle instaura la coutume de m'apporter les mulots frais capturés de la nuit et de les aligner devant la porte. Elle s'approchait de la maison. Elle rêva d'y entrer. Elle vainquit les réticences d'une femme qui s'appelait Victoire. Elle accéda au divan de velours bleu du bureau. Elle souhaitait que je déborde d'admiration pour son pelage. Elle devint belle comme une maîtresse exigeante.

Comment vous expliquer? Même une chatte de caniveau javeline vers son homme des regards coulants. J'étais sous son empire. Il y a du risque, de la névrose, à trop fixer le retranchement dans lequel les félins se pelotonnent. Ils ne répondent jamais à vos ambassades que par une lumière intacte et glissante. Pas de prise sur eux. La relation est adroite. Elle est voulue. Narcisse au double jeu, le mistigri donne son affection sans servage. Le leurre des yeux est instable. L'amour absolu, c'est un sac de prunes pour eux. Mielleux, ça! Diplomates et scélérats jusqu'à l'heure du bol de lait! Bénévoles pour le ronron, il est vrai. Le poumon de Judas, c'est le leur. Travestis sous poils. Toujours à la chaleur. Et vous, trouducutés par les promesses, la soumission vous époumone à séduire. Minette, minette! les yeux de la greffe se referment sur l'imposture. Traîtres à la charité. C'est l'homme qui fait des simagrées à l'animal.

Mais pas dans le cas de Madame Arthur. Elle m'aimait pour moi-même. Elle était coquette pour me séduire. Tous les soleils jaunes qu'elle a dessinés dans le miroir de ses yeux m'ont été destinés.

Jusqu'à ce matin sordide. Le fils du voisin est venu me chercher. Arthur était couchée sur le bord de la route. La nuit avait trempé sa pelisse. Elle était raide comme une acrobate de cire. Sa tête était tournée vers la mort. Ses yeux regardaient l'oubli.

Je l'ai prise dans mes bras. J'ai creusé sa tombe en lui parlant de ce putain de livre que nous ne finirions jamais ensemble. Je l'ai enveloppée dans un linceul. Tous les rayons du soleil pâle étaient tournés vers le sol.

Et quelque chose d'important me manque désormais.

28

FICTION : A Montallier, le temps passait comme une aventure et le castèts restait silencieux.
Tandis que le baron recherchait une victoire probléma-

tique dans la quête et le maintien de richesses dilapidées par notre époque accélérée, Brancouillu poursuivait sa grève.

Relégué en sa cuisine, le valet ruminait sa hargne contre le patronat. En milieu d'après-midi, il déchira une grande baguette de pain. Il la tartina de deux pâtés de grive, harta une pleine bouteille de vin de Portets et, sur le coup de cinq heures, décidé à prouver qu'une démonstration sociale partie de la base méritait bien un bal de traversin, le vilain pompayre foustrouilla gentiment la crémeuse Aventine, occupée justement à siester sur son plume où elle se fabriquait des songes.

Après un bel assaut, et que le cœur des amants fut devenu cent horloges, Brancouillu fit mine de chercher son second souffle. Il s'allongea sur le côté, les yeux dans les yeux de la fille du baron. Il les découvrit noisette avec deux ou trois paillettes d'or. Il parut réfléchir, ce qui était surprenant. Du bout des doigts, avec une douceur inaccoutumée, il explora les pigasses qu'avait attisés le soleil autour du gracieux nase de l'ex-jouvencelle. Il se sentait ému par sa beauté de chair. Elle avait l'air si douce, c'était inusuel.

Il risqua même une question :

— Ça boume ?

Il étrennait là des rapports inconnus. D'ordinaire, elle était la fille du castèts. Il était un simple instrument de plaisir. Tandis qu'il caressait la colline blanche de son ventre fertile, elle écarta sa paume. Elle se tenait reculée sur un coude comme si un sentiment de peur lui interdisait d'approcher la tendresse.

— Eh bien Brancouillu, que fais-tu là ? le brusqua-t-elle. Es-tu venu seulement pour dénicher les pies ?

— Nenni, madame Aventine. Je suis votre *Michel Morin*[1].

— Alors, trêve de muserie ! Saute-moi dedans !

Et comme il tardait à la ragasser, elle ajouta en détachant ses prunelles des siennes :

1. Michel Morin : nom propre resté populaire en Gascogne d'un serviteur modèle qui au dire de la chronique était capable de remplir toutes les tâches avec une égale compétence.

— Jamais plus ne me regarde ainsi.

Ils se séparèrent aussitôt.

Chacun de son côté se tenait immobile sur l'oreiller. Les yeux grands ouverts sur une immensité de graminées, ils écoutaient passer dans leurs cœurs la grande symphonie des petits ruisseaux d'eau lente.

— Si longtemps dans le pré je ne bouge pas, se disait Aventine, est-ce que les oiseaux de l'amour véritable finiront par se poser sur moi ?

Elle se sentait lasse et soupirante.

De son côté, Brancouillu roumégeait des perspectives nouvelles.

— Millodiou ! Et si j'étais le père de votre enfant ? interrogea-t-il soudain en se retournant sur le ventre.

Alors, dans le regard marécageux du serviteur, du badin qui presque louchait, la demoiselle vit passer l'oiseau.

L'oiseau !

— Tu es pourtant le plus moche, balbutia Aventine.

— Taupin vaut marotte, répliqua son amant à la mâchoire pesante. Je suis couillu, vous êtes pute.

A ces mots, les yeux de la jouvencelle s'éclairèrent comme un grand ciel d'été.

— Ah, mon buffle mal fait ! Ah, vertuchou, mon amour ! Mon amour, mon amour ! Comment ne l'ai-je pas discerné plus tôt ? Mille fois tu as raison ! Tu viens de lever la paille et c'est toi seul que j'aime depuis toute éternité !

Voilà ce que s'écria la sauvage jouvencelle.

Joignant le geste à la culbute, de sa menotte agile, elle fit hocher Brancouillu par son arbre. Elle exhala un soupir venant — long et tiède — et elle entrouvrit pour lui son écaille encore chaude. Alors, avec des yeux aimants, une infinie tendresse, elle le fit pénétrer sur le cours de sa rivière souterraine pour en tirer encore plus de fruit.

GRABUGE SEPT : Dit-on, la joie de vivre à deux est un truc à consommer avec discernement.

Idem, gloser sur la taille, la définition génétique et le sexe d'un futur enfant est une chose bien imprudente.

En ces temps de surfécondité imprévisible et de clonage sauvage il conviendrait même de faire bien gaffe au Barbie Boom.

A soixante jours de sa délivrance, la blanche colline de la fille du châtiau enfermait toujours ses secrets, ses promesses et ses fruits. Mais, puisqu'il est un avènement pour chaque chose, vite, que je ferme ma pipe! L'auteur serait foutu casse-tympans s'il vous affranchissait par avance des curiosités, surgeons et gourmands de l'arbre généalogique d'Arthur de Monstatruc.

Revenons donc entre les draps du jour :

Tandis que, tendrement enlacés, Aventine et Brancouillu choisissaient ensemble le prénom de leur possible progéniture — Pharaon pour un garçon, Négronde pour une fille —, Hourtoule et Tamisé, les autres possibles papas du bambin, poursuivaient leur résistible ascension.

Promoteurs et arcans pognonistes, les anciens arpenteurs n'étaient plus vêtus de leur râpée redingote noire. Les inventeurs du Diplodomouth promenaient leur pédégéterie en limousine archi-chrome sur un parking embouteillé de voiturettes à faire les commissions (pas caddy, pas d'anglais, c'est promis!). Ils avaient en tête de se présenter aux prochaines élections cantonales et se voyaient assez en politicards de salon, faisant la pluie et le béton à la sous-préfecture de Langon.

Sous les lustres du Cercle de l'Industrie, il se chuchotait autour du billard que c'était là un projet cynique ourdi par les multinationales et les trusts, une manœuvre d'encerclement du pays de haute lande faite pour le coloniser et le réduire en l'état de réserve indienne. Il se disait cela et aussi que l'élection d'Hourtoule et de Tamisé allait de pair avec le projet de décharge en classe 1 qui transformerait le proche village de Lucmau en poubelle chimique de l'Aquitaine. Et l'on se repassait sous le manteau les vieilles cartes postales du petit marché de Villandraut sous les tilleuls qui n'était plus qu'un souvenir désuet dans la cervelle des anciens.

— Je t'aime, Brancouillu, disait Aventine avec une parfaite innocence. La nature nous force à tout manger. Tu es croche, abominable et mal lavé, mais je m'aperçois maintenant que je t'ai toujours aimé.

Et renouant avec mille effleurements et nitoucheries propres à entretenir la chaleur, la rouée rafistolait l'ardeur du badoc, émerveillé par cette fredaine d'ondes.

Dès qu'elle lui eut annoncé qu'elle avait quitté ses maris, Brancouillu sut que sa grève était brisée.

29

FICTION (suite) : A la prime ensoleillée du 13 juillet de l'an de grâce de cette fichue époque de garbouille, insensible aux flèches de publicité que lui adressait le Diplodomouth, Arthur Charles-Marie Bouillon de Pompéjac, seigneur de Montallier, baron de Monstatruc, marinait dans le clapot de son bain d'eau froide en étudiant d'un œil myope une carte routière au 1/200 000...

Tout sang-glacé, au bout d'un long moment, il remua les paupières en entendant colimaçonner vers lui le pas de son domestique.

Comme à l'accoutumée, le drolle portait sur un plateau la bouteille de vin matutinal et un beau chandelier d'étain. Ses cheveux étaient mouillés. Il s'était dessiné une raie sur le côté. Il portait une chemise repassée.

— Voilà votre piveton de Malescasse, moussu Arthur. Millésime 86. Grand bien vous fasse!

— Merci, mon garçon. Où en sommes-nous avec la grève?

L'autre prit le soin d'allumer la bougie et commença à décanter le vin devant la flamme.

— Oh, elle a pris fin hier aprème, dit-il en humant l'odeur de sous-bois qui émanait du cru bourgeois. Sans trop de casse. Sur l'oreiller.

— Je m'en réjouis, Jean Bouchaleau. Ma famille a côtoyé

la tienne pendant près de trois siècles. Ta pauvre mère m'a donné le sein. C'eût été pitié que nos chemins se séparassent au moment de l'épreuve!

— A voir! Trois cents ans de servage et de métairie, pour les Bouchaleau de ma sorte, ça n'a jamais été l'autoroute!

Le baron prit l'air de celui qui ne veut pas rallumer une dispute inutile. Il peuta une bulle d'anhydre en son bain et se contenta de dire à peu près :

— Adepte de cette sagesse réfléchie en laquelle je crois, tout en lui restant toujours inférieur, je ne pense pas qu'il puisse y avoir de grandes réformes sociales sans que l'on change le fond de l'homme.

— Je vous entends bien, notre maître, mais l'homme n'est pas le même, selon qu'il est né ou non du côté du magot.

Le baron hala un gros soupir.

Il avait passé une mauvaise nuit à réfléchir dans son bain. Vagabond de l'esprit continuant à chercher le commencement de la sérénité dans l'oubli de soi-même, il était désireux, ce matin-là, de prouver à son serviteur qu'il était un abolitionniste militant, un homme de bonne foi, courageux et désintéressé, un être de sagesse capable d'embrasser de nouveaux principes, un vrai philosophe rompu à tous les exercices de liberté.

— Je veux faire du neuf avec toi, Brancouillu! Aussi, je te le propose, assassinons l'argent!

— Chaleur, moussu! Ce n'est pas pour demain!

— Pourquoi?... Du moins entre nous, sur le point de prendre la route, tuons le vilain fric!

Brancouillu se tordit de rire et lâcha la chandelle.

— Eh bé, brancaille! broncha le baron, écumant soudain comme un tourbillon de fleuve, serre ta bougie droite, cong! ou nous allons cramer comme des pignes!

Il s'était avancé le poing levé, prêt à frotter l'œil du maladroit, mais alors que d'habitude il eût borgné le drolle, il sécha sa chicane en un clin d'œil et décerna un franc sourire à son serviteur déjà garé sous la table.

— Jean! Jean! s'apaisa-t-il. Le cher Jean Bouchaleau!...

Et le faciès radieux, à la minute même, transfiguré par une illumination céleste, Arthur de Monstatruc s'exclama d'une voix de caverne :

— Ça, Bouchaleau! Aujourd'hui, sommes-nous pas veille de commémoration républicaine? Fêterons-nous pas la prise de la Bastille?...

— Je veux bien, dit le valet toujours sur le qui-vive, mais comment nous y prendrons-nous?

— Décidons que tout ce qui me reste de biens ou d'usage de terres est à toi!

— Depuis quand?

— Depuis maintenant!

Message formidable! Brancouillu n'en croyait pas ses oreilles.

— Ainsi... j'ai du vin à la cave?

— Trente barriques!

— A ce moment-là... j'ai aussi de l'argenterie dans votre vaisselier?

— Dix-huit écrins de vermeil blasonné et deux grands services par Puiforcat.

— Et en contrepartie?

— Je prendrai le peu que tu me donnes!

— Hic, mon prince!... Qu'ai-je à vous offrir?

La réponse de monsieur de Montallier était toute prête :

— *Ton entière confiance.*

— Mais alors, c'est du troc? Et si c'est du troc, j'y perds fatalement!

— Comment se pourrait-ce, ingrat?

— Je le sais de mille façons, messire : l'expérience!

— Mais tronche de pibe! puisque c'est moi qui te donne tout!

— Justement!... Je crois bien que c'est cette putain de confiance que vous me faites qui ne m'arrange pas... ergo, je la refuse!

— Tu repousses les avances de ton maître?

— Je préfère vous voler... c'est plus conforme à ma nature.

— Blague sous les aisselles, Jean Bouchaleau! Il n'y a que l'âne qui ne sent pas où le bât blesse, s'emporta monsieur de Monstatruc, seul le vilain, le salopeux argent a gâché nos rapports jusqu'ici !

— Et quelques ramponneaux...

Le baron balaya ce dernier argument de peu de poids. Il se leva avec gravité dans son bain, n'importe s'il exposait toute sa boutique. L'eau lui coulait sur les fesses. Il avait les ouïes pâles comme un brochet de centrale atomique.

Il répéta avec force et conviction :

— Pour te montrer que je me rends tout à fait à ton égalité sociale, drolle ! j'augmente tes gages de cinq cents francs ! Et pour solder l'arriéré, tiens ! c'est dit ! Nous allons vendre un bois feuillu !

L'autre semblait frappé par le foudre :

— Moussu le baron, merci ! Vous venez de me rendre la force de regarder l'avenir !

— Ce n'est point tout, écoute-moi ! J'ai assez longtemps regardé l'herbe lever. Dans la minute qui va suivre, tout à l'heure si ça se trouve... après-demain au plus tard... vers midi, si Floche le veut... nous allons partir en voyage... Je veux que tu prépares nos sacs, nos provisions de bouche et gonfles nos pneus demi-ballons.

— C'est que...

— Quoi encore ?

— ... J'ai un quèque chose plus à vous demander...

— Nous n'avons pas le temps ! Prépare mes kniquères !

— C'est au sujet de votre fille...

— Tu la veux ? Prends-la ! Je te la donne ! Elle fera partie du lot ! Prends tout ! D'ailleurs, son mariage est nul ! Ses maris sont des entôleurs ! Les cuistres l'ont répudiée vive... Sitôt fortune faite ! Elle ne t'a rien dit ? La grougne ! La voilà sur le sable ! Spoliée ! Nude ! Mûre dans son ventre d'un chapelet de triplés à ce qu'il paraît !

— Des triplés ?

— Trois petits cancres ! Une portée ! Tu découvriras tes chiots en revenant ! Partons au plus vite !... En route, Bouchaleau ! Dieu au travail ! Face au grand projet ! tant il est jour et date que nous allions sur le terrain mesurer si le chaos des hommes est aussi grand et funeste que tu le penses !

— *Coquin Diou*, notre maître! Qu'est-ce qui m'arrive? J'ai les couillons qui grossissent! s'écria Brancouillu en pointant son entrejambe.

Il avait l'air effrayé et stupide.

Son pantalon se déchira. Ses boutons de braguette se détachèrent. Sol la si la, sur le sol, par petites notes, ils musiquèrent. L'un se perdit jusque sous la baignoire, l'autre roula sur la dalle, Brancouillu regardait ses organes.

— De partout, je suis trop riche, constata amèrement le gadasson à tout faire.

Il avait les balles comme des outres.

Et ce fut tout pour ce jour-là mais c'était bien assez.

ACTUA-VRAC

Ça y est! Le soleil a retiré son chapeau!

Vieux Phébus zénithe à tout va, rayonne et s'ébouriffe. Température en hausse dans le journal de 20 heures. La France en Lacoste exige des vacances. Elle oublie l'heure des réformes et de l'abstinence. Elle efface de sa mémoire le suicide par balle d'un ancien Premier ministre, elle néglige Srebrenica ployant sous le joug serbe, les inondations au Bangladesh et l'affaire du sang contaminé. Sur les autoroutes, les automiboles six cylindres rutilent et archichroment vers le sud. Bâfreuses de kilomètres, les belles allemandes ont l'haleine golfe Persique. Tourisme vert oblige, sur les départementales, les défoncés de la consomme mettent la pédale douce. Il s'agit d'arriver à Périgueux dans les temps. Les pères de famille se concentrent sur le scandale du fauteballe, les exploits d'Indurain dans le Tour de France et un p'tit Pastis 51. Ils ignorent la mèche qui est allumée dans la poudrière des « townships » d'Afrique du Sud. Le bonheur absolu, cet été, c'est de ne parler de rien. Quinze jours sans boutons, vous permettez? Et une supposition qu'il pleuve sur la location, on lira des histoires qui finissent bien. Rien que du simple, du roman-photo. A cause des baisers sur les lèvres. On peut pas toujours garder Hamlet sous les yeux. Quoi? la jeunesse noire est dans les rues de Mogadiscio? Quoi? les Somaliens se battent contre les troupes de l'ONU? Comment ça? l'humanitaire tourne en eau de cambouis et de sang? C'est un gouffre, monsieur, d'aller nourrir ces gens-là! Faudra régler la grosse question des mendigots noirs! Celle des Juifs est pendante également! Un bon coup de purgatif, ça déblayerait drôlement l'atmosphère! Ah, c'est à entendre, ces jours-ci sur les plages. L'eau est à 24°! les Dupont, meneurs dodus, ne se gênent plus avec personne! Hardis au vaseux baratin!

Derrière leurs lunettes de plongée, ils tâtent d'abord le terrain. Si, par secousse, l'ignoble vous fait sourire, simplement vous étale, vous coupe la chique, ils remettent la gomme. Je le disais encore hier à ma femme, vise un peu, madame Dupont, depuis kia les Balkans, ces palanquées d'romanos qui déferlent chez nous! Ah, les congs! Les péroreux ignobles! Ils veulent du chalumeau! De l'oxhydrique! Du nettoyage! C'est peu dire que l'Histoire se désécrit à vue d'œil. Pouah! Quelle horreur! Tout biffe. Tout rature. On n'entend même plus les voix d'un passé proche. Au milieu de l'indifférence générale, Clinton a fait bombarder Bagdad. Un témoin des ratonnades du 17 octobre 1961 à Paris raconte : j'ai vu une femme. Dans ses bras elle tenait un enfant. Ils lui ont arraché. Ils l'ont piétiné. Ils repassaient tous sur son cadavre. Vous cassez pas la tête! On s'en fout! C'est de la pelure! C'est comme Bousquet le tortionnaire. Quoi, Bousquet? On l'a abattu, deux balles dans le vilain bide. Eh bien, oui! Et alors? Si c'était une ordure, de quoi vous plaignez-vous? On a escamoté le symbole! Le procès du nazisme franchouille n'aura pas lieu! Quel procès, monsieur? Ça f'ra des éconocroques! Plus personne se souvient! Ça remonte aux rutabagas! Caltez! Vous nous gâchez le paysage! L'été doit avoir lieu! La pièce continue dans un froissement de planches à voile. Brûlures et mélanomes galopants sur les plages. Pavillon bleu, l'eau est pure! Jachère jusqu'au mois d'octobre pour trois millions deux cent mille chômeurs. Reportez-vous à votre journal habituel. Les titres sont en rupture de stocks. Pas de contraceptifs pour les religieuses en mission. Oléron, une fourgonnette à la mer. Le Pilat, trois morts par hydrocution. Antibes, un Allemand scié par un *off shore*. Avignon : 40 000 préservatifs distribués pendant le Festival. Nous allons passer des jours rissolants et nous serons prudents sur les routes...

SYMPHONIE

SYMPHONIE

SYMPHONIE

SYMPHONIE

SYMPHONIE

SYMPHONIE-GRABUGE

(Troisième mouvement)

M ERCI d'être venus au concert!
Merci de m'accepter comme je suis. De harter ce
roman en mastiquant le papier journal, en feuilletant les
actuallogènes de la tourmente et du siècle. Merci d'engamer sans cesse des lambeaux de viandes nouvelles. C'est le
prix du spectacle!

Sûr, j'ai besoin de vous. Si ce livre a pris des formes
inconnues, l'époque y est pour quelque chose. Le chant des
oiseaux et les cendres m'étouffent. Le meilleur et le pire,
j'accueille! Permettez que j'écrive avec le doigt sur la surface clapoteuse du volcan d'aujourd'hui. J'ai l'horrible
vérité du siècle pour moi. Tout sur terre n'est plus que
banlieue de quelque part. Les mises à mort sont bien sanglantes. L'édifice vermoule. L'atome, la barbarie, l'embuscade des pestes nouvelles font pleurer les paumes de nos
mains ouvertes. Il y a dans l'air une intense souffrance. Un
désespoir brûlant.

S'il vous plaît, s'il vous plaît, dites-moi si nous ne
sommes pas là pour demander inlassablement de quel bois
nous sommes faits?

Boxons, radadas, mistoufle, meetings, blessures, escales,
flammèches ou jolis ombrages, le jus de la vie a du mal à
sortir... ouragans de rires, serviettes de larmes... tous ces
bourgeons, toutes ces pliures! De quoi est-ce fait, une vieille
peau d'homme?

C'est petit à petit que les yeux n'ont plus d'étoiles. Ero-
sion par forcipressure. A force de se faire feinter. La vie est
pleine de dégoûtants qui vous entiflent. Marche par
marche, il faut bien avouer, que de vilains saumâtres
avons-nous pas fréquentés! Que d'imposteurs! Que de
loches franches! Tous à glisser sur le grand parquet. Poum
poum musique ou mazurka, combien de faux pas au bal des
fiottes? Amertume des lèvres, sanglots rentrés, voilà nos
rides, tout est inscrit. Nos paysages, l'amour des dames, la
presque mort, nos fleurs, nos fruits. Et le froid et le gel, la
pluie et l'avarice. Là-dessus, pas de jérémiades! J'ai vu des
clampins qui avaient enfin ce qu'ils méritaient sur la

gueule. Toute leur blècherie sculptée féroce. Un air de vieux flageolet gravé en contretype et qui hurlaient à la populace, criaient au charron, à l'avalanche, à l'horrible, à pas de chance, et méritaient cent fois leur tronche de fin de carrière. Jouisseurs de culs, avides au fric, des airs d'enfer, paris et marchandages, c'est tel, au bout des pires détresses, l'arc de nos paupières s'affaisse, les fissures de nos fronts s'élargissent. Nous perdons nos dents. Et pas de changement notoire avec des onguents.

Bon, voici l'avant-dernier mouvement de la symphonie qui se dessine. Pas question de tortiller vos petits nerfs, de vous acculer aux stéréotypes d'êtricules à branlettes transistorisées, de vous rationner sur la jucondité des cinq sens, ni le gouleyant du bon vin, ni la galopaille des derrières. Or, non! Ne comptez pas sur moi pour vous achever! Nous verrons bien après les couacs.

Attaque au mot, je ne vois que ça. L'éloquence, la dégoiserie, la déclamade me grattent encore! Démangent! Le roman traditionnel est mort! Vive le langage! Je vais essayer de tout montrer encore un coup.

Le gros, le petit. Le loin, le près.
De la flûte et du bec,
c'est à vous d'attaquer, monsieur Twinkelton.

Menuetto.
Allegro molto vivace!

Trois!... quatre!
Quelle épouse n'a jamais pensé à son amant en mignotant son homme?

STOP! STOP!
Baguette, baguette!

J'entends une voix énervée dans la loge des exonérés? C'est du culot! Que dites? Je saccage l'institution du mariage? Je serai pistolé à bout portant par les bavocheurs? Arquebusé dans la bouche comme un souilleur d'hosties? Oulàlà mais madame! Aplatissez le coup! Halte

à la glape! Ce n'est pas cette chevrotine-là qui va m'arrêter!
Clairon du soleil, je suis assuré contre la foudre! D'ailleurs,
je respire assez loin des villes pour qu'on me rate. Je me
priverai de la bénédiction des boutiques! Je vois d'ici les
bons prêcheurs! Babliblabla dans les articles, on me per-
cera l'œil, m'écrasera les gencives! Çui-là, qui c'est?
S'prend pour de la glaise! Nous colle aux pieds! Fait dans
la mousse! Pourrait se moucher, tout à sa gourme... allons,
allons, décidément! Retour au rêve... à la télé... un peu de
strass! Quelques loteries! Des jolies filles. Des lumières
vertes! Du sentiment, sur fond d'argent. Trente-six chan-
delles, des balançoires, un p'tit peu de cul, point trop n'en
faut... juste la mousse et les baignoires. Qu'on voit des
genoux. Joli projet! D'altières nanas. Gorges de neige.
Extases à plus finir... magnifique lumière rougeoyante d'un
coucher de soleil... Vite un petit trou dans nos fantasmes!
Des amoureux qui s'enlacent au bord d'un lagon. Du bleu.
Beaucoup d'outremer pour colmater les lézardes de nos
chagrins. Du sable fin. Du champagne frais. C'est plutôt
bon pour le moral!...

Trois!... Quatre!

Allegro molto vivace!

La Femme, justement...

30

CELLE qui a inventé nos minutes. Celle qui a rempli nos
silences. Celle que nous avons écoutée, immobiles et
plus légers que l'air. Celle qui nous a conquis. Qui nous a
repus. Qui nous a asservis. Conduits. Celle que nous ne
savions pas qu'elle était.
Celle.
La plus belle, si je me retourne. Celle qui n'avait plus tout

à fait une bouche enfantine mais qui promettait dans ses yeux de brumeuses collines. Celle, la femme de quarante ans. Celle dont je veux me souvenir en mon corps vieillissant. Celle qui fut une dernière impression de fièvre et jamais plus ne sera. Celle qui me tracasse encore beaucoup et qui reste une énigme.

Celle. La. Elle.

Celles, les, toutes.

Les fleurs. Les jolis genoux. La pénombre. Le suçon de leurs bouches. Le rire rose de leurs sexes entrouverts. Les femmes les plus désirables. Nos dernières gerbes de désirs nus. Celles de chair, de slip, de hanches, du bout de sein, de sel sur la peau, de visages calmes, celles folles de vertiges et d'apaisement qui bougeront à jamais dans le froissé de nos draps, de nos exils, de notre froid jusqu'à l'os.

Qui sont-elles? Jusqu'où irons-nous les quérir? Faut-il rechercher leur étreinte si amicale, si consolante? Faut-il pas plutôt se méfier de ces hôtesses qui distribuent leurs derniers billets de manège aux marins esseulés dans le brouillard de l'automne?

Les femmes de quarante ans se jettent aux moustaches du soleil s'il vient à passer. Elles sont un cercle parfait. Une plénitude. Elles captent aussi l'angoisse, reflètent la réalité de leur mémoire. Elles quêtent des regards sans adversaires, s'adoucissent de force aveuglante ou cherchent une prise où se reposer un instant.

Elles attendrissent par leur marche oblique, gracieuse, féminine, dont l'étrangeté, gainée de soie, constitue pour nous une menace, une chance.

Changeantes chasseresses lorsqu'elles sont confiantes en elles, j'en ai vu de blessées qui s'avançaient, défaites par la solitude. Sans idée, ni rêve, ni désir. Les yeux ouverts sur le passé, elles redoutaient la nue qui, sans cesse renouvelée, vite obscurcit le ciel.

Les femmes de quarante ans, égales de l'homme sitôt qu'elles se hissent, guerrières attachantes, entreprennent le cours de voyages inattendus. Elles se souviennent de leurs robes, des ruisseaux de la vie, de la lourdeur des chaînes, de l'enfantement qui les fit renaître, des mondes qui s'envolent, des valeurs préconçues.

Souvent, nos sœurs, nos épouses, nos amantes de quarante ans cachent sous l'enveloppe d'un être fragile un fantastique réservoir d'énergie. Qui dira assez leur courage physique, la certitude de leur destination, cette faculté délicieuse de rire en pleine action?

Les femmes de quarante ans ont des chances raisonnables de faire bander les hommes, de les faire plier aux mordillements de leurs dents de velours. Elles sont belles. Elles usent de raccourcis. Elles sont aussi habiles au jeu, pendant des heures, qu'à la rêverie devant la fenêtre.

Elles sont chefs d'entreprise, femmes au foyer, politiciennes, bourgeoises immobiles ou fermières dont les mains gercent à capturer la terre.

Elles sont seules. Elles ont une descendance. Elles ont du bien. Elles sont mariées. Elles sont mal mariées. Elles ont choisi le célibat. Elles ont un pouvoir. Elles sont pauvres. Elles sont désœuvrées. Elles sont cyniques. Elles sont sentimentales. Elles fument. Elles boivent. Elles jouent à la poupée Barbie. Elles travaillent. Elles auront un infarctus. Elles aiment les hommes. Elles préfèrent les femmes. Elles savent où elles vont. Certaines se jettent dans le vide. D'autres tentent des équilibres impossibles. S'anéantissent dans le devoir. S'effacent dans l'ombre. Réapparaissent un jour, les doigts mangés de bagues. Ou se fichent comme d'une guigne des possessions qui font un cœur de pierre.

L'arche des femmes de quarante ans est pleine d'un choix d'êtres inexplicables et prodigieux. Tout a germé pendant la traversée des siècles. Bouleversant l'ordre machiste de la planète, les femmes — ni peur, ni illusion — ont retourné le gant. Elles incarnent la dignité, la lumière, l'harmonie et aussi la forteresse en ruine.

Elles ont su nous accompagner. Elles ont su conquérir. Elles ont repoussé les limites du savoir, de la grâce, de la liberté. Fantassins, policières, courtisanes, nourrices sur lieu, écrivaines, journalistes, sous-préfètes, artistes de la glaise, du bronze ou du pinceau, simples arpètes, ouvrières en usine, aviatrices, dévouées aux causes humanitaires, avocates, professeurs, œnologues, médecins, sorcières, elles ont dérobé le feu aux hommes qui ne le méritaient pas pour eux seuls. Elles déploient devant nous la carte de notre amour, de nos rêves, de la recherche de nos corps et du prix à payer pour l'égalité. Elles nous réservent des grottes magnifiques, des chevaux emballés, des couleuvres, des orgues noires, des soies voraces, des lits de repos, des jambes ruisselantes, des intelligences inatteignables, une chaleur à col ouvert, des politesses exquises, des raffinements de papillons, des propos scatologiques, des écailles dures, une tendresse infinie, une gibbosité de chair voluptueuse, des trafalgars, des revenez-y, des balançoires, la promesse enfouie des fleurs de sable — tour à tour insécures et sincères, l'abeille dans la main, prêtes à nous communiquer l'incandescence de leur lucide chaleur de serpents.

Ah! Faire sauter le masque du mythe et dévoiler le monstre! Ah! S'enfoncer dans l'astre noir! Prendre le rail de la chair pour plonger l'espace d'un bref après-midi dans l'amour incontrôlable! Ah! S'engloutir dans les constellations infinies du sexe de madame Bovary ou de Christine Ockrent. Ah, Seigneur, s'il vous plaît! se réveiller dans un violent sursaut, exactement comme si la vie du monde était ce merveilleux élixir où la pulpe d'Ophélie prendrait, ressuscitée soudain, la profondeur divine montée des yeux d'Anne Sinclair. Et mourir interminablement d'un poison d'apesanteur et de glace!

INTIME CONVICTION : Ma foi! Le ton est donné! Je pourrais truquer la facture du cœur et vous incliner à croire que je caresse tous les jours d'anciennes reines d'Egypte couchées entre mes cuisses ou que, richard d'un paquet de fric, je traduis en secret les filigranes des billets de banque de Fort Knox. Mais rassurez-vous, ce n'est pas mon humeur.

Ici, à Uzeste, l'argent n'a pas de messe. Ici, terre de résistance, nous vivons les derniers instants de la feuille à l'envers. Au plus profond des sentiers abandonnés, butant sur les vieilles souches de nos croyances, nous menons pour quelque temps encore une vie méfiante dans l'éternité de chaque seconde. Loin de nous explosent le crépitement continu des billards électriques et le hurlement des machines à amplifier le son. En attendant la poussière d'une noria de camions-brûlots conduisant les étrons indestructibles de la société industrielle jusqu'à leur blockhaus de repos creusé dans la forêt de Lucmau, nous poussons pour quelque temps encore devant nous le bruit de la bête humaine, le bahulement qui fait se taire les plantes, les insectes et se dresser les couleuvres du chemin.

De l'autre côté de l'Agneth, un ruisseau large à peine comme un saut d'homme, et qui borne mon champ, dort et repose dans la collégiale Clément V. Jadis, Landais descendu de ses échasses, ce seigneur fut élu pape en Avignon et abolit l'ordre des Templiers. Par sa naissance uzestoise, par les vestiges de ses châteaux féodaux, cet illustre personnage confère au canton (dont Villandraut est le centre) sa grande appartenance à un monde enfoui.

Les hommes de cette haute époque, les pèques sortis des marécages et des crastes étaient dit-on forts laids, brelans d'énergumènes courts sur leurs jambes, presque des nains sitôt qu'ils sautaient de leurs « tchanques », loustics à poils noirs nés et souchés à quelques lieues de distance, populace de fous-liés, de bergers ricaniers, issus des vasières et des jaugues. Avec leurs oncles, leurs frères de Préchac, de Bourideys ou de Pompéjac, ils partageaient le ventre des filles de leur proximité et souvent, faute de sortir du poulailler, épousaient première ou seconde cousine. La jeunesse ne faisait rien pour contrarier les parents qui choisissaient pour elle mais si l'on tombait en amour vrai, on hâtait les fiançailles, un enfant avait germé, dès la première étreinte.

Les gensses de la hagne prenaient prétexte de ces noces pressées pour s'assembler en des fêtes hurlantes et les hilh de pute qu'ils juraient étaient à faire tomber le ciel. Francs compagnons s'ils s'accoudaient à table, ils entougnaient de grands cuissots, des grattons, du boudin, s'empiffraient d'un goûteux camageot, de plusieurs soupes et bougats, gnigue-gnaguaient et pitaient des vins de piège et de terroir jusqu'à en quimper pour certains, tandis que les plus résistants des convives rebombaient sur leurs pieds pour montrer qu'ils étaient gais encore, et capables de danser toute la nuit. Ceux-là s'empourpraient de sang et d'humeurs, poussaient de hauts cris, profitaient de l'ombre épaisse pour tripougner les gigasses sous la robe et produisaient avec leurs bouches et des ustensiles de fortune une musique de bruits et de coucourdes assourdissante.

Aujourd'hui, l'ami Lubat, droit descendant de ces drouleys, mène son orchestre et danse la beguine gasconcubine, samb'aquitaine, il chante le blues en rap patois et dessine avec sa meute d'artistes à l'esprit consanguin les allégories pyrotechniciennes du maître artiste artificier Patrick Auzier. La gestuelle de Bernard Lubat, les tambourinayres gascons décalqués, les pisteurs pifrayres, André Minvielle et sa batterie electropad refondent le human score dans les favelas de jazzcogne.

Voyez comme tout se touche, mes compagnons de village, depuis Uzeste, terre de résistance et de désharmonie cosmique, d'où vont s'envoler pour la quatorzième fois les concerts d'apparitions-disparitions soli sauvages sous les buissons du Festival, je voulais envoyer ce message de survie. Mayday! Mayday! nous sommes fiers de faire alliance avec la forêt. Nous acceptons les nuages de pluie, la force du soleil, le noir limon des trous dissimulés sous la perruque ébouriffée des ajoncs. Nous acclamons la plainte d'écorce des pins balés par le zef océan. Nous acceptons les griffures de broussailles, la vermoulure des vieilles planches.

Ici, l'horloge du monde ne doit pas venir! Nous sommes tous des Indiens!

Ici, à l'heure où le progrès desséchant, ultime convulsion de l'orgueil de l'homme, devient un vol d'oiseaux aveugles, nous n'oublions rien! L'odeur du sol et des racines en pourriture nous atteint! Laissez-nous écouter le « troisième silence »!

Ici, à l'heure brûlante de l'inégalité des peaux, en ces

temps d'indifférence et de piétinement de l'autre, en ces circonstances sidaïques et entremêlées où le vétiver, l'automobile, les tremblements de terre et la capote anglaise disputent la faveur des médias aux enfants écrabouillés de Sarajevo, nous pleurons.

A cause de la surinformation, de la désinformation et de la confusion des esprits, nous rugissons.

Par peur du suivisme, de la gadgétofolie, de l'intégrisme et de la barbarie, nous implorons l'espèce humaine de ne jamais tout à fait perdre le sens de l'humour, le bon sens aussi, et son libre arbitre. Résisterait-il encore quelques héros sous le boisseau des arbres, qu'il leur faudrait emporter au maquis un grand peu d'acharnement à survivre et la science du vin.

Sommeil de folie! Le baron est fin prêt pour son départ! j'ai tout fait pour retarder le récit de sa fracasse et de son voyage en trois étapes dans le vaste univers de bruit et de vitesse. Mais, le moment a sonné de s'élancer, et le lecteur va pouvoir aller trancher les montagnes. Nonobstant, je marche devant. Même s'il n'est pas réjouissant pour un auteur de conduire sa créature au supplice du chaos, je souffle du côté du rêve. J'incline la marmite. Déséquilibré, monsieur de Monstatruc court dans tous les sens. Tricorne en chef, il s'affole. Il cherche ses pinces à vélo, agonit Brancouillu, couvre le valet d'insultes, toujours j'incline la marmite, Arthur bascule dans le vide, déséquilibré, il monte sur la patte de son blaveux de Gascogne, le cagnot aboie de douleur, l'homme veut se rattraper, j'incline, j'incline la marmite, monsieur de Montallier voit le soleil devant lui, une boule d'éblouissement, il se prend le gros orteil dans le plissé ou le cordon d'une embrase et c'est fait! cul par-dessus tête, il dégringole, il tournoie l'escadrin de la tour du septentrion et anordit sur les reins.

— Millodiou! s'écrie le baron, en tâtant son occiput encorné d'une gnosque de la taille d'un œuf de palombe, si je vire de l'œil, du moins, je n'irai pas plus bas!

Grabuge dans le livre : Eh bien, Arthur a tort.

Adressées par Brancouillu, il reçoit à l'instant même deux ruades de groules dans les côtes. Sous le choc du savatage, il roule à bas des dernières marches, il a du feu dans les poumons.

— Oh mais, *Enfi!* va te laver les pieds! fulmine-t-il en reconnaissant son agresseur.

Vexé de donner devant autrui le spectacle de sa douleur, il fusille du regard son valet qui le domine d'un sourire immobile. Il sent qu'il est à l'entrée de quelque chose de nouveau et de lugubre. Il demande :

— Maintenant, tu lèves la main sur ton maître?

— On achève bien les syndicalistes, répond le badoc.

Il lui galoche deux fois l'abdomen.

— Oh, yi! Yaïe!

Le cœur du baron lui remonte à la bouche. Le coquin lui tend la main, le redresse et l'installe sur ses jambes.

— Explique-moi ton geste inqualifiable! expire Monstatruc.

L'autre fait risette. Il montre ses dents de cheval.

— La fable est évidente, Arthur. Je pratique le troc. Hier tu m'as donné tous tes biens, je te les rends au centuple.

— Et en plus, tu me tutoies!

— Ouida. Et je te carde la peau! Tiens!

Il lui botte le cul.

Montallier recule. Il sent que le courage n'est plus de son territoire. Il a les oreilles rouges.

— Tu vois? J'ai compris comment va le monde, insiste le valet.

Il shoote sur l'os du genou de son maître.

— Je tape où ça fait mal, commente-t-il illico. C'est comme ça que tu m'as appris.

Il gratte le carillon de ses grosses couilles, fait un bruit de sonnaille et croise ses bras en fixant le baron d'un air satisfait :

— File à la cave, Arthur, va nous tirer du vin. Fais que ce soit du meilleur.

Monstatruc se voûte. Ses lèvres restent arides. Il ne se sent plus de jus dans les veines. Qu'est-ce donc qui lui arrive?

Faute de réponse envisageable, il risque un sourire de fin négociateur :

— Un ami intransigeant est un puissant soutien, admet-il. La morale que tu viens de m'administrer, Jean Bouchaleau, a valeur de trésor.

— Tel on est, telle est l'amitié qu'on se forge, rétorque le valet. Hier en me proposant votre argent, vous avez voulu changer de camp. Aujourd'hui, chacun dans le rôle de l'autre, l'auteur nous prend à l'essai.

La vérité, personne n'en veut. Monstatruc fait la grimace.

— Tu veux que je te serve le vin et savonne les pieds?

— C'est ça.

— Comment se peut-ce? dubite le baron en se grattant le chef. Floche t'aurait prêté ma force et mon caractère?

— Et aussi votre argent. Pendant quelques feuillets.

— Je suis sceptique, dit le baron.

— Ça ne change rien, répond le badoc. Prépare la bécane.

Il bombarde une bûchée fantastique sur la mâchoire de son maître. Il lui marche jusque sous le nez et lui délivre une autre plamuze sur les dents :

— Dégrouille-toi, couillon! Et ne saigne pas des gencives! Je ne te dérouille pas par méchanceté! Je te bats pour ton bien!

Arthur Charles-Marie fait des yeux de bête courante et chagrine. Dans ce géant courbé et pleurard qui reconnaîtrait le bombu baron au torse d'athlète de foire?

Larbinisé, il bredouille :

— Un éléphant s'est assis sur mon cœur...

Faute de pouvoir exprimer un propos plus exact sur l'injustice de son sort, il marche en toupie, fait trois huit et s'écroule. Sa grande carcasse étranglée d'émotion, il attrape le cruchon à vin de soif, plonge vers les profondeurs de la cave. S'esbigne.

Et Floche vous répète ce que dans le dos du baron déconfit Jean Bouchaleau vient de lui crier sans que vous l'entendiez, nous parlions :

— Dans moins de cinq minutes, not'ancien maître, tenez-vous-le pour dit, nous partons!

Pub !

Sur la trace des grands aventuriers, sortez des sentiers battus !
Et adoptez les feutres « arizona dream » !
Mangez des poulets élevés en barquettes recyclables !
Portez des jean's dépenaillés en version luisante ou
poussiéreuse !
Soyez « boomers » ou soyez grunge, mais adoptez le look
crade !

31

FICTION : A la brune du 13 juillet de l'an de grâce de cette fichue époque de mots mesquins et de mal de vivre, les habitants de haute lande qui contemplaient achalés sur leurs bancs le grand foudroiement des éclairs dans le ciel d'orage virent passer un bien curieux équipage au bord de la route.

A ce que dirent, à ce que répétèrent une paire de métayers du quartier Taris, tous propos qui furent ensuite corroborés par les ouvriers d'un chantier de rocade, puis par quelques routiers qui s'apprêtaient à bloquer l'autoroute, la silhouette cambrée des cavaliers cyclards passant sur leur tandem ne trompait guère sur la noblesse de leur dessein et la vérité de leur illumination.

L'expression sérieuse qu'ils avaient sur le visage ajoutée au balancement cadencé de leurs torses jumeaux les dessinait en héros. Penchés sur leur monstre chimérique, ahanant leur souffle obstiné, effaçant les épaules pour mieux déchirer l'haleine chaude des camions lourdement chargés, les deux hommes, emplâtrés de sacs à dos, caparaçonnés de toiles de tente et de gamelles, ressemblaient à ces émerveillés d'aventures et de passion qui sillonnent les lointains et reviennent au pays d'où ils sont, chargés de réponses aux questions, pour témoigner qu'en fin de compte c'est seulement la bêtise des hommes qui les pousse à vouloir conclure.

Le valet Brancouillu était posté devant. Penché sur l'encolure du guidon, les yeux fixés sur la route, il s'enfonçait dans la moiteur. A ce poste prépondérant, sa poigne furieuse arrachait le cadre et la fourche de l'Alcyon à la pesanteur du goudron fondu et le baron était derrière, éclairé comme un lustre. Au fronton de sa belle casquette irlandaise, monsieur de Monstatruc avait fixé une lampe frontale et donnait ses impressions de grand voyageur en consultant sa carte.

Après que l'envolée d'une vingtaine de kilomètres eut conduit les voyageurs du côté d'un lieu vallonné nommé Auros, monsieur de Monstatruc, qui jusque-là avait pas mal tricoté du mollet et accompli plus que sa large part de travail musculaire, pensa qu'il était temps de donner une leçon à son serviteur et de se conformer au rôle passif et subalterne que l'auteur lui avait assigné. Il leva donc les souliers des pédales et, bien dissimulé par la cape de la nuit, garçonna gentiment sur sa selle en attendant que le mal-fait qui s'échinait devant lui perdît ses forces et sa superbe.

Pendant un grand bouquet d'hectomètres le drolle pédala donc seul, la tête dans le collier, le profil en hirondelle et les yeux écarlates. Il aurait sans doute battu, catégorie vneus demi-ballons, tous les records de l'effort humain sur départementale si le baron n'était pas devenu lézard, coince-bulle, tire-aux-fesses, et ne rosissait pas, sur la selle arrière, du plaisir de ne rien faire.

Au fil des kilomètres, les deux hommes traversaient les hameaux endormis. Longeaient le fronton des belles granges bazadaises. Le badoc dans son maillot de coureur s'enflait du torse et prenait l'air dégagé. Il essayait de retrouver l'air fanfaron qu'il connaissait à Monstatruc et de faire bonne figure sous la plume de l'auteur.

Sans jamais se douter du vilain fourbi que lui préparait son maître, le valet relançait le braquet, appuyait sur les leviers de ses jambes en manches de veste, montait en chandelle dans les côtes, donnait du coude et du gigot jusqu'à s'en faire déborder le vase à sueur. A l'amorce d'une montée longue et difficile, le naïf aux gros couillons, voulant se surpasser sur la rampe et montrer qu'il valait bien son maître, commença à mouliner comme un dératé. De mauvais plis s'installèrent sur son front, sur son visage. Devant ses yeux se jouait un grand feu d'artifice. Ecrasé sous le sabot de l'effort solitaire, il voyait passer des escarbilles brillantes, sa cornée battait, sa pompe à sang frappait ses tempes. Au sommet, il se mit à tanguer sur le sol noir. Le baron, à l'affût d'une défaillance, s'avisa qu'il commençait à évacuer de sa bouche une mauvaise salive. Qu'il tirait la langue à chaque retour du pédalier et que sa nuque se marquait d'écume.

Pour le coup, le gascoun se sentit babillard :

— Coquin Diou, Bouchaleau! oisonna-t-il dans le dos du forcené, depuis que j'ai endossé ta peau, je comprends mieux pourquoi tu voulais rester domestique, et refusais hier le troc de ma confiance.

Et trois cents mètres plus loin, à l'entrée de Pondaurat, il flûta, encore plus vil, encore plus salop, usant d'un ton d'humanité candide pour mieux emmailloter le truc :

— Té! Je suis bien dans mon rôle! Et je fais comme si j'étais toi! C'est bien de votre bande de gens de torchon de tirer au cul. Et pendant que tu t'assassines aux grimpettes, moi, comme il est naturel, je vidange l'esprit.

Joignant une feinte vacuité à ces paroles pleines de fiel, monsieur de Montallier, ventre pansu, jambes pendantes, mangeait des tartines, buvait du vin à la gourde, saluait les villageois et le maire Boussinot entrevus sous l'auvent du café Pont-Doré, soliloquait sur la vertu des longues étapes, examinait le chagrin montant du ciel, augurait de la proximité de l'averse et bullait le grand reste du temps. Brancouillu, tout le contraire, faisait chanter la gamme des pignons. Il faisait marcher le fer. Il enroulait les mécaniques. Pour relancer la machine à l'approche du moindre raidillon, il souffrait de l'énormité de ses bourses, se dressait en danseuse hystérique, les yeux agrandis de douleur, bandait ses muscles, mordait sa lèvre, troussait le cul, dandinait avec, faisait furie de tout son corps.

Le front haché par les insectes, arqué par le poids mort

de son passager, au prix d'efforts nauséabonds, Brancouillu, astiqué par l'orgueil, atteignit toutefois la vallée de la Garonne.

Au terme d'une longue ligne droite longeant une colonie de peupleraies sombres et humides, les voyageurs s'étaient rapprochés de la colère d'orage. Une buée et des échos retentissants de tonnerre accouraient au-devant d'eux, poussés par des vents hurlants.

Brancouillu, en apercevant les hautes montagnes de nuages où se jouait la ronde infernale, mit la main au creux de ses reins et releva la tête en direction de la masse galopante. Mélange de fatigue et d'énervement, il épongea son front, posa la main sur son flanc tiède et donna à son maître les signes qu'il venait de perdre en un clin d'œil toute puissance dans les jarrets.

— La fringale! Le coup de pompe du cycliste! commenta Monstatruc en ménageant ses flèches et ses effets.

— Je suis trouble devant les yeux. Passe-moi la musette de ravitaillement, intima le valet.

— Il n'y a plus rien à bouffer, rétorqua le baron en vidant son carquois.

Au même instant, dans l'air immobile, le tonnerre roula lugubrement et la nuée s'ouvrit, inondant l'espace d'une clarté vacillante. Le vent, qui portait devant lui la mouillure d'une grande averse verticale, commença à nettoyer tout. A tromber. A raviner. A serpillier. A faire rigole et essorage sur la visière de la casquette de Monstatruc et grosse trempe sur la tignasse de Brancouillu.

Comme ce dernier faisait roue libre et se retournait à demi, il vit à la lueur des chalumeaux de foudre que le faciès aviné du baron irriguait au graves et comprit que ce dernier l'avait mené par le bout du nez.

— C'est bien de votre caste de moussus d'avoir du vice! lança-t-il amèrement.

— Je ne fais rien qui puisse te désespérer, se défendit le gros sac.

Il était bille et rond comme un fût.

— Pédaleras-tu enfin, outre à vin? s'égosilla Brancouillu pour couvrir les brisures tombées du ciel.

— C'est toi qui portes la couronne! Roule sans te retourner!

— Je ne sais même pas où je vais! L'orage va nous aveugler!

— Tu es le maître de notre affaire. Moi, je suis seulement là pour te piller.

— Oui, mais c'est vie ou mort! Ne serait-ce que pour nous tirer du pétrin, pédale! supplia Brancouillu, car je n'ai plus de jus! Nous serons foudroyés!

Il s'esquirchina à relancer l'Alcyon. Ils firent quelques tours de roues en oscillant parmi les flaques. Immense bataille! Leur équilibre était précaire, tant qu'à la fin le tandem se coucha dans une gerbe d'eau sale et que ses deux passagers finirent à l'embouse. A la bouillasse. Au caramel vase.

Le baron se tapait la cuisse. Ruinait la colère du badoc d'un seul regard. Retournait la gourde vide. La secouait l'air givré. Vide! Vide! Ses dents grimaçaient des reflets de lumière crépitante.

— Ah! Ah! Bonheur fulminant! La voûte dilate! Divin cliquetis dans le ciel! Aux anges! Apocalypse proche! Je suis en rêve! J'hallucine! Va dire à l'auteur que c'est grabuge dans le livre! Va lui dire qu'il y a court-circuit! Que le roman explose à tout moment! Prend l'eau jusqu'au kiosque! Maousse inondation dans notre quota de puces! Décrochez les tableaux! Débranchez le gaz! La cacophonie guette! Actua-vrac à toutes les pages! La morale déjante! Les soldats de l'ONU trafiquent les alcools! Vendent des femmes! Bradent leurs armes en argent de poche! La pluie tombe! Blanc d'écume partout! 3 000 morts ce matin au Bangladesh! Israël bombarde le Liban-Sud! Les enfants meurent dans une pesanteur de charnier! Tout est crédit, foireux projets! Carambolage général! Les bombes de la mafia explosent! L'essence augmente! Les voitures retournent ferraille! Vite! Dehors! Que Mickey fasse ses bagages! Andy Warhol dévalue! Les caméras plongent dans la mer! Léo Ferré est mort! Chômage partout! Mort aux usines! Aux cheminées! Justes colères! La basoche grimpe au mât des affaires! Les hommes politiques ont le revolver sur la tempe! Les jeux sont faits! Couleur invariablement rouge! Les crânes explosent!

Pendant que le baron ivre démasquait son instinct de mort et déconnait dans la boue, Brancouillu témoin de leur faiblesse se cachait le visage dans les mains. Entre les interstices de ses doigts, il surveillait la foudre, ses fontaines de lumière et son feu girant. Autour des deux compagnons, l'orage continuait ses beuglées fusantes. Les peupliers tombaient comme des quilles.

Inconscient du danger, les yeux écarquillés par sa grande vision du monde, monsieur de Monstatruc s'était redressé face aux maléfices de la nature en colère. Il tailla une basane à la cantonade et, fort de ce geste obscène et dérisoire fait pour conjurer le sort, s'éloigna en huitant ses pas au hasard des éclaboussures et cataractes.

Le valet, avec un sourire pitoyable, s'était aussi remis debout sur ses guimblets. La pupille dilatée, il avait posé sa main en visière devant le visage pour ne pas être aveuglé et quand, suractivée par la colère du haut, il vit descendre une colonne de foudre sur la silhouette d'un noyer proche, il plongea la main à ses poches, fourragea les recoins de sa musette, en retira les pièces d'or qu'il avait volées au châtiau, une liasse d'emprunts Balladur, la montre « au laboureur » du baron, le trousseau de clés de sa cave, et, se précipitant sur les traces du gentilhomme, le rattrapa, le contourna, lui déposa toutes ces finances, obligations et objets de pouvoir entre les mains.

— Tenez, moussu! reprenez tout! Je ne veux point de votre fortune, pas de responsabilité! Je veux rester simple Jacques, c'est là mon billet!

La respire courte, ronflant l'air dans sa gorge, il ânonnait, il dansait dans la gadoue :

— Rendez-moi un cœur gai, moussu! Je suis votre larbin!

— Un cœur gai, Brancouillu? Voilà pour ton avoine!

A l'instant, le baron retrouvé décocha une magistrale revire-tape qui enleva la tête du badoc et lui coupa le souffle vital.

— Toujours abuser de vos forces! gémit l'ébouriffé en allant au fossé. Je me crève! Je trime! Du soir au matin, toujours au goupin. Et voilà la récompense!

— En plus, il revendique! gaffre! Bouffre! Tu te fais solidaire des plus rouges!

— Je milite pour une société plus juste, plaida le badoc. Tout naturellement, il retrouvait les accents du passé.

— Moui. Le social, je veux bien. Mais Lénine a perdu ses boulons.

— Nous sommes plusieurs à chercher plus loin. Nous inventerons des utopies.

— Pour ça qui ne doit pas se faire sans moi, je t'abîme le pif comme hier. Encore en plus vilain! Tiens! attrape cette giroflette! Et digère-moi ce gniac, direct aux glaouis!

— Ouyouyouïlle! Quelles retrouvailles! J'ai le nez cassé! Merci mon maître! j'ai bien repris mon enveloppe! Cela suffit assez! Je suis votre serviteur!

Ils en étaient là sous une pluie battante, sous une mouillure extrême, au milieu des éclairs et le baron était bien joyeux. Il avait recouvré sa prestance, son air jargonnant, sa glotte, son verbe haut, son odorat infaillible, sa stature de mousquetaire, sa jaunure sur les canines. Quel tartre! Quelle emphase! Quelle trompe à salive!

Goguette, joyeux, musard malgré la pluie tambourinante, il s'avança vers son gadasson à tout faire et lui tendit la main pour le treuiller debout.

— A la bonne heure, Jean Bouchaleau! Voilà bien pour quoi nous sommes faits! s'écria-t-il gaiement en donnant l'accolade à son domestique. Moi pour te rosser et toi pour raisonner dans mon dos!

— Ma foi! J'entends votre discours, monsieur! Vous êtes né pour les grands chantiers de vertu et moi pour rogner votre gruyère!

Maître et valet se seraient volontiers congratulés davantage, si un yatagan de lumière froide n'avait passé le paysage au fil d'un éclair autrement plus proche et plus fort que tous les autres. Le sang retiré de ses veines, Brancouillu dénoua l'étreinte de son maître et resta interdit à scruter la crête bleue des brisures électriques qui roulaient sur le sol comme mille dynamites.

— Monsieur, j'ai peur dans tous les coins de ma cervelle ! et je ne resterai pas ici à faire pancrace avec la mort ! s'écria-t-il soudain.

Il courut jusqu'à l'Alcyon, le redressa sur ses jantes et, sur le point de céder le guidon à monsieur de Monstatruc, vit que le baron s'éloignait en direction d'une levée de terre.

— Il nous faut repartir, moussu ! Pensez au moins à votre grand projet !

— Viens ça me rejoindre, capoun ! Amène notre monture ! hurla le baron en dominant la tempête.

L'instant d'après, depuis le talus où il avait rejoint son maître en claquant des mâchoires, Brancouillu découvrit, comme un long spectre noir, sans borne et sans limite, l'autoroute martelée par l'averse.

— Telle une onde persévérante, elle coule vers Barcelone, dit le baron.

— En êtes-vous sûr ?

— Je l'ai lu sur les cartes.

Comme deux marins humant l'immensité de l'océan au bord de l'embarcadère, ils passèrent une longue minute incertaine.

— La navigation commence, murmura le baron.

Puis, élevant la voix pour dominer le tumulte :

— Plus de tergiverse ! A nos risques et périls, élançons-nous ! Libre aventure ! Libre jeu ! Suis-moi, Brancouillu ! Nous entrons dans la maison du temps !

Ayant écarté le maillage de la clôture avec ses grands bras, sa poigne d'acier, monsieur de Monstatruc se coula de l'autre côté du tramail et prit pied sur l'asphalte interdit.

Le valet le suivit sans barguigner, avec tout l'équipage. Ils grimpèrent en selle, lui derrière et le maître devant.

— Eclairons l'homme ! s'écria le baron en branchant la dynamo. Epuisons ce que le monde peut donner ! ajouta-t-il en baissant sa visière.

Et, dans un grand fracas d'ustensiles, portés par un vent favorable, nuque brisée par une constante mouillure d'omoplates mais heureux au possible de leur fraternité retrouvée, les deux compagnons se laissèrent doucement boire par la nuit aux cent raffuts, prêts à affronter les cris affreux, cabrades, ronfles et rugissements de sa ménagerie d'ombres, lardée jusqu'à l'infini par le couteau froid des éclairs.

32

L UNDI. **PULSAR MACHINE :** C'est par une chaude soirée et je suis seul à la maison. Victoire est partie chercher Benjamin. Le baron est sur les routes du Bazadais. Papy Morelli et sa Section Haine de l'Espoir campent tout au fond du jardin. Le soleil à contre-jour crève la rosace de la collégiale d'Uzeste. Le chant mélodieux des oiseaux est dans les rameaux.

Vaincu par l'exaltante délivrance d'une journée de travail, je débouche une bouteille de pauillac. En moins d'un quart d'heure, je trouve un air prometteur à la vie. J'écoute sonner le téléphone et je ne décroche pas.

J'écoute sonner le téléphone avec autant d'intérêt que celui que je porterais à de la musique compliquée par John Cage. Je suis debout devant le combiné. J'ai mon verre à la main, un goût de sous-bois dans la bouche. Huit fois le téléphone sonne. Je l'écoute avec une grande attention. Le temps est un accomplissement. Le vin trace la vacuité. Je ne décroche pas. Le présent se dévide. Le futur n'est presque rien.

Et le passé nous recouvre.

COULEUR SÉPIA : Hier ou avant-hier (il y a déjà bien longtemps que j'ai perdu l'ombre mouvante de ces jours achevés), j'ai vu, j'ai suivi des routes larges comme des fleuves qui se jetaient dans la plaine américaine. Les paupières closes, j'ai senti tanguer le sol noir. J'ai écouté le simple envol d'un oiseau nocturne privé de lumière. J'ai parcouru des déserts où j'ai compris le commencement des temps.

Cinémateur, je me souviens de la patience de l'attente pour guetter des images. D'endroits infestés de scorpions, de crabes, de tarentules, où le poids de l'humidité était collier de plomb. Marigots. Eaux croupies. Afrique tam-tam. Mélancolie languissante.

Au cœur de la forêt équatoriale africaine, bien après qu'on eut quitté les rives infestées de tsé-tsé du fleuve Kouilou, j'ai connu un gendarme de la Creuse avec un vide de davier dans la bouche et des faux airs de Jean Richard qui, grâce à sa jeep, régnait sur un territoire de brousse grand comme un département français. Sa femme, originaire d'Evergem en pays de Flandre, était une dame de stature impressionnante qui roulait le fourrage roux de sa chevelure en un haut chignon fait pour lui dégager le front. Mais ce n'est point tout, et le comportement des gens n'est jamais réductible à une logique de boîte à outils. Sous ses caracos de pou-de-soie et ses garde-soleil de pionnière mormon, la personne en question, qui se nommait Anneke, portait la jupe-culotte du couple et nourrissait un rêve tenace.

Gardienne de la prison, elle avait arraché au magazine *Bonne Soirée* la photo d'une bicoque des bords de l'Escaut et s'évertuait à la faire reconstituer dans ses moindres détails par les prisonniers de son mari. De cette façon, les piles de pneus usagés de la jeep servaient à simuler les contreforts d'un puits sans eau dont les voleurs de poule peignaient en blanc les fausses pierres de taille.

Sous la galerie de sa maison, rehaussée d'une ébauche de moulin, Anneke, son fusil de chasse à la main, pratiquait la surveillance rapprochée des taulards. J'ai omis de dire qu'elle ne prenait jamais le soleil car elle avait l'Afrique en horreur. Sa peau à peine rosée était transparente comme celle des pieds de bébés. Les globes de ses seins avaient la blancheur du lait d'ânesse. Et cette femme intacte avait des yeux de porcelaine.

Le soir venu, le gendarme creusois rentrait au bercail avec son contingent routinier de nouveaux prisonniers. Il pratiquait l'interroge avec la main ferme. Depuis les cases de l'exploitation forestière voisine, les Belges les plus proches l'entendaient tanner le cuir d'un malheureux :

Combien de machettes, as-tu pris ? Une ! Menteur, Isidore Batéké ! Ping ! Ouille, sur l'oreille, ça fait mal ! Combien de machettes ? Ping ! Trois machettes ! Pas assez, Isidore Batéké ! Ping ! Treize, mon adjudant ! Bien ! Tu resteras huit jours en prison. Et je vais t'occuper ! Prends cette herminette ! Tu mettras des ailes au moulin !

Le cri d'un oiseau de nuit perçait la distance. Les insectes et les phasmes se jetaient sur la lampe. Une araignée velue rampait sous les feuilles larges comme des bénitiers d'eau. Le rire des singes donnait une accélération brusque au temps.

Le visage buriné de patience, Anneke tricotait des napperons et des chaussettes d'hiver en écoutant la terre s'emplir de l'eau ruisselante de l'averse tropicale. Par la géante échelle de son imagination, son esprit libéré vivait sur les bords du grand canal de Terneuzen.

Et au fond de ses pupilles dilatées, il gelait à pierre fendre.

Elle patinait, elle patinait.

CAMÉRA-BOOK : Heureux, celui qui a une casquette de contrôleur des tégévés sur la tête, sa vitesse immobile lui permet de faire des trous à plus de deux cents à l'heure. Mais plus véritablement heureux celui qui se promène dans le couloir, visitant le train et le bar, il peut se rendre à Paris tout en ouvrant des portes sur le vide et essayer de mener côté fenêtre un second voyage jusqu'à lui-même.

Je me souviens de stars de cinéma, j'ai filmé la première bombe atomique française, j'ai connu des bagnards évadés, j'ai manqué m'écraser dans les derniers sursauts d'avionnettes perdues au-dessus de la forêt d'Orénoque. Je me souviens de mes chats qui portaient des noms d'hommes. De révolutions qui rassemblaient d'étranges armées bar-

bues en Amérique du Sud. Je me souviens de hyènes rica-
nantes courant vers des sabbats nocturnes.

Les hyènes, bêtes fuyantes emplies de maudisserie, éta-
laient leurs bonds sur le dessus des toits de pierre où nous
nous terrions, fiévreux, encabanés sur des lits tressés de
jute, délirants de pétoche, au cœur du Rajasthan.

Sirsod, village du bout du désert! Le chanvre indien! Les
Daccoyts, voleurs par caste et fantastiques cavaliers. Les
senteurs. Les épices. Une Caravelle qui sillonnait le champ
d'azur à haute altitude. L'odeur du feu. Les fusils des
proscrits qui luisaient faiblement. L'avion dont le grondement régulier s'atténuait jusqu'à disparaître vers l'est. Et,
tapie dans l'obscurité, la tessiture d'une voix grave s'élevant pour s'inquiéter :

— *Areh bahya! Ousquo France kétna dour hey?* Frère! à
quelle distance se trouve donc la France?

Toujours improbable pour ces gens simples, notre
réponse creusait sur leurs visages des alphabets incrédules :

— A onze heures pour l'oiseau de métal. Paris est à onze
heures de la couverture sur laquelle nous sommes assis.

Le silence retombait. Les farouches cavaliers acceptaient
notre improbable vérité. Est-ce qu'on juge un ami s'il parle
loin de chez lui, en un désert dont les murs invisibles
étouffent les bruits du monde? Parfois, l'éternité se juge à
chaque seconde. Le houka, la pipe à eau, circulait entre
nous. Le prolongement du silence effaçait la suspicion.
Dans le cours d'une veillée amicale, l'absence des mots
compte bien plus que le dialogue des sourds. Les braises du
feu se transformaient en cendres grises. Le chanvre indien
emmaillotait les esprits. Je levais la tête. Le ciel étoilé
enfermait-il une richesse insoupçonnée? Etions-nous tous
les fils d'un même Dieu? Qui aurait pu m'indiquer le centre
de l'œil? Etions-nous regardés dans nos moindres gestes?
Dans nos plus inattendues souffrances?

Le Rajasthan était plus profond qu'un linceul capitonné.
Un pays de fierté dans un jus de colère. Un climat sec et
torride pendant le jour. Le gel pendant la nuit. Sur un signe
imperceptible de leur chef, les cavaliers rebelles repartaient

dans un bruit de métal. Nous restions avec les femmes. Nous. Chambard et moi. Chambard l'ethnologue. Le gendre de Griaule l'Africain. Nous ruminions notre échec. Mots croisés, mots jetés, mots foutus. Mots infirmes.

Plus difficile que tout, la communication entre les êtres.

Au petit matin, venue de Gwalior, la police aveugle cernait les champs de maïs. Les Daccoyts avaient disparu depuis longtemps dans la poudre de leurs étalons.

A la croisée des chemins rougeâtres, je repoussais sur la croûte du sol qui n'en finissait pas de rassir une paire de sandales au bec recourbé oubliée par l'un des guerriers.

MARDI : Comment déchiffrer l'énigme des distances?

Je suis sans nouvelles de Victoire. La maison d'Uzeste se fond dans une blancheur étrange. Un soleil brut règne en maître sur la campagne et appuie sur les épaules sitôt qu'on met le nez dehors. La nervosité s'installe. Les gens d'ici rient sans avoir besoin de rire. Les nuages festonnent leur lit sous l'étrange scintillement d'une lumière de cuivre et, le soir venu, le tonnerre fait galoper ses bisons.

Je n'ai guère envie de toucher au téléphone. L'actualité de l'été trébuche dans le noir. Les gens de mon pays de France trombonnent ces jours-ci un chorus de cris amers, une énorme aria de morosité et de rabâcheries du malheur. Dopés d'hypocondrie, saignant le fiel aux gencives, la façon qu'ils me font penser à des navets détraqués est si proche d'une fiesta pour aveugles que je suis renforcé dans ma conviction qu'il faut dénicher de nouveaux jardins.

Doucement, mon bateau dans une maison fraîche! En ces temps rapides et déchirés, l'esprit exalté du voyageur me transporte à nouveau en un pays lointain.

CAMÉRA-BOOK : Je me souviens, à Sirsod, d'une adolescente mordue dans son sommeil par un cobra parce qu'une goutte de lait perlait à son sein de jeune accouchée. A des milliers de kilomètres à l'est, je me souviens d'une femme d'Orissa mettant au monde son enfant. A croupetons, seule, sur le bord d'une piste. Je me souviens de son bébé. De cette chétive créature, éblouie à jamais par le soleil des pauvres. Du paroxysme de son cri s'arrêtant au bord de la vie. De l'aurore qui, pendant ce temps, buvait à grands traits l'ombre du sol. Du gigantesque banyan en forme de candélabre dont la stature nous faisait face. Des flammes noires qu'il abritait tout au long de ses branches défoliées. Plus de cent vampires, buveurs de sang, la tête en bas, vecteurs fous, les ailes en éventail. Plus de cent corps hurleurs faisant écran au jour empourpré qui semblait les renvoyer à la terreur des limbes.

L'instinct de vie contre l'instinct de mort.

Que dire encore que j'aie respiré ou touché? En 1955, l'Inde s'enrageait à vivre l'indépendance. Le pandit Nehru venait de susciter les Community Projects. Des milliers de femmes du Maharashtra portaient dix heures par jour des corbeilles de terre sur leurs têtes pour que sorte de la gangue une falaise de buildings modernes. Certaines travaillaient en califourchant leurs marmots sur les hanches. D'autres les allaitaient en marchant. Tonnerre gronde! Siva existe-t-il? Dieu destructeur et fécondateur, lui? Alors, va! qu'il tatoue à jamais les paumes de ses quatre mains avec les nobles visages de ces femmes qui étaient l'ornement de leur sexe et arrachaient sa délivrance au monde contre une timbale d'eau claire!

C'était assassin — vous ne trouvez pas? — d'assister à la construction des pyramides par les intouchables et d'enseigner la littérature du siècle des Lumières à des classes de jeunes femmes en saris qui avaient mon âge! Wilson College! *Professor Floche!* Demandez à mes puces! J'avais pris Rousseau en grippe. Je faisais la part belle à Diderot. *Nous* étions autrement modernes!

Avec un Leica III F, j'arpentais les bas-fonds de Bombay. Les lépreux couchaient à la belle étoile le long des greens et des terrains de polo abandonnés par les Anglais. J'étais assez ami avec Ramdji-trois-doigts.

PLAN RAPPROCHÉ : Squames et crasse, il moignonnait croquignolement à côté de moi. Une vilaine gomme avait effacé le souvenir de son nez. Des linges emmaillotaient les vestiges de ses pieds. Il tamponnait le sol sur un double socle de cuir attaché par des lanières à ses chevilles. Il aimait à regarder les photos d'enfants. Je ne comprenais pas un tiers de ce qu'il transmettait par sarabande de ses pansements, par cris inarticulés. Personne au monde ne comprenait d'ailleurs ses bruits de sureau vidé de sa moelle.

Juste avant qu'il disparût à jamais de la surface du globe, il consacra trois jours entiers à m'expliquer son âge en traçant des bâtons sur le sable de la plage de Chowpatty. Sentait-il rôder le mufle de la mort? Autour du bas-relief, symbole de son âge, il incrustait des pétales de fleurs. Le matin suivant, il me guettait sur la route. Il m'entraînait dans son sillage de haillons, de bandelettes. Il revenait toujours à l'endroit où la mer battante remportait son secret.

Ramdji avait trente-quatre ans.

La troisième fois, nous sommes restés sur la grève bien après le coucher du soleil. Au milieu de taches blanches qui dévoraient sa bouche, les yeux fouillants de Ramdji perçaient la nuit. Comme des torches de feu au fond d'un puits, aujourd'hui encore, l'intensité de ses prunelles me réveille en sursaut au milieu de mon repos. Mon rêve et la réalité coïncident. Trois-Doigts s'éloigne de la vie au cours d'un sourire muet. Je ne m'aperçois pas de son départ. La mer vient battre son corps abandonné. Il s'affaisse sur le côté. Ses pupilles grandes ouvertes sont recouvertes d'une taie de sable fin. Je suis en sueur sur l'oreiller. Cette nuit, sur l'espace voisin de notre couche, là où d'ordinaire Victoire, ma chère femme, respire son chemin d'abandon, je ne trouve que le vide. Mon esprit enfiévré de crainte s'absente.

Il reste jusqu'au matin dans le jardin de Ramdji.

MERCREDI MATIN : Tout à l'heure, ce fichu téléphone a remis ça. Il a sonné et c'est bien sa seule politesse. J'ai décroché et aussitôt j'ai entendu Victoire me demander où j'en étais avec mon livre. Je ne lui ai pas caché que ça n'avançait guère. Elle a dit okay, Vieille Douleur, je parie que tu calanches. Est-ce que c'est trop lourd pour toi ? Elle avait sa voix sarcastique pratiquée entre nous pour défaire les nœuds d'incompréhension mutuelle. J'ai répondu que j'éclairais le chemin mais qu'il n'y avait rien devant. Alors elle a soupiré, bon, je vais conserver Benjamin avec moi ici. Et toi, tâche d'en profiter pour avancer un peu. Je lui ai demandé comment allait notre enfant. Elle a répondu qu'elle n'arrivait toujours pas à obtenir sa carte de handi-capé, ni à lui faire attribuer un numéro de sécurité sociale. Elle a soupiré, elle a dit : pauvre innocent ! enfin, lui, il ne sait pas qu'il est tout seul au monde ! Il croit que je serai toujours là. Il croit que je suis forte. Et sa voix s'est fêlée. C'est toujours ainsi lorsque Victoire fait reculer les chiens de l'enfer au lieu de pleurer une bonne fois. J'ai dit allô. Allô, Samo, tu m'entends ? au moins trois fois. Mais elle avait sans doute une bonne raison de ne pas me répondre. Elle a raccroché et je me suis tourné vers le jardin en prononçant son prénom.

Mercredi après-midi. Caméra-book (suite) : A Bom-bay, les Sikhs, les Pathans, les féroces Gourkas gardaient les propriétés des nababs sur les hauteurs de Malabar Hill. Les vautours arrondissaient leur vol au-dessus de la Tour du Silence, vouée au culte des Parsees.

Déposées par leurs familles endeuillées, les dépouilles des fidèles du dieu barbu ailé, Zoroastre, reposaient sous le glacis de la nuit tiède. Mèdes sur le dos, les cadavres étaient étendus sur les grilles inclinées d'un grand cirque à ciel ouvert. Dessous les gradins tressés de métal à claire-voie passait une eau courante qui rejoignait la mer. Le soleil risquait un regard rougi au travers de l'entrelacs des banyans. Les premiers dévots s'ondoyaient au bord de la grève. Les oiseaux de proie ne montraient nulle urgence. A contre-jour de la nue scintillante, nettoyeurs publics man-datés pour giroyer dessus la surface nacrée de lumière irregardable, les rapaces continuaient inlassablement leur carrousel de patience. Soudain, comme si la crinière du soleil était arrivée à un degré de vibration subaiguë, ils plongeaient, dessertissaient les yeux des morts, emportaient dans la nue les lambeaux de leur chair déchiquetée. Ainsi s'accomplissait le mystère de la vie sur la Tour du Silence, ainsi s'organisait le voyage final de l'être humain au bout de son destin qui est fait pour retourner aux trois éléments essentiels. L'air, avec les oiseaux. L'eau avec les miettes de chair passées au travers du tamis des grilles. Et la terre, où serait inhumé le reliquat des ossements, séchés par le soleil.

INTIME CONVICTION : Parfois, parfois, le temps me soûle. J'enlace Samothrace et elle ne sait pas pourquoi. Je vois des flamboyants. C'est inexplicable. Je longe une plage. Je distingue clairement des morceaux de peau sèche. Je marche, je souris aussi, j'imagine. Je découvre un champ d'étoiles à l'arrière de mes yeux. J'ai en moi cette faculté archaïque d'aborder les rites les plus macabres avec une idée riante de la vie. J'ai connu deux fossoyeurs qui m'ont appris qu'au jardin des allongés la musique des corps morts se transforme en une danse libre et légère.

Automne après automne, bien sûr, nous sentons s'alourdir le poids de nos hanches et notre esprit ressasse. Mais au temps de ma jeunesse, chaque fois que je suis entré sous le couvert d'une forêt vierge, plus forte que la raison du voyage ou la curiosité de ma visite, j'ai ressenti l'angoisse d'une espèce de malédiction errante. Faut-il se condamner à arpenter la poussière des chemins ? Enjamber les montagnes ? Chercher refuge dans la fosse des eaux profondes pour apprendre à goûter cet étrange mélange d'allégresse et d'appréhension secrète que communique la familiarité douce et apaisante du silence ? L'écume à la bouche, le coursier du voyageur doit l'entraîner sans cesse plus loin pour qu'il visite et capte une parcelle de bonheur.

Tenez ! L'heure a beau filer au cadran de la vie, le souffle du monde me vient au bout de la langue. D'un geste, je contiens les roucoulades de l'orchestre. Je respecte la faiblesse, la différence et le désespoir. Grosse Messe c-moll, madame Van Brouten! Est-ce que le mode mineur est triste? Faut-il pas revenir sur la gravité des pas que nous avons gravés? Parlons! Parlons! Roman rap et tout qui bouge. Je me souviens de cadavres aux lèvres blanches dérivant au fil du courant sur le Gange, de visages livides, de ventres boursouflés, de l'ensanglantement des saris séchant sur les ghats. Je vois de gais enterrements : une famille hindoue courant pieds nus vers la pointe du soleil levant, son élan cadencé encouragé par le son enfantin des petites cymbales. *Tilin, tilin! tilin!* Je vois passer le défunt, porté sur les épaules des siens, enguirlandé de fleurs de jasmin, peint au front des signes de sa caste. Un sourire empreint de sérénité flotte sur ses lèvres. Je le vois l'instant d'après, englouti par les flammes, aidé jusqu'au bout par chacun.

Dieubon! Dieu des hommes et du tonnerre! Toute-puissante et invisible créature! Un signe, enfin! Que votre dévoué serviteur accède à sa recouvrance miraculeuse!

Feu! Flammes! Cendres! Linceul! Poussière! Viandes mortes! Prêtres, caciques, sorciers, magiciens, escamoteurs des âmes! Foutus fumistes de fleurs immobiles cachés derrière des visages de bonté! Toi, enculeur de Christ! Toi, Vishnou avatara! Toi, Jupiter ronflant! Les dieux, tous! Bronchez donc, une fois! Un brin! Quelque chose! Donnez-nous la langue universelle! C'est si froid d'être seuls! Pour ça, tenez! Je renonce à Calcutta, la terre tremble de honte!

Trop de douleur sur Howrah Bridge! Trop de détresse! Je m'encrêpe! Le soleil fond! Seigneur, répondez-moi! Faisons quelques pas sur la route! Voici votre canne! Parlons. Parlons, source sacrée de vie. Si les enfants se taisent, plus de gaieté! Plus de vie! Howrah Bridge, passerelle métallique conduisant vers l'enfer des hommes, grand découragement de misère insoutenable.

JEUDI :

LIBRE SERVICE LIBRE SERVICE LIBRE SERVICE LIBRE SERVICE

J E PRÉFÈRE me souvenir, tie and die, des grands bacs emplis de vert, de rouge, de bleu, d'indigo ou de mauve, creusés dans la pierre, où s'éreintaient les teinturiers nus tordant le jus des cotonnades comme une partie de leur propre sang, du retour de la mousson sans un souffle de vent, des pankas au-dessus de nos têtes, brassant un air épais. De cette humidité têtue qui huilait les muscles lisses des coureurs de rickshaws. Des feuilles de bétel recouvertes d'argent que nous glissions dans le suc épicé de nos bouches en attendant la fraîcheur du soir.

Je me souviens aussi du Sud. Des éléphants de Mysore. De Trivandrum. Des temples polychromes. De sons, de couleurs, d'odeurs et de cris trop assoupis pour que j'en parle encore.

Dans la douceur du soir, pardon d'avoir pris le sentier de l'aigle dans les cieux, parfois, le passé se réveille. Il est doux de voir de très haut la douleur ou l'amour s'effranger comme une poudre infime qu'on ne distingue plus de la plainte du vent. A l'approche de l'obscur défilé, chacun, en sa liquidation du passé, se complaît, s'interroge et remonte jusqu'à l'abri révélé de sa source.

Et doucement, à ce jeu avec la mémoire, nos souvenirs s'étiolent. Ainsi, dit-on pas, en Orient, que les ombres des bambous balayent les escaliers mais ne soulèvent pas la poussière?

VENDREDI : Ce matin, c'est moi qui ai appelé Victoire. J'ai dessiné trois petits carrés sur le vitrage, une fleur aussi, j'ai dessiné. Et j'ai balancé quelque chose de bravache comme oh, ça va, Samo, ne me traite pas en bâtard, au sujet de Benny, je sais que tu ne me dis pas la vérité pour me ménager. Mais vas-y carrément. Il ne faut rien me cacher. Elle a dit mais non, je te jure. C'est juste qu'il n'est pas très bien en ce moment. Autant t'épargner ça. Qu'est-ce qu'il fait? Il crie? Pas seulement. Il a une sorte de bobo à hauteur du coude. Il le gratte. Il le fait saigner. Il ne tient pas à ce que ça cicatrise. Il creuse. Et il entretient la plaie. Samo a respiré près de l'appareil. Elle a ajouté tu sais comment c'est dans ces cas-là, il poursuit son malheur passionnant. Il distribue du mal autour de lui. C'est sa

façon désespérée d'exister. Et le reste du temps. Est-ce qu'il
te laisse un peu de répit? Le reste du temps est garni! Il
enroule sa colère autour de lui. Il déploie les bras. Il vole. Il
tourne en volant et il va au bout de sa fuite. La conscience
s'échappe, tu vois. Il se met en spirale. Il tourne. Il s'éclipse.
Il s'élève pour des pays où les oiseaux crient du haut des
falaises de craie. La voix de Victoire s'est brisée. J'ai
regardé dehors. La journée entière s'est mise à puer. J'ai
empli ma bouche avec de l'air qui passait. Et après, ai-je
demandé? Après, Charly? Oui. Ben rétrécit sa pupille
comme un aigle qui a soif. Il arrache son pansement et il
creuse sa plaie. Je me suis tu. Elle a dit pardon de t'avoir
fait mal. Elle a ajouté, je te retéléphonerai. Elle a dit, elle a
répété, ne t'en fais pas. Regarde plutôt du côté du futur, il
s'amène. J'ai dit oui, bien sûr, je vais essayer de faire ça.
J'ai dit bon et j'ai regardé à nouveau dehors. J'ai trouvé que
le fond du jardin était un peu flou. J'ai fait un sourire idiot
et j'ai dit à Victoire que je couvrais ses mains de baisers.
J'ai raccroché et j'ai foncé jusqu'aux toilettes. J'ai serré la
cuvette de toutes mes forces et j'ai dégueulé, secoué par des
spasmes fréquents.

GRABUGE DANS LE LIVRE : Après une agonie pareille qui
a duré une pleine éternité, je me suis traîné jusqu'à mon
foutoir et j'ai trouvé Papy Morelli avec ses chaussures
blanches posées sur le bureau. Joseph Bonanno, dit les
Bananes, et toute sa clique de Cleveland sont entrés dans la
pièce. James Licavoli et Peter Salerno allumaient des yeux
fous. Ils étaient sanglés dans leurs trench-coats. Papy
Morelli a rejeté son galurin Borsalino sur l'arrière de son
crâne. Il m'a tout de suite proposé une virée au bout de
l'autoroute avec sa Section Haine de l'Espoir. Les gens de
Cleveland ont dit gi, ça, quelle bonne idée. Je les ai envoyés
au bain et je leur ai laissé miroiter que Benjamin faisait de
tels progrès avec ses éducatrices *Teacch* que, désormais, ils
n'auraient plus de raison de venir traîner dans mes pattes,
à espérer un suicide ou je ne sais quel arrangement foireux
avec de l'alcool. Papy Morelli a allumé un foutu cigare

bagué à son nom et a fixé le sol à ses pieds. Il a dit des progrès oui, mais j'ai honte de me mettre à ta portée, Charlie Floche, et que tu ne veuilles même pas me raconter tes *vrais* malheurs. Il m'a dévisagé avec un air de circonstance et m'a posé devant tous ses dingues enfouraillés la question qui me fait le plus mal au ventre de ma chienne de vie. Il m'a demandé si Benjamin parlerait jamais. Si j'aurais une seule fois au monde le bonheur d'échanger avec lui autre chose qu'un signe estompé. En s'enrobant de fumée, cette ordure de Morelli m'a achevé avec un simulacre de compréhension attentive. Il s'est demandé à voix haute si je n'avais pas commis une imprudence en annonçant à la fin de la Vie Ripolin que Benjamin parlerait à dix-sept ans. Il a dit en examinant ses ongles :

— Est-ce que la première phrase d'un sacré optimisme prononcée par ton fils ne devait pas être à voix claire et distincte : « *Quelle est con, cette chaussette* »? Tu vois! J'ai mes lectures! il a plaisanté.

Il s'est secoué d'un rire pâle en m'envoyant sa fumée de havane dans l'œil. Il a questionné comme ça, l'air désinvolte : « Quel âge, il nous fait, le môme? — 22 », a répondu Jimmy Belette en tirant des postillons traçants sortis de sa gueule en or. L'affreux marlou venait de se glisser derrière mon fauteuil, avec ses proxénètes. « 22 piges, le gamin! Et c'est pas demain qu'il bouquinera les romans de son papa! » Je me suis tordu les pouces, je crois bien, en signe de désespoir et ils se sont marrés en reprenant de la bière et du whisky. A l'abri de ses lunettes opaques, cette saloperie de Licavoli a persiflé que j'étais une sacrée pomme, je ferais mieux d'aller faire un brin de vitesse avec la Saab sur l'autoroute plutôt que de moisir ici dans ce bled d'Uzeste et de m'accrocher à la réussite d'un miracle bien moins retentissant que celui de n'importe quelle Sainte Vierge à la gomme. Ils m'ont versé du whisky. J'ai senti mon corps se développer comme une énorme chrysalide marbrée de déchirures sanglantes. J'ai vidé mon verre. J'en ai redemandé. J'ai enfilé ma veste. J'ai allumé le moteur. J'ai fait ronfler la Saab. Turbo S line, 16 valves. J'ai fait hurler les pneus. J'ai poussé les rapports. J'ai roulé le plus vite possible. Pointillés blancs, blancs, blancs. Mes nerfs et mes muscles posés sur le volant s'étiraient le long de l'autoroute. J'ai fait 190 puis j'ai tapé 210. La vitesse giflait les troènes, faisait siffler les barrières de sécurité. Quand je regardais dans le rétroviseur, je distinguais au loin la lumière fauve de leurs phares. Les salauds chassaient derrière moi avec leurs putains de Buick Elektra. Je suis arrivé le premier au bout de l'autoroute. C'était écrit Barcelone 285 kilomètres. Je n'avais plus d'essence.

Pourquoi les cauchemars recommencent-ils éternellement?

Le paysage ne valait pas la peine d'être décrit. Sur l'aire de la station-service, il n'y avait rien qui vaille la peine d'être décrit non plus. Au bar, il n'y avait rien qui méritât le détour, à part la serveuse habillée d'une robe parme et d'un joli petit tablier bleu.

J'ai poussé la porte et elle a dit bonjour. Qu'est-ce que je vous sers? Elle a bâillé. Je pense que ça l'ennuyait ferme de faire ce qu'elle faisait. J'ai dit un whisky. Et j'en ai bu six. Les types de la Section Haine de l'Espoir étaient garés sur le parking. De temps en temps, je tâtais la crosse du revolver qu'ils avaient glissé dans ma poche avant le départ. Ils avaient spécifié si tu te mets le canon dans la bouche, ça ne fait pas souffrir. J'ai dit remettez-moi ça et j'ai siroté mon verre. La serveuse rêvait en regardant la brume jaune bousculée par le front de taureau des camions roulant vers l'Espagne. Quand je me suis levé, elle a dit au revoir sans bouger. Quand j'ai franchi la porte, elle a dit que conduire dans l'état où j'étais, si je voulais faire de vieux os, il vaudrait mieux passer la nuit dans un endroit calme, à l'étage il y avait des chambres. J'ai répondu ouais, qui n'aimerait pas finir centagénaire? Hein? A cause des filles allongées sur les draps.

C'était une fille, Angela, qui avait l'air d'une fille qui aurait l'air chouette sans ses vêtements.

33

FICTION : Sous une pluie battante — à la piquette de l'aube du 14 juillet de l'an de grâce de cette fichue année où toutes les écluses pagayeuses de la vacherie humaine étaient ouvertes — 5 bahuteurs-transporteurs, épaulés dans leur action de grève par 37 semi-remorques roulant de front, eux-mêmes suivis de 1 788 véhicules de tourisme habités par 5 844 automobilistes en colère, leurs enfants, animaux de compagnie, planches à voile, périssoires, valises et cendriers pleins, virent surgir dans la balayante folie des essuie-glaces, puis grossir et fondre sur eux la silhouette trouble et bucéphale de tandémistes qui roulaient têtes baissées et menaient un train d'enfer à contresens de l'autoroute A 62 désertée pour toutes les raisons et circonstances habituelles d'une gigantesque revendication sociale.

Voilà scellé le destin de nos explorateurs du vaste monde! Le temps s'entrouvre sur l'image de cette armada de tôles, de chevaux-vapeur, de citernes emplies de produits toxiques, qui roule avec une lenteur d'escargot et qui phare-code au milieu des éclairs, klaxonne, barrit, sirène, pile, pchitte, percute et fracasse de plein fouet les cyclistes emballés dans un grand halètement de brontosaures westinghouse.

L'Alcyon resté ferme et résistant sur son cadre brasé à l'ancienne rebondit contre le butoir du Somua emboutisseur. Fou cabri, comme un clown qui veut mettre sa vie à l'épreuve, le baron monte en flèche, cul par-dessus la guidoline. Il volte et fait looping interminablement dans les airs alors que Brancouillu resté seul en selle repart vers l'arrière, retraverse la triple voie dans la lumière des phares Norma, leader de l'éclairage automobile, et termine sa course dans la barrière de sécurité.

Le temps d'un naufrage de gamelles et bidons, d'une vision de jantes à vif, monsieur de Monstatruc, qui a poursuivi sa chandelle avec un effet de catapulte, entre en pirouette arrière dans l'habitacle d'un camion customisé dont le pare-brise explose et s'émiette sur ses occupants. Arthur Charles-Marie Bouillon de Pompéjac, seigneur de Montallier, se retrouve assis entre Pharaon Rocamadour, 118 kilos, fruits et légumes, et René Bujaleuf, le petit mari volage de sa frangine.

Au début, tout est étrange. Un ours en peluche se balance, une pin-up sourit sur le tableau de bord et la radio chante « Chelsea Bridge ». Les trois hommes assis dans la cabine ont les yeux blancs et le front couronné de verre. Rocamadour s'est foulé le poignet à hauteur de tatouage. Bujaleuf qui était occupé à gratter un bulletin du « Millionnaire » balbutie « perdu » et s'en tire avec une coupure supplémentaire aux lèvres. Le baron à demi assommé regarde en direction du ciel.

Après trois minutes de prostration collective, c'est le baron qui bouge le premier sur la banquette. Il dévisage ses nouveaux compagnons avec égarement. Son regard croise pour la première fois les petits yeux porcins du sieur Rocamadour. S'attarde sur son front carré.

— C'est pas la peine de me demander si y a du bobo, grince le chauffeur routier en crispant la masse de ses gros poings. Je vais d'abord te casser la gueule!

Le baron se découvre et salue. Avant que le mastar ait fait ouistiti, il l'accable de petites marques de politesse, caresse le dos de sa main velue prête à le frapper et lui dit avec civilité :

— Monsieur, je comprends votre juste colère. Votre sincérité m'entraîne d'ailleurs à vous dire que les choses présentes m'embarrassent!...

— Quelle farce! Tout est cassé dans la cambuse! Je vais te filer une toise! Te cureter les oreilles! Te racler la viande! Te vider la boyasse!

Le colosse se dresse, il arme son bras comme une bielle.

— Je comprends votre empressement, commence le baron en se mettant en garde.

Il veut ajouter un mot mais bientôt sa voix tourne au flou. Il tâte sa pauvre tête, brantole et dérive.

Divinement allégé, lavé du poids de son corps, il entre en lévitation verbale, en douce déconnade et sourit au poids lourd. Il lui vient naturellement en bouche des phrases décousues qui sourdent et ruissellent en caractères New York, corps 12, et vers de douze pieds :

— *Où sont les jours promis ? Ce grand souffle d'espoir ?*
Cris de fraternité, indéniable victoire,
Faits pour rappeler aux hommes qu'il n'est point de
[combat
Qui justifiât jamais la haine pour débat ?

— J'en ai rien à secouer ! Tu peux me sortir l'octave ! Mais je vais quand même te filer un parpaing ! furibarde Rocamadour.

— Polope ! Attends, Phara, lui tape pas sur l'cigare ! s'interpose Bujaleuf. C'gars-là a grillé sa carte !

— C'est rien moins qu'un taré ! Il pédalait à contresens !

— *Sommes-nous pas arrivés ? Est-ce pas Barcelone ?*
Les flèches de Gaudi ? La fière Catalogne ?

Rocamadour soupire dans son maillot de corps. Il grappe le baron par le col :

— T'es rien moins qu'à Bordeaux ! Pauv'pomme !

— *Burdigala en vue ? La perfide endormie ?*
Constipante et gercée, avec sa bourgeoisie ?

- Ah pauv' France ! Pauv' France ! Avec des neuneus pareils pas étonnant que la sécu se barre en jujube !

— Et le pire est peut-être bien encore devant nous..., pessimise Bujaleuf. J'ai comme qui dirait l'impression que son copain est touché... peut-être bien mortibus.

Les yeux du routier maousse dérivent sur le bas-côté. Dans le jour naissant, il frotte machinalement la francisque du Maréchal qu'il s'est fait tatouer sur l'avant-bras et observe un attroupement qui se forme autour du second cycliste.

— Si ce con s'est buté en explosant contre mon radiateur, c'est quand même pas d'ma faute !

— C'est plutôt pour ta licence que j'ai peur, lui rétorque son beauf. Les asquidents, c'est jamais bon les jours de grève! Surtout quand on proteste contre le permis à points!

Il ouvre la portière et plonge sous le déluge des baquets d'eau froide. Peint en jaune Visio par les phares halogènes à culots code Uropéen, on le revoit passer dans sa salopette bleue trop large. Il court vers les badauds, écarte le populo qui dégouline sous une pluie têtue. Derrière une forêt d'épaules, il découvre Brancouillu qui ricane, allongé sur le côté. Bujaleuf a un mal fou pour se faufiler. Personne veut lui céder sa place au premier rang.

— Marcel! crie une femme hystérique à sa droite, surtout empêche les enfants de venir! J'veux pas que Marinette voie ça!

— Qu'est-ce qu'il a cézigue? se rencarde Bujaleuf. Y s'est cassé le col du fumeur?

— Non, il a déchiré son pantalon.

— Et alors, c'est pas grave, ça.

— On vous a pas dit que c'était grave, on vous dit que c'est surnaturel.

Bujaleuf veut en savoir davantage. Cette fois, il joue des coudes pour s'approcher.

— Prenez vot'tour lui conseille un costaud ou je vous fais bouffer vot'casquette!

Bon. René Bujaleuf attend. Quand c'est son tour de zyeuter, ce qu'il voit est plutôt positif. Le gars qui a versé au fossé affiche une paire de roubinobles grosses comme des fesses de douze ans.

— Ah, il fait Bujaleuf, chapeau! c'est encore mieux que dans la famille de ma femme quand son premier mari s'est payé un christ sur les tentacules.

— On s'en fout de votre famille, dit une blonde naturelle. Ce type-là nous montre des choses sérieuses.

— Le premier mari de ma femme aussi, c'était sérieux! Le docteur a eu beau lui donner des jésules, sa tentacule avait triplé de volume! D'ailleurs il en est mort! Et sa mère avant lui avait eu une tumeur sur les horaires.

— Vous êtes dyslexique? demande un monsieur en K-way.

— Oui. C'est l'émotion, l'énervement.

— Je peux comprendre. Moi, je suis stérile. Et la blonde, c'est ma femme.

Pendant ce temps-là, dans la cabine customisée du camion, Rocamadour s'est bandé la francisque. Il remet un peu d'ordre dans sa petite salle à manger. La photo à Elvis s'en tire avec un œil crevé. Celle de Le Pen a toujours la gueule ouverte. Jeanne d'Arc en statue, c'est pas un problème. C'est plutôt la pluie qu'est emmerdante. L'eau monte dans les vide-poches.

— S'pèce de corps étranger! grogne Pharaon en se tournant vers son passager. Des rognures comme toi, je les f'rais bouffer par mon chien!

Il dit :

— Vise un peu!

Il exhibe sur papier brillant format 6 X 9 le portrait d'un pitt-bull blanc aux yeux rougis par un coup de flash. Installé près d'une poupée niçoise en bas résilles, l'animal montre ses crocs sur un canapé recouvert de dentelle au crochet.

— Sclum, y s'appelle, le cador! Ça veut dire muscle en verlan.

Il s'essuie le visage avec une serviette nid-d'abeilles. Il regarde du côté où est parti son beau-frère qui ne revient pas. Il retourne à de vagues ressasses personnelles.

— Toujours sur les routes... toujours à faire fissa... les cadences... les embauches... les rotations... les légumes qui viennent d'Espagne, le mouton d'Australie, les télés de Hong-Kong... les négros exportés boeing... les zarabes... les Turcs... les citrons... même des invendus dans ton genre! Ah, c'qu'on est cuits! à force, le speed, ça rend méchant... les frustrations de cette putain d'vie!... Sclum, j'l'ai lâché une fois au cul d'un bougnoule harissa. Un quart d'heure après, y m'a ramené un pouce et l'index. Des doigts complets. T'aurais vu ça! Incroyable! Y manquait rien! C'est fidèle, ces chiens-là. C'est de devoir!

Il range la photo de son clébard dans son portefeuille.

Il dit, il s'excite, il épilogue :

— J'ai jamais plus entendu parler du bronzé. La cité où j'habite, des trucs comme ça, c'est courant. Tu saignes à la palette, tu vides au caniveau, personne vient te secourir. C'est rien. C'est la violence comme elle est faite là-bas. L'excès permanent des nerfs, qui veut ça. Les nègres, les mobes, les synthés, les épices, tu disjonctes. Cause de détraquage urbain et de mixité congestive.

Il sort son paquet de cibiches. Il s'en tasse une sur le pouce.

— Voilà, mon pote. Tout ça pour dire qu'on n'est pas gauchos ni cocos ni quoi que ce soit de mes deux. Les bourgeois, on les encule, mais les paincos et moi, on est pour l'ordre.

Il allume une Gitane. Il se gratte l'entrejambe. Il s'accroche à sa bête. Il prend une expression emmerdée. Brusquo, il questionne :

— Ton pote et tézigue, oùxé que vous alliez lancés comme des pets ?

L'œil égaré, les kniquères gondolés par la pluie, le baron déglutit. Il continue à fixer l'immensité vide de la route.

— *En Espagne, meussieu. Nous cherchons la hauteur...*
Fuyant l'ébullition, le progrès et nos peurs,
Dansant avec les ours en ordre de bataille,
Nous voulons renoncer aux enfers de quincaille.

Rocamadour émiette sa cibiche détrempée.

Le vent qui souffle dans son nez par le pare-brise émietté lui apporte une fade odeur de rance.

— Pauv'crasse! il murmure écœuré à l'adresse de son interlocuteur. Qu'est-ce que tu schlingues en séchant sous ton linge!

L'autre alexandrin, les yeux braqués dehors, rêve toujours à des montagnes heureuses.

Histoire de sortir son passager du coltar, Pharaon glisse le torse dans un placard à glissière où se trouve un lit clos. Il se déguise en chien d'avalanche. Il ressort de son petit dortoir avec un tonnelet de rhum autour du cou. D'autor et d'achar, il offre un coup de remonte-pente au zombie.

Monstatruc lui descend un grand peu de son Négrita et paraît remonter à la surface. Sonnez clairons! Il palpite. Il repique illico au goulot. Il rallume sa lampe à neuf boules. Eponge les parfums ambrés, fulmine à la canne à sucre, distille le reste du breuvage.

Lorsque le bidon est vide, allumé louf par l'alcool, rarrangé de pied en cap, le gascoun se lève.

— Vengeance! il crie. Vengeance!

Il part comme un lavement. S'élance sur la chaussée dans un grand bruit d'escalopes. Suivi par le routier colosse, il bouscule les vacanciers, frôle des Anglaises, retourne des obèses, franchit des kilomètres de chortes, de manipulateurs de transistors, de bâfreurs de sandouiches, d'allumeurs de Béêmevés, de Français profonds, et finit par retrouver la trace de son valet.

Brancouillu est monté sur un podium. Il rit et donne tous les signes d'une excellente santé. Un type avec une casquette marquée Malcom X et le sens forain le fait reluire sous un spot et admirer derrière un drap. La foule des juilletistes défile interminablement pour s'extasier devant ses attributs exceptionnels.

Hercule des jactances et animations de prisunics, le bateleur en a dans le porte-pipe. Il bonnit l'article dans un haut-parleur et passe la plume sous les trous de nez du public. Tout ce monde-là paye, c'est pas gratuit. Cinq francs pour voir. Dix francs pour toucher. Tarif double pour photographier. 50 % pour l'inventeur du profit, 50 % pour le couillu. Une dîme hyperbolique est en marche. Des tombereaux de pognon se déversent dans les sacs poubelles tendus à cet effet. Des sommes astronomiques. Les gens, ça les distrait, c'est la joie, la fraternité reconquise! Depuis hier soir qu'ils sont partis, cette foutue grève, quarante kilomètres de bouchons au pont d'Aquitaine, ils sont d'accord, les pékins, pour rebondir et festoyer! Ils acquittent! Dix balles, allez! Cohue dansante. On avance, on avance! On frotte des pieds. Au suivant! Quelques Allemands, s'il vous plaît! Un contingent d'Italiennes! Et puis entrez les jeunes! On vocifère partout! La morale s'efface. Mille balles pour une felle! propose un top-gay. La sono se met en place. Des petits rockers new-wave nerveux s'installent, jouent guitare sous la pluie. Voicing, open position, thickened line, basic ensemble et batteur motivé. Oh, chaleur! L'anglais irrupte. Les sticks de H circulent. Les creepers, très grosses chaussures basses, battent le sol de leur cuir ouvragé. La foire se prend dans ses draps. Monsieur Keita, homme de Dieu, grand médium africain, don héréditaire, plante aussi sa tente dans le secteur. Vrai marabout, qu'il dit. Vous révèle le passé, le présent et l'avenir. Résout tous vos problèmes. Travail, réussite, argent, amour et retour d'affection. Résultats très surprenants. Ça change des fumées bleues, des durites qui fuient et des steaks d'autruche. Sur l'estrade, le gadasson à tout faire est dans le rire. Se marre à tout va. Les sandalettes dans l'eau, la tête aux nuages, il est tranquille comme du riz. C'est plein de monde à craquer. Le petit gars avec la casquette Malcom X explique sa réussite. Grande cuvée du baratin tourbillonnant! Toujours tendu vers la violente exaltation, il rape la destruction des cœurs. Il dit l'époque n'a plus de couilles, messieurs! Les dames en redemandent! Les femmes sont d'accord. De Capri à Zermatt, de Neuvyorque à Saint-Moritz. En combi-shorts, elles défilent. Twin-set cachemire ou coton débardeur. Crayon contour ou body lycra, elles assurent. Elles admirent, elles commentent les superbes besaces testiculaires. Elles s'ouvrent comme des éventails. Montrent la blancheur de leurs dents. Leur excellente santé. Elles disent, elles disent, plus de zigounettes contournées du genre serpentin! Placez-nous dans un grand jardin! Montrez-nous du simple, du concret, que ça soye énorme et généreux. Devant une telle réussite, chacun réfléchit forcément!

C'est l'envol! L'affaire tourne au souk. Foire immense. Hurlements de l'énorme troupeau en pagaille. Les portières claquent sur l'autoroute bloquée. Les automobilistes désertent leurs véhicules sur une trentaine de kilomètres. Virées en famille. Petits boulots. Lanceurs de nains. Cracheurs de feu. Porteurs de déjeuners à la place. Marchands de sécurité. Distributeurs de préservatifs. Les bas-ventres

montent aux fesses. Les berceurs d'illusions veulent leur
bénéfice. Des commerces se greffent. Arrangements extrêmement entrecroisés. On fornique à mi-temps. Une grande
troussée générale se dessine à la nuit tombante. Les marchands de sapes font leurs petits débuts. On dégriffe et on
démarque. Cyclones de pèze! Le temps est pourri mais le
négoce avance. Des femmes chic avec petits chapeaux réclament des soldes. Des types cousus cheviotte tout laine
exigent des frites. Des gamines aux gambettes extasiantes
font danser leur linge fin sous les fils barbelés.

La capsule en déroute, le baron erre parmi les groupes.
Dans la nuit fraîchement tombée, une friponne lui fait un
sourire gredin du bout de ses dix-sept ans. Il n'accepte pas
ça. Zigburne pas la zigonia. Le souffle précipité, il s'est mis
à marcher vite. Il lève au vent son nez où il pleut. Il
remonte la colonne des naufragés de la route. Rocamadour,
le routier, court derrière lui. Corne que ça n'est pas fini.
Que son pare-brise a explosé. Qu'il faudra régler la grosse
question des responsabilités. Faire un constat. Trouver des
sous. Dédommager. Le baron n'est pas sur cette planète-là.
Fiévreux, il avance. Il heurte une femme porteuse de bouquets de fleurs qui l'avalent tout entier. Il dessine sur sa
face sombre et luisante un rictus crispé. Il adresse des
paroles sans suite à la populace qu'il croise, tous furieux
cons ébaubis, ahuris de publicité, suiveurs moutonniers.
Les exhorte à s'affranchir. Frappé de maboulisme, il ressasse l'échec de sa quête, il pousse dans l'indifférence générale des cris d'alarme, gueule qu'on arrache aux éléphants
leurs dernières défenses, défie la terre, l'Amérique, conchie
cette société de récupe, noire mercande, phagocyteuse
d'harmonies ou d'exceptions.

Quelle emmêle! Le tarin épouvanté par la grippe, il
grimpe au finish en haut d'un toboggan qu'on vient d'ins-
taller pour les mioches. Les sens portés au paroxysme, il
domine. Il harangue. Il fait cymbales avec des enjoliveurs.
Sa cuite indélébile aggravée d'un délire de commotion lui
fait perdre tout à fait les manivelles. Il aborde les notes
bleues, pousse une bahule jamais entendue. Chant d'aban-

don, de désespoir. La pluie tenace frappe son visage. Le revoilà reparti aux extrêmes des jactances hémistiches :

— *Petit monde bancal! Parfois tout s'écroule!*
Et sous un ciel de cirque où le néant fait la boule
Je déchire mon joui et je suis plein de larmes!

Au son tremblotant de sa voix, les bonnes gens s'agglutinent. Ils croient assister à la naissance d'une nouvelle attraction. Ils applaudissent. Ils encouragent. Ils opinent. Un tragédien, ils disent bravo. Ou alors un comique? Il y a du Coluche dans ce rescapé de la *Méduse* frappant sur un métal impur. Ils disent plus fort, ah c'qu'on s'amuse! De toute façon la mer est trop froide pour se baigner! Ils élèvent au-dessus de leurs têtes une forêt de parapluies.

— *Faut-il encore se battre?* demande le baron. *Laisser tomber les armes?*
S'ahurir à la mort? Partir en solitude?
Crincrinner des blablas avec la multitude?
Ou chercher plus avant ce fertile regard
Cette façon ancienne, cette manière à part
De chanter que la peur de la mort est plus grave
Que la mort elle-même — front percé, vieille épave,
Et qu'à tout prendre ainsi — foin des abrutissoirs,
J'ai meilleur temps dans mon chai de m'asseoir,
De me cingler le blair dans un verre de pauillac
Plutôt qu'aller à tempête, en un coup de Jarnac?

On lui jette des brassées de glaïeuls. Quelques capsules de Coca Cola. Il a l'air si sacrément fatigué. Bravo pépé! On lui porte une tite coupe. Il se désaltère. En redemande. Brut et Chandon. Enfiévré de mistoufle, il va chercher encore un peu de moelle au fond de sa carcasse et donne son envoi sur un coup de triomphe :

— *Mieux vaut mon château au reste de mon âge*
Que courir pour de rien des chemins hors d'usage!
Mieux vaut taster le vin au fond de sa gargane
Que mouiller son destin dans la saumure océane!

Hourrah! On l'acclame. On lui porte encore du vin. Il le boit. Il grimace. Peute maigre.

Soudain, il accommode sur la foule. Vision grabuge, il distingue la silhouette de Brancouillu. S'aperçoit que le drolle est revêtu d'une cape à paillettes, porte un feutre trapu, un faux nez, un tee-shirt TF 1 et des bretelles superlatives. Il est entouré de son staff. Maquillé pour la scène. Il signe des autographes. Le baron crie son nom. Bouchaleau! Mon petit Jean! Le couillu n'entend pas. Le baron s'apoplecte.

— Gouère, drolle! Je vais te mettre en sauce!

Depuis la hauteur où il se trouve, Monstatruc jette à nouveau sa bahule. Il laisse éclater entre ses mains roulées en cornet un grand tohu-bohu de klaxonnerie tyrolienne qui ouvre la foule. Il passe un octave par-dessus tous les autres.

Le valet dresse la tête, reconnaît son maître. Aussitôt, il s'avance. Son nom d'artiste, son pseudo de foire, est écrit en gros sur son torse : *Apollo Dragster!* Un grand cercle de ses fans se forme autour de lui. Les hommes et les femmes portent un ticheurte à son nom. Lampionnent au vitriol. Pipent des alcools infâmes. Ils marchent à la fumette, à la gobette, ils infusent. Ils poissent aux cheveux. Autour d'eux, la musique piaule. C'est du sabbat. Cohue qui coule. Lumières vertes. Lumières jaunes.

La foule scande :

— Apollo Dragster! Apollo! Apollo!

L'homme à la mâchoire lourde apaise l'ouragan castagnette de ses admirateurs d'un geste dans son dos. Un silence approximatif se creuse.

— Parle ou je t'escarpe! fulmine le baron.

— Je n'ai rien de bien fameux à vous dire, moussu. Sinon grand merci de m'avoir emmené dans le monde.

— N'as-tu point honte, Brancouillu, de mettre le nez dans le bol de ces amateurs de vice?

— Non, messire, rétorque le larbin en dansant sur ses pattes rigolotes. La mare est grande. Mes couilles poussent. Je fais ma pelote.

— Ventre de veau! Tu es déjà drogué à l'argent!

— Je vais pouvoir élever ma famille en rentrant! Soutenir l'action des syndicats!

— Cieux! Honte et douleur! Aventine! Ma pauvre fille! T'exhiber de la sorte! Je vais te couper les carillons tout rasibus du cul!

— Vous n'oseriez pas.

— Je ne vais pas me gêner! Au gnon! A l'ecchymose! Zon! Zon!

Le baron est prêt à se jeter dans le vide. Cinquante mains se dressent et le poignent aux chevilles. De partout, on le retient de faire un malheur.

Il s'époumone et se débat.

— A grande flotte! Je vais t'étriller! Te détruire!

Il invective le valet peint aux yeux, rutilant de paillettes. Ce dernier, pour se donner le louque devant son public, commence à se limer les ongles. Il affiche une royale vacuité de star du showbise. Penché au-dessus de la foule, Monstatruc gesticule. Il postillonne et glave sur les adorateurs d'Apollo Dragster.

— Peuple de crépidules!

Son aspect de colère bleue est si décourageant que les gens sifflent. En se polissant les lunules, Brancouillu fait trois pas en canard dans leur direction. Il a un haussement d'épaules rieur comme une excuse et lève les yeux.

— C'est mon presque beau-père, dit-il en faisant sonner toute la brocaille de pin's et d'étoiles qui orne son galure. Il veut refaire le monde mais son devis est exorbitant!

Le baron voit farouche. Il se dresse sur ses jambes. Pour un peu, ses ruades furieuses arracheraient la digue de ceux qui le retiennent :

— Ponce! Décape! Astique! Tu vas voir! Je vais aller au détail! Au féroce, moi! A la désosse! au curetage! C'est du j'irai jusqu'à l'os!

Brancouillu s'illumine.

— C'est un sacré jour pour ça! Vous feriez mieux de m'accompagner au studio de télévision. Je vous présenterais dans l'émission *Hip Hap Houm*. La France entière pourrait goûter à votre soif d'absolu!

Le baron, soudain, paraît effacer sa colère. La profondeur captivante de son regard balaye la foule. Un grand calme d'explorateur qui s'apprête à goûter le miel d'une autre vie se peint sur son visage. Transfiguré par ses imaginations étranges, il retrouve sa noblesse d'antan :

— Tout beau! Reluire sous les lampes? Adorer les médias? Mon angoisse est ailleurs! Le triomphe de ma saison, ce ne sera pas de crouner dans un veauquemane! D'aller vivant au hit-parade des heureux oiseaux aux couleurs du plumage d'aujourd'hui! Plutôt d'avancer un peu, éclaircir ma voie à tâtons dans la fumée des faux-semblants qui tournoient.

— Dans trois minutes, j'ai l'antenne. Au moins, vous feriez coucou à votre fille. Elle aurait des nouvelles.

— Epoque factice! Brouillard sur les écrans! Grelot dans les modes! Bûches triple-beurre et bains de mer aux algues mortes! Insupportables faux-fuyards! Frimards actuels!

Grande occasion de rire! Les gens se marrent.

Un anonyme gueule à l'adresse du baron :

— T'es grillé, mon pote, si t'as pas la télé avec toi!

Le baron tirebouchonné dans ses knikerboquères continue sa diatribe. La pluie vient de reprendre. L'orateur retrouve au fond de sa gorge une sonorité frémissante et lance comme un défi aux badauds restés en suspens sur un demi-sourire :

— La prudence, peuple de crapauds borgnes, on s'en fout plein les doigts!

Une fanfare débouche. Des majorettes aux lèvres redessinées lèvent la cuisse. Grand fatras! Les trépignements, les roulades, les syncopes du public déchirent la musique. Il n'y a plus personne pour écouter l'imprudent qui cabre sa monture au-dessus d'un gouffre sans fond.

N'importe! Inaccessible, Arthur de Monstatruc continue à passer par les cimes :

— Accablants imbéciles du temps! morigène-t-il ceux qui l'écoutent encore un peu. Moi qui étais sorti avec l'intention de vous demander des nouvelles du monde! Pas besoin d'être expert en viandes humaines! Tout est perdu! On m'avait dit : l'air ronfle de colère. L'atmosphère s'époumone. L'ozone s'éclaircit. Bon, je prends la route. Je remonte mon barda. Debout sur les étriers! Je suis prêt à tout pour stopper le fog. Epurer l'eau. Rincer les huîtres. Catalyser les carburos. Supprimer les bagnoles. Ourdir des guet-apens aux pourvoyeurs de décharges. Travail purificateur. Je donne à pleine voix. Et voilà le troupeau que je trouve!

— Adichats, moussu le baron! crie Brancouillu qu'un tourbillon de touristes allemandes sépare brusquement de l'orateur. Nous nous reverrons plus tard! La terre est plate! J'ai les yeux grands ouverts! C'est avec les moyens du temps qu'il faut faire la musique!

Tu parles! Les grappes de groupies munichoises acharnées à toucher le bardi-barda de leur idole s'agrippent à la ceinture d'Apollo Dragster en poussant des cris stridents. Le fleuve bariolé des excitées l'emporte comme fétu. Son manager fait payer le prix fort. Ses gardes du corps lui tracent un sillage protecteur. Les projecteurs se déplacent avec le cortège.

Une dernière fois, Brancouillu se retourne. Il croit apercevoir la haute silhouette du baron qui hurle toujours dans l'obscurité retombée. Prêche dans le désert. Il croit entendre son ultime recommandation :

— Méfie-toi, Bouchaleau! Tu cherches de l'or et tu trouveras des rats!

L'énorme troupeau pusillanime s'égaille et s'évapore dans le fantomatique espace des voitures embourbées. Au pied du toboggan, sur la terre mouillée, la meute se disperse à son tour et repart vers ses brouets sales. Ivre de bile et de bafouillage, bouffon malgré lui, face à la ménagerie, Monstatruc s'épuise. De grosses larmes lui montent aux yeux. Sans crier gare, face aux cancres, aux redresseurs de l'ordre moral, à cette sarabande des confiseurs, à cette hideur bien décourageante, il pose la fesse au toboggan et se laisse glisser dans la boue.

Des marchands d'habits circulent. Des merguez crament. Les Burger King et autres festins MacDo font leur apparition. Un méchant bal de 14 juillet prend tournure. Un accordéon, des petits prolos à l'ancienne, une charretée de proxos relancent la rue de Lappe. Cent mille étoiles tournantes sortent d'une boule à facettes de verre biseauté. Au bord de la piste de danse, Bujaleuf est jouasse. Les pieds dans la sciure du parquet, il dit qu'il faut allumer des guirlampes. Il enroule la valse. Entame le quadrille des dansiers. Les syndicats distribuent des tracts. Brament qu'il faut continuer la grève. Ils veulent reprendre la marche sur Bordeaux. Les camionneurs pitanchent au lait de panthère ou au kilbus de vin blanc. La situation n'est plus comparable à rien. C'est de la déjante collective. Rocamadour a pris la tête d'un groupe de gros bras, des gniasses avec des battes de base-ball qui sont venus le chercher. Vieille histoire! Les temps sont méchants. Les silos de la bêtise humaine sont gigantesques! Au fou les assassins! L'Ordre noir est en route! Une bagnole d'Algériens va vivre des pages instantanées. Les compagnies céhéresses sont annoncées. Les calanchés du cœur, les familles en cortèges, les chômedus, les photographes, les accros du bain de soleil, les calotins en civil, les surfeurs, les routards, les propriétaires de Mercedes, les tuteurs de grillons de Lavardin, les nanas en robes mini se mêlent, muqueuses dévorées de chlore, poumons goudronnés de nicotine, salsifis tamisés au pot catalytique.

L'art d'échauffer la vie entrerait-il en purgatoire?

Sublime! Papa, maman laissent les gosses à la crèche. Des psys proposent leurs services. Des paysans en rupture de labours rappellent leurs revendications. La fête mayonnaise. Tout le monde peut en être! Sur cent quarante kilomètres, la kermesse mousse. Bujaleuf organise des promenades en voiture décalottable sur la bande d'urgence avec retour dans la journée.

A son tour, le baron entre dans le bal. Veut respirer sa guigne. Un bruit d'enfer. S'avance en somnambule.

Gros étron se pavane.

Chrono race et pulsar song. Hard tracking et rythmic fauve. Over drive et bronchospasmes. Les gens dansent sans se toucher. Poulient des gestes hystériques dans la chaleur des corps. Partout, salivation considérable. Coliques, miction, tout s'accélère. Défécation involontaire. Classe S. Convulsions. Un cortège d'agriculteurs arrive en sens inverse. Et puis, v'là la télé! Cinq caméras! Un steadycam! Trois cars régie! La Nuit des Héros est parmi nous! J'ai vu Guy Lux en pyjama. Le Président avec son labrador. Papa, maman! ça y est! On est chez nous!

34

ACTUA-VRAC

Dis donc, camarade soleil! Comment raconter l'idée de la justice à notre descendance? Comment apporter des réponses à ces mains ouvertes? Les instites essayent de trouver des réponses. Ils ne délivrent pas les gamins de tous les martyres de la laideur. A cette heure, point de salut pour le déshérité, pas de répit pour les corps efflanqués par la faim, pas de guérison pour les yeux implorants, cavés par l'imminence du trépas. Un peu partout dans le monde, l'or du sang s'éteint avec le soir. A Sarajevo, à Mogadiscio, à Islamabad, en Angola, au Liban-Sud, au Karabakh, les soldats de tous les camps vont mourir à vingt ans. En Arménie, au Tadjikistan, au Cambodge, les veuves d'anciennes guerres, avec leur expérience, elles disent que la boucherie de baïonnettes ne rend pas toujours les maris. A Bourges, à Montluçon, à Guéret, les enfants prennent des taloches parce qu'ils se tiennent au courant du suivi. La télé qui fait ça. Et puis la curiosité. D'Alger jusqu'au Cap, la terre gronde de Bosnies africaines. Il y aurait des marchands de jouets qui prépareraient Noël avec des armes en plastique d'un réalisme absolu. C'est pour rire. C'est pour gagner de l'argent. De toutes parts s'élèvent des cris. Baignons nos kalachnikovs dans les eaux de l'Araxe! Ensanglantons le Golan! Soufflons les murs de Jéricho! Personne n'entend le bruit des usines. La nuit commence. Une nouvelle barbarie s'élance. L'homme pauvre s'essouffle, tombe à genoux, glisse dans la flaque rouge qui s'agrandit sur la carte du monde! Le spéculateur se tord la gueule en affreuses tornades. Les théorèmes de crise se multiplient. Le franc faiblit dans la tourmente du ring sanglant. La Paix sera cotée en Bourse ou ne sera pas.

En cette fin d'été, à Uzeste, le temps se fige. Je suis sans nouvelles de Victoire. La fête de Lubat remise ses feux de rue. Mouche ses mèches. Eteint ses tambours. Eloigne ses fifres. Autour de moi, tout paraît d'abord sec, jauni, immobile. Les papiers jonchent. Les premières feuilles tombent. Autour des îles des bois, la nuit met trois manteaux de fumée et de brume. Israël et la Palestine négocient pied à pied. Je suis prêt à recevoir le moindre bruit de paix comme le message d'une immense joie.

L'obscurité m'a toujours donné du courage.

LUNDI. PULSAR MACHINE : Ce soir, ce soir, j'ai écrit à un ami. Voilà cent ans que je n'ai pas écrit à quelqu'un. Les lettres sans réponse s'empilent sur mon bureau. Ce soir, j'ai écrit à Raymond Carver. J'ai écrit à un mort-vivant qui tient sa haute place dans mes rendez-vous avec l'écriture. Je lui ai écrit pour me prouver que je n'ai pas peur du noir et que, comme le disait Albert Camus, « il n'y a pas d'amour de vivre sans désespoir de vivre ».

Ray, j'ai ouvert une bouteille pour nous deux, c'est ce que nous aurions fait sans jamais rien nous dire de solennel, et j'ai écrit :

« Cher Ray,

Au-dessus de nos têtes vivantes, la vie de fièvre et la guerre pilonnent et laissent le nombril à l'air. Je n'irai pas te visiter à Port Angelès. Quatre ans déjà que tu as entamé ta nuit.

Le mois dernier, j'ai rencontré Tess à New York. Le hasard nous avait donné rendez-vous dans un hôtel de la 51e rue. Pourquoi a-t-il fallu que ta chère femme soit la première personne que je rencontre ? Pourquoi étions-nous descendus dans cet hôtel, chacun de notre côté ? Je l'ai aperçue par la vitre du bar. Elle est entrée dans le hall. Elle marchait vite, dressée dans le sombre de ses cheveux d'Indienne. En me découvrant, ses yeux bleus mesuraient les souvenirs. Nous avancions l'un au-devant de l'autre. Nous avons capturé notre émotion en nous étreignant ainsi que des enfants qui ont peur. Je lui ai dit à l'oreille que, comme d'habitude, tu n'étais pas pour rien dans ce genre d'histoire. Nous regardions les buveurs de bière au travers d'une drôle de buée. J'ai pensé que chacun d'entre nous en mourant emporte avec soi une somme d'espérance et de ce qui pourrait être utile au bonheur des autres. Elle a dit que tu étais mort au sommet de ton art. Sur place, j'ai mesuré quelle race de géant tu étais dans le monde des Lettres. J'étais fier et c'était cruel de penser que nous avons pu en plusieurs occasions creuser des verres en répétant notre amour du monde et rire sous cape et manger et trouver des célébrations neuves qui tournaient autour des mots. Dans le rougeoiement des braises, il me vient souvent à la pensée les sons rescapés de ta voix. Je sais que nos secrets échangés sont toujours des serrures urgentes. Le peu de temps que nous a donné l'amitié, du moins l'avons-nous utilisé à inventer des minutes. Nous avons affronté le silence. Immobiles devant la fraternité. Rien d'étonnant à ce que tu parles par-dessus mon épaule et que tu continues à m'aider dans mon travail de nouvelliste. J'ai dit à Tess que je pensais que là où tu es, qui n'est pas fatalement un endroit plus exceptionnel que ceux que tu as connus, tu continuais sûrement à chercher chaque dimanche des pépites d'or pur dans le bassin des Tuileries. Elle a dit las, hélas, que malgré tout le temps passe et que, parmi les douleurs, il y a l'absence. Alors, nous avons creusé un verre. C'est quelque chose que tout le monde peut comprendre, n'est-ce pas?

Adichats, comme nous disons ici. Adieu. »

MARDI, MERCREDI, VERS 17 HEURES : J'essaie de joindre Victoire. Le téléphone sanglote dans le vide. Quelle obscure lâcheté me tient pour que je n'appelle qu'aux heures où je sais parfaitement que je ne trouverai personne au bout de la ligne?

Pas d'or de ce côté, pas de révolution! A 17 heures tous les jours de la vie, Victoire et Benjamin marchent. Ils sont sur un sentier.

Il chemine devant, les épaules tombantes. Elle est derrière. Elle est fatiguée. Elle espère qu'il ne va pas se mettre à courir. Elle ne pourrait pas le rattraper. C'est arrivé une fois. Il a fallu organiser une battue avec les gendarmes.

Cinq et deux font sept, nous revenions de pas loin de l'enfer.

TROIS HEURES PLUS TARD : L'obscurité envahit doucement le bureau. Les compas de l'ombre anamorphosent les carreaux de Gironde. La faible lumière à l'horizon me donne des envies insupportables. Cette nuit, Victoire, je serai un enfant ivre, au bout de l'autoroute.

VENDREDI : Vendredi est coupant comme ʋn couteau porte-malheur.

SAMEDI. FICTION : Si l'on admet que la vie est une croisière autour des nuits du monde, je revendique la considération due au baron de Monstatruc. Hissé tout en haut d'une expérience pleine de cruauté, notre personnage confronté aux biscornuteries du siècle dort d'un sommeil agité. Couché dans la boue, au pied du toboggan, il déblate et débagoule des mots sans suite. Ses nerfs très éprouvés déclenchent des soubresauts dans ses jambes mises en chien de fusil. Ses poings se ferment. Très vieille histoire ! Derrière son front crispé se devine l'inanité de tant d'efforts gaspillés à discerner le carat de l'ordure.

Le jour se lève et déverse sa fontaine de lumière sur la monstrueuse caravane.

Trempé jusqu'à l'os, le baron de Monstatruc ouvre les yeux sur un monde englouti. Les touristes dorment d'un sommeil lourd au fond des voitures encastrées dans un fleuve de boue partiellement séchée. Sur la bretelle d'une aire de repos, une compagnie céhéresse bivouaque dans un halo de fumée bleue.

Sur les bas-côtés, épuisés de boisson, de danse, de musique et de cris, un peuple de noceurs dont le corps ne s'est fatigué qu'à l'aurore ronfle dans le marécage. Le cerveau hagard, le baron découvre les seins provocants d'une fille en mousseline vert fluo. Un routier s'est endormi sur l'épaule d'un joueur de fauteballe cypriote. Non loin d'eux, une petite mandoline sous la main d'un enfant égrène quelques bulles de musique. Deux Anglaises, jambes écartées, offrent au soleil renaissant l'intérieur de leurs cuisses, deux jolis morceaux de viande rose.

Douteux du genre humain, de l'époque moderne, de ce qui se trame partout sur la planète, le baron reste prostré au pied du toboggan. Il contemple les déchets abandonnés par la marée humaine.

L'herbe croupie embaume la charognerie, la puanteur, le gouffre à merde de son jardin perdu. Arthur grelotte dans son jus. Peu à peu, les naufragés de la route se réveillent. La machine se remet en route. Un homme fait tousser une guitare. Un marchand de sapes fait ses comptes. Un touche-piqûre s'injecte une dose. Un présentateur en sorlots blancs crachouille un essai de haut-parleur. Il fait comme ça : *Ah! Ah! Oh!...* Il croune dans son micro avec l'air très froid et nonchalant : *Un, deux, trois, quatre, cinq! Indetroikat-cinque!...* La porte des caravanes s'ouvre. Les femmes paraissent en soutiens-gorge « wonder-bras ». Les julots en slip étoilé. Le café fume dans les bols. Une radio s'allume dans la distance. Une chanson envoie un message de paix. Arafat et Shimon Peres viennent de se serrer la main. Le soleil est agréable sur la peau.

Du même coup, la mentalité des résidents, qui a résisté aux éclairs, à la foudre, à la rinçure d'orage, court à une nouvelle folie. *Indetroikatcinque! Indetroikatcinque! Est-ce qu'on m'entend mieux comme ça?* Les portières claquent. Les cigarettes s'allument. *Tu m'entends Bernard? Affirmatif! Tu veux que j't'en pousse une petite?* Le boulanger du bled voisin coupe à travers les vignes et amène des baguettes fraîches. Un pédégé téléphone ses ordres en Bourse. Il en est toujours ainsi, suppute le baron, le temps est une drôle de colique, la vie pressée est contagieuse. Ça rebale, ça fraternise. Et les gens, tout haut, ils disent. Ils redisent. Ils glosent. Oisonnent. Cancannent. Ils recommencent beaucoup à dire. Plus rien les arrête.

Grand fatras! Joyeux bordel! C'est à vous couper le souffle! Le marchandage des sentiments est éternel. *Bernard? Coco? tu m'entends? 'Firmatif! Alors, comment c'était? Débile! Radio City-Hall, c'est pas pour demain!* On bute dans le noir et à tâtons on s'achète un bout de vérité. Dès lors, chacun croit comme il peut à l'incohérence du lendemain. Il n'est bien sûr question que de vivre sa part d'existence. Mais même si elle est le décalque de celle du voisin, elle est différemment liée à la sienne.

Des vies! Voilà des vies! pensait le baron. Le mal est fait! Les gens que nous rencontrons se sont fait bahuter par les guerres, boussoler dans des trappes, canailler par des abandons, lourder du carreau de la mine, décorer de la Légion d'honneur, bouffer par les marchands du tube cathodique, réduire en cendres au four crématoire par des hordes embrigadées et ils continuent inlassablement les mêmes grimaces...

Voilà.

L'affaire de l'autoroute est relancée. Une nouvelle journée commence. Masquée par les hasards de la musique, quelques mélopées primitives et les super festons des jeux télévisés, la revendication sociale tourne lentement en eau de boudin.

Un chuchotis découragé monte aux lèvres de Monstatruc. Allongé au pied du toboggan, il se fait marcher sur les doigts. Les gens passent sans le voir. Les plus agiles le sautent. Ils piochent dans des cornets à frites, écossent leurs cacahuètes sur son dos. Crachent leurs peaux de saucisson, jettent leurs papiers gras sur sa personne. Dans l'heure qui suit, monsieur de Montallier grandit sur une décharge sauvage. Il est enveloppé. Mis en papillotes. Il fumote sous le soleil. Il comprend que la société est en eau de bidet. Peste contre son domestique qui est passé de l'autre côté de la bosse. S'arme de courage pour le crachat final.

Une dame âgée finit par s'arrêter devant lui. Elle est habillée d'étoffe raide. Elle est flanquée de deux ados boutonneux et précédée par une haleine lourde et douceâtre de clou de girofle. Arthur étouffe un retour d'aigreur qui lui riffaude la paroi stomacale. La dame se penche sur lui.

— Bonjour, monsieur. Ce monde est implacable.

Il se dresse sur sa litière, la considère avec des yeux égarés.

— Sans doute, madame. Que reste-t-il à faire?

La dame prend un air attristé. Elle sort son mouchoir et

le regarde pendant une longue minute. Au début, ses yeux, les plis de sa bouche et de son front n'offrent pas une expression bien définie. L'instant d'après, elle arme l'épaisseur de son cou d'une tension nouvelle, fait apparaître un entrelacs de plusieurs serpentins de veines et dessine un sourire de commisération.

— Vous devez vous sentir bien seul, n'est-ce pas? Bien abandonné?

Le cœur du baron se trouve réchauffé par ce langage inhabituel. Il dévisage la dame et, submergé par un limon d'une étrange fécondité, fait un signe d'acquiescement avant de corriger sa pensée :

— Notez, je ne suis pas contre le vieillissement solitaire. Il y a de l'Alceste en moi.

Elle inspecte ses joues empoilées par la barbe. Evalue son aspect de clochard. S'attarde sur son front où le sang a caillé en rigoles. Jauge ses pantalons fantoches et jambardés de boue.

— Vous êtes essedéèfe, monsieur?

— Non.

— Erémiste de passage?

— Non.

Elle prend l'air douloureux.

— Je parie que vous êtes chômeur en fin de droits?

— Non plus.

— Alors, vous êtes vacancier?

— Non! Non! se récrie monsieur de Montallier.

Au prix d'un cruel instant de mélancolie, il ajoute :

— J'ai quitté mes arbres et mon domaine. J'ai voulu mirer l'œuf des grands chambardements.

— Ah! respire-t-elle. Je vous cerne mieux... En somme, vous êtes un original... posé sur un tas de fumier.

Blessé dans son orgueil, le baron se redresse. Il s'ébroue, se tapote les bras, s'époussette le col et les jambons, fait voler les papiers gras qui lui collent à la peau. Sans quitter des yeux la dame en noir, il s'effeuille de quelques pelures d'oignon. Lutte un instant contre des pépins de melon qu'il a gardés dans l'oreille et, se gonflant d'importance et de modestie mêlées, redevient magnifique :

— Je cherche, madame, une part de la molécule de vérité avec le peu que je sais...

— Projet mirobolique! s'extasie la dame. Partout, la grandeur est morte! Il fait un ciel cracheur!

— Oui. C'est du grouillement sans pareil. Là-dessus, pourquoi tourner autour du pot? avec tous ces grands airs de rapidité, d'efficacité, de publicité, on ne casse rien au fond. C'est l'esprit qui manque! On fait des fumées. On consomme. On jette. Les usines ferment. On branle l'accessoire. Tout le monde hurle la couleur avant que les jeux soient faits. Quel cafouillis! Il n'y a même pas de moralité dans les mots! Faut-il vivre à crédit? Faut-il partager le travail? Ce n'est plus trop humain ce que je distingue. Juste de la rafistole... Et vous, madame, que faites-vous sur les routes?

— C'est votre question, monsieur? Elle vaut des échos! Je cherche moi aussi un ultime coin d'espoir... — Elle lui saisit la main à l'improviste et la serre bien fort dans la sienne. — Nous sommes si nombreux sans le savoir à marcher vers le même sommet!

— Je suis sceptique. Tout flageole. Le cœur est enfumé. Elle rit.

— Vous semblez bien amer!

Il se récrie :

— Je poursuis ma quête au contraire! Je m'enfonce! Je relance! J'avionne dans la farine!

Il fait trois pas en tourbillon sur lui-même, retrouve brusquement le réflexe de huiter ses pas et pense à la tour de son castèts dans les arbres.

— Quelle fatigue, madame! Quelle envie d'abandonner!... Pas que je tourne le dos à tout ce que j'ai entrepris autrefois avec amour et véracité! mais depuis qu'on s'attaque au vieux fond de la nature, je respire ma guigne encore davantage...

INTIME CONVICTION : *Il n'est plus question d'espérer.* Qui dans sa vie n'a pas eu des moments où, tout d'un coup, il ne savait plus ce qu'il faut faire?

FICTION (suite) : La dame en noir l'interrompt de sa main levée. Avec un rayon de lumière perspicace dans les pupilles, elle jette le souffle de sa bouche dans le nez du baron. Elle parle. Elle se chagrine avec lui. L'anus mielleux. Tous ces emballages plastique! Ces seringues et ces clopes! Elle montre ça. La terre souillée. Tous ces nitrates! La phréatique! Les vilaines algues! Oh là là, mon pauv' monsieur, m'en parlez pas! Intéressant, tout ce que vous avez dit hier du haut du toboggan! Vous m'avez écouté? Oui, monsieur. Et de très bon cœur, avec vous, je repique au zèle.

Elle met en batterie son pliant, s'assied pour ainsi dire au chevet de monsieur de Monstatruc. Elle a devant les yeux la proximité d'un grand malheur. Elle dit soudain :

— Bientôt l'an 2000! Les Temps sont proches!

— Là-dessus, je ne lis pas dans l'avenir...

— C'est que sur le sujet votre boule est opaque! Pourtant, nous sommes tous en danger!

Un peu comme si elle-même méritait la mort, ce trépas voluptueux, qui lui semble familier, la vieille dame se laisse glisser jusqu'au sol et s'agenouille dans la fange. Elle tourne vers le ciel un sourire figé.

Elle dit :

— Prions!

Les paupières hermétiquement closes, au fond d'un puits aux mélodies insoupçonnées, elle dit encore :

— Nous sommes les Compagnons de la Dernière Heure. Les nouveaux anabaptistes! Rejoignez-nous, mon Fils. Soyez notre Gourou!

Les membres rassemblés en arrière de son corps, elle reste immobile à côté du baron. Elle joint les mains, de temps en temps les écarte comme les ailes repliées d'un oiseau mazouté par la marée noire. Les adolescents prient. Le baron dégourdit ses membres endoloris.

— Soyez notre Prophète! supplie soudain la dame en noir. Allez devant nous! Prêchez la bonne parole!

— Alleluia! Alleluia! jacassent les deux adolescents.

— Madame, vous vous méprenez... Je suis un simple

explorateur de mes puces... Il m'a paru nécessaire de clari-
fier, pour moi, et en moi, certaines observations instinctives
sur la fourmilière en laquelle je suis plongé mais...

— Monsieur! ces échanges non prémédités et à première
vue non utilitaires sont la marque d'une prédestination
surhumaine...

— Vous croyez?...

— J'en suis sûre!

Sa voix est gutturale et douce à la fois.

Oubliant que le principe de toute œuvre est la raison,
Arthur de Monstatruc admire l'admirable visage desséché
de cette femme que la recherche du salut persécute à ce
point. Sous sa peau d'une finesse de soie le réseau légère-
ment bleu de ses veines exprime une dernière violence de
vie.

Surpris par l'acuité de son regard, subjugué par sa force
de persuasion, monsieur de Montallier bredouille :

— Je suis retourné par le vent de vos phrases...

Pub!

Refusez la politique de l'autruche!
Ne devenez pas struthiophages!

INTIME CONVICTION : La vie d'un homme n'est jamais
d'une seule pièce. Chaque carrefour apporte son poids
d'hésitation, d'hypocrisie, de cupidité. Les vérités sont
approximatives. La Vérité se construit et se défait. Le
doute, cette aventure perpétuelle où chaque étape est une
conquête, un embarcadère, devrait nous incliner à plus de
tolérance. Las! Vous verrez en lisant ce qui suit, on ne refait
pas sa colère!

FICTION (suite) : La dame en noir détache ses yeux bleus
perçants de ceux du baron. Ses lèvres sont fines comme un
trait.

— L'Eternel est caché dans les sillons du quotidien,
murmure-t-elle avec gravité. Levez-vous et marchez devant
nous! Vous éclairerez le monde!

— Alleluia! Alleluia! échotent les ados en démasquant la gâchure de leurs dents. Vous éclairerez le monde!

A ces mots, un orchestre semble littéralement jaillir du sol crapoteux. Cinq musiciens en tenue bleue et casquettes à anges en lisière rameutent la foule de leurs échos cuivrés. Effrayé, le baron sent passer le vent de la secte. Il se lève en sursaut.

— Je suis sœur Sarah des Bonnes Tempêtes! hurle la dame en s'apercevant trop tard qu'il n'est pas digne de ses espoirs. Ne refusez pas la mission que la Haute Lumière vous confie!

— Que voulez-vous que je fasse?

— Que vous alliez les bras en croix au milieu du champ de bataille!

— Ça n'est pas ma place.

— Ça l'est! Faute de gens de votre qualité, de sauveurs, nous courons à l'anéantissement!

Elle se tourne vers les chalands. Elle les hèle avec une intonation enrayée. Elle recourt à une voix persuasive. Elle exprime la souffrance humaine. Elle se brûle la cervelle. Elle annonce une nouvelle musique de l'âme. Elle invoque les Ecritures, écarte les portes de l'avenir. Rameute les mécréants. Elle glapit par-dessus les fracas d'hélicon :

— Jeunesse passe!... Bientôt les Temps! Bientôt les Temps!

Les gens commencent à affluer.

Un petit type avec les deux mains dans le plâtre s'arrête. Il porte un faux nez de carnaval. Il demande :

— A quelle heure ça commence?

Sa bouche sent le café noir.

Une estivante en pull chenille et lurex à l'ampleur maîtrisée lui jette un regard foudre. Elle dit sans se retourner.

— Ça n'est pas comme cela que ça marche. Il y a belle lurette qu'on ne remonte plus les montres-bracelets!

Sa voisine acquiesce. Elle aussi porte un faux nez :

— Rien n'est plus comme avant! Comment échapper à l'angoisse?

Justement, le ciel menace à nouveau. Un orage est en train de chauffer. Le tonnerre roule dans les nues.

— Jéricho! Jéricho! psalmodie sœur Sarah. La crainte du Seigneur, voilà la sagesse!

Elle passe parmi les rangs des hommes et des femmes de mauvais penchant. Ils ont tous un nez de carton.

Elle scande, elle acclame, elle couronne avec des lauriers.

— Frères Contactés! Ecoutez la Parole[1]

Elle brandit la sainte bible de Jérusalem, elle la donne à baiser, elle clame de toute sa force :

— *Qui se fie en la richesse s'y abîmera,*
 Les Justes verdoieront comme le feuillage!

Smokey, le garçon, galope à ses côtés. Il secoue ses longs bras au-dessus des visages recueillis. Les cuivres s'emballent. Le tonnerre roule. Judicala, la jeune fille en boutons, ceint son front bombé d'une tresse de fleurs des champs. La friche de sa poitrine torchonnée dans une tenue de vestale, elle danse et donne de la hanche pour le premier rang.

De temps en temps, elle glapit : « Jéricho! Jéricho! » Elle frappe dans ses mains — clap! clap! — pour éloigner le péché. Toujours sœur Sarah des Bonnes Tempêtes donne son répons, elle a dans les yeux une mer d'émeraude :

— *Le peuple maudit l'accapareur de blé!*
 Bénédiction sur celui qui vend son grain!

— Jéricho! Jéricho!

— *L'âme bienfaisante prospérera,*
 et qui arrose sera arrosé!

— Un peu comme les pots-de-vin, chuchote le type aux mains dans le plâtre. De temps en temps, il se gratte sous son faux nez.

Les autres mettent la main à leur poche. Jettent leur monnaie, leurs éconocroques, dans le tronc disposé à cet effet.

Sœur Sarah prend le baron par la main. Contre son gré, elle le conduit au milieu des détritus, des épluchures, des mégots, des préservatifs, jusqu'au pliant, l'y assied avec mille précautions. Elle entreprend de lui laver les pieds. Ce faisant, elle désigne Arthur à la foule :

— Frères! Que de projets au cœur humain! Comme nous

sommes imparfaits! Mais le charme d'un homme, c'est sa bonté! Voyez celui-ci qui vous est destiné!

Elle entame un chant vite repris par d'autres gorges :

— *Venez tous adorer le Prophète!*

Elle se détourne vers les boutonneux :

— Chantez Smokey! Chantez Judicala! *Tous ensemble rendons grâces au Seigneur!* Accueillons le voyageur inconnu! Accueillons celui qui est venu jusqu'à nous au prix d'un harassant voyage! Qu'il organise au-dehors sa besogne! Qu'il la prépare aux champs! Qu'ensuite, il bâtisse sa maison! Prions!

Ils prient.

INTIME CONVICTION : Il n'est plus question de rire.

Où sont les héros aux yeux clairs? Où est la matière première sur laquelle reposera une société nouvelle? Où est la grande utopie? La vague d'espérance, le changement de l'espèce? J'ai froid. Les canons tirent tranquillement sur Sarajevo. *Tous les braves gens sont sourds.*

PULSAR MACHINE : Là-dessus, permettez à l'auteur de réapparaître au détour du chapitre! Je ne vous offre pas du riquiqui! Les badauds qui se trouvent là, les usagers de la route, les apostats de la position du missionnaire, de la standing ovation et du compact disque, mettent un genou dans la vase. Ils prient. Enfin, ils bougent les lèvres sous leurs masques de carton. Il se trouve encore des gens pour prier dans ces conditions-là. Pourvu que la semaine prochaine, ça passe à la télé. A visages découverts, deux trois blondes cendrées pleurent. Elles mettent un foulard sur la tête. Elles prennent une option sur le rôle de Saintes Femmes. Elles pleurent. *Genuine tears.* Pas d'anglais! Elles éclatent de chagrin. Elles bombardent l'air de leurs plaintes. Elles essuient le visage du baron avec des linges immaculés. Elles font brûler des bâtonnets d'encens. Elles disent, il a l'air si fatigué. Toujours, il y a des volontaires pour accréditer les accroires d'amour du genre humain. Toujours il y a des gens pour vous donner des airs. Pour vous distribuer, vous étiqueter. Vous classer en rôles.

— Le vôtre est tout tracé..., glisse sœur Sarah à l'oreille du baron de Monstatruc.

— Je suis sceptique, rétorque ce dernier.

Il n'a pour ainsi dire plus de voix mais ses grosses mains fourmillent de liberté.

— Je ne vous demande pas grand-chose, chuchote encore sœur Sarah. Vous restez le cul sur la chaise et je vous ristourne dix pour cent après la quête.

Tout haut, elle poursuit :

— Reposez-vous parmi nous, cher prophète! Homme-étendard, nous vous demandons votre aide!

Dieu au travail! Que chacun retrousse. Mains à la pâte! La petite sœur se démène! Elle passe parmi la foule des Frères Contactés. Smokey et Judicala distribuent des amulettes. Des bibles. Des prédictions. Et des bouquets de persil contraceptif.

Les gens se regardent. Les mâchoires claquent. Le plâtré demande à quelle heure passe la caravane publicitaire. Est-ce qu'on distribuera aussi des petits calots en papier? Voilà la morale. On montre le baron du doigt. Un prophète, un saint si gentil, si sobre. On lui propose un fauteuil Voltaire. Une bouteille de Perrier. Une gerbe de glaïeuls. Un maillot blanc. On fait semblant qu'il va déjà mieux.

La situation d'une coloration plutôt acide se teinte d'un humour aveuglant. Comme le soleil darde, comme la liturgie de sœur Sarah exige du temps et des écrans de fumée pour faire bonne recette, Arthur de Monstatruc gambergeaille. La tête à l'ombre et les pieds dans une cuvette d'eau tiède, il se prend à méditer sur l'histoire qu'a racontée Dostoïevski, celle de ce militant de l'athéisme qui entre dans une église, brise les statues, les objets du culte et les icônes, puis place dans une niche un manuel d'athéisme et se met en prière devant...

Gaieté s'éteigne! Occupé à surveiller les tours de cape et le tapin mystique de sœur Sarah des Bonnes Tempêtes et de ses aides, Arthur s'indigne de la tournure mercantile prise par toutes les affaires du monde. Sans pitié pour les gogos, tous gens prêts à acheter les dents de lait de n'importe quel enfant en bas âge pour un peu d'avantage ou une portion du gruyère moutonnier, il s'avise que les chalands sont en ébullition. Trouilleux crétins, premiers Frères Contactés, ils ont la bouche ouverte, la main sur l'épaule de leur compagne. Foutaise! Illuses! Ils se balancent. Ils s'embrigadent. Ils brandissent leurs touffes de persil contraceptif. Ils achètent leur passage classe touriste par fusée vers Altaïr en prévision du grand marasme d'apocalypse. Ils font la queue pour engamer les nouveaux grigris, les chapelets galactiques, les casques à prières. Ils se battent pour louer leur deux-pièces *pieds-dans-la-lave*, avec vue imprenable sur les volcans éteints. Ainsi va le veau d'or. Pendant que les carafouilleux d'hypothèses courent après le leurre des images mensongères, notre Gascoun entre en retour de vapeurs et pitroque distraitement sa belute.

Soudain, redressé par le vent de la colère, le vilain mât darde au zénith.

— Comment l'avais-je oublié? Je suis le vert-galant! s'émerveille monsieur de Monstatruc en redécouvrant la vigueur de son vit.

Ainsi rebufflé, puissant au garrot, il médite sa prochaine charge. Illico avec une nouvelle férocité d'âme, il jargouille quelques injures à l'encontre du bas-fion et des viandes mortes de ses adulateurs. Injuste envers ceux-ci qui lui bourrent les poches d'offrandes et de banquenotes, oublieux de sa sécurité, il voue aux gémonies les baigneurs, les campeurs, les zappeurs, les petzouilles, la tripatouille et les fripouilles.

— Cette fois, c'en est trop! soliloque Arthur de Montallier. Bientôt, il fera froid, je dis. Au train où vont les frimeurs actuels, mon cœur rampe sous la commode.

Continuant son patatrot, il commence à heurter les dévots, aveugle dans sa fureur, la ciboule cinglée, mordiou, le baron patine sur le macadam, écume comme une bouche de cheval. Il montre le poing et son cul mappemondieux aux anabaptistes, aux citadins, aux pantruchois, aux obèses, aux mièvres, aux compliqués, même aux gendarmes mobiles, voue les ministres à la rinçure, roume à romphles contre les cause-toujours, les prévôts, matons, auxios, autres artoupans, s'en prend à grandes lèvres, à manches et moulinets aux beaufs, moyens Français, feuillistes et autres griffonneurs de babillard, puis, redoublard d'anathèmes, quolibète les compagnies céhéresses, les vercologistes, les vidéastes, les stalinastes, les pénérastes, les socialastes, les ecclésiastes, et conspue dans la foulée la horde des pana- deux chastes dans son propre genre qui, depuis longtemps déjà, n'ont pas été foutus de tremper leur panet dans le velours d'une dame.

36

F ICTION : A la piquette de l'aube d'un nouveau jour de saumure de cette époque de bafouillis où l'on avait aussi des chiens pour qu'ils aboient et après, on leur commandait de mordre, monsieur de Monstatruc, désireux de passer le tourniquet des mauvaises odeurs, se réveilla en un hôtel et sur un lit douillet où il s'était jeté la veille après avoir couru trois lieues pour échapper à l'anaconda constrictor de la maousse embouteille.

Il avait dormi la fenêtre ouverte et comme il s'affroidis- sait à l'air vif du petit matin, le baron referma le vitrage.

Il tourna distraitement le bouton d'une antique téessèfe marque Accord posée en guise de décoration sur la table désaffectée d'une machine à coudre de fabrication Singer. A sa grande stupeur, un œil vert s'alluma. Après chauffe et pointillé de parasites, une voix se mit à parler d'un homme qui venait de tuer sa femme parce qu'elle dormait trop bien. Comme tout être pensant qui s'efforce de parcourir le chemin qui le sépare de lui-même, Bouillon de Monstatruc laissa jongler son esprit au plafond. Il se demanda si n'était pas venu le temps de mettre un terme à sa chasteté.

— L'Homme est un animal social, murmura le baron. Ceci n'est point douteux. Et je ferais bien petits ciseaux à une demoiselle.

Il bâilla jusqu'à s'en avaler la langue, referma son cla-
quoir et prêta une oreille distraite au babil de la spikérine.
Entre un jingle pour Pepsi réglisse et une réclame de pneus-
pluie, elle passa la parole mais pas trop longtemps à un
député des Deux-Sèvres. L'avantageux bobarda sur les
devants que les Uropéens eussent dû prendre en Bosnie
pour aller faire la guerre. D'un tour de pouce sur le bouton,
Monstatruc estourbit la téessèfe.

A l'écoute d'un météorisme nomade, il rêva un moment à
ses beaux arbres lointains de haute lande, à sa fille Aventine, à son chien Omnibus puis il s'abluta, plongeant sa
truffe empoilée de barbe dans une cuvette d'eau froide. Il
dressa ses cheveux au peigne, les partagea par une raie,
s'odetoiletta la bobinoche au vaporisateur à santal et
s'arrêta devant le miroir.

La vue de sa tronche un peu violace l'empêcha de
prendre la vie comme elle venait.

— Qui voudra de toi? se demanda-t-il.

— J'ai ça! s'entre-répondit Monstatruc en soulevant son
pan de liquette sur le devant. Un brelica pareil, ça n'est pas
du bonneteau.

Il claqua ses gigots, cessant d'être à la glace avec lui-
même. Pour mieux retrouver sa bonne humeur il se versa
un petit verre de ginglard qu'il avait fait monter la veille.
Le fumet du vin lui emparfuma la bouche dans du velours.

— Je suis le vert-galant, murmura-t-il. Je veux du jeune.
Pas du rassis. De l'entre-deux. Je veux du sentiment. Des
contacts épais. Une conversation qui fasse regoûter à la vie.

Décidé à élucider avec la première mignonne vivante
qu'il rencontrerait ce concept fondamental, le baron pitroqua distraitement sa bistoquette au travers de son vêtement. Le bâton jolia sous le pan de sa chemise et monsieur
de Montallier sut que le bon temps revenait à sa hauteur.

Alors, la berdouille en avant, il frappa à la porte
mitoyenne où il savait que dormait l'hôtesse du lieu, une
belle carassonne de Médoc dans le milieu de son âge.

Ce qu'elle vit quand il entra, et qu'il tenait à la main, une
rougeur comme un grand feu d'incendie, la plongea elle-

même en une grande chaleur de peau. Le buste nu, la femme s'était piquée droite sur sa couche. Pas un seul remuement. Pas un cil. Elle sifflait l'air comme une mésange.

J'ai envie de vous rassurer! Tout s'esclaffe! Tout bondit! Arthur dit je suis le vert-galant. Elle répond avec le plus grand naturel, c'est si rare de nos jours. Entrez dans mon lit. Deux jours de suite, il lui gagne le ventre. Il lui fait cent façons de l'aimer. Elle veut toutes les essayer. Il la caresse. Il la dessine. Il la reprend. Deux jours de suite la coquine, qui s'appelle Charmille, lui ratisse ses cendres.

Tout s'esclaffe! Tout bondit, vous dis-je! Un air de liberté, trois ailes dans le dos poussent au baron de Monstatruc! Quand il en a fini avec tous ces recoins de corps qu'on ne montre jamais, il dit qu'il a grand-faim d'estomac. Il laisse la dame à ses moiteurs subtiles, à sa transparence de peau bleuie par le réseau des veines, et descend à la cuisine manger une omelette de douze œufs et ses cèpes de Burdigala.

Quand il a fini, il s'en va! Il court devant lui. Il ne redoute plus l'épaisseur de son sang! Il se sent prêt à mettre partout la barabille, à semer le baroufle dans les maisons, à biller tous les tocards, les maris, les amants.

Il a faim. Il a soif. Il mange en route. Il dort en route. Il met de l'espace entre lui et la race des anabaptistes. Il constate que toutes les routes secondaires sont maintenant bloquées par les camions. La France entière macère dans sa litière. Le feuilleton de l'été est une sombre histoire de fauteballe. La météo en catogan annonce de nouveaux orages par le sud-ouest. De l'autre côté de la belle bleue, on flingue les ministres algériens.

Monsieur de Monstatruc se réjouit d'être vivant.

A l'étape, il boit. Il embrasse calmement les filles qu'il rencontre. Il dit servez-vous, je suis le vert-galant! Tous les soirs, le sourire affamé, il sent son pénis s'ouvrir large comme une fleur de jojoba. Il sort son argent, dépense sans compter. Il s'allonge, le souffle chaud, entre dans le lit d'une femme aux mots inexistants, fait voyager sa braise dans la lumière dorée de son sexe épicé. Avec un goût d'amertume dans la bouche, il repart à la piquette de l'aube.

Entêté à chercher un moyen vital pour l'homme, ce mesquin tas de secrets, notre Monstatruc pense que la pureté viendra de la mer. Il dit à tous, le bonheur, c'est la recherche! Il palpe sa racine alourdie de mauvais sang retrouvé. Il sait qu'il n'a toujours pas rencontré sa compagne.

Deux hebdomades passent.

Un jour, les yeux défaillants de doute, il remonte des files de bagnoles qui rouillent. Il traverse les villages de toile. Aqua-City. Marinoscope. Parc aquatique. Village médiéval. Mini-golf. Parc animalier. Spectacles, horaires, biberons, crèche. Il sait qu'il est arrivé en vue de l'océan. Il entre dans l'un des nombreux restaurants ouverts sur la rocade. Vite, il commande des huîtres du bassin. Trois douzaines, on les lui amène sur un lit d'algues. Cadeau des commerçants du Kilomètre Treize.

— Est-ce que je peux avoir du citron?

— Vouimeussieu.

On court lui en chercher dans le convoi des fruits et légumes qui bloque le secteur.

Son appétit se réveille. Il se souvient qu'il n'a pas mangé depuis la veille. Toutefois, en y regardant de plus près, il trouve le varech usagé. De la pointe de sa fourchette, il tâte les lamellibranches et constate leur décès.

— Gaffe! N'y touchez pas, lui conseille son voisin. — Il paraît essoufflé par une longue course. — Point de mollusques! Point de viande! La dysenterie fait rage! L'épidémie nous guette! La salmonellose rôde dans le porc! Toute la caravane va à cacatoir sur plus de dix kilomètres en amont!

Rêveusement, sans y penser vraiment, le baron pitroque son vieux dard.

— Mais alors, on me voulait du mal?

— Les dévots ne vous ont pas oubliés! Ils sont en cabale après vous! En vous empoisonnant, ils voulaient voir si vous restiez en vie. Ils sont prêts à n'importe quoi pour avoir un miracle! C'est que dans le merdier où nous sommes plongés, ça rapporterait foutrement gros, un miracle!

— Attendez voir un peu... Vous semblez bien au courant... Vous me connaissez donc?

— Comme l'ombre de votre chien!

— Je ne me souviens point de vous..., s'énerve le baron. De son regard fouillant, il sonde et retourne le petit homme.

Ce dernier rentre les épaules en un réflexe craintif et fait apparaître ses deux mains plâtrées qu'il tenait cachées sous la table.

Le baron lui marche jusque sous le nez :

— Ah mais! Tonnerre m'éborgne! Vous étiez dans la foule... au premier rang... ce fameux jour du prophète!... Vous venez de là-bas?

— Té! en courant, con! Vous marchez d'un tel pas qu'on a peine à vous suivre...

Le baron tressaille.

— Cette voix!... Ces bajoles pendantes... Qui êtes vous, capoun, sous ce nez en carton?

— Heu... Je suis votre ange gardien, moussu... Sommes-nous pas en enfer?

— Ote-moi ce faux appendice ou bien je t'éradique!

L'autre s'affole. Un feu d'oreilles l'enlumine jusqu'au cou. Il bafouille, il s'escane, il s'explique :

— N'avez-vous point remarqué? Tout le monde porte un supplément de pif, ces temps-ci. L'époque est postiche! C'est la mode d'ici. Elle permet à n'importe qui de faire n'importe quoi, en toute impunité.

— Comme tu voudras, corniflot! Je force tout et je t'astique une gadiche!

— Pitié, monsieur! Ne me battez pas surtout!

Le baron se dresse. Gigantesque, il s'avance. Campe un instant devant le petit homme et, retournant brusquement la table, il s'écrie :

— Trop de mâchoire! Trop d'odeur! Sacré bamboche! Cette fois tu es reconnu, Jean Bouchaleau!

Pour un paquet de mitraille, faut-il devenir un héros?

Le badoc ôte aussitôt son masque. Il apparaît devant son maître en son vrai blair de morve et de congestion de vin, monté sur ses pieds de poulet, empli de sa pueur molle!

Il salue. Il s'excuse. Il se voûte. Il plaide:

— Ne me punissez pas mon maître!

— Tu m'as abandonné, malcuidant!

— Nenni! Acceptez la franche vérité! J'ai voulu connaître l'altitude de la célébrité et tel qui casse son œuf à trop vouloir jongler, je suis refait! Dindon, vous dis-je!

Il tord sa gueule douloureuse et poirée d'hématomes. Il fait gigouiller ses minces jambes. Il montre les points de suture dans son cuir chevelu.

— Qui t'as traité ainsi, Jean Bouchaleau?

— L'Unpressario! Les clairagistes! Le maquignage! Et même mes bodigardes! Le soir où je vous ai rencontré, si vous saviez, ils m'ont battu, ils m'ont roué! Ils m'ont cassé les poignets! Voulu crever les yeux!

— Qu'avais-tu fait pour mériter cela?

— Mes très beaux joujoux avaient maigri, moussu. Plus de couilles! Encore un coup de ce Floche! Et sans rien d'énorme à montrer, forcément, té! j'étais dévalué, je n'intéressais plus personne.

— Ah mais c'est vrai, ça! Ainsi dégraissé du porte-balles, je ne t'aurais pas reconnu en t'observant par le bas...

— Vous le faites remarquer avec justesse, monsieur, je ne conserve en ma culotte que le strict nécessaire!

— Et ton argent?

— Ils m'ont tout pris. Et je vous lave les fesses pour que vous me repreniez à votre service.

— Gouère, drolle! Je bats la dèche et serais bien incapable de te payer des gages!

— Engagez-moi, monsieur. Je suis votre valet.

— Sais-tu que chaque jour, je dois mendier ma porte?

— Je ferai la manche pour vous. Je roguerai vos restes!

— C'est assez bien ainsi, Brancouillu! Viens te jeter dans mes bras! Accepte l'accolade! Et prends mon balluchon! Nous rentrons au châtiau!

— Direct ?

— Oui ! Je suis dessillé ! Je lâche le scepticisme ! Désormais, nous serons de grands vivants ! Le bonheur et l'enthousiasme seront nos moteurs !

Le gadasson lance un regard craigneux sur le dehors. Le baron franchit déjà la porte. Brancouillu se jette sur le ballot de hardes et le rejoint dans la rue. Sur le visage amaigri de monsieur de Monstatruc, il lit une nouvelle détermination. Comme son maître marche vite, il trotte derrière lui et entame une série de déplacements autour de sa personne.

Soudain, en sautellant du trottoir, il s'inquiète :

— La nuit tombe ! Où coucherons-nous ce soir, moussu ?

— En un hôtel que je connais. L'hôtesse s'appelle Charmille, autant qu'il m'en souvienne. Elle a de francs nichons.

— Qui paiera la facture ?

— Je dirai que tu feras les lits.

— Et pour manger ?

— Je dirai que tu feras la vaisselle.

— Et pour baiser Charmille ?

— Je lui dirai qu'elle peut compter sur moi !

37

Tout rebondit ! Tout s'accélère ! Le temps s'emballe ! Pour leur voyage de retour, nos héros bénéficient de l'accéléré. Comme à l'époque de la pellicule flamme, cadence vibure, 16 images secondes, ils tricotent à travers champs. Ils font route vers Montallier.

Tout s'esclaffe, vous répété-je ! Tout doit terminer par des chansons et des richesses morales !

Chemin faisant, pour gagner leur pain et leur couvert, Monstatruc et Brancouillu font les vendanges. Ils travaillent trois journasses en un chai dans les Graves. Ils mangent, boivent, se prennent une sacrée nane. Ils se calent aussi les joues avec quelques douzaines de cannelets et, à force de ventrées et bibaisons de bons vins, remaillent l'enflure de leurs chairs grassouillettes.

Plus loin dans le cours de leur périple, ils s'arrêtent au castèts du marquis de Pont-Guillac, un ami de la famille du baron. C'est un homme âgé qui ne témoigne envers sa femme pas plus d'intérêt qu'envers l'horloge. La soirée passe. Les mets sont copieux, les vins liquoreux. Sous la table, le baron pose sa main vivante sur le genou de la dame. Avec une lueur de vie fuyante et gaie, elle lui sourit imperceptiblement. Le vieux marquis prend sa verveine et puis s'endort. Par-dessus la flamme du chandelier, Arthur de Monstatruc fixe les yeux de madame de Pont-Guillac comme pour y enfoncer un clou. Il murmure je suis le vert-galant. Elle lui répond ma chambre est en face de la vôtre. Elle a une voix comme un fruit charnu. A vingt-trois heures, il franchit le tapis du corridor. Il gratte à l'huis. Par l'entrebâillure, il se glisse. Une main vient à sa rencontre, effleure sa joue et, soudain, il goûte à la salive épicée de la marquise. Sans un mot, il enfourche ses flancs comme un collier vivant et s'ouvre la porte du monde.

Le lendemain, les voyageurs repartent. Ils cheminent par la lande, évitent les nationales, tout ce qui est engoudronné et porte les stigmates des grandes guerres agricoles en cours. A la halte, Brancouillu recule jusqu'au biais d'un saule ombreux et s'y installe avec son pâté pour reposer son dos. Il déplie son canif de Nontron, coupe sa tranche de pain et, après que son regard a à peine croisé celui de son maître, laisse tomber :

— Je préférerais être en enfer plutôt que là où vous êtes.

Au lieu de chercher la réponse autour de lui, Arthur se contente d'un sourire satisfait.

— Tu fais allusion à mon assaut avec la dame ?

— Je parle du peu de cas que vous faites de l'hospitalité de vos amis.

Le baron devient rouge comme un grand poivron enragé.

— Garde tes reproches, sacré couillon, vilain piège à rats ! fulmine-t-il. Le moralisme est la contrefaçon de la morale !

Le valet remet la sauce :

— Je vous plains de faire ronfler les orgues et d'aller à la cacasse par simple échauffement de votre corps.

Le baron quitte le bivouac, se remet en marche, l'air furieux.

Le soir même, ils s'arrêtent chez un certain Marqueface, grainetier vaguement acousiné avec la défunte épouse du baron. Cette fois, tout change. Tel maître, tel valet. Ils lui pillent sa table tous les deux. Arthur lui baise sa femme et Brancouillu sa servante. Ils prennent congé.

Toujours à travers ginestes et garennes, ils progressent. Ils évitent les routes où les paysans épandent du fumier, bennent des tomates et des pommes. Arthur de Monstatruc chemine en tête. Il est taiseux. Ses yeux sont sauvages. Sa nuque congestionnée. Les heures passent. Les kilomètres s'allongent. Se doutant pourquoi son maître est escorcené et taciturne, Brancouillu sait qu'il rumine une vaste colère.

Tandis qu'ils traversent une friche, le valet cède à un fou rire qu'il ne peut endiguer davantage. Le baron se dévisse vers l'arrière et du coin de ses prunelles furibardes interroge le badoc par-dessus son épaule.

— Je ris, dit Brancouillu, parce que je sais que vous m'en voulez d'avoir foustrouillé la grosse marie-gringon qui servait à table hier, chez monsieur Marqueface.

L'autre grogne, ferme ses poings pour ne rien dire et puis s'en va devant lui à grands pas.

Le soir même, nos voyageurs font escale chez un autre ami du baron. Henri de Trinquetaille, il se nomme. Il est veuf. Il a bonne cave. L'un lui baise sa femme de linge, qui est laide et muette, l'autre se rabat sur son mouton. Ils repartent avec du vin plein les gourdes.

Tandis qu'ils longent un bois, le valet cède au retour de postillons d'un rire qu'il ne peut contenir plus longtemps. Le baron qui marche en tête se retourne encore plus furieux que la veille.

— Je ris, dit Brancouillu, parce que je sais que vous m'en voulez d'avoir foustrouillé un gros mouton de suif qui ne m'avait rien fait !

— Je t'en veux, sodomite et zoophile, d'avoir déshonoré ma fille qui sera ta femme et la mère de tes enfants!

— Et moi, je vous en veux d'avoir abusé deux fois de l'hospitalité de ceux qui nous accueillent!

Le temps de dire outch, Monstatruc gonfle son torse bombu, se fiche une claquée sur les cuisses et empoigne son gadasson par le col. Dans les airs, il le soulève et lui serre le quiqui.

— Je m'étais juré de ne plus te frapper, mais franchement, tu débordes!

Un voile rouge devant les yeux, l'homme au physique larbinisé fait infime résistance. Il gigote dans l'espace le moulinet de ses maigres mollets, dessine un pauvre sourire de regret et dit d'une voix rauque :

— Vous ne me gouvernerez plus par la peur, moussu, et d'aujourd'hui, chaque fois que vous me ramponnerez... il en sera comme si vous commandiez la destruction de votre propre cœur!

Le baron, mal à l'aise en face de cette expression triste, tolérante et bienheureuse qu'il lit au fond des yeux de son valet, sent ses nerfs se mettre à bouger, vivants comme des cordes, au fond de ses muscles. Dans une grande confusion de sentiments partagés, il ouvre son poing, laisse retomber Brancouillu le long de son corps et grommelle :

— Quand nous serons au logis, je te ferai correction avec ma trique de seigle vert!

— Moussu, laissez toutes ces pensées d'un autre temps, rétorque le drolle.

Il paraît se torturer la ciboule et brusquement se lâche à toute lumière :

— Moussu Arthur! dit-il en laissant rouler ses yeux, j'ai appris tout au long de ce livre que nous sommes notre propre famille. Ce que je vais vous dire maintenant est donc du plus grand sérieux d'amitié. Depuis six générations de Bouchaleau, ma famille a fréquenté vos ancêtres, et je mesure que vous êtes descendant par cette lignée de nobles personnes d'un grand et illustre commencement, aussi n'aimerais-je pas, pour la stature de votre personnage, que la trempe de votre caractère finisse en une pointe, comme celle d'une pyramide ayant diminué jusqu'à rien. Je n'aimerais pas non plus que votre grand projet d'aimer d'amour pur la dame de vos pensées fût altéré par cette incursion que nous fîmes dans le siècle, ni fût abîmé le moins du monde par la fréquentation des jetards que nous y vîmes et leurs abjections de mœurs! Moussu le baron, ne rapetissez pas votre vaillance! L'esprit affamé de grandeur, comme je vous aimais bien! N'allez pas rentrer chez vous en plus mauvais état que vous en êtes parti! Me suis-je bien fait comprendre? Je suis votre valet indélébile, monsieur Arthur! Entre nous, tout marche au respect, à l'estime, à l'usure! Et chaque fois que vous errez dans le vide, je suis bon pour décliner dans les tourbillons d'une énorme vague de fond. Faut-il donner des exemples du mascaret? Tenez... vous battez la dèche... je suis obligé de faire la plonge pour payer votre note! Vous buvez? je pite! Vous cherchez le trésor de la vie? J'entame la battue du monde à vos côtés! Vous rêvez de changer d'écorce? Je vous offre ma livrée! Vous voulez de la justice sociale? Je souscris au syndicat! Poussons plus loin!... Chaque fois que vous vous arsouillez avec une goton, me voilà tenu de vous imiter, de mignoter plus bas que vous! Ergo, prenez la bamboula d'hier... Quand après la femme de linge, qui était grasse, méchante et laide, il n'y a pas la moindre grougne de souillarde à qui je puisse bousculer sa quichenotte, pour vous emboîter le pas dans l'ignoble, je n'ai d'autres ressources que vouer mon corps à des souillures extrêmes! J'enjambe le mouton! C'est ma façon de passer le torchon derrière vous! Et aujourd'hui, moussu, je n'ose même pas respirer les fleurs!

Le baron se tait. Il ne fait pas la moindre note de musique. Il est fort ému et retourné par la profondeur et la proximité de cœur de ces paroles. Il regarde le bachelier de Toulouse avec des yeux de scrupules et va jusqu'à l'extrémité de ses pensées.

— J'entends ton procès, Jean Bouchaleau, et j'ai bonne intention d'y remédier. Hélas, comme tu l'as pu constater je n'ai point trouvé celle que j'imaginais dans mes rêves et c'est le désespoir qui me pousse à me tromper de corps et à réchauffer ma racine dans de mauvaises housses.

— Dans ce cas, moussu, hâtons-nous de rentrer au logis, dit malicieusement Jean Bouchaleau, car c'est la volonté de l'auteur, tout comme cette leçon que je ne voulais pas vous infliger et qu'il vient d'exiger que je vous prodigue.

— Souffle de Dieu! C'est toujours toi qu'il mandate, constate amèrement le baron. Moi, il me fait la gueule et m'envoie dans les guêpiers.

— C'est depuis le fameux jour où vous avez gasconné au beau milieu d'un chapitre de son livre. Le coup du vert-galant, il ne l'a pas supporté.

Voyant que son maître se rembrunit, Brancouillu verse le jus de la cafetière sur le feu de leur campement, ramasse les musettes, leur balluchon, s'en harnache, et murmure :

— Venez ça, moussu... Eloignons-nous pendant que Floche a les yeux sur le vague et rôde autour du téléphone. Il est comme un piquet de bois planté... Il attend un appel de Victoire. Filons! N'ayons l'air de rien...

En s'éloignant un peu par la déclivité d'un chemin encaissé fait de reignures et de crevasses, les deux compagnons disparaissent à l'abri du bocage. Le valet masque sa bouche avec le tranchant de sa main, prend une expression de voleur de poules et trahit les plans de Floche concernant l'avenir du baron. Il apprend à Monstatruc que sa bien-aimée, celle qui mettra fin à son veuvage, celle qui le délivrera de sa chaleur de corps, qui aura le regard de la vérité et qu'il chérira, respire et vit déjà au château. Il lui révèle qu'elle a été placée au pied de son lit par le romancier pour lui prouver que souvent, sur la carte embrouillée de la vie humaine, le trésor ne se trouve pas de l'autre côté de la montagne, il est au fond du jardin.

Lorsqu'il apprend la nouvelle, quelle joie sur le visage du baron! Quelle exaltation! Quel éclat de jeunesse! Malgré la fumée noire des pneus de tracteurs qui brûlent et embou-canent les herbes, il se met à galoper sous les pommiers où les jacqueries de pibes et de maraîchers ont dressé des potences. Il veut arriver chez lui le plus tôt possible. Brancouillu s'esquirchine à le rattraper, le retient par la manche.

— Ne vous pressez pas tant, moussu Arthur! Ayez un peu plus confiance. Prenez le temps de respirer l'harmonie du monde! Voici une rivière... Faisons une partie de pêche. Le visage de celle que vous aimez est au fond de l'eau creuse.

Brancouillu cueille deux bâtons de bambou, il capture une paire de sauterelles empêtrées dans les cheveux des herbes, tord une épingle à nourrice, confectionne deux canevelles de fortune et les voilà pieds nus sur l'ensablure verte et douce d'une rive de limon.

L'envoûtement fait merveille! Au bord de la rivière, là où l'ombre semble capturer la réverbération en une rosace irisée, Arthur de Monstatruc, délivré de toute pesanteur, guette la toison courante de l'onde qui entraîne sa ligne. La berdouille en avant, dans la position du pêcheur, il reconnaît que les plus belles vies sont souvent celles qui se confondent avec le temps et la modération. Il remercie son domestique de lui avoir rendu la béance qui laisse passer le rêve. Il dit, dorénavant, je veux connaître le ménagement sans tomber dans l'austérité gratuite, sans m'éloigner de la nature. Il dit l'hiver je gagnerai le réconfort d'un feu de bûches. Je relirai Montaigne et l'aimable Thoreau. Deux fois deux yeux qui se regardent, là est le bon silence. Et j'embrasserai ma compagne, cela me suffira!

Soudain, le visage suffoqué, il distingue celle qu'il aime dans le miroir de l'eau passante. Les grands yeux blancs de l'aimée tourbillonnent dans un remous qui va vers le grand fond. Grande féerie mystique! La nuit de la rivière devient boîte à double fond. Le baron est en Afrique! Minuit couleur. Lumière verte, pluie d'étoiles, tam-tam bidon-Castrol. Hou! Grand totem! Hi! T'enfiles le Babembé, le Bakwélé ou le M'Bochi comme une perle. Au plaisir! Envoie la danse! Tordions du cul. Grigri-boxon. Lampions ça glisse. La musique, c'est vapeur-locomotive. Jarrets fléchis. Train-train sur rails. Douceur péché. Zyeux riboulés. Jupons zécrus. Cotons à raies. Bracelets-chaînettes. Souffle qui poisse. Plastron pampilles. Parle petit nègre. Rit blanc des

dents. Derrières dansants. Heure des démons. Soupirs
secrets. Tambours Congo. Mon doux chéri, viens m'embrasser! Les lions font l'amour au vin de palme. De son index
levé, doucement, l'apparition lui fait signe, au revoir
jusqu'à demain! puis se dilue dans le fantomatique espace
de reflets.

— Brancouillu! Fesses à gondoles! s'écrie le baron. Celle
que j'aime est noire de peau!

— Je sais, moussu, Dieu qu'elle est belle! Elle s'appelle
Demon Tree. C'est une haute femme et ses flancs sont
fertiles.

Patience. Patience.

Une perlinchette chante dans le taillis. Les pupilles tour-
nées vers le ciel, la bouche ouverte pour happer l'air de
sagesse qui leur fait encore défaut, nos amis cheminent.

Ils veulent tout ignorer de l'énorme manigance des barricadiers qui bloquent les routes. Ils se contre-tapent des
embrouillaminis de fausses factures, de la Seita qui s'en va
en fumée, des calanques sauvées du béton, du blé qui ne
sait plus où donner de la tête. Ils ignorent la mort du roi
Baudouin, la progression des érémistes et pourquoi la
relance de l'immobilier risque de tourner court. Ils
entognent du pâté, des confits. Ils sifflent. Ils compa-
gnonnent. Ils feignassent au bord de la route. Plus de réca-
pitules, plus d'actua-vracs! Balladur est au Mont-Blanc.
L'Oncle Picsou fait faillite. Charles Trenet chante nationale 7. Les hooligans de l'Ordre noir cassent les stades.
Maître et valet ont l'amour du monde dans les yeux.
Patience. Patience. Ils font des projets de longue mousse. Il
pleut sur leurs têtes. Ou bien il fait grand soleil. De temps
en temps, ils se fâchent. C'est pour rester conformes. Le
baron feint de tatouiller Brancouillu. Le larbin fait révolte.

— J'en ai marre d'être broyé par vos soins!

— C'est ton destin!

— Merde à élastiques! Quinze ans que j'attends l'âge
d'or! Un jour, je vous quitterai!

— Reviens tout de suite!

— Je ne suis pas parti.

Ils se sautent dans les bras.

Plus de grabuges, plus de sépia! Plus de carnets et plus de pubs. Ça tisonne et ça reprend. Le cœur se met à battre! Victoire vient d'appeler Floche. Benjamin est à nouveau rentré dans l'atmosphère! Cinq et deux font sept, il n'est plus derviche de lui-même. Ses chairs creusées se sont refermées. Hier, alors que Victoire venait de le reconduire à son institution, il a échappé à la vigilance de ses éducateurs. Il a couru vibure jusqu'au bout d'un champ. Avec une concentration qui vous aurait mis knock-out, il s'est acharné à cueillir des fleurs de genêt, il s'est coupé les doigts, ni les adjurations, ni les ordres, ni la force ne pouvaient l'arrêter dans son entreprise, il défendait sa vie, il a arraché les fleurs jaunes, il s'est mis à courir, acrobate sous ses cheveux baguette, l'allure un peu chabraque, il rebondissait dans les herbes, personne ne pouvait l'intercepter, il était l'aigle, il volait en jacassant toutes sortes de syllabes battues dans sa bouche, il a rattrapé sa mère sur le parking, elle montait dans sa voiture, il lui a tendu sa froissure de plantes, Victoire a compris qu'il lui offrait des fleurs, un bouquet, sa première politesse. Sa façon unique de dire merci. Maintenant, je rentre, a dit Victoire. L'unique espoir pour les êtres de gouverner le temps, Charlie, c'est de trouver leur mesure. Elle riait. Elle disait, un jour, tu verras, Benjamin va sortir de sa grotte. C'est aussi simple que ça. Et le manège s'est remis à tourner. Dans le livre, sur un éclat de batterie ou le beat d'une caisse claire jouée avec les mains, la musique se met à rouler folle. Barati, barata! Revenons au baron, au valet, à leurs idées riantes. Une chanson de mots se met à courir dans la tête de l'auteur. Tout est repeint, vous dis-je! La tête ornée d'un sourire éclatant, nos deux puyants amis respirent la santé. Patience. Patience. L'espoir danse à chaque minute de leur vie.

En marchant vers la haute lande, le baron de Monstatruc reprend du fringant chaque fois qu'il pense à Demon Tree. Parfois, les jambes lourdes de fatigue, il perçoit que le temps est pétri de mouise quotidienne avec souvent des percées de grandeur.

Ce matin-là, hors des gonds du conformisme mental, il s'exclame :

— Je rachète la main du fou! J'avale la sagesse. Tiens, Brancouillu, à travers toi, je m'adresse à l'auteur! J'efface mon ressentiment! Je veux qu'il me conduise en une place forte. Je veux qu'il me mène jusqu'à l'apaisement de l'amour!

Le valet hausse les épaules. Il avale sa salive dans un gosier sec et gambade sur ses mollets de coq. Messager de son maître, il s'aventure jusqu'à la virtualité de ce qui se trame dans l'ordinateur. Les yeux sur le vague, il fait jeu avec l'invisible.

— J'espère que Floche nous accompagnera jusqu'au bout, dit-il en rejoignant son maître. Parfois, je tremble pour nous. Un livre, c'est si fragile! Floche n'est pas bien, ces temps-ci. Il est allé si souvent au bout de l'autoroute.

— Floche a ses emmerdements. Je ne lui en veux pas.

— Pensez-vous monsieur que son fils sortira jamais des errances misérables où le fait palpiter sa cervelle?

— Non. Les lèvres de Benjamin resteront arides! Elles ne connaîtront jamais la délivrance de la parole. Floche est un bœuf plongé jusqu'aux poumons dans la mare! Sa vie ne sera jamais une petite affaire tranquille!

— Et Victoire, moussu? Comme cela est injuste!

— Victoire? C'est la plus sympathique. Jamais, elle ne renoncera à une petite âme! Son fils la tient par les cheveux au-dessus du gouffre. Pour un rien qui va mieux ou qui le sort un peu des ténèbres, elle chantonne sa recouvrance!

— Il me vient une idée, moussu Arthur. Puisque Benjamin n'entrera jamais dans la réalité, pourquoi ne pas demander à ses parents de nous le confier?

— Confier un enfant de leur monde à des personnages? Tu n'y songes pas!

— Si! Nous lui apprendrions à voler! J'ai une idée qu'on peut faire voler un autiste. Quand le livre serait refermé, nous voyagerions avec lui doucement sur la trame de l'horizon confondu, nous nous perdrions tous en un endroit où les nuages et la terre se rejoignent.

— Tu as raison encore une fois, drolle ! Un roman déglingué est un endroit idéal pour éclairer l'envers de la vie.

38

L A VILLE est sous la foudre.
Jean Bouchaleau et monsieur de Monstatruc coupent à travers les landes enfumées de décharges, se souviennent d'une époque pas si lointaine où leurs pieds foulaient la familiarité douce et apaisante de la nature. Au large de Lucmau ensouillé par les déchets ultimes, le baron tend le poing vers l'usine d'enfouissement que l'on vient de construire.

— Ainsi, ils l'ont fait ! s'écrie-t-il avec une tristesse infinie. Les trusts l'ont fait ! Nous sommes leurs Indiens !

Des frissons de feu descendent en escalier de ses épaules :

— L'avenir du monde méritait pourtant assez des échos et des voix ! Faudra-t-il toujours régler nos montres sur le désastre ? A-t-on le droit de se laisser surprendre par de nouveaux Tchernobyl ? Faut-il pas se battre pour l'air que nous respirons ? Pour la forêt qu'on assassine ?

— Vous avez bien raison, notre maître, le progrès n'est pas réductible à son avancement inéluctable ! Les savants, les ingénieurs, les techniciens n'ont pas fonction de fourbir des armes susceptibles de se retourner contre l'espèce humaine.

Ils sortent leur gourde de vin de marche. Lecture en plein marc, les deux amis continuent à traîner les casseroles du vieux monde. Ils s'éloignent sur la piste qui va vers Insos. Parfois leurs exclamations, leurs colères se terminent par des rires en cascades sous les ombrages ou par des mots si ténus qu'on les entend à peine.

Ainsi en va-t-il de ce dialogue perçu dans le lointain où je veux trouver la preuve que l'âme de l'homme ne succombera jamais à la poigne des barbaries.

— Et s'il ne nous reste rien, moussu le baron ?

— S'il ne nous reste rien, Brancouillu? nous rêverons!
Allez! Le temps dépasse le temps!

Puisque je suis votre Floche, je ne vais pas me croiser les bras sous les aisselles. Passons par-dessus les murs du noble castèts de Cazeneuve où Henri IV faisait mésange et fleur de rose à la Reine Margot. D'une phrase, voilà nos deux amis sur une éminence d'où le voyageur domine les alentours du châtiau de Montallier.

Mais attention! Vue imprenable! L'incrédulité est totale! Pour leur rentrée, tout absurde et tout mélange! Alerte! Maldonne! Tout culbute, résorbe, s'emballe! Le castèts est assiégé. Les guerres agricoles font rage dans la région. Les producteurs de melons et de tomates déversent ce jour-là des tonnes de cucurbitacées et de solanacées sur les bretelles d'autoroute qui ceinturent désormais le domaine de Pompéjac et l'isolent du reste du monde.

— Montallier est une île! s'émerveille le baron.

Dans le fond de la cuvette, de l'autre côté des nœuds routiers, il distingue les tours de l'antique demeure étincelante comme du sel derrière l'écrin végétal des cèdres et des érables.

— *Raïe*, Brancouillu! s'écrie le baron transporté d'émotion, faut-il pas entrer en résistance? Se réfugier au creux du bois? Faire tourner la boule en attendant la mort cave? Psalmodier en place de péripéties le vieux disque de nos souvenirs? C'est chez nous, derrière les solides murs du xie, que se trouve notre salut!

— Comment y parviendrions-nous? Il n'y a plus de chemin, plus d'accès, plus de route! Et maintenant, voyez l'affaire, pour compliquer les entrecroisements inextricables, voici les compagnies céhéresses qui chargent la manifeste!

De fait, la cohue tourne à la guerre civile. Les fusils lance-grenades aboient des échappements lacrymogènes. Une averse de godillots court sur le macadam. Un van de porcs lâche ses pourceaux sur la route. Les cris, les clameurs roulent à plein fracas. Rapidement, c'est du timbré fou, les paysans, les mareyeurs et la troupe s'affrontent au corps-à-corps. Bienvenue en enfer! On retourne les camions. On flambe à l'essence. Tout fricasse! Hoquets et soubresauts, on se noie dans les légumes.

Halluciné, la rage aux dents, le baron regarde ses larges mains inutiles.

— Boute! Boute! s'encourage-t-il à charger. Cette fois, tout est sujet à ma fureur. Grande scène de bataille rangée, géant lupanar! On vit dans une étable! Vilain compost! La nef des fous sombre et vermoule si près du but!

Fulminant comme trois cents réverbères, il s'élance au péril de sa vie pour traverser la chaussée. Il patauge et glisse dans les pépins, la croupissure, les étrons, évite les dégelées de matraques, éternue au gaz moutarde, résiste à la nauséabonde empoignade, force une levée de crosses de mousquetons, bouscule, cogne, cabre, saccade, fend, piétine, roule-boule sous un tracteur, assomme un capitaine à gourdin qui le gêne, se débarrasse d'un peu de fumier sur la tête, poursuit sa course folle, traverse des bans de dorades avariées venant d'Espagne, des baguettes de pain surgelé importées de Hollande et, rescapé d'avalanche, semoule ses pas titubants de l'autre côté des glissières de sécurité.

C'est fait! Tandis que de l'autre côté du fleuve d'immondices, de jus et de sang noir, Brancouillu s'enfile dans une buse d'écoulement et entreprend en rampant par des voies souterraines la même hasardeuse traversée que son maître, le baron à pied sec débarque dans l'oasis de ses arbres. Le cœur en chamade, il palpe les troncs, reconnaît leurs blessures et se laisse glisser le long de la pente de verdure qui dévale jusqu'à un pré gras où paissent trois vaches.

Il se retourne pour accueillir Brancouillu qui vient de le rejoindre à l'air libre.

— Maintenant que nous sommes de l'autre côté, que nous reste-t-il? s'inquiète soudain le domestique.

— Cesse de te cacher derrière une montagne de regrets! Les soupirs, je ne vois plus l'intérêt. Mieux vaut rêver à une vie plus heureuse, rétorque le baron.

— Quand même! Quelques hectares à peine! Deux trois bêtes pour tirer le lait! Où doit-on donner de la gorge?

Monsieur de Monstatruc ne répond pas. L'esprit accaparé, il observe la course bondissante de son chien Omnibus à travers les herbes du parc. Après un jappement bref, le grand blaveux de Gascogne s'immobilise dans la poussière. Sa queue remue faiblement puis brusquement bat le tambour. Amour des bêtes! Le bord de ses yeux est rouge. En trois bonds, le cagnot glisse son front broussailleux sous la main de son maître. Il se dresse sur ses pattes et fait sa cérémonie d'accueil.

— Plus rien ne m'impressionnera, murmure ce dernier en dominant le tumulte de son cœur et en s'avançant par un sentier. Il n'est de richesse que la richesse intérieure.

A cent mètres devant, au-delà du cèdre du Liban, le castèts de Montallier brille d'une lumière étrange. Les deux amis, les yeux soudain embrouillés de larmes, se mettent en route vers le renouvellement éternel des saisons. Ils longent une pièce de maïs. Ils mêlent leurs pas sur la terre chaude qui donne asile aux compagnies de cailles. Un léger brouillard embue la lisière des bois et le fond des vasières où s'annonce l'automne.

— Dieubon, Brancouillu, vois-tu pas? murmure le baron en désignant, par-delà l'étang, la silhouette de l'antique demeure de ses aïeux. C'est limpide pour moi! Nous habitions un vieux monde obsolète et foutu et nous n'avons pas su aller vers une nouvelle planète dont nous ne savons pas nous servir.

— Tout est donc à refaire?

— Oui! Tout est à respirer d'une autre façon!

— Est-ce que nous en serons capables?

— Pas nous. D'autres sans doute. D'autres après nous, qui ne seront pas tout à fait les mêmes.

— Mais nous?

— Nous?

En longeant les communs, le baron suspend sa réponse. Il se souvient du vol lourd d'un vieux hibou, de sa sagesse à ne pas s'écarter de la poutre des granges.

— Nous, Brancouillu? reprend-il, sachons passer notre fin de séjour le mieux possible. Retrouvons du paisible.

— Comment?

— En nous glissant par la lézarde. En somnolant de bonheur. En gouleyant à l'ancienne.

— Que préconisez-vous, notre maître?

— Du gibier à déjeuner. Des galipettes au dessert. Et respirer les derniers arbres.

— Faire jusqu'au bout ce que nous savons faire?

— Oui, vieillir en fût, comme du vin. Si nous bonifions au fond du châtiau comme au fond d'une bouteille, un amateur nous découvrira peut-être. Il trouvera que nous avions bon goût.

— D'autres vont-ils nous imiter?

— Ça ne nous regarde pas, Brancouillu. On ne peut forcer personne à être libre.

Un grand sourire ensoleille la hure de monsieur de Monstatruc tandis qu'il huite ses pas avec lenteur et gravité sur le chemin de graviers qui le mène au castèts.

Sur le perron se tient Aventine. Peinte aux yeux, jupée à midi, ayant tout vu, la fille de monsieur de Monstatruc montre la blancheur de ses dents et déploie tous ses soins avec ses quintuplés. Les bébés hurlent d'une même bouche. Le premier ressemble à Hourtoule. Le second à Tamisé. Le troisième au boucher Dantresangle. Les deux autres sont le portrait craché de Jean Bouchaleau.

Musique de fées! Vagissements de retour! Le badoc éberlué monte lentement l'escalier. Le baron n'a d'yeux que pour la nourrice africaine. Feu de brousse! Une lumière éclatante descend sur lui. L'équateur dégage son parfum. Une longue femme aux fesses hautes se tient près de mademoiselle Aventine. La peau lisse, le front statuaire, Demon Tree le dévisage avec une curiosité mesurée, sans douceur excessive. Recueillie et majestueuse, les globes de ses seins écartent le péché.

Plus une seconde à perdre! Tout s'ensuit! Voilà qu'une menotte tiraille le baron par sa manche. Monstatruc baisse la tête. Il croise l'avaloire de deux grands yeux blancs. Un petit négro avec une tache de soleil sur le front brandit une sagaie de noisetier à laquelle il a ficelé un canif.

— Grrr! fait l'enfant au baron. Tu me reconnais? Je suis l'âne qui est couvert d'une peau de lion!

Il fait mine de vouloir le griffer au visage.

— Tchi! Vilaine bête avec un air fé'oce! Qu'est-ce que tu

fais Joseph? s'effraye Demon Tree en ébauchant un geste languissant pour retenir le gosse.

— *Fuck, mammy!* s'esquive le gosse. Déjà je bois du Pepsi! J'aurai une Bééme et je serai *no looser!*

— Fièvre! J'étouffe! Cette femme me fout à vif et je n'ai point su la voir! se gourmande Arthur en reconnaissant celle qu'il avait aperçue à la cafétéria du Diplodomouth.

Il caresse le crépu de l'enfant et le prend par la main. Il s'avance au-devant de Demon Tree à la toucher presque. Ils se mesurent tranquillement du regard. En dansant sur place, elle essaye de lui communiquer la musique de son âme. Le jupon froufroute, elle a des doigts en bois précieux, presque. Une lueur étrange dans le regard. Impalpable avancement. Hop, dans les airs! Ses bracelets claquent. Sa langue est rose et ses flancs battent. Bonne fécondation et fruit de ventre! Sous des paupières luisantes, ses yeux allongés bougent vifs comme des truites arc-en-ciel. Avec un espoir insensé, Bouillon de Pompéjac, seigneur de Montallier, voyage sur leurs paillettes d'or, il déchiffre la peau de son aimée, l'opacité insonore de ses lèvres gonflées, des archipels de terres équatoriales entre pluie et fleuve, il s'engloutit dans l'ombre de ses prunelles remplies d'îlots de bonheur et de tristesse infinie.

Et comme on boit une source entière, il la serre contre lui.

39

S YMPHONIE!: Symphonie-grabuge!
La mer est descendue. Le siècle 20 est à nu. J'ai joué la partition entre un bathyscaphe ensablé et un caisson d'isolation sensorielle éclaté.

Je sais! Que trop! Je partage vos craintes. Pour voyager au long cours, aéroplaner dans les gaz industriels, braver les flots, rugir la gueule en miettes, courir les grands dangers de la marche du siècle, il fallait pas avoir peur de voltiger dans les mâtures! Les éditeurs m'avaient mis en garde. Qu'à m'embringuer dans le mélange des eaux froides et des chaleurs de mèches, je risquais de cabrioler sur une poudrière. Mes os, mon sang, mille gouttes, nouba d'acrobate! Ou alors, couler à pic.

N'importe! C'était le risque.

J'ai été gai. Gai, métallique et ultime.

L'énorme brutissement du siècle me cogne dans le ventre. Tablas. Le gueulement des suppliciés me cogne dans le ventre. Congas. La musique des peuples qu'on veut supprimer me cogne dans le ventre. Tam-tam Africa. Chaleur à col ouvert. Fragilité de la couche d'ozone. Derrière mon verre de vin de soif, je perçois un bien faible soleil! La civilisation galopante tourne à la biscornuterie. Nous avançons au-devant d'un ciel en jardin de feu. Dieu tombé dans le bafouillis du temps oublie de remonter ses chaussettes. Partout ce n'est que lèvres souillées de sang, derniers baisers des morts. Cependant, cher public, regardez vos visages sensibles, ce soir. Il reste encore un peu de blanc mental au fond de nos cœurs. Au bout d'une sacrée vie pleine d'entrain, je remonte la travée sous les applaudissements de la salle. Il se trouvera toujours un clampin avec moi pour chercher en rond du corail dans l'eau de vaisselle du bassin des Tuileries.

Cent musiciens se dressent dans la fosse. Je monte au pupitre. J'enfile mon suspensoir musical et je lève la baguette. *Achtung musikgesellschaft!* La mort impartiale mettra bon ordre à nos lâchetés.

Un, deux, trois, je donne le beat!

Allegro molto e vivace!

APOCALYPSE FINALE

Stop!

STOP! J'ai une communication à faire. Rapport à la symphonie dont on... L'y a encore si tant à dire!... Je vais vous servir chaud! Chef d'orchestre, c'est un peu comme... J'ai des ailes dans les yeux. C'est cela : je vois trop. Etre Dieu, c'est branlant. Je vois partout. Guetteur exténuant.

Les cordes qui crincrinent. Les cymbales, là! Le torrent des percussions. La moitié de la planète. Partout, communication. Dédales. Nuits bamboches. Il y a des siècles que. L'algue qui ronge. Les mers foutues. Effet de serre. Ça va tourner abominable. Une eau rugissante sort de son lit de vase. Montez sur le toit de la maison, il faut! Pimpon. Forte! Fortissimo! Grandissimo! Galopissimo! Crinière d'écume. Tout dingue autour. Halte. Cabre! Des quatre fers! Silence! Trompette. Une! Une seule! Ut! Ut majeur! Ut majeur! Douleur de cuivre. On engame. On vibre. On attend. Tendu! Oui. Tendu. Bravo! Ainsi. T'tention! Les violons reviennent. Chevelure. Archi-musique. Tu pleures, Victoire? Les grands sentiments! Le boulot de l'âme. Ah, c'est bien, ça! C'est humaniste! Le toit du petit bonheur. Qu'on s'accroche! J'ai mes raisons. Après, je vous reparlerai d'Arthur. Espérez un peu. Sa trogne est à voir. Surtout pendant qu'il met ses mains dans sa poche pour se gratter le gras de l'aine. Affolés? Je ne parle plus votre langue? Perdue la comprenaise? Arthur bande! Monstatruc survivra! Derrière les murs de son châtiau clémentin du XIe, il est à l'abri des grands racle-ciel. Il sort ses couleuvrines! Il baise sa négrette! Décidé à éclaircir un concept fondamental, il la belute avec son grand bâton retrouvé. Il procréfoutre des palanquées de petits noircicauds. Il danse avec Lubat. Les chênes le protègent. Il est ce brin d'espoir qui pense que vivement que nous soyons tous marron clair.

Quoi? Vous m'interpellez au cinquième rang?

Je ne distingue rien avec ces lumières! J'entends seulement l'assemblée qui houle. Ça grince de partout. Immense murmure de vos voix. Je suis fêté. Je peux le dire! Brancouillu se cingle le blair au saint-julien. Pygolâtre des fesses d'Aventine, ils élèvent leurs enfants dans la religion du vin. Envoyez les pifrayres! Formez la ripataoulère! Haute lande, dresse les pins, érecte ta pierre! Tonne tes tambours sur les bords du Ciron!

Et puis, soudain, comme un vent qui dérange, il s'en vient du furtif, il s'en vient du cruel. Le cri d'un téléphone assassine le temps. La lumière est sans ombre. Et les mots sans regards appuient sur nos épaules.

Musique! Imperceptible boucan de triangle. L'auditoire est attentif. De petits souvenirs trop personnels vont-ils pas déparer la fin de mon récit? Souffrez que je clédesole à la hâte cette mauvaise nouvelle. Mon père, le docteur Floche, est mort avant-hier. En Bourgogne, j'ai visité maman dans sa maison de retraite. A quatre-vingt-neuf ans, elle m'a dit tu comprends, je crois qu'il n'a pas souffert. Il est entré dans ma chambre très tôt, le matin. Il s'est plaint de son dos. Il a chanté quelques mesures d'opéra. Il a répété comme toujours qu'il avait si mal. Je lui ai dit d'aller se coucher. Il l'a fait. Il s'est assis sur son lit. On l'a retrouvé affaissé sur le côté. Pour lui, c'est mieux ainsi. Et maintenant, c'est mon tour.

Je suis allé visiter papa dans sa chapelle ardente. Les croque-morts l'avaient grimé en vieux vivant. Le rance était sur sa peau. Il y avait de la grandeur et de l'espace sur son front. Il y avait de la peur et de l'amertume sur sa bouche. Comment expliquer? Irregardable blancheur! Rêve de matière. Moisissure des vanités. Tam-tam des pulsations du silence. Je rentre du glacial cimetière. Père, je suis longtemps resté devant le trou froid creusé pour ton oubli. Que quelqu'un veille toujours et cultive ton jardin endeuillé. Je jette cette rose! Que le souvenir se dresse, s'épanouisse, fleur de la mort des fleurs. Père, je te regarde enfin! Père, j'entends ta voix comme si tu parlais derrière moi. Au fond, tout au fond du miroir du temps, il reste un point. Un point incandescent qui recule à chaque pas que je fais pour te rejoindre. Un point qui ne s'éteindra pas.

Parfois, j'ai le visage sec comme du bois. Ou alors, rendez-moi un cœur pur, il y en a pour tous les goûts, je suis de l'amour comme pas. J'aime côtoyer mes semblables. Ils me semblent cocasses dans leurs plis. Je ne sais pas quelle follerie m'empoigne. J'ai le rire qui me secoue le ventre. Ce nonobstant, je ressens toujours une boyaude envie de raconter par quels obscurs croquignolages l'être humain renaît à l'espoir. Les images du bonheur sont toujours trop bruyantes pour qu'on puisse les effacer. Même un arbre mort appelle les étoiles.

Mais voilà trop longtemps que je parle. Nous ne sommes

pas faits pour rester le front appuyé à la vitre à regarder
passer le temps. Le vent pousse sur de gros nuages blancs.
Tout ce qui m'a fait la vie pleine mérite de retourner au
chaos. J'arrête tout. C'est bien ainsi.

Les gens du monde. Ceux qu'enferme ce livre. Leurs
micmacs! J'en avais marre! Toujours tenir la symphonie à
la force de la baguette! Je me fatiguais, quand même! Je
scande plus fort. J'hâte au tempo. La mesure barre. Elle
décanille. J'entends les anges! J'ouïs leurs trompettes! En
même temps, le piano de madame Van Brouten, la soliste,
se prend à clinquer. Son Steinway flanche à la quincaille.
J'ai un vertige qui n'en finit plus. La harpe punaise, mademoiselle Spire! Ses mignons petits traits divins
m'implorent. Cessez de battre en doubles croches, monsieur
Floche! Revenez au colin froid mayonnaise! Maître, je vous
en supplie! Je la baiserais bien, mademoiselle Spire. Elle
suffoque, Philomène. Je la rattrape. Un saut de côté. Une
jambade. J'ai les yeux vifs, du guilleret. La fièvre du désir
de mordre. Allegro vivace! Je me paye sur la bête. Toute la
gamme! Symphonie-grabuge! Allez! Tout le monde rugit.
On retourne le saladier sur la salle! Cymbales! Les violons
valdinguent. Ils rafalent dans les cintres. Je perds le
contact. Je vois des étoiles. J'ai mon bras qui m'échappe. Je
relance en frénésie de la main gauche. Je virevolte comme
un oiseau désailé. J'appelle les cyclones sur le monde
éteint. Au bal! Au sang! A la sagouille! La planète entière
assiste au premier tour de manivelle des ombres du mas-
sacre. Au journal de 13 heures, vers 13 h 5, exactement,
vous êtes conviés par satellite à votre premier mort en
direct. On lapide. On déchire à belles dents. La grande
victoire éclair de la technocratie annoncée dégénère en une
lente déculottée fantastique sur le mode des archaïsmes
retrouvés. Partout, dans les forêts, les chênes se suicident
au pesticide accéléré. J'ai tout à fait raison de relancer les
cymbales. Dans les mégapoles investies, mettant à profit le
confort digestif des nantis, de cruelles barbaries surgissent.
Pillages à tous les carrefours! Grand dommage pour les
villes! Des hordes dansent sur les ruines de Manhattan. Des

meutes roulent des fracas hystériques jusque sous les murailles du Kremlin. Mexico est inapprochable. Mortel génie de l'homme! Décadence enragée! A Paris-sur-pommes-frites, on crève le ventre plein.

Partout, le ciel s'ouvre en nuées coléreuses. La pluie d'orage crépite sur l'orchestre. Large comme des pièces de cinq francs, elle boume sur les caisses claires, les tambours, les timbales. Mademoiselle Spire harpe une musique d'averse. Stoïque, elle arpège sous la flotte. Elle grelotte dans sa petite robe ruisselante. Bardez, les cyclones! Aux vents! J'attise le souffle! Que je m'attaque à la salle! Tout doit disparaître. Les vilains, les lustucrus, les polichinelles. Le premier rang ouvre les parapluies. Ceux qui n'en sont pas munis déplient leurs journaux. Les titres regorgent d'assassinats, de faits divers, de catastrophes, de guerres, de tortures, d'avis de décès. L'auditoire pouffe. Un type un peu bègu a retrouvé mon bras droit. Tous les échos de la rigolade! Je desserre mon nœud pap. Je n'en pouvais plus. Je perds mon froc de frac. Location au Cor de Chasse. Tout le monde se marre. Je passe sur la gêne. Je me dérate. Je me défonce. C'est le fond des choses! C'est le grand moment! Je remets la philharmonie en ordre de bataille. Le public gloutonne. Les jeunes hurlent qu'ils en redemandent. Enerve-toi, jeunesse! Bats sur tes caisses! Fais du ramdam! Bleu, blanc, beur, sors ta musique! Tes décibels! Clabaude et calicote! Prends la rue! Descends! Vivant reproche! En bataille! Arque à la proteste! Dans tous les pays, une poignée de riches vieillards protège son épicerie. Eternue! Bronche! Cabre! Exalte! C'est toi qu'on assassine! Les amochés, les vioques croulent aux avant-sièges. Maestro, please! Les deux mains levées. Envoyez, toc! Comme un seul homme. Géante transe. Un ouragan. D'énormes creux. Un raz de marée. Qu'on ne laisse rien! La déferlante! Les sièges fracassent dans un bruit de bouts de bois. Les têtes éclatent. Pas d'escampette. Personne sera volé! Ah mais! Ah mais! Tout sera cassé dans la salle et dans les cœurs! Si je suis hargneux? Pensez! La symphonie est faite. Tout est écrit! Plus rien ne reste.

Je prends Victoire par la main. Nous nous éloignons sur une route sans arbres. Sous une pluie chaude et radio-active, derniers survivants d'un monde englouti, repren-drons-nous encore un verre d'essence sans plomb?

En bordure d'un littoral pollué par les détonateurs, une colonie de macareux et d'étourneaux à têtes de bébés clones âgés de deux mois se perche sur la cime des pylônes haute tension.

En vagissant sous ses plumes, elle observe la grande pluie des étoiles.

Achevé d'imprimer en janvier 1994
sur presse CAMERON
dans les ateliers de B.C.A.
à Saint-Amand-Montrond (Cher)
pour le compte des éditions Grasset
61, rue des Saints-Pères, 75006 Paris

N° d'Édition : 9351. N° d'Impression : 94/048.
Dépôt légal : janvier 1994.

Imprimé en France

ISBN : 2-246-40721-4 broché
ISBN : 2-246-40720-6 luxe